콜레라 시대의 사랑 2

El Amor en los Tiempos del Cólera

El Amor en los Tiempos del Cólera
by Gabriel García Márquez

세계문학전집 98

콜레라 시대의 사랑 2

El Amor en los Tiempos del Cólera

가브리엘 가르시아 마르케스

송병선 옮김

민음사

차례

플로렌티노 아리사는 대성당 안뜰에서 임신 육 개월째이자 상류 사회의 여자로서 완전히 조건을 갖춘 페르미나 다사를 보았을 때, 그녀에게 걸맞은 상대가 되기 위해 명성을 얻고 돈을 벌겠다고 모질게 결심했다. 심지어는 그녀가 결혼한 것이 장애가 되리라는 생각도 하지 않았다. 그것은 마치 자신에게 모든 것을 결정할 권리가 있는 것처럼, 후베날 우르비노 박사는 죽어야 한다고 결정했기 때문이었다. 그가 언제 어떻게 죽을지는 몰랐지만, 플로렌티노 아리사는 그것을 피할 수 없는 사건으로 간주했고, 서두르지 않고 분노하지도 않은 채 세상이 망할 때까지라도 기다리기로 작정했다.

그는 처음부터 시작했다. 아무런 통고도 없이 카리브 하천 회사의 총지배인이자 이사회 회장인 작은아버지 레온 12세의 사무실을 찾아간 그는 어떤 일자리를 주든 기꺼이 받아들이겠다고 밝혔다. 작은아버지는 그가 비야 데 레이바의 전신 기사라는 좋은 일자리를 포기해 버린 것에 화가 나 있었지만, 인간이란 어머니로부터 생명을 부여받은 날 단 한 번 태어나는 것이 아니라, 인생을 살면서 계속해서 태어나는 것이라는 확신 쪽으로 마음이 기울었다. 게다가 형수뻘 되는 여자는 증오심으로 괴로워하다가 상속인도 남겨 놓지 않고 일 년 전에 세상을 떠났다. 그래서 그는 길을 잃고 방황하던 조카에게 일자리를 주었다.

그것은 전형적인 레온 12세 로아이사의 결정이었다. 무정한 상인이라는 껍데기 속에는 과히라 사막에 레모네이드 샘물을 솟아오르게 만들고, 엄숙한 결혼식에서도 「이 어두운 무덤 속에」 같은 가슴을 에는 노래를 부르며 눈물을 펑펑 쏟는 다정하고 온화한 괴짜 같은 면이 숨어 있었다. 그의 머리칼은 곱실거렸고, 입술은 목신의 것과 같았다. 칠현금과 월계수 화관만 있으면 기독교 신화에 나오는 방화범 네로와 똑같은 모습이었다. 순전히 운명의 착각으로 아직도 떠다니고 있는 낡은 배들을 관리하거나 갈수록 심각해지는 하천 항해의 문제를 해결하는 것이 그의 일이었는데 그러다 시간이 나면 자신의 서정적 레퍼토리를 늘리는 데 신경을 쏟았다. 장례식에서 노래하는 것보다 그가 좋아하는 일은 없었다. 갈레온선 노예의 목소리를 지닌 그는 음악 교육이라고는 전혀 받지 못했지만, 음폭은 아주 인상적이었다. 누군가에게 엔리코 카루소는 목소리의 힘만으로 꽃병을 산산조각 낼 수 있다는 이야기를 들은 뒤로,

수년간 그는 창문 유리 앞에서 자신도 그렇게 해 보려고 애를 쓰고 있었다. 그의 친구들은 세계를 돌아다니면서 가장 얇고 가느다란 꽃병을 찾아내 가져와서 그가 마침내 꿈을 이룰 수 있도록 특별한 파티를 열어 주곤 했다. 그러나 꽃병을 깨뜨린 적은 한번도 없었다. 하지만 그의 천둥 같은 목소리에는 다정하고 부드러운 번갯불이 있었고, 그것은 위대한 카루소가 유리 꽃병을 깨뜨렸던 것처럼 듣는 사람들의 심금을 울렸다. 장례식에서 그가 그토록 존경받았던 데는 바로 이런 이유가 있었다. 그러나 딱 한 번 예외가 있었는데, 그때 그는 루이지애나에서 장례식 때 부르는 아름답고 감동적인 찬송가 「내가 주님의 영광 속에서 깨어난다면」을 부르면 좋겠다고 생각했지만, 성당 안에 개신교의 침입을 용납할 수 없었던 신부 때문에 침묵을 지켜야만 했다.

그렇게 오페라를 부르며 앙코르를 받고 나폴리의 세레나데를 부르면서 소일했지만, 그의 창조적 재능과 불굴의 기업가 정신은 그를 당시에 가장 빛나는 하천 항해의 영웅으로 만들어 주었다. 그는 죽은 두 형제와 마찬가지로 자수성가한 사람이었다. 그와 그의 형제들은 아버지가 절대 자식으로 인정하지 않은 사생아라는 낙인이 찍혀 있었지만, 모두 자신들이 원했던 곳까지 이르렀다. 그들은 당시 '점원 귀족'이라고 불리던 사람들의 꽃이었으며, 그들의 성역은 바로 '상업 클럽'이었다. 그러나 자신과 닮은 로마의 네로 황제처럼 살 수 있는 돈이 있을 때에도, 작은아버지 레온 12세는 직장과 가깝다는 이유로 옛 도시에서 아내와 세 아이들과 살았다. 워낙 평범한 집에서 검소하게 살았는지라 그는 구두쇠라는 부당한 명성에서 벗어나지 못했다. 그러나 그가 부리는 유일한 사치는 그보다도 훨씬 검소했다. 그것은 사무실에서 2레구아 떨어져 있는 바닷가 별장에서, 가구라곤 여섯 개의 허름한 수공예 간이 의자와 항아리 받침대밖에 없는 이 집의 테라스에 해먹을 걸어 놓고 일요일마다 누워 사색에 잠기는 것이었다. 누군가 그에게 부자가 뭐 하러 그러고 사느냐고 조롱했을 때 그가 한 말보다 그를 더 잘 정의하는 말은 없었다.

"부자라니, 난 그저 돈 많은 가난한 사람일 뿐이오. 그건 다른 것이오."

어떤 사람은 연설에서 그에게 '똑똑한 바보'라고 찬사를 보냈지만 그는 아주 특이한 사람이었고, 그런 특이함은 그 누구도 플로렌티노 아리사에게서 보지 못했던 것을 순간적으로 보게 만든 원인이기도 했다. 플로렌티노 아리사가 쓸데없이 보낸 이십칠 년이란 세월의 짐을 지고 음산한 모습으로 자신의 사무실에 나타나 일거리를 달라고 부탁한 날부터, 그는 아무리 강한 사람이라도 무릎을 꿇을 정도의 군대식 훈련으로 그를 혹독하게 시험했다. 그러나 그러한 시험도 그를 겁줄 수는 없었다. 작은아버지 레온 12세는 조카의 그런 용기가 살아남아야 한다는 필요성이나 아버지에게 물려받은 잔인할 정도의 냉정함에서 비롯된 것이라고 철석같이 믿고 이 세상이나 또 다른 세상의 그 어떤 장애물도 부술 수 없는 사랑의 야망에서 나온 것일지도 모른다는 생각은 단 한 번도 하지 않았다.

플로렌티노 아리사에게 가장 힘든 기간은 회장실의 서기

로 임명받았을 때였다. 그 자리는 작은아버지가 그를 위해 특별히 만들라고 지시한 것 같았다. 작은아버지 레온 12세의 옛날 음악 선생님이었던 로타리오 투구트가 플로렌티노 아리사는 좋은 작품이건 나쁜 작품이건 가리지 않고 탐욕스럽게 읽어 대는 '도매 독자'이니 글 쓰는 자리를 주면 좋을 것이라고 충고했던 것이다. 작은아버지 레온 12세는 자기 조카가 형편없는 책을 읽는다는 말을 귀담아듣지 않았다. 왜냐하면 로타리오 투구트는 그에게 최악의 목소리를 가진 학생이라고 말했지만, 그는 지금도 무덤 앞의 비석까지도 울게 할 수 있었기 때문이다. 어쨌거나 그 독일인이 별생각 없이 했던 말은 옳았다. 플로렌티노 아리사는 무엇이든지 열성을 다해 쓰는 바람에 심지어는 공식 문서마저 연애편지처럼 보였다. 그러지 않으려고 아무리 노력해도 선적 목록에도 운율이 들어갔으며, 일상적인 상업 서신은 서정적 분위기를 띠고 있어서 위엄이 없어 보였다. 어느 날 작은아버지는 도저히 자기가 쓴 편지라고 서명할 용기를 내지 못한 편지 다발을 들고 직접 사무실에 나타나, 조카에게 영혼을 구할 수 있는 마지막 기회를 주면서 이렇게 말했다.

"네가 상업 시신 하나 쓸 수 없는 무능력한 인간이라면, 부두의 쓰레기나 줍도록 해라."

플로렌티노 아리사는 그 도전을 받아들였다. 그는 최선을 다해 간단명료한 속세의 상업적인 문체를 배우려고 했다. 예전에 당시 유행하는 시인들의 흉내를 냈던 것처럼, 그는 아주 열심히 공증 서류의 견본대로 따라 써 보려고 애썼다. 바로 이 당시에 그는 여가 시간을 필경사의 거리에서 보내면서, 글을 모르는 연인들을 도와 향기가 그윽한 편지를 대신 써 주었다. 그것은 세관 서류에 사용해 보지도 못한 채 그에게 남아 있던 수많은 사랑의 말들을 마음에서 몰아내기 위해서였다. 그러나 육 개월이 지난 후에도 그의 상업 서신은 너무나 장황했으며, 고고한 백조의 목을 비틀기란 불가능했다. 그래서 작은아버지 레온 12세가 두 번째로 나무라자, 그는 패배를 인정했지만 그래도 태도는 오만하고 당당했다. 그는 이렇게 말했다.

"제가 관심 있는 것은 사랑뿐입니다."

그러자 작은아버지가 말했다.

"문제는 하천 항해 없이는 사랑도 없다는 것이지."

그는 미리 경고했던 대로 플로렌티노 아리사에게 부둣가의 쓰레기를 줍도록 시켰다. 하지만 열심히 일하면 한 단계 한 단계씩 승진시켜서 그가 정말 있어야 할 자리를 찾아 주겠다고 약속했다. 그렇게 그는 해내고 말았다. 아무리 힘들고 굴욕적인 일이라도 그를 이길 수는 없었고, 쥐꼬리만 한 월급도 그의 정신을 꺾지 못했으며, 상관들의 무례한 행동에도 절대 침착함을 잃지 않았다. 그러나 그가 순진한 것은 아니었다. 그의 인생을 스쳐 지나간 모든 사람들은 무기력한 외모 뒤에 숨겨진 과감한 결단력과 무슨 일이든 해내고야 마는 그의 추진력에 따르는 결과를 감수해야만 했다. 작은아버지 레온 12세가 예견했고 또 바란 대로, 그의 조카는 사업상의 비밀을 하나도 빠짐없이 꿰게 되었다. 플로렌티노 아리사는 불굴의 고집과 헌신으로 삼십 년 동안 모든 시험을 이겨 내면서 모든 직책을 두루 거치게 되었다. 그는 모든 일을 놀라울 정도의 능력을 발휘하여 해냈으며, 시 쓰는 일과 아주 밀접한 관련이 있는 신비스러운 음모와 계략의 실마리를 공부했다. 그러나 그가 가장 소망하던 전쟁의 메달을 목에 걸 수는 없었으니, 그 일은 바로 마음에 드는 업무용 서신을 단 한 통이라도 쓰는 것이었다. 그는 어떤 의도도 없었고 알지도 못했지만 평생을 비쳐 자기 아버지가 옳았다는 것을 보여 주었다. 그의 아버지는 마지막 숨을 거둘 때까지 시인보다 더 실질적인 지식을 가진 사람도 없고, 시인보다 더 고집 센 석공도 없으며, 시인보다 더 위험하고 명민한 경영자는 없다고 수없이 되뇌었던 것이다. 적어도 이것이 작은아버지 레온 12세가 마음이 한가한 시간에 그의 아버지에 관해 들려준 내용이었다. 그의 이야기를 들으면서 그는 자기 아버지가 사업가라기보다는 오히려 몽상가에 가깝다는 인상을 받았다.

작은아버지는 플로렌티노 아리사에게 피오 5세 로아이사는 사무실을 업무보다 외려 쾌락을 위해 사용했으며, 배를 받거나 보내야 한다는 핑계로 일요일마다 집에서 나올 수 있도록 항상 준비했다고 말해 주었다. 그것만이 아니었다. 그는 창고 앞마당에 쓸 수도 없는 보일러를 설치해 놓고는, 아내가 의심할 것을 대비해서 배가 출항할 때 내는 증기 뱃고동 소리를 내라고 시키기도 했다. 작은아버지 레온 12세는 요리조리 계산을 해 보더니, 플로렌티노 아리사가 어느 뜨거운 여름날 오후에 문이 제대로 닫히지 않은 어느 사무실의 책상 위에서 수태되었으며, 그날 그의 아내는 결코 출항하지 않은 배가 작별

하는 소리를 집에서 듣고 있었다고 자신 있게 말했다. 그녀가 그런 사실을 깨닫고 남편의 파렴치한 행위에 복수하려고 했을 때는 이미 늦어 있었다. 왜냐하면 남편이 이미 저세상 사람이 되었기 때문이다. 아들 하나도 갖지 못했다는 비통함에 인생을 망친 그녀는 남편보다 훨씬 오래 살면서, 사생아에게 영원한 저주를 내려 달라고 하느님에게 기도했다.

작은아버지가 전한 아버지의 모습을 듣자 플로렌티노의 마음은 흔들렸다. 그의 어머니는 아버지가 장사꾼 기질이라곤 찾아볼 수 없는 위대한 사람이라고 말해 왔던 것이다. 하천을 항해하는 해운 사업을 하게 된 것은 하천 항해의 선구자였던 독일 제독 요한 B. 엘버스의 긴밀한 협력자였기 때문이라고 말해 주었다. 아버지의 형제들은 요리사였던 한 어머니에게서 태어났지만, 아버지가 서로 다른 사생아들이었다. 그래서 아들들은 성인의 날이 기록된 달력에서 어머니가 마구 선택한 교황의 이름 뒤에 어머니의 성을 달고 있었다. 작은아버지만 예외였는데, 레온 12세는 그가 태어났을 때 바티칸을 통치하던 교황의 이름이었다. 플로렌티노라는 이름은 그들 외할아버지의 이름으로, 교황의 이름으로 점철된 한 세대를 통째로 뛰어넘어 트란시토 아리사의 아들에게 전해진 것이었다.

플로렌티노는 아버지가 사랑의 시를 쓰곤 했던 공책 한 권을 소중히 보관하고 있었다. 그중에는 트란시토 아리사에게서 영감을 받은 시도 몇 편 있었고, 각각의 페이지는 화살이 꽂힌 하트 모양의 그림으로 장식되어 있었다. 그를 놀라게 한 것은 두 가지였다. 하나는 자신이 어떤 안내서에 실린 여러 가지

필체 중에서 가장 마음에 들어 고른 것이 아버지의 필체와 똑같다는 것이었다. 다른 하나는 자신의 금언으로 여겼던 문장을, 그가 태어나기 오래전에 이미 아버지가 공책에 써놓았음을 발견한 것이다. 그 금언은 "내가 죽는 것이 가슴 아픈 유일한 까닭은 그것이 사랑 때문이 아니라는 것이다."였다.

또한 그는 단 두 장밖에 남지 않은 아버지의 사진을 본 적이 있었다. 하나는 아주 젊었을 때, 그러니까 그가 처음으로 아버지 사진을 보았을 때만큼 아버지가 젊었을 때 산타페에서 찍은 것으로, 곰 가죽을 뒤집어쓴 듯한 외투를 걸치고서 어느 동상의 잘려나간 각반을 받치는 주춧돌에 기대어 있었다. 그의 옆에 선장의 모자를 쓰고 있는 작은 아이가 바로 작은아버지 레온 12세였다. 다른 사진에는 수많은 전쟁 중에서 어느 것인지도 알 수 없는 전쟁에 참여했던 병사들과 함께 있었다. 그는 가장 긴 엽총을 들고 있었고, 그의 턱수염에서는 화약 냄새가 진동하는 것만 같았다. 그는 형제들과 마찬가지로 자유당원이자 프리메이슨이었지만, 자기 아들만은 신학교에 들어가길 원했다. 사람들은 그 사진들을 보면서 플로렌티노 아리사가 아버지와 비슷하다고 했지만, 그에게는 그 어떤 점도 닮아 보이지 않았다. 그러나 작은아버지 레온 12세가 발한 바에 따르면, 피오 5세의 서류들도 너무 서정적이라는 힐난을 받았다. 어쨌거나 사진 속의 모습은 그와 흡사하지 않았고, 아버지에 대한 기억과도 일치하지 않았으며, 어머니가 사랑으로 변형시켜서 그려 준 모습과도 달랐고, 작은아버지 레온 12세가 가시 돋친 위트로 낱낱이 벗겨버린 모습과도 같지 않았다. 그러나 플로렌티노 아리사는 오랜 세월이 지난 후에 거울 앞에서 머리를 빗다가 둘의 유사성을 발견했다. 그때서야 그는 사람이 자기 아버지와 비슷해지기 시작한다는 것을 깨달으면서 비로소 자신이 늙어 가고 있음을 알게 된다는 사실을 깨달았다.

그는 아버지가 창문의 거리에 왔던 기억이 없었다. 그는 아버지가 트란시토 아리사와 사랑을 나누던 초기에는 잠시 그곳에서 잠을 잤지만, 자신이 태어난 이후로는 두 번 다시 어머니를 찾아오지 않은 게 틀림없다고 믿었다. 우리에게는 오랜 세월 동안 세례 증명서가 유일하게 유효한 신원 증명서였다. 그런데 성 티부르티우스 교회에 보관된 플로렌티노 아리사의 세례 증명서에는 단지 그가 미혼모 트란시토 아리사의 사생아라고만 적혀 있었다. 증명서에 이름은 올라가 있지 않지만, 아버지는 죽는 날까지 아들의 양육비를 몰래 대 주었다. 이러한 사회적 조건 때문에 플로렌티노 아리사는 신학교의 문을 통과할 수 없었지만, 또한 전쟁으로 피비린내 나던 가장 참혹한 시기에 미혼모의 외아들이란 이유로 징집을 피할 수 있었다.

매주 금요일 그는 학교가 파하면 카리브 하천 회사의 사무실 앞에 앉아서 너무 많이 읽어서 조각조각 떨어지던 동물 그림책을 보았다. 아버지는 나중에 트란시토 아리사가 아들을 위해 다시 수선해야 했던 프록코트를 입고서 제단에 걸린 성요한 복음사가의 얼굴과 똑같은 표정을 지으며 그를 쳐다보지도 않고 사무실로 들어갔다. 한참 후에 사무실에서 나올 때면, 자신의 마부에게도 들키지 않도록 주의하면서 그에게 일주일치의 용돈을 쥐어 주었다. 두 사람은 아무 말도 하지 않았다. 아버지가 그러려고 하지도 않았지만, 그도 아버지가 무서웠기 때문이다. 평소보다 훨씬 오래 기다렸던 어느 날, 아버지는 그에게 동전 몇 개를 주면서 말했다.

"이거 받고 이젠 다시 오지 마라."

그것이 아버지를 마지막으로 본 때였다. 그러나 시간이 흐르면서 자기 아버지보다 열 살이나 어린 작은아버지 레온 12세가 계속해서 트란시토 아리사에게 생활비를 가져다주었으며, 피오 5세가 아무런 유서도 남기지 않고 자신의 외아들인 거리의 아들을 위해 어떤 준비도 해 놓을 시간도 없이 치료도 제대로 받지 못한 채 복통으로 세상을 떠나자, 트란시토 아리사의 생활을 책임졌다는 사실을 알게 되었다.

카리브 하천 회사에서 서기로 일하는 동안 플로렌티노 아리사에게 일어난 극적인 사건들은 페르미나 다사를 한시도 생각하지 않을 수 없었기 때문에 서정적 필체에서 벗어날 수 없었고, 그녀를 생각하지 않고는 글을 쓸 수 없었기 때문에 빚어진 일들이었다. 나중에 그가 다른 직책을 맡게 되었을 때에도 그의 마음에는 사랑이 너무나 많이 남아돌아서 필경사의 거리에서 글을 모르는 연인들에세 공짜로 사랑의 편지를 써 주면서 그 사랑을 선사하곤 했다. 그는 퇴근 후에 그곳에 가곤 했다. 그러고는 조심스럽게 프록코트를 벗어 의자 등에 걸어 놓고, 셔츠 소매를 더럽히지 않기 위해 토시를 끼고는 생각이 보다 잘 떠오르도록 조끼 단추를 풀었다. 그리고 때로는 아주 밤늦은 시간까지 미치도록 뜨거운 편지를 써서 절망에 빠진 사람들에게 용기를 북돋아 주었다. 가끔씩 아이와 문제가 있는 가난한 여인이나 연금 지급을 끈질기게 요구하는 참전 용사, 도둑을 맞아서 정부에 탄원서를 제출하려는 사람들이 찾아오기도 했지만, 아무리 정성 들여 글을 쓰더라도 그들을 만족시킬 수는 없었다. 왜냐하면 그가 설득력 있게 쓸 수 있는 글은 오로지 연애편지밖에 없었기 때문이다. 그는 새 고객들에게 질문도 던지지 않았다. 눈 흰자위만 보아도 그들의 문제가 무엇인지 충분히 알 수 있었던 것이다. 그는 항상 페르미나 다사를 생각하면서 글을 쓰는 확실한 방법을 통해, 억제할 수 없는 사랑의 편지를 쓰고 또 쓰곤 했다. 정말이지 그녀 외에는 아무 생각도 하지 않았다. 그렇게 한 달이 지나자 사랑에 번민하는 연인들이 몰려들지 않도록 순서에 따라 예약을 받는 제도를 정착시켜야만 했다.

그 당시 가장 즐거웠던 기억은 어린아이 같은 아주 소심한 소녀에 대한 것이었다. 그녀는 떨리는 목소리로 방금 받은 못 견디게 매혹적인 편지에 대한 답장을 써 달라고 부탁했다. 플로렌티노 아리사는 그 편지가 자신이 전날 오후에 써 준 것임을 알았다. 그는 소녀의 나이와 감정에 걸맞게 다른 문체로, 그리고 그녀의 것과 비슷해 보이는 필체로 답장을 써 주었다. 부탁하는 사람의 성격에 따라 각 경우에 맞는 필체를 만들어 낼 수 있었던 것이다. 그는 기댈 곳 없는 이 가련한 소녀가 애인을 사랑하는 만큼 페르미나 다사가 자신을 사랑한다면 어떻게 답장을 했을까 상상하면서 그 편지를 썼다. 그리고 이틀 후, 그는 첫 번째 편지에서 그녀의 애인에게 써 주었던 필체와 문체와 사랑의 종류를 다시 사용하여 답장을 써 주어야만 했다. 그렇게 해서 그는 자기 자신과 열렬한 편지 교환을 하게 되었다. 한 달도 되기 전에 두 사람은 각자 찾아왔는데, 남자는 편지로 청혼을 해 주어서 고맙다고 말했고, 소녀는 헌신적으로 답장을 해 주어서 너무나 감사하다고 말했다. 그러면서 두 사람은 결혼할 것이라고 덧붙였다.

두 사람은 첫 아이를 갖고 나서 우연히 대화를 하다가 둘의 편지를 쓴 사람이 동일 인물이라는 사실을 알게 되었다. 그리고 처음으로 함께 필경사의 거리에 찾아와 그에게 아이의 대부가 되어 달라고 말했다. 플로렌티노 아리사는 자기의 꿈이 실제로 이루어진 것을 보고 너무나 기쁜 나머지, 없는 시간을 빼내 「연인들의 동반자」를 썼다. 그것은 당시 거리에서 20센타보에 팔리고 있던, 도시의 인구 중 반 이상이 암송하던 편지보다 더욱 시적이고 더욱 광범위한 내용을 담고 있었다. 그는 페르미나 다사와 자기가 처할 수 있었던 상상의 상황들을 일목요연하게 정리했고, 각각의 상황에 대처할 수 있도록 자신이 생각할 수 있는 모든 모델과 대안을 제시했다. 마침내 코바루비아스[1] 사전처럼 완벽하게 세 권으로 묶을 수 있는 천여 통의 편지를 갖게 되었지만, 그 도시의 어떤 인쇄업사도 그것을 출판하겠다고 나서지 않았다. 트란시토 아리사 역시 그런 미친 글을 출판하는 데 묻어 놓은 보물 항아리를 꺼내 자기가

1) 펠리페 2세의 궁정 신부로 스페인어 최초의 사전으로 평가되는 『스페인어의 보물』을 썼다.

평생 동안 모은 저축을 탕진할 수는 없다면서 완강하게 거부했기 때문에 그것은 과거의 다른 서류들과 함께 집 안의 다락방에 처박히게 되었다. 수년 후 플로렌티노 아리사는 그것을 책으로 출판할 수 있을 만큼 돈을 벌게 되었지만, 그때는 이미 편지로 사랑을 속삭이는 것은 유행이 지났다는 현실을 받아들여야만 했다. 물론 쉬운 일은 아니었다.

카리브 하천 회사에서 첫발을 내딛고 필경사의 거리에서 공짜로 편지를 써 주고 있는 동안, 플로렌티노 아리사의 젊은 시절 친구들은 그를 잃어 가고 있으며 되돌릴 수 없으리라고 확신했다. 그들의 생각은 옳았다. 그가 막달레나강 여행에서 돌아왔을 때, 그는 페르미나 다사의 기억을 지울 수 있을까 하는 희망으로 친구들을 만나 당구를 쳤으며, 그들과 함께 무도회에도 가고, 여자들에게 둘러싸여 제비뽑기에 응하는 등 과거의 자신으로 돌아가는 데 도움이 된다고 생각되는 일이라면 무엇이든지 했다. 나중에 작은아버지 레온 12세가 그를 직원으로 채용하자, 그는 상업 클럽에서 직장 동료들과 도미노 놀이를 했고, 그가 다른 이야기는 하지 않고 회사 이름을 약자인 'C.F.C.'로 불러가며 회사 이야기만 하자, 사람들은 그를 진정한 동료로 인정하기 시작했다. 심지어 그는 식사 방식까지 바꾸었다. 그때까지는 아무 생각 없이 불규칙적으로 식탁에 앉았지만, 그 이후로는 규칙적이고 엄격한 식사를 하게 되었고, 그 습관은 그가 죽을 때까지 지속되었다. 즉 아침에는 커다란 잔에 블랙커피를 마시고, 점심에는 흰 쌀밥에 삶은 생선 한 조각을 먹었으며, 잠자리에 들기 전에는 카페오레와 치즈 한 조각을 먹었던 것이다. 그는 시간과 장소를 가리지 않고 블랙커피를 마셨다. 심지어는 하루에 서른 잔까지도 마셨다. 그는 손수 검은 원유 같은 원두커피를 준비한 뒤 보온병에 담아 항상 자기 손이 닿는 곳에 놓아두었다. 치명적인 사랑의 상처를 입기 이전의 자신으로 돌아가겠다고 굳은 결심을 하고 필사적으로 노력했지만, 그는 다른 사람이 되어 있었다.

사실대로 말하자면 그는 결코 예전의 그로 돌아갈 수 없었다. 그의 인생에서 유일한 목표는 페르미나 다사를 다시 찾아오는 것이었으며, 그는 조만간 그 목표를 이룰 수 있으리라 확신했다. 그래서 기적이 일어나면 어느 순간에라도 그녀를 맞아들일 수 있도록 집을 계속해서 수리하자고 트란시토 아리사를 설득했다. 「연인들의 동반자」를 출판하겠다는 제안을 받고 보인 반응과는 대조적으로, 트란시토 아리사는 이 일에 대해서 아들보다 한 술 더 떴다. 현금으로 집을 구입한 뒤 전면 수리에 들어갔던 것이다. 침실이었던 곳을 응접실로 개조하고, 2층에 부부 침실과 그들이 갖게 될 아이들 침실을 만들었는데, 두 방 모두 넓고 환했다. 그리고 예전에 담배 공장이 있었던 공간에는 온갖 장미로 가득한 넓은 정원을 만들었는데, 플로렌티노 아리사는 한가한 새벽 시간에 손수 그 정원을 가꾸었다. 잡화점만이 과거에 대한 감사의 증거로 손 하나 대지 않은 유일한 곳이었다. 플로렌티노 아리사가 잠을 자던 뒷방은 과거와 마찬가지로 해먹을 걸어 놓았고, 글 쓰는 탁자에 어지럽게 쌓여 있던 책들도 그대로 놔두었으나 그는 2층에 부부 침실로 예정된 방으로 옮겨 갔다. 그 방은 그 집에서 가장 크고 가장 시원한 곳으로, 그 방에 딸린 실내 테라스에서는 밤마다 잔잔한 바닷바람 속에서 장미 향기를 맡으면서 유쾌하게 지낼 수 있었다. 또한 이 방은 플로렌티노 아리사가 지닌 트라피스트 수도회의 수사와 같은 엄격함을 가장 잘 반영하는 곳이기도 했다. 그 방의 평평한 벽에는 생석회가 칠해져 있어서 약간 거칠어 보였으며, 방 안의 가구라고는 죄수가 쓸 법한 간이침대와 병에 초를 꽂아 놓은 작은 탁자, 낡은 옷장, 세면기와 물그릇이 딸린 세면대가 전부였다.

공사는 거의 삼 년간 계속되었는데, 이 기간은 그 도시가 잠시 맞이한 부흥기와 일치했다. 하천 항해가 절정을 이룬 데다 그 도시가 중간 무역지로 이용되었던 덕으로, 이는 식민지 시대 동안 그 도시를 번창하게 만들고, 그로 인해 이 세기 이상 라틴 아메리카의 관문이 되게 한 요인이 되기도 했다. 그러나 또한 그 시기는 트란시토 아리사가 치료할 수 없는 질병의 첫 증상들을 보인 때이기도 했다. 그녀의 단골 고객들은 시간이 갈수록 더 늙고 창백하고 쇠약해진 모습으로 잡화점을 찾았으며, 그녀 역시 반평생 동안 이들을 상대해 왔음에도 불구하고 누가 누군지 못 알아보거나 고객들의 일을 서로 혼동하기 일쑤였다. 이는 트란시토 아리사가 하는 것과 같은 사업에서는 아주 치명적인 문제였다. 그런 사업에서는 자신과 상대방의 명예를 지키기 위해 서류에 서명하지 않고 구두로만 약속하면 충분한 보증이 되었기 때문이다. 처음에는 귀가 어두워지나 보다 했지만, 곧 조금씩 새고 있는 것은 그녀의 기억력이라는 사실이 분명해졌다. 그래서 그녀는 전당포 사업을 칭

산하고, 항아리에 들어 있던 귀금속으로 집수리를 완전히 끝내고 가구를 장만했다. 그런데도 주인들이 돈이 없어 찾아가지 못하는, 그 도시에서 가장 값나가는 옛날 보석들이 많이 남아 있었다.

이 기간에 플로렌티노 아리사는 동시에 너무나 많은 일을 해야 했지만, 은밀한 사냥꾼으로서 자신의 일을 확장시키려는 활력은 결코 시들지 않았다. 길거리 사랑이라는 길을 그에게 열어 주었던 나사렛의 과부와의 방랑하는 경험 이후, 그는 여러 해 동안 계속해서 버림받은 밤새들을 사냥하며, 그렇게 하면 페르미나 다사로부터 받은 고통을 치유할 방법을 찾을 수 있지 않을까 하는 생각을 여전히 버리지 못하고 있었다. 그러나 나중에는 희망도 없이 통정(通情)하는 그의 습관이 정신적 필요성 때문인지, 아니면 단순히 육체의 사악한 버릇 때문인지는 더 이상 말할 수 없게 되었다. 그는 갈수록 싸구려 호텔에 가지 않게 되었는데, 이는 그의 관심이 다른 방향으로 나간 탓도 있지만, 순수하고 가정적인 사람으로 알려진 자신이 그런 곳을 배회하는 모습을 보이고 싶지 않기 때문이기도 했다. 그렇지만 다급한 욕망을 느낀 경우가 세 번 있었는데, 이때 그는 자신이 살지 않았던 시기에 이용되던 손쉬운 방법을 사용했다. 남들이 알아볼까 두려워하던 여자 친구에게 남자 옷을 입힌 뒤, 밤새워 술 마시고 싶어 하는 술꾼들처럼 위장해 호텔로 들어갔던 것이다. 하지만 적어도 두 번에 걸쳐 그와 그의 남자 친구처럼 보이는 사람이 술집 대신 호텔 방으로 가는 모습이 사람들의 눈에 띄었고, 이미 손상되었던 플로렌티노 아리사의 명성은 치명타를 입게 되었다. 그래서 마침내 그는 싸구려 호텔에 완전히 발을 끊었다. 몇 번 갔던 것도 그가 놓쳐 버린 것을 되찾기 위해서가 아니라 오히려 과도한 행위로 잃은 힘을 회복할 수 있는 은신처를 찾기 위해서였다.

그러나 그가 사랑을 찾는 행위가 줄어든 것은 아니었다. 오후 5시경에 사무실을 나서자마자, 그는 병아리를 찾아 헤매는 매처럼 사냥하기 시작했다. 처음에는 밤이 주는 선물에만 만족했다. 그는 공원에서 하녀들을, 시장에서 흑인 여자들을, 해변에서는 내륙 지방에서 놀러 온 잘난 체하는 아가씨들을, 뉴올리언스에서 온 배에서는 미국 여자들을 낚았다. 그는 그 여자들을 그 도시의 주민 중 반 이상이 해가 진 후에 똑같은 짓을 하던 방파제로 데려가거나 그가 일을 치를 수 있는 곳으로 데려가기도 했고, 심지어는 일을 치를 수 없는 곳으로 데려가기도 했다. 어두운 현관으로 급히 들어간 다음 문 뒤에서 아무렇게나 그가 할 수 있는 방식으로 해야만 했던 경우가 적지 않았던 것이다.

등대는 항상 행운의 안식처였다. 늘그막에 접어들어 모든 일이 자리를 찾은 뒤에, 그는 향수를 느끼며 그곳을 회상했다. 왜냐하면 그 등대는 행복해지고자 하는 사람, 특히 밤에 행복해지고자 하는 사람에게는 아주 좋은 장소였기 때문이다. 그는 당시에 치렀던 사랑 중에서 몇 장면은 빙글빙글 돌아가던 불빛을 통해 선원들의 눈에 비쳤을 것이라고 생각했다. 그래서 그 어떤 장소보다 그곳에 자주 갔다. 한편 그의 친구인 등대지기는 바보 같은 얼굴로 그를 기쁘게 맞이했는데, 그런 표정은 놀란 밤새들에게는 그가 신중하다는 것을 보여 주는 최고의 보증 수표나 다름없었다. 등대 아래쪽에는 집이 한 채 있었는데, 파도가 깎아지른 벼랑에 부딪혀 굉음을 내는 곳이었다. 거기만 가면 난파선에서의 사랑처럼 느껴져 사랑의 행위는 더욱 뜨거워졌다. 그러나 아주 늦은 밤에는 등대를 더 선호했는데, 그곳에서는 도시 전체와 바다에서 고기를 잡는 어부들의 등불, 심지어는 멀리 있는 늪지의 불빛도 볼 수 있었기 때문이다.

그 무렵 그는 여자의 외모와 사랑의 적성 관계에 관한 아주 단순한 이론을 만들어 냈다. 그는 관능적인 겉모습을 믿지 않았다. 뾰족한 악어도 날것으로 삼킬 수 있을 것처럼 보이는 여자들이 침대에서는 항상 가장 수동적이었기 때문이다. 그가 좋아하는 유형은 정반대였다. 그러니까 거리에서 아무도 두 번 쳐다보지 않는 비쩍 마르고 작은 개구리 같은 여자들이었다. 그 여자들은 옷을 벗으면 사라진 것처럼 보이고, 첫 충격을 가하면 뼈가 부딪치는 소리가 나 미안해지지만, 자기 정력이 제일 세다고 자랑하는 남자들도 폐물로 만들어 버릴 수 있었다. 그는 「연인들의 동반자」의 실용편 부록을 쓰겠다는 생각으로 이런 조숙한 관찰들을 기록했지만, 그 계획은 이전과 같은 운명을 겪고 말았다. 아우센시아 산탄데르가 늙은 개의 지혜로 그것들을 요리조리 들추면서 살펴보고는 그의 머리 꼭대기에 앉아서 그 이론을 들어 올렸다 내렸다 하더니, 다시 원점으로 돌아가 그의 고귀한 이론을 산산조각 내고 말았던 것이다. 그러면서 그는 플로렌티노 아리사에게 사랑에 대해 배워야 할 유일한 것을 가르쳐주었다. 그것은 인생이란 누구도 가르쳐 줄 수 없는 것이란 사실이었다.

아우센시아 산탄데르는 이십 년간 평범한 결혼 생활을 하면서 세 아이를 낳았는데, 그 아이들 역시 결혼해서 자식들을 두고 있었다. 그래서 그녀는 자신이 이 도시에서 가장 좋은 침대를 가진 할머니라며 으스대었다. 그녀가 남편을 버린 것인지 아니면 남편이 아내를 버린 것인지, 혹은 두 사람이 동시에 헤어지기로 결정한 것인지는 아무도 분명하게 알지 못했다. 남편이 평소 정부였던 여자와 살림을 차리러 집을 나가자, 그녀는 해방감을 느끼며 뒷문으로 밤마다 수없이 맞이했던 하천 선박의 선장인 로센도 데 라 로사를 대낮에 대문을 활짝 열고 맞아들였다. 두 번 생각하지도 않고 플로렌티노 아리사를 그곳으로 데려갔던 장본인이 바로 그 선장이었다.

그는 점심 식사에 플로렌티노 아리사를 데려갔다. 또한 집에서 담근 아과르디엔테[2] 한 병과 역사에 남을 만한 산코초 요리를 만들기 위해 최고 품질의 재료들도 가져왔다. 그 요리는 집 마당에서 자란 토종닭과 뼈가 연한 생선, 지저분한 곳에서 자란 돼지의 고기와 강가의 마을에서 재배한 야채를 사용해야만 했기 때문이다. 그러나 플로렌티노 아리사는 그 집에 들어선 순간부터 뛰어난 요리나 집주인의 풍만한 육체에 열광한 것이 아니라 그 집의 아름다움에 사로잡혔다. 그는 커다란 창문 네 개가 바다 쪽으로 나 있고, 저 멀리로는 옛 도시가 한

---

2) 사탕수수로 빚은 독주.

눈에 들어오는 환하고 시원한 이 집이 마음에 들었다. 그는 집 안의 물건들이 엄청나게 많고 화려한 것도 마음에 들었다. 그것들은 로센도 데 라 로사 선장이 집에 더 이상 들여놓을 공간이 없을 때까지 가져온 온갖 최고급 수공예품들과 어우러져서 거실에 혼란스러운 동시에 빈틈없는 인상을 주었다. 바다를 향해 난 테라스에는 말레이시아산 앵무새 한 마리가 자기만 사용하는 둥근 고리에 서 있었다. 믿을 수 없이 새하얀 깃털을 지닌 그 앵무새는 사색에 잠긴 듯이 가만히 있었는데, 그런 모습은 많은 것을 생각하게 해 주었다. 플로렌티노 아리사는 이처럼 아름다운 새를 한 번도 본 적이 없었다.

로센도 데 라 로사 선장은 손님이 좋아하는 모습을 보자 자기도 좋아하면서 각 물건의 역사를 자세하게 이야기해 주었다. 이야기하는 동안 그는 쉬지 않고 아과르디엔테를 홀짝홀짝 마셔 댔다. 그는 마치 철근 콘크리트 같았다. 거대한 몸집에 얼굴을 제외한 온몸이 털로 뒤덮여 있었고, 수염은 두꺼운 붓과 같았으며, 닻을 감아올리는 고패와 같은 목소리는 그 아니면 누구의 것도 될 수 없을 정도였으며 세련된 매너를 갖추었다. 그러나 그가 술 마시는 법을 견딜 몸은 이 세상 어디에도 없었다. 식탁에 앉기 전에 이미 반병을 마신 상태였던 그가 갑자기 컵과 병이 놓인 쟁반 위로 고꾸라지자 컵과 병이 깨지는 굉음이 천천히 들려왔다. 아우센시아 산탄데르는 플로렌티노 아리사에게 도움을 청해, 암초에 부딪힌 고래처럼 축 늘어진 몸뚱이를 침대까지 끌고 가서 잠들어 있는 그의 옷을 모두 벗겼다. 그런 다음, 순간적인 영감을 받은 두 사람은 자신들의 행성의 회합에 감사드리면서 옆방에서 둘 다 옷을 벗었다. 그들은 서로 아무런 합의도 하지 않았으며 그렇게 하자는 제안이나 암시도 하지 않았다. 그들은 칠 년이 넘는 기간 동안 가능할 때, 그러니까 선장이 여행 중일 때마다 계속해서 옷을 벗었다. 선장에게 급습을 당할 위험은 없었다. 왜냐하면 선장은 새벽에라도 뱃고동 소리로 자신이 항구에 도착한다는 것을 미리 알리는 훌륭한 습관이 있었기 때문이다. 먼저 그는 아내와 아홉 명의 아이들에게 길게 세 번 뱃고동을 울렸고, 나중에는 정부를 위해 짧으면서도 우수에 찬 두 번의 뱃고동을 울리곤 했다.

아우센시아 산탄데르는 거의 쉰 살에 가까웠고, 실제로도 그렇게 보였다. 그러나 또한 사랑에 대해서는 너무나도 개인적인 본능을 지니고 있었는데, 그 본능을 막을 만한 기술적인 이론이나 과학적 이론은 어디에도 없었다. 플로렌티노 아리사는 선박 일정표를 통해 언제 선장이 그녀를 찾아올지 파악한 다음 밤이건 낮이건 자신이 원하는 시간에 아무런 통보도 없이 그 집을 찾았고, 그럴 때마다 그녀는 항상 그를 기다리고 있었다. 마치 어머니가 키워 주었던 일곱 살 때까지의 모습처럼 그녀는 머리에 오건디 리본을 달고 완전히 벌거벗은 모습으로 문을 열어 주었다. 그녀가 그의 옷을 벗겨 주기 전까지 그는 집 안에 한 발짝도 들여놓을 수 없었다. 왜냐하면 그녀가 집 안에 옷 입은 남자를 들여놓으면 불행이 찾아온다고 믿었기 때문이다. 이것 때문에 로센도 데 라 로사와도 항상 말싸움을 벌였다. 그는 벌거벗은 채 담배를 피우면 재수가 없다는 미신을 철석같이 믿은 탓에 종종 피우지 않고는 배기지 못하는 쿠바산 시가를 끄기보다는 사랑을 뒤로 미루었기 때문이다. 반면에 플로렌티노 아리사는 나체의 매력을 기꺼이 받아들였다. 그녀는 문을 닫자마자 기쁨을 느끼며 그의 옷을 벗겨 주곤 했다. 그녀는 심지어 인사할 시간이나 모자나 안경을 벗을 시간도 주지 않은 채, 그에게 뜨거운 키스를 퍼붓거나 그가 뜨거운 키스를 하게 하면서, 아래에서 위로 그의 단추를 풀었다. 먼저 바지 앞을 끄르면서 각 단추를 풀 때마다 키스를 했다. 그런 다음 허리띠를 풀고, 마지막으로 조끼와 셔츠를 풀어 살아 있는 생선을 머리에서 꼬리까지 가른 모습이 되게 했다. 그러고 나서 그를 거실 의자에 앉히고는 장화를 벗겼고, 바짓가랑이를 잡아당겨 발목까지 오는 긴 내복을 함께 벗겼으며, 마지막으로 장딴지에 두르고 있던 고무 끈을 풀어 버리고서 양말을 벗겼다. 그러면 플로렌티노 아리사는 그녀에게 하던 키스를 멈추었고, 그녀가 키스하지도 못하게 했다. 이제부터 자신의 의식에 해당하는 일을 한 치도 빈틈없이 해내기 위해서였다. 그는 조끼 단춧구멍에 매달린 줄 시계를 풀고 안경을 벗은 다음 이 두 물건을 장화에 넣어서 절대로 잊고 가는 법이 없도록 했다. 그는 남의 집에서 벌거벗을 때는 한번도 빠짐없이 이런 예방 조치를 취했다.

그가 나체가 되자마자 그녀는 숨 돌릴 틈도 주지 않고 그를 덮치곤 했다. 그녀가 옷을 벗긴 바로 그 소파에서 그렇게 하는 경우가 대부분이었지만, 아주 드물게는 침대에서 그렇게 하기도 했다. 그녀는 그의 몸 위에 올라가서 그녀의 모든 것을 위해 그의 모든 것을 조종했다. 그리고 온 정신을 다하여 칠흑 같은 내부의 어둠 속에서 눈을 감고 상황을 판단하면서 이리로 나아갔다가 저쪽으로 물러섰으며, 보이지 않는 자신의 방향을 바로잡고 보다 격렬한 길을 시도하기도 했다. 그리고 자신의 배에서 흘러나오는 끈적끈적한 점액의 늪지에서 익사하지 않고 앞으로 나아갈 수 있는 또 다른 방식을 찾으려고 애를 썼으며, 아무도 기다리지 않고 쓰러질 때까지 말파리처럼 웡웡거리는 소리를 내면서 그 지방 속어로 스스로 묻고 대답했다. 그 소리 속에는 그녀만이 알고 있고 그녀가 자신만을 위해 갈망하는 무언가가 어둠에 싸여 있었다. 그러고는 이 세상을 진동시키는 완전한 승리의 환희에 찬 폭발음과 더불어 자신의 심연 속으로 혼자 빠져들었다. 플로렌티노 아리사는 기진맥진해진 채 두 사람이 흘린 땀의 웅덩이 속을 떠다녔지만 아직 불만족스러운 상태였기에 자기가 쾌락의 도구에 불과하다는 인상을 떨쳐 버릴 수 없었다. 그는 "당신은 나를 스쳐 지나가는 사람처럼 마구 취급하는군."이라고 말하곤 했다. 그녀는 자유로운 암컷처럼 웃음을 터뜨리면서 "그 반대지. 스쳐 지나가는 사람도 아닌 것처럼 다루지."라고 대답하곤 했다. 그는 그녀가 남에게는 하나도 주지 않고 혼자서만 욕심을 채운다는 인상을 받고, 자존심이 상해 다시는 오지 않겠다는 결심으로 그 집을 나서곤 했다. 그러나 이내 아무런 이유도 없이 한밤중에 끔찍할 만큼 맑은 정신으로 잠을 깨곤 했으며, 아우센시아 산탄데르의 자기도취적 사랑을 기억하면서, 그것이 무엇이었는지를 깨닫곤 했다. 그것은 그가 혐오하면서도 동시에 갈망하는 행복의 함정으로, 거기서 도망치기란 불가능했다.

그들이 알게 된 지 이 년 후의 어느 일요일이었다. 그가 도착하자 그녀는 옷을 벗기는 대신 보다 키스를 잘하기 위해 안경을 먼저 벗겼다. 그 행동을 통해 그는 그녀가 자기를 사랑하기 시작했다는 것을 알았다. 그 집을 방문했던 첫날부터 아주 편안하게 느꼈고 이제 자기 집처럼 사랑하고 있었지만, 그는 그 집에서 두 시간 이상 머무른 적이 없었고, 잠을 잔 적도 없었다. 딱 한 번 식사한 적이 있었는데, 그것은 그녀가 그를 정식으로 초대했기 때문이었다. 그가 언제나 고독한 장미 한 송이만을 선물로 들고 그곳에 갔던 것은 그녀가 아니라 자신의 목적을 위한 행동이었다. 그리고 사랑이 끝나면 언제 오겠다는 기약도 없이 사라지곤 했다. 그러나 그녀가 그의 안경을 벗기고 키스를 하던 일요일에는 두 사람이 벌거벗은 채 선장의 거대한 침대에서 오후를 보냈다. 그것은 부분적으로는 부드럽고 편안하게 사랑을 나눈 후 잠들었기 때문이기도 했다. 낮잠에서 깨어났지만 플로렌티노 아리사는 아직도 말레이시아산 앵무새의 비명 소리가 기억에 선했다. 아름다운 겉모습과는 달리 귀에 거슬리는 울음소리였다. 그러나 4시의 열기 속에서 짐북은 투명하게 흐르고 있었고, 침실 창문으로는 등 뒤에 떠 있는 오후의 태양과 황금빛으로 물든 교회의 둥근 지붕들, 그리고 자메이카까지 붉은 불꽃으로 타오르던 바다와 더불어 옛 도시의 윤곽이 보였다. 아우센시아 산탄데르는 대담하게 손을 뻗어 축 늘어진 그의 물건을 더듬거리며 찾았지만, 플로렌티노 아리사는 그 손을 치우면서 말했다. "지금은 안 돼. 누군가가 우리를 지켜보고 있는 것 같은 이상한 느낌이 들어." 그녀는 즐거운 듯이 깔깔거리며 웃더니 다시 말레이시아산 앵무새를 시끄럽게 울게 하고는 이렇게 말했다. "그런 핑계는 요나의 아내도 곧이듣지 않을 거야." 어쨌거나 그녀는 믿지 못하겠다는 표정이었지만 결국 수긍했다. 그리고 두 사람은 사랑을 나누지 않고 침묵 속에서 오랫동안 서로를 사랑스럽게 만지작거렸다. 태양이 아직도 하늘 높이 솟아 있던 오후 5시에 그녀는 머리에 오건디 리본을 단 채 완전히 발가벗은 몸으로 침대에서 뛰어내려, 부엌으로 가서 마실 것을 찾아오려고 했다. 하지만 그녀는 침실에서 한 걸음도 내딛지 못한 채 공포의 비명을 질렀다.

그녀는 믿을 수가 없었다. 집 안에 남아 있는 물건이라곤 벽에 붙어 있던 램프밖에 없었던 것이다. 그 밖의 것들, 그러니까 제작자의 서명이 날인된 고급 가구들, 인도 산 카펫, 조각품들과 손으로 짠 태피스트리, 보석과 귀금속으로 만든 셀 수도 없이 많은 장신구들을 비롯해 이 도시에서 그녀의 집을 가장 유쾌하고 화려한 집으로 만들었던 모든 물건과 심지어는 성스러운 말레이시아산 앵무새까지 포함하여 모든 것이 증발해 버리고 말았다. 누군가 그들의 사랑을 방해하지 않으면서 바다를 향해 난 테라스를 통해 모두 가져가 버린 것이었다. 남은 것이라곤 네 개의 커다란 창문이 열려 있는 텅 빈 거실과 안쪽 벽에 두꺼운 붓으로 쓰여진 "몸을 함부로 굴린 대가다."라는 글귀가 전부였다. 로센도 데 라 로사 선장은 왜 아우센시아 산탄데르가 도난 신고를 하지도 않고 훔친 물건을 거래하는 장물아비들과도 만나려 하지 않으며, 그런 불행한 일에 대해 입에도 올리지 못하게 하는지 결코 이해할 수 없었다.

플로렌티노 아리사는 도둑맞은 그녀의 집을 계속 찾아갔다. 이제 그 집의 가구는 도둑들이 부엌에 잊고 놓고 간 세 개의 가죽 간이 의자와 그들이 있었던 침실의 물건으로 줄어들어 있었다. 그러나 그녀를 찾아가는 횟수는 전보다 줄어들었다. 그것은 그녀가 생각하고 그녀가 말한 대로 집에 물건이 없기 때문이 아니라, 새로운 세기 초에 노새가 끄는 신기하기 짝이 없는 트롤리가 등장했기 때문이었다. 그에게 이 물건은 자유롭게 날아다니는 작은 밤새들의 놀랍고 독창적인 보금자리였다. 그는 사무실에 갈 때 두 번, 집으로 돌아올 때 두 번 해서 하루에 네 번 그 트롤리를 탔다. 그리고 정말로 책을 읽고 있던 적도 있었지만, 대부분은 읽는 척만 하면서 나중에 만날 약속을 위한 첫 접촉을 하곤 했다. 훗날 작은아버지 레온 12세가 라파엘 누네스 대통령의 말과 똑같이 금빛 마구를 갖춘 갈색 노새 두 마리가 끄는 마차를 그에게 마음대로 사용하라고 했을 때, 그는 돌아다니면서 매 사냥감을 구하던 시절 중에서도 가장 수확이 좋았던 트롤리의 시기를 그리워했다. 그것은 일리가 있는 생각이었다. 은밀한 사랑을 나누는 데 있어서 문 앞에서 기다리고 있는 마차보다 더 큰 적(敵)은 없었기 때문이다. 그래서 그는 땅바닥에 마차 바퀴 자국이 남지 않도록 마차를 집에 숨겨 놓고, 걸어서 매 사냥을 하러 돌아다녔다. 그는 비쩍 마르고 군데군데 종기가 난 노새들이 끌던 낡은 트롤리와 그 안에서 흘끗 살펴만 보아도 사랑할 상대가 어디에 있는지 알 수 있었던 시절을 깊은 향수를 느끼며 회상하곤 했다. 그러나 수많은 다정한 기억들 중에서도, 의지할 데 없었던 한 작은 새의 기억은 뇌리에서 지워 버릴 수가 없었다. 그는 그녀의 이름도 몰랐고 그녀와 함께 광적인 밤을 절반도 보내지 못했지만, 그녀의 기억은 카니발의 순진무구한 난장판을 볼 때마다 평생 그의 가슴을 아프게 만들기에 충분했다.

트롤리에서 그녀가 그의 관심을 끈 것은 시끌벅적한 축제가 벌어지는 곳을 지나가면서 보인 대담성 때문이었다. 그녀는 스무 살 이상은 되어 보이지 않았고, 장애인으로 위장한 것이 아니라면 카니발의 들뜬 기분도 공유하지 않는 듯했다. 그녀의 머리칼은 아주 연한 색으로 길고 곧았으며, 어깨 위까지 자연스럽게 흘러내렸다. 그리고 아무런 장식도 없는 평범한 리넨 튜닉을 걸치고 있었다. 그녀는 거리에서 시끄럽게 울려 퍼지는 음악 소리에도 관심이 없었다. 그 광란의 사흘 동안 녹말가루를 하얗게 칠하고 꽃 모자를 쓴 노새들이 끄는 트롤리가 지나갈 때면 사람들은 그 승객들에게 쌀가루와 아닐린 물감 세례를 퍼부었지만, 거기에도 완전히 무관심했다. 이런 혼란을 이용해 플로렌티노 아리사는 그녀에게 아이스크림을 먹자고 말했다. 그렇게 제안한 것은 그보다 더 나갈 수 있으리라고는 생각하지 않았기 때문이다. 그녀는 별로 놀라지도 않은 모습으로 그를 쳐다보면서 말했다. "기꺼이 그 초대를 받아들이죠. 하지만 미리 알려 주는데, 나는 미쳤어요." 그는 이 기발한 생각에 웃음을 터뜨리고는 그녀를 아이스크림 가게의 발코니로 데려가 그곳에서 함께 마차 퍼레이드를 지켜보았다. 그런 다음 그는 어깨 망토를 빌려 입었고, 두 사람은 '세관 광장'의 무도회에 합류하여 갓 태어난 연인들처럼 함께 즐겼다. 그녀의 무관심한 태도는 그날 밤의 소동에서 완전히 반대로 바뀌고 말았다. 그녀는 마치 직업 무용수처럼 춤을 추었고, 환락에 사로잡히자 온갖 상상을 동원하여 대담하게 행동했다. 정말이지 놀라운 정도의 매력을 지닌 여자였다.

그녀는 카니발의 열기 속에서 깔깔대면서 말했다.

"나 때문에 당신이 어떤 문제에 말려들었는지 모르죠? 난 정신 병원에서 나온 미친 여자예요."

플로렌티노 아리사에게 그날 밤은 그가 아직 사랑의 상처를 받지 않았던 사춘기 시절, 그러니까 천진난만하게 제멋대로 놀았던 시절로 돌아간 밤이었다. 그러나 경험이 아닌 풍문을 통해, 이처럼 쉽게 얻은 행복은 오래 지속될 수 없다는 것을 알고 있었다. 그래서 가장 훌륭하게 변장한 사람들에게 상을 수여하는 시간이 되면 항상 그랬듯이, 밤이 끝나기 전에 그 여자에게 등대에서 새벽이 밝아 오는 것을 지켜보자고 제안했다. 그녀는 기쁜 마음으로 그 제안을 수락했지만, 수상식이 모두 끝난 다음에 가자고 말했다.

플로렌티노 아리사는 이렇게 일정이 지연된 덕에 목숨을 구할 수 있었다고 확신했다. 그 여자가 등대로 가자는 신호를 보냈을 때, 실제로 '하느님의 목자' 정신 병원에서 나온 경비원 두 명과 여간호사 한 명이 그녀를 덮쳤다. 그녀가 정신 병원을 도망쳤던 오후 3시부터 그녀를 찾고 있었던 것이다. 그들뿐만 아니라 경찰도 그녀를 찾고 있었다. 그녀는 카니발에 춤을 추러 가기 위해 정원사에게서 빼앗은 마체테로 경비원 한 명의 목을 자르고 또 다른 두 명에게 중상을 입혔던 것이다. 그러나 그녀가 거리 한복판에서 춤을 추고 있으리라고는 아무도 생각하지 못했다. 그들은 그녀가 어떤 집에 숨어 있을 것이라고 생각하고는 수많은 집들의 물탱크까지 이 잡듯이 뒤졌던 것이다.

그녀를 데려가기란 쉬운 일이 아니었다. 그녀는 브래지어에 숨겨 놓았던 전지가위를 꺼내 저항했다. 여섯 남자가 동원되어 간신히 그녀에게 정신병자 환자복을 입힐 수 있었다. 그러는 동안 세관 광장을 가득 메우고 있던 군중은 그 유혈 체포가 카니발 축제의 수많은 광대극 중 하나라고 생각하고는 박수를 치고 기쁨의 휘파람을 불어 댔다. 플로렌티노 아리사는 가슴이 찢어질 것 같았다. 그는 재의 수요일부터[3] 그녀에게 줄 영국산 초콜릿 상자를 들고 '하느님의 목자' 거리를 지나다녔다. 그는 발길을 멈추고 창문으로 온갖 종류의 욕설과 달콤한 말을 소리쳐 대는 그곳의 수용자들을 보면서 혹시 운이 좋으면 그녀도 쇠창살 사이로 모습을 드러낼지 모른다고 생각하고는 초콜릿 상자를 들어 그 여자들을 아우성치게 만들었다. 그러나 그녀의 모습은 볼 수 없었다. 몇 달 후 노새가 끄는 트롤리에서 내리는데, 아버지와 함께 가던 어떤 여자아이가 그가 손에 들고 있던 상자에서 초콜릿 한 조각을 달라고 했다. 아버지는 그 아이를 야단치고는 플로렌티노 아리사에게 용서

3) 카니발은 재의 수요일이 밝아 오기 전에 끝난다.

를 구했다. 그러나 그는 초콜릿 상자를 통째로 그 아이에게 주었다. 그 행동이 자신을 모든 비통한 마음에서 해방시켜 주리라 생각했던 것이다. 그러고는 아이 아버지의 어깨를 손바닥으로 탁탁 치면서 진정하게 했다. 그는 이렇게 말했다.

"저 빌어먹을 곳으로 가 버린 사랑을 위해 가지고 다니던 겁니다."

일종의 운명의 보상인 양, 플로렌티노가 레오나 카시아니를 알게 된 곳도 바로 노새가 끄는 트롤리 안이었다. 그녀는 그의 인생에서 진짜 여자였다. 둘 다 그런 사실을 알지도 못했고 사랑을 나눈 적도 없었지만 말이다. 5시의 트롤리를 타고 집으로 가고 있을 때 그는 그녀를 보기도 전에 그녀를 느꼈다. 마치 손가락으로 그를 건드리는 것 같은 직접적인 시선을 느꼈던 것이다. 그는 눈을 들어 그녀를 보았다. 저쪽 끝에 있었지만, 그녀의 모습은 다른 승객들 사이에서 두드러지게 눈에 띄었다. 그녀는 시선을 돌리지 않았다. 그 반대로 너무나 대담하게 그를 쳐다보았기에, 그는 자신의 짐작대로 이 흑인 여자가 젊고 예쁘지만 의심할 나위 없이 창녀일 것이라고 생각하지 않을 수가 없었다. 그는 그녀를 자신의 인생에서 지워 버렸다. 왜냐하면 돈을 주고 사랑을 사는 것보다 야비하고 부끄러운 일은 없다고 생각했기 때문이다. 그는 한 번도 그런 적이 없었다.

플로렌티노 아리사는 트롤리의 종점인 '마차 광장'에 내려서 가게들의 미로를 급히 빠져나갔다. 어머니가 6시에 기다리고 있었던 것이다. 그가 사람들 틈을 헤집고 반대편에 도착했을 때, 그는 돌길에 울려 퍼지는 경쾌한 여인의 구두 소리를 들었다. 그리고 이미 알고 있던 것을 확인하기 위해 고개를 돌려 뒤를 바라보았다. 그녀였다. 그녀는 판화 속의 여자 노예들 같은 옷차림이었다. 거리의 웅덩이 위를 지나기 위해 무용 동작을 하듯이 주름치마를 들어올렸고, 옷깃은 너무 벌어져서 어깨까지 드러났으며, 목에는 여러 색깔의 알이 줄줄이 달린 커다란 목걸이를 하고 있었고, 머리에는 흰 터번을 두르고 있었다. 그는 싸구려 호텔에서 그런 여자들을 많이 알았다. 그 여자들은 저녁 6시에 아침을 먹는 경우가 허다했고, 그 다음에는 자신의 성기를 골목길 강도의 칼처럼 사용할 수밖에 없었다. 그래서 거리에서 마주치는 첫 남자의 목에 성기를 갖다 대면서 음경을 내놓든지 아니면 목숨을 내놓으라고 위협하곤 했다. 마지막 시험을 하기 위해 플로렌티노 아리사는 방향을 바꾸어 '기름접시 골목'이라 불리는 아무도 없는 골목길로 들어갔고, 그녀는 갈수록 가깝게 그를 쫓아왔다. 그러자 그는 발길을 멈추고 뒤를 돌아보았다. 그리고 두 손을 우산 위에 올려놓으면서 그녀의 길을 막았다. 그녀가 그의 눈앞에서 멈추자 그는 말했다.

"실수했군, 아가씨. 난 그런 짓은 안 해."

그러자 그녀가 대답했다.

"당신은 하고도 남을 사람이에요. 얼굴에 그렇게 쓰여 있네요."

플로렌티노 아리사는 어렸을 때 가족 주치의, 그러니까 그의 대부가 만성 변비에 대해 언급하면서 "이 세상은 똥 잘 싸는 사람과 잘 못 싸는 사람으로 나뉘지."라고 말했던 것을 떠올렸다. 이 원칙을 바탕으로 그 의사는 성격의 이론을 만들어 냈는데, 그는 그 이론이 점성술보다 더 정확하다고 여겼다. 그러나 세월의 교훈을 바탕으로 플로렌티노 아리사는 다른 식으로 원칙을 정립했다. 그것은 '이 세상은 섹스를 하는 사람과 하지 않는 사람으로 나뉜다.'라는 것이었다. 그는 후자에 속하는 사람들을 믿지 않았다. 그들은 좁고 올바른 길에서 벗어나는 일이 아주 드물긴 했지만, 그러기만 하면 마치 자기들이 방금 섹스를 만들어 낸 것처럼 허세를 부리곤 했다. 반면에 자주 섹스를 하는 사람들은 단지 그것만을 위해 살았다. 거기서 느끼는 기쁨이 너무나 큰 나머지 그들은 마치 봉함한 관처럼 입을 다물었다. 왜냐하면 이를 두고 잘못 입을 놀렸다간 인생을 망칠 수도 있다는 것을 알고 있었기 때문이다. 그들은 절대로 자신의 공적을 떠들지 않았으며, 아무도 믿지 않았고, 성불구자나 불감증 환자, 특히 플로렌티노 아리사처럼 소심한 게이라는 명성을 얻을 때까지 섹스에 대해 관심이 없는 척했다. 그러나 그들은 그런 착각이 자신들을 보호해 주기 때문에 남들이 오판하는 것을 보면 몹시 기뻐했다. 그들은 일종의 비밀 결사대였다. 그 구성원들은 공통의 언어를 필요로 하지 않았지만 이 세상 어디에 있긴 서로를 알아보았다. 그래서 플로렌티노 아리사는 그 여자의 대답에 별로 놀라지 않았다. 그녀 역시 그와 같은 부류로, 자신이 알고 있다는 것을 그도 알고 있음을 너무나 잘 알고 있었던 것이다.

그것은 일생일대의 실수였다. 그는 죽는 날까지 매일 매시간마다 그 일을 기억할 것이었다. 그녀가 부탁하려고 했던 것은 사랑이 아니었고, 돈으로 사는 사랑은 더더욱 아니었다. 그것은 어떤 일이든 봉급이 얼마든 상관없으니 카리브 하천 회사에 일자리를 구해 달라는 것이었다. 플로렌티노 아리사는 자신의 행동이 너무나 창피해서 그녀를 인사 부장에게 데려갔고, 인사 부장은 총무부에서 가장 낮은 자리를 주었다. 그녀는 삼 년 동안 성실하고 겸손하게 헌신적으로 일했다.

창립 이래로 카리브 하천 회사 사무실은 언제나 하천 부둣가 맞은편에 있었다. 만의 반대쪽에 있던 대서양 횡단선의 항구나 라스 아니마스만의 시장 부두와는 아무런 공통점이 없었다. 회사 건물은 경사진 양철 지붕으로 덮인 목조 건물로, 정면에는 기둥이 세워진 발코니가 하나 있고 사방에는 철망으로 덮인 창문이 여러 개 있었는데, 그 창문으로 선창가의 배들이 벽에 걸린 그림처럼 완벽하게 보였다. 독일인 창업자들이 그 건물을 지었을 때는 양철 지붕을 빨간색으로, 나무 벽은 반짝이는 흰색으로 칠해서 마치 하천 선박처럼 보였다. 나중에 그 건물은 모두 파란색으로 칠해졌는데, 플로렌티노 아리사가 하천 회사에 입사할 무렵에는 무슨 색인지도 알아보기 힘든, 먼지로 뒤덮인 창고 같았다. 녹슨 지붕에는 원래의 양철에 새 양철 조각을 덧대어 놓았다. 건물 뒤에 닭장 철망으로 둘러싸이고, 작은 돌멩이가 깔린 정원에는 최근에 지은 두 개의 커다란 창고가 있었고, 안쪽에는 더럽고 악취 풍기는 뚜껑 덮인 하수관이 있었는데, 그곳에서는 반세기에 걸친 하천 항해의 쓰레기들이 썩어 갔다. 이 쓰레기들은 시몬 볼리바르가 진수식 때 축사를 해 주었다는 단 한 개의 굴뚝을 지닌 초창기 배부터 선실에 이미 전기 선풍기를 설치한 몇몇 최신 선박에 이르기까지 역사에 기록된 모든 선박들의 부스러기였다. 옛날 배들은 대부분 분해되어 다른 배의 재료로 쓰였지만, 몇몇 배들은 상태가 훌륭해 페인트칠만 새로 하면 다시 강으로 띄워 보낼 수 있을 것 같았다. 노란 꽃잎 장식을 떼어 내거나 더욱 향수를 자아내는 이구아나들을 놀리게 해서 도망치게 만들 필요도 없을 것 같았다.

건물 2층에는 관리부가 있었다. 사무실은 마치 배의 선실처럼 조그마했지만 편안하고 모든 설비가 잘 갖추어져 있었다. 민간 설계업자가 아닌 선박 기술자들이 만든 탓이었다. 복도 끝에는 일반 직원들과 똑같은 사무실에서 똑같은 열의를 가지고 작은아버지 레온 12세가 업무를 보고 있었다. 다른 직원과의 유일한 차이라면 매일 아침 책상에서 좋은 향내를 풍기는 꽃이 꽂힌 유리 화병을 볼 수 있다는 것이었다. 아래층에는 여객부가 있었는데, 거기에는 통나무 벤치가 놓인 대합실 하나와 승선표를 판매하고 수화물을 취급하는 창구가 있었다. 마지막으로 이름만 보아도 그 기능이 애매하다는 것을 보여 주는 총무부가 있었다. 그곳은 회사의 다른 부서에서 해결되지 못한 문세들이 불행하게 죽어 가는 곳이었다. 작은아버지 레온 12세가 총무부를 쓸모 있는 부서로 만들기 위해 도대체 무슨 일을 해야 할지 알아보려고 직접 모습을 드러냈던 날, 레오나 카시아니는 바로 거기에 해결되지 않은 서류들과 선적하기 위해 잔뜩 쌓아 놓은 옥수수 부대로 둘러싸인 작은 학생용 책상 뒤에 보이지도 않게 앉아 있었다. 방 한가운데 모든 직원들을 모아 놓고 세 시간에 걸쳐 질문하고 논리적인 가정을 세우고 구체적인 증거를 확인해 본 뒤 그는 그토록 많은 문제들에 대한 해결책 대신 반대로 아무런 해결책이 없는 새롭고 다양한 문제들을 발견했다는 확신으로 골머리를 앓으며 자신의 사무실로 돌아왔다.

다음 날, 플로렌티노 아리사는 사무실에 들어섰을 때 레오나 카시아니의 메모를 발견했다. 거기에는 자신의 메모를 잘 검토해 보고 옳다고 생각되면 그의 작은아버지에게 보여 주라고 쓰여 있었다. 그녀는 전날 오후의 시찰 동안 아무 말도 하지 않은 유일한 사람이었다. 그녀는 동정을 받아 고용된 직원이라는 자신의 위치를 잘 알고 의식적으로 침묵을 지킨 것이었지만, 그 메모를 보니 그녀가 태만해서 그랬던 것이 아니라 그 부서의 계급 질서를 존중했기 때문이라는 것을 눈치챌 수 있었다. 그것은 놀라울 정도로 단순했다. 작은아버지 레온 12세는 완전 재조직을 제안했지만, 레오나 카시아니는 그와 반대로 총무부란 현실적으로 존재하지 않는다는 단순한 논리로 생각했다. 그러니까 총무부는 다른 부서들이 해결하고 싶어하지 않는 무의미하고 귀찮은 문제들의 쓰레기통이니 해결책은 총무부를 없애고 그 문제들을 처음 발생한 부서에서 해결하도록 되돌려 보내는 것이라는 것이었다.

작은아버지 레온 12세는 누가 레오나 카시아니인지 전혀 알지 못했고, 전날 오후에도 그 여자처럼 보이는 사람을 본 기억도 없었다. 그러나 그 메모를 읽고 나자 그녀를 자기 사무실로 불러 문을 닫고는 두 시간 동안 대화를 나누었다. 그가 사람을 알기 위해 사용하는 방법에 따라 두 사람은 모든 문제에 관해 조금씩 이야기했다. 그 메모는 간단한 상식에서 나온 것이었고, 결국 그 해결책은 바람직한 결과를 가져왔다. 그러나 작은아버지 레온 12세는 일에 관심을 두지 않고 그녀에게만 신경을 쏟았다. 그의 관심을 가장 많이 불러일으킨 것은 그녀가 초등학교를 졸업한 후에 받은 교육이라곤 여성 모자 학원에서 배운 것이 전부라는 사실이었다. 게다가 그녀는 선생도 없이 아주 빠르게 집에서 영어를 배우고 있었으며, 석 달 전부터는 타이핑 야간 강좌를 듣고 있었다. 그것은 예전에는 전신이 그랬고 그 이전에는 증기 기관이 그랬던 것처럼, 전망 좋은 새로운 분야라고 얘기되던 것이었다.

그녀가 대담을 끝내고 사무실에서 나왔을 때, 작은아버지 레온 12세는 이미 그녀를 "나의 동명이인 레오나."[4]라고 부르고 있었고, 이후로도 그녀를 항상 그렇게 불렀다. 그는 레오나 카시아니의 제안대로 지체 없이 펜을 휘둘러 골치 아픈 총무부를 없애고, 문제를 만든 부서가 알아서 그것을 해결하도록 하겠다고 작정한 상태였다. 그리고 그녀를 위해 이름도 없고 특별한 업무도 없는 자리를 하나 만들었는데, 그것은 사실상 그의 개인 비서 자리였다. 그날 오후, 총무부를 아무런 영광도 없이 매장한 후 작은아버지 레온 12세는 도대체 어디서 레오나 카시아니를 데려왔느냐고 플로렌티노 아리사에게 물었고, 그는 사실대로 대답했다. 그러자 작은아버지가 말했다.

---

4) 스페인어로 레온이라는 이름의 여성형이 레오나이다.

"그럼 트롤리로 가서 저 여자 같은 여자들이 눈에 띄면 모두 데려와라."

플로렌티노 아리사는 그 말을 작은아버지 레온 12세의 전형적인 농담으로 이해했지만, 다음 날 육 개월 전에 받은 마차가 없어졌음을 알게 되었다. 앞으로 트롤리에서 재능이 숨겨진 사람들을 계속 찾아오라고 그것을 없애 버린 것이었다. 한편 레오나 카시아니는 이내 처음의 망설이던 태도를 떨쳐 버리고, 처음 삼 년 동안 현명하게 간직해 왔던 아이디어를 꺼내 모두 성공적으로 진행시켰다. 그리고 다음 삼 년이 지나자 회사 전체를 장악했고, 그로부터 사 년이 더 흐르자 총비서라는 직책의 문 앞에 이르게 되었지만, 그 직책이 플로렌티노 아리사보다 겨우 한 단계 낮은 것이라는 이유로 사양했다. 그때까지 그녀는 그의 지시를 받았고, 계속해서 그렇게 하기를 원했다. 하지만 실제로는 달랐다. 플로렌티노 아리사는 그녀의 지시를 받는 사람이 바로 자신이라는 사실을 깨닫지 못했으나 그것은 사실이었다. 그는 이사회에서 그녀가 제안한 것만을 실행에 옮겼고 이러한 도움을 통해 그는 비밀의 적들이 쳐 놓은 함정에서 벗어날 수 있었다.

레오나 카시아니는 비밀을 다루는 데 있어 악마 같은 재능이 있었고, 항상 정확한 순간에 자기가 있어야 할 곳을 알고 있었다. 그녀는 활동적이면서도 조용했고, 똑똑하면서도 부드러웠다. 하지만 반드시 필요한 경우에는 마음의 고통을 참으면서 단단한 강철 같은 성격을 드러냈다. 그러나 자신의 영리를 위해 이를 이용하지는 않았다. 그녀의 유일한 목표는 어떤 대가를 치르더라도, 그리고 다른 방법이 없다면 자신의 피를 흘려서라도 플로렌티노 아리사가 자신의 능력을 세심하게 따져 보지 않고서도 스스로 결심한 자리까지 오를 수 있도록 계단을 말끔히 청소하는 것이었다. 바꿔 말하면 권력에 대한 불굴의 의지로 그랬을지도 모르는 일이지만, 사실은 그에게 감사하는 마음에서 나온 의식적인 행동이었다. 그녀의 결심이 너무나 단호했기 때문에 플로렌티노 아리사는 그녀의 계획 속에서 길을 잃고 말았고, 한번은 불행하게도 그녀가 자신의 길을 막으려 한다고 생각하고는 방해하려 들기도 했다. 그러자 레오나 카시아니는 그가 분수를 깨닫도록 이렇게 말했다.

"오해하지 말아요. 당신이 원한다면 나는 언제든지 이 일에서 손을 떼겠어요. 하지만 잘 생각하세요."

사실 그런 것은 생각해 본 적도 없던 플로렌티노 아리사는 심사숙고한 뒤에 결국 그녀에게 항복하고 말았다. 분명한 것은 항상 위기에 처해 있던 회사 내의 더러운 전쟁과 불안한 매 사냥꾼으로서의 재난, 그리고 갈수록 불확실해지는 페르미나 다사에 대한 환상에도 불구하고, 냉정하고 무감각한 플로렌티노 아리사는 싸움의 열기 속에서 배설물과 사랑으로 더럽혀진 그 용감한 흑인 여자의 매력적인 모습을 보고 한시도 마음의 평안을 찾을 수 없었다는 사실이다. 그래서 그는 그녀가 처음 알게 되었던 그날 오후에 생각했던 그런 여자가 아니라는 사실을 놓고 마음속으로 수없이 괴로워했다. 그러니까 자신의 원칙 따위는 엉덩이를 닦는 휴지로 써 버리고, 금괴를 주고서라도 그녀와 사랑을 나누고 싶었던 것이다. 사실 레오나 카시아니는 트롤리에서 처음 보았던 그날 오후의 모습 그대로였다. 충동적으로 도망친 노예 같은 옷에 미친년이나 두를 듯한 터번을 하고, 뼈로 만든 귀걸이와 팔찌를 끼었으며, 여러 색깔의 알이 주렁주렁 걸린 목걸이를 목에 두르고, 손가락마다 가짜 보석이 박힌 반지를 끼고 있었다. 그녀는 말 그대로 거리의 암사자[5]였다. 오랜 세월이 흘렀지만 그녀의 외모는 거의 바뀌지 않았고, 다만 더욱 아름다워졌다. 그녀에게서는 화려한 성숙미가 풍겼고, 그녀의 여성적인 매력은 보는 사람의 마음을 갈수록 설레게 만들었으며, 아프리카 여인의 뜨거운 육체는 성숙해 가면서 더욱 농염해졌다. 플로렌티노 아리사는 십 년간 다시는 그녀를 유혹하지 않음으로써 처음의 실수에 대한 속죄를 하고 있었다. 그리고 그녀는 그것만 빼고 모든 면에서 그를 도와주었다.

어머니가 세상을 뜬 이후로 종종 그랬던 것처럼, 그가 아주 늦게까지 남아서 일하고 있던 어느 날 밤이었다. 플로렌티노 아리사는 사무실을 나서려고 하다가, 레오나 카시아니의 사무실에 불이 켜져 있는 것을 보았다. 그가 문을 두드리지도 않고 그냥 열자, 그녀는 바로 거기에 있었다. 책상에 혼자 앉아 학자 같은 분위기를 풍기는 새 안경을 쓴 채 심각한 표정으로 일에 몰두하고 있었다. 플로렌티노 아리사는 건물 안에 두 사람만이 있고, 부둣가에는 아무도 없으며, 도시는 모두 잠들어 있고, 어두운 바다에는 영원한 밤이 깔려 있으며, 도착하려면

---

5) 레오나는 스페인어로 암사자라는 뜻이다.

한 시간 이상이 걸릴 배 한 척이 슬픈 뱃고동 소리를 내고 있다는 사실을 즐겁고도 행복한 공포를 느끼면서 깨달았다. 플로렌티노 아리사는 '기름접시 골목'의 길에서 그녀의 길을 막았던 것처럼 두 손으로 우산을 잡고 그 우산에 몸을 기댔다. 그러나 지금은 무릎이 떨리는 것을 감추기 위해 그런 것이었다. 그가 말했다.

"내 영혼의 암사자여, 하나만 말해 줘요. 도대체 우린 언제 이 일을 끝낼 거요?"

그녀는 놀라는 기색 없이 침착하게 안경을 벗고는 화사한 미소를 지었다. 그 모습을 보자 그는 눈이 부셨다. 그녀가 이토록 다정했던 적은 한번도 없었다.

"아, 플로렌티노 아리사! 여기에 앉아 십 년 동안이나 당신이 물어봐 주길 기다렸어요."

이미 늦어 버린 뒤였다. 기회는 노새가 끄는 트롤리에서 있었고, 그녀가 회사의 이 의자에 앉아 있는 동안에도 늘 있었지만, 이제는 영원히 사라져 버렸다. 사실 그를 위해 온갖 더러운 속임수를 쓰고, 그를 위해 온갖 야비하고 치사한 일을 참아 오는 동안 그녀는 나름의 인생을 쌓아 올렸고, 그보다 스무 살도 넘게 연상이었던 것이다. 요컨대 그를 상대하기에는 너무 늙은 것이었다. 그를 너무나 사랑했기에, 그녀는 그에게 거짓말하는 대신 계속해서 그를 사랑하는 편을 택했던 것이다. 비록 잔인한 방법으로 그에게 알려야 하는 한이 있더라도 말이다. 그녀는 이렇게 말했다.

"안 돼요. 내가 낳지는 않았지만, 아들과 함께 잠자리를 하는 느낌이 들 것 같아요."

플로렌티노 아리사는 떨떠름한 마음으로 이것이 그녀의 마지막 대답은 아닐 것이라고 생각했다. 그는 여자들이 "아니오."라고 말할 때는, 마지막 결정을 내리기 전에 상대방이 한 번 더 끈질기게 요구해 주기를 바라는 것이라고 생각했다. 그러나 그녀는 달랐다. 다시 한번 실수할 위험을 무릅쓸 수는 없었다. 그는 아무런 불평도 하지 않고 순순히 물러났지만, 그리 쉽지는 않은 일이었다. 그날 밤부터 그들 사이에 있을 수도 있었던 모든 그림자는 아무런 고통 없이 사라져 버렸고, 마침내 플로렌티노 아리사는 여자와 잠자리를 하지 않고서도 친구가 될 수 있다는 것을 깨달았다.

레오나 카시아니는 플로렌티노 아리사가 페르미나 다사에 관한 비밀을 밝히고 싶은 유혹을 느낀 유일한 사람이었다. 그 비밀을 알던 몇 안 되는 사람들은 불가항력의 이유로 그것을 잊어 가고 있었다. 그중 세 사람은 의심의 여지없이 그 비밀을 무덤으로 가져갔다. 죽기 오래전부터 알고 있었던 그의 어머니는 이미 기억 속에서 그 비밀을 지워 버렸고, 갈라 플라시디아는 거의 딸 같은 여자의 시중을 들다가 나이가 들어 세상을 떴으며, 생애 최초의 연애편지를 기도서 안에 넣어 가져왔던 잊을 수 없는 에스콜라스티카 다사는 수많은 세월이 흐른 지금까지 살아 있을 리가 없었다. 당시 로렌소 다사는 살았는지 아니면 죽었는지 알 수 없었는데, 그가 딸의 퇴학을 막아 보려고 프랑카 데 라 루스 수녀에게 사실을 밝혔을 수도 있지만, 그 비밀이 다른 사람에게 새어 나갔을 가능성은 거의 없었다. 그러므로 비밀을 아는 사람은 일데브란다 산체스가 살던 머나먼 지방의 전신 기사 열한 명과 일데브란다 산체스, 그리고 고집 센 그녀의 여사촌들뿐이었다.

그런데 플로렌티노 아리사가 모르고 있었던 것은 후베날 우르비노 박사도 그 숫자에 포함되어야 한다는 것이었다. 일데브란다 산체스는 처음 몇 년간 수없이 페르미나 다사의 집을 찾아갔을 때 너무나 우연히 그리고 너무나 부적절한 순간에 그 비밀을 털어놓은 적이 있었다. 그래서 우르비노 박사는 그녀가 생각하듯이 한쪽 귀로 듣고 한쪽 귀로 흘려보낸 것이 아니라 그 어느 쪽 귀로도 듣지 않았다. 사실 일데브란다는 플로렌티노 아리사를 시 축제에서 일등상을 탈 가능성이 있는 숨겨진 시인 중의 하나로 언급했다. 우르비노 박사는 그가 누구인지 제대로 기억하지 못했다. 그러자 그녀는 그럴 필요도 없었고 악의도 전혀 없었지만, 페르미나 다사가 결혼 전에 사귀었던 유일한 애인이라고 털어놓았다. 그것이 순수하고 순간적인 사랑이어서 그녀는 오히려 감동적이라는 확신을 가지고 말했다. 그러자 우르비노 박사는 그녀에게 눈길도 주지 않은 채 "그놈이 시인일 줄은 몰랐네요."라고 대답했다. 그런 다음 즉시 그를 기억에서 지워 버렸는데, 그 이유는 그가 직업상 망각을 윤리적으로 이용하는 데 길들여져 있었기 때문이다.

플로렌티노 아리사는 그의 어머니를 제외하고는 그 비밀의 창고가 모두 페르미나 다사의 세계에 속해 있다는 것을 깨달았다. 그의 세계에는 오직 그의 비밀만이 있었다. 그는 자신을 짓누르는 그 짐의 무게를 혼자 감당하면서 여러 번 그 짐을 나누어 졌으면 좋겠다고 생각했지만, 당시까지 그 정도로 믿을 만한 사람은 없었다. 레오나 카시아니는 그럴 수 있는 유일한 사람이었지만, 그는 비밀을 털어놓을 방법과 기회를 찾지 못했다. 그는 여름의 찌는 오후에 이런 것을 생각하고 있었다. 그런데 그때 후베날 우르비노 박사가 오후 3시의 더위를 견디기 위해 계단 하나를 오를 때마다 잠시 숨을 돌리면서 카리브 하천 회사의 가파른 계단을 올라와서는 바지까지 땀에 흠뻑 젖은 채로 플로렌티노 아리사의 사무실에 숨을 헐떡이며 나타났다. 그러고는 마지막 숨을 몰아쉬면서 "곧 태풍이 덮칠 것 같군요."라고 말했다. 플로렌티노 아리사는 작은아버지 레온 12세를 찾아온 그를 여러 번 보았지만, 이때처럼 보고 싶지 않은 그 사람이 자신의 삶과 관계가 있다는 선명한 인상을 받은 적이 없었다.

이 무렵 후베날 우르비노 박사는 직업상의 여러 위험과 암초를 극복하고서, 예술 사업에 필요한 기부금을 모금하러 거의 거지처럼 손에 모자를 들고 이 집 저 집을 돌아다니고 있었다. 가장 열성적이고 후덕한 기부자 중의 하나가 작은아버지 레온 12세였다. 그 순간 그는 책상 앞에 있는 스프링 회전의자에 앉아서 여느 때처럼 10분짜리 낮잠에 빠져 들고 있었다. 플로렌티노 아리사는 후베날 우르비노 박사에게 작은아버지 레온 12세 사무실의 옆방이자 때에 따라서는 응접실로 사용하고 있던 자기 사무실에서 잠시 기다려 달라고 부탁했다.

두 사람은 여러 번 만나긴 했지만 그렇게 정면으로 얼굴을 맞댄 적은 없었다. 다시 한번 플로렌티노 아리사는 열등감에 구토증이 치밀어 올랐다. 10분에 불과했지만, 영원히 끝나지 않을 시간처럼 보였다. 그동안 플로렌티노 아리사는 작은아버지가 예정된 시간보다 일찍 깼을지도 모른다는 희망으로 세 번이나 자리에서 일어났고, 보온병에 담겨 있던 블랙커피를 모두 마셔 버렸다. 그러자 그는 "커피는 독입니다."라고 말했다. 후베날 우르비노 박사는 상대방이 자기 말을 듣는지 따위는 신경도 쓰지 않고 계속해서 이런저런 말을 늘어놓았다. 플로렌티노 아리사는 자연스럽게 우러나는 그의 탁월함과 유창한 말솜씨, 그리고 정확한 단어 선택을 듣고는 참을 수가 없었다. 또한 그의 은은한 장뇌향과 개인적인 매력, 그리고 경박하고 시시한 말도 그가 했다는 이유로 중요한 것인 양 여겨지게 하는 그의 편안하고 우아한 태도도 참을 수 없었다. 그런데 갑자기 의사는 대화의 주제를 바꾸었다.

"음악 좋아하십니까?"

그는 일격을 당한 느낌이었다. 사실 플로렌티노 아리사는 이 도시에서 열리던 수많은 연주회와 오페라 상연에 가긴 했지만, 그에 대해 평을 할 정도로 충분히 알지는 못한다고 느끼고 있었다. 그는 대중음악, 특히 감상적인 왈츠를 몹시 좋아했다. 그가 젊었을 때 작곡했던 노래나 남보르게 쓴 시들과 유사하기 때문에 그렇다는 사실을 부정하기 어려웠다. 그는 단 한 번 스쳐 듣기만 해도 며칠 밤 동안 그 선율이 머리에서 맴돌았고, 하느님의 힘으로도 그의 머리에서 그 멜로디를 떼어낼 수 없을 정도였다. 그러나 이것으로는 한 전문가가 그토록 진지하게 물어본 질문 앞에서 진지한 대답이 될 수 없었다. 그는 이렇게 말했다.

"난 가르델[6]을 좋아합니다."

우르비노 박사는 말뜻을 알아듣고는 "알겠어요. 요즘 유행하는 가수죠."라고 말했다. 그는 슬그머니 자신의 새로운 수많은 계획을 하나하나 열거하면서, 보통 때와 마찬가지로 관공서의 후원 없이 실현시켜야 한다고 말했다. 플로렌티노 아리사는 지난 세기의 화려한 공연과 비교해 볼 때 지금 이곳에서 열릴 공연들이 얼마나 형편없는지 알게 되었다. 그것은 사실이었다. 코르토 – 카살스 – 티보 트리오[7]를 이곳 극장으로 데려오기 위해 일 년째 예약을 받고 있었지만, 그들이 누구인지 아는 정부 관리는 하나도 없었다. 반면에 바로 그달에 라몬 카랄트 추리 극단과 마놀로 데 라 프레사 희가극 및 사르수엘라 극단, 번갯불에 콩 볶아 먹듯이 눈 깜짝할 사이에 무대 한가운데서 옷을 갈아입던 입에 올릴 수도 없는 광대와 마술사 및 배우로 구성된 산타넬라스 극단, 폴리에 베르제르의 옛 무용사라고 선전하고 다니던 달텐 무용단, 심지어는 투우와 몸과 몸으로 싸우던 바스크 지방의 광인이며 역겹기 그지없는 우르수스 극단의 공연에는 입추의 여지없이 관람석이 꽉 찼다. 그러나 그건 한탄만 할 일은 아니었다. 유럽인들이 야만적인 전쟁이라는 나쁜 예를 다시 한번 보여 주고 있는 것과는

---

6) 아르헨티나의 유명한 탱고 가수.

7) 1905년 프랑스 피아노 연주가 알프레드 코르토와 스페인 첼로 연주가 파블로 카살스, 프랑스의 바이올린 연주가 자크 티보가 결성한 삼중주단으로 세계적으로 명성을 떨쳤다.

달리, 우리는 반세기 동안 아홉 번의 내전, 그러나 잘 따져 보면 결국 하나의 똑같은 전쟁을 겪은 후에 평화롭게 살기 시작했기 때문이다. 그의 매력적이고 유혹적인 말 중에서 플로렌티노 아리사의 관심을 가장 많이 불러일으킨 것은 후베날 우르비노 박사가 과거에 벌인 여러 사업 중에서 가장 반응이 좋았고 가장 오래 지속되었던 시 축제를 부활시킬 가능성이 있다는 사실이었다. 플로렌티노 아리사는 국내의 유명한 시인들뿐만 아니라 카리브해에 있는 다른 나라의 유명한 시인들도 관심을 보였던 그 연례 축제에 자신이 열심히 참여했다는 사실을 말하지 않기 위해 입술을 깨물어야만 했다.

그들이 대화를 시작하자마자 뜨겁고 습한 공기가 갑자기 차가워졌다. 폭풍 같은 바람이 옆에서 몰아닥쳐 문과 창문을 흔들어 댔다. 사무실은 마치 표류하는 돛단배처럼 뿌리까지 삐걱거리며 신음 소리를 냈다. 후베날 우르비노 박사는 눈치채지 못한 것 같았다. 그는 우연히 6월의 미친 듯한 태풍에 관해 잠시 언급했지만, 갑자기 맥락에 닿지 않게 자기 아내의 이야기를 꺼냈다. 그녀는 그의 가장 열렬한 협력자일 뿐만 아니라 그가 주도하는 계획의 영혼이었다. 그는 “그녀가 없다면 난 아무것도 아니죠.”라고 말했다. 플로렌티노 아리사는 그의 말을 듣고 맞는 말이라며 고개를 끄덕였지만, 얼굴은 거의 표정이 없었다. 잘못하면 목소리가 본심을 드러낼지도 모른다는 두려움 때문에 한마디도 할 수가 없었던 것이다. 그러나 한두 마디만 들어도 후베날 우르비노 박사가 온 정신을 쏟아야 하는 수많은 약속 가운데서도 아내를 사랑할 정도의 시간은 아직 있다는 것을 알기에 충분했고, 그는 이러한 사실에 충격을 받았다. 그러나 그는 원했던 것처럼 반응을 보일 수 없었는데, 그때 오로지 마음만이 할 수 있는 빌어먹을 생각이 떠올랐기 때문이다. 그의 마음은 자신이 항상 적이라고 생각해 온 그 남자가 같은 운명의 희생자이자 순간적인 열정을 함께 공유하는 사람, 즉 같은 멍에에 묶인 두 마리의 동물임을 깨닫게 해 주었던 것이다. 그녀를 기다리면서 보낸 끝없는 이십칠 년이란 세월 동안 처음으로 플로렌티노 아리사는 그토록 훌륭한 사람이 자신의 행복을 위해서는 죽어야 한다는 생각에 가슴이 찢어질 듯한 슬픔을 느꼈다.

마침내 태풍은 지나갔지만, 15분 사이에 그 돌풍은 늪지의 인근 지역을 쑥대밭으로 만들었고, 도시의 절반에 심각한 피해를 주었다. 후베날 우르비노 박사는 다시 한번 작은아버지 레온 12세의 후한 인심에 감사를 표했지만, 날씨가 완전히 갤 때까지 기다리지는 않았다. 정신이 없었는지 플로렌티노 아리사가 마차까지 쓰고 가도록 빌려준 우산을 가져가 버렸지만, 그는 개의치 않았다. 아니 그 반대였다. 그는 페르미나 다사가 그 우산의 주인이 누구인지 알게 되면 자기를 떠올릴 것이라고 생각하면서 기뻐했다. 그가 아직도 대화의 감동에 젖어 정신이 없을 때, 레오나 카시아니가 그의 사무실에 들렀다. 그는 지금이 자신을 도저히 편안하게 살게 내버려 두지 않는 겨드랑이의 종기를 짜듯이 단숨에 비밀을 털어놓을 유일한 기회라고 생각했다. 지금이 아니면 절대로 못 할 것이라고 생각하면서, 후베날 우르비노 박사를 어떻게 생각하느냐고 묻는 것으로 이야기를 시작했다. 그녀는 거의 생각하지도 않고 대답했다. "수많은 일을 하는 사람이죠. 아니 너무 많은 일을 한다고 봐야죠. 하지만 그의 생각을 아는 사람은 아무도 없는 것 같아요." 그런 다음 날카롭고 커다란 흑인 여자의 이빨로 연필에 달린 지우개를 물어뜯으면서 잠시 생각에 잠겼다. 이윽고 자신과 상관없는 일에 더 이상 신경 쓰기 싫다는 듯 어깨를 으쓱하더니 이렇게 말했다.

"아마도 그래서 일을 많이 하나 봐요. 생각하지 않기 위해서 말이에요."

플로렌티노 아리사는 그녀를 붙잡으려고 애썼다.

"그가 죽어야 하다니 가슴이 아파요."

그러자 그녀가 말했다.

"모든 사람은 죽기 마련이에요."

"그래요, 하지만 그 누구보다도 그 사람은 더욱 그래요."

그녀는 무슨 말인지 도통 이해할 수가 없었다. 그녀는 아무 말 없이 다시 어깨를 으쓱하더니 사무실을 나갔다. 그러자 플로렌티노 아리사는 미래의 불확실한 어느 날 밤에 페르미나 다사와 함께 행복한 침대에 누워 자기는 사랑의 비밀을 털어놓지 않았으며, 심지어는 그것을 알 권리가 있는 사람에게도 털어놓지 않았다고 말하게 되리라는 것을 알았다. 그랬다. 그는 절대로 그 비밀을 누설하지 않을 것이었다. 레오나 카시아니에게도 털어놓지 않을 것이었다. 그것은 반평생 동안 고이 간직했던 보석함을 그녀에게 열어 주기 싫어서가 아니라, 그것을 열 열쇠를 잃어버렸음을 그제야 깨달았기 때문이었다.

그러나 그날 오후 그에게 가장 큰 충격을 준 사건은 그것이 아니었다. 그는 아직도 젊은 시절의 추억, 즉 시 축제에 관한 기억을 생생하게 간직하고 있었다. 그 축제의 축포는 매년 4월 15일 서인도 제도 전역을 뒤흔들곤 했다. 그는 언제나 그 축제의 주인공들 중 하나였지만, 대부분의 경우 비밀스러운 주역이었다. 그는 이십사 년 전에 열렸던 첫 축제부터 여러 번 참여했지만, 입상 한 번 한 적이 없었다. 그러나 그런 것은 상관없었다. 처음부터 상을 타기 위해 참여한 것이 아니라 그 대회의 부수적인 것에 매력을 느꼈던 것이기 때문이다. 1회 때 페르미나 다사가 밀랍으로 봉해진 봉투를 열고 수상자 명단을 발표하는 일을 맡았었는데 그 이후로 계속 그 일을 하기로 정해졌던 것이다.

플로렌티노 아리사는 양복 깃 단춧구멍에 꽂은 싱싱한 동백꽃이 두근거리는 욕망의 힘에 맞춰 고동치는 것을 느끼곤 했다. 그리고 오케스트라 좌석의 어둠 속에 숨어, 페르미나 다사가 축제 첫날 밤에 옛 국립 극장의 무대에서 밀랍으로 봉한 세 개의 편지 봉투를 여는 모습을 보았다. 그는 자신이 황금 난초상의 수상자임을 알게 되면 그녀의 가슴에서는 어떤 일이 일어날까를 생각했다. 그는 그녀가 자신의 필체를 알아볼 것이며, 그 순간 작은 공원의 아몬드 나무 밑에서 수를 놓던 오후와 그의 편지 속에 들어 있던 마른 치자꽃 향기, 그리고 바람이 불던 새벽에 왕관을 쓴 여신만이 아는 왈츠 곡을 떠올리리라 확신했다. 그러나 그런 일은 벌어지지 않았다. 더욱 기막힌 일은 그 나라의 시인들이 가장 탐을 내던 1등상인 황금난초상이 중국인 이민자에게 돌아간 것이었다. 그런 황당한 결정은 공개적인 스캔들이 되면서 심사의 공정성을 의심하게 만드는 동기가 되었다. 그러나 그 결정은 정당한 것이었다. 심사 위원들의 만장일치는 그 소네트가 얼마나 탁월한지를 보여 주었다.

아무도 그 시를 쓴 사람이 상을 탄 중국인이라고는 믿지 않았다. 그는 지난 세기 말엽에 대서양과 태평양을 연결하는 철도 공사 도중 파나마를 황폐화시킨 황열병의 참화를 피해, 너무나 비슷해서 아무도 구별할 수 없는 다른 많은 중국인들과 함께 도망쳐서 이곳에 도착했다. 그는 죽는 날까지 이곳에 머물면서 중국어를 쓰며 자손을 번식했다. 처음에는 아내와 아이들, 그리고 식용 개를 데리고 온 사람들을 합쳐 열 명이 넘지 않았지만, 몇 년이 지나자 세관 기록부에 아무런 흔적도 남기지 않고 이 나라에 들어온 뜻밖의 새로운 중국인들과 함께 항구 변두리에 있던 네 개의 골목길을 가득 채웠다. 젊은이 중 몇몇은 너무 빨리 존경받는 족장이 되었는데, 그 누구도 어떻게 그토록 빨리 늙었는지 설명할 수 없었다. 일반적인 관점에서 그들은 나쁜 중국인과 착한 중국인이라는 두 부류로 나뉘었다. 나쁜 중국인들은 항구에 있는 허름한 음식점의 주인들로서, 해바라기를 곁들인 쥐고기 음식을 놓은 자기 식당의 식탁에서 왕처럼 푸짐하게 먹거나 갑자기 죽어 버렸다. 그래서 백인 여자 노예를 비롯한 수많은 종류의 비밀 무역을 하는 거점지라는 의심을 안 받으려야 안 받을 수가 없었다. 착한 중국인들은 성스러운 학문의 후계자들로 세탁소를 경영했다. 그들은 갓 구워낸 성체용 빵처럼 옷깃과 소맷부리를 다림질해서 셔츠를 새것보다 더 깨끗이 만들어 되돌려 주곤 했다. 시 축제에서 만반의 준비를 갖춘 일흔두 명의 경쟁자를 물리친 중국인은 이런 착한 중국인들 중의 하나였다.

페르미나 다사가 당황하여 수상자 이름을 읽었을 때, 그 이름을 알아들은 사람은 하나도 없었다. 이는 이름이 흔히 듣던 것이 아닐 뿐만 아니라 어쨌든 중국인 이름을 어떻게 발음하는지 정확히 아는 사람이 하나도 없기 때문이다. 그러나 너무 많이 생각할 필요는 없었다. 왜냐하면 중국인들이 집에 일찍 갈 때면 짓는 천상의 미소를 띠면서, 수상자로 거명된 중국인이 관람석 뒤쪽에서 나타났기 때문이다. 그는 자신이 상을 타리란 것을 너무나 확신한 나머지, 상을 받기 위해 봄 의식을 치를 때 입는 노란 실크 예복을 입고 있었다. 18캐럿의 황금난초를 받아든 이 사내는 의심의 눈초리를 보내는 사람들이 우레와 같은 야유를 보내는 가운데 행복에 겨워 그 상에 입을 맞추었다. 그는 아무런 반응도 보이지 않았다. 무대 한가운데에서 우리의 사도보다 덜 극적인 신의 사도처럼 동요하지 않고 기다리다가 조용해지자마자 상을 받은 시를 읽었다. 아무도 그 시를 이해하지 못했다. 그러나 다시 야유의 휘파람 소리가 지나가자, 페르미나 다사가 매력적인 허스키한 목소리로 아무런 감정도 싣지 않고 그 시를 다시 읽었다. 첫 번째 행부터 모든 사람들이 경탄했다. 그것은 가장 순수한 고답파 계열의 완벽한 소네트였으며, 대가의 손길이 닿았음을 알려 주는 영감의 산들바람이 그 시를 꿰뚫고 지나가고 있었다. 유일하게 가능한 설명은 어떤 위대한 시인이 시 축제를 비웃기 위해 장난을 쳐야겠다는 생각을 했고, 그 중국인은 죽을 때까지 그 비밀을 간직하겠다는 결심으로 그 장난에 동참한 것일지도 모른다는 것뿐이었다. 우리의 전통 있는 일간지인 《상업 신문》은 카리브해에서 중국인들의 문화적 영향력과 그 찬란한 역사, 그리고 시 축제에 참가할 수 있는 충분한 권리가 있다는 내용의 박식하지만 소화가 제대로 되지 않은 논평으로 시민의 명예를 구하려 했다. 그 글을 쓴 사람은 그 소네트의 작가가 실제로 상을 탄 사람이라는 것을 의심하지 않으면서 직설적으로 "모든 중국인들은 시인이다."라는 제목으로 이를 정당화했다. 만일 그것이 음모라고 해도, 그 음모를 꾸민 사람들은 비밀을 간직한 채 관 속에서 썩어 문드러졌을 것이다. 한편 상을 탄 중국인은 아무런 고백도 없이 동양인들이 죽는 나이에 죽었으며, 살았을 때 시인으로 인정받고자 했던 유일한 소망을 성취하지 못한 채 비통에 싸여 황금난초와 함께 관 속에 안치되었다. 그의 죽음을 계기로 잊혔던 시 축제 사건이 언론에서 다시 회고되었으며, 통통한 아가씨들과 풍요의 황금 뿔이 그려진 삽화와 함께 그 소네트가 다시 활자화되었고, 시의 수호신들은 그 기회를 이용해 모든 것을 정리했다. 즉, 새로운 세대에게는 그 소네트가 너무나 형편없어 보여서 이제는 사실상 죽은 중국인이 썼다는 사실을 아무도 의심하지 않는다는 것이다.

플로렌티노 아리사는 그 소동을 생각할 때면 항상 자기 옆에 앉아 있던 이름도 모르는 뚱뚱한 아가씨의 기억과 연결되었다. 수상식이 시작되었을 때 그는 그녀를 뚫어지게 바라보았지만, 나중에는 기대감에 대한 두려움으로 그녀를 잊고 말았다. 그의 관심을 불러일으킨 것은 진주처럼 새하얀 피부와 행복하고 뚱뚱한 여인의 향내, 인조 목련꽃으로 치장된 소프라노 여가수와 같은 커다란 가슴이었다. 그녀는 꽉 조이는 검은 벨벳 원피스를 입고 있었는데, 그것은 갈망과 열기로 가득 찬 그녀의 눈처럼 검었다. 또한 원피스보다 더 검은 머리카락을 지녔는데, 그 머리카락은 목덜미 부분에 집시들이 사용하는 빗으로 다소곳이 모아져 있었다. 또한 축 늘어뜨린 귀걸이를 달고, 똑같은 스타일의 목걸이를 걸고 있었다. 그리고 여러 손가락에는 반짝이는 장미 모양의 반지들을 똑같이 끼고 있었고, 오른쪽 뺨에는 입술연지로 칠한 애교점이 있었다. 마지막 박수갈채의 소란 속에서 그녀는 솔직하게 슬픈 표정을 짓고는 그를 바라보면서 말했다.

"정말 유감이에요. 이건 진심이에요."

플로렌티노 아리사는 아연실색했다. 그것은 그가 받아 마땅한 위로의 말 때문이 아니라 그의 비밀을 누군가가 알고 있을지도 모른다는 사실에 경악했기 때문이었다. 그녀는 "봉투가 열릴 때마다 당신 옷깃에 꽂힌 꽃이 떨리는 것을 보고 알았어요."라고 말했다. 그러고는 자기 손에 들고 있던 벨벳 동백꽃을 보여 주면서 속마음을 털어놓았다.

"그래서 난 내 꽃을 떼어 버렸어요."

그녀는 그가 입상하지 못한 것 때문에 눈물을 터뜨릴 찰나에 있었다. 그러자 플로렌티노 아리사는 밤 사냥꾼의 본능으로 그녀의 기분을 전환시키면서 이렇게 말했다.

"우리 함께 울 수 있는 곳으로 갑시다."

그는 그녀의 집까지 함께 갔다. 자정이 가까울 무렵 거리에 아무도 없는 것을 보자, 그는 문 앞에서 그녀에게 브랜디 한 잔을 마시면서 그녀가 십 년 넘게 모았다고 말하던 공공 행사의 사진 앨범과 스크랩북을 보자고 말했다. 그 당시 이런 수법은 이미 낡은 것이었지만, 그때는 그러려고 했던 것이 아니었다. 국립 극장을 나와 걷는 동안 그 앨범에 관해 말한 것은 그녀였기 때문이다. 플로렌티노 아리사가 거실에서 가장 먼저 눈여겨본 것은 그 집에 하나밖에 없는 침실의 문이 열려 있으며, 커다랗고 화려한 침대는 수를 놓은 침대 커버로 덮여 있고, 침대 머리판은 청동 잎사귀로 장식되어 있다는 것이었다. 이 모습을 보자 그의 마음은 동요되었다. 그녀는 이를 틀림없이 눈치챈 것 같았다. 왜냐하면 거실을 가로질러 가서 침실 문을 닫았기 때문이다. 그런 다음 고양이 한 마리가 잠자고 있던 꽃무늬 커버가 씌워진 소파에 앉으라고 권했고, 탁자 위에 앨범들을 올려놓았다. 플로렌티노 아리사는 천천히 그 앨범들을 살펴보기 시작했지만, 눈앞에 놓인 것이 아니라 다음 단계를 어떻게 나아가야 할지에 대해 생각하고 있었다. 그는 갑자기 눈을 들어 그녀를 바라보았다가 그녀의 눈에 눈물이 가득 고여 있는 것을 알았다. 그는 부끄러워하지 말고 실컷 울라고 충고하면서, 눈물만큼 사람의 마음을 달래 줄 수 있는 것은 없다고 말했다. 그리고 코르셋을 풀고 울라며 권했다. 그는 서둘러 그녀를 도와주었다. 코르셋을 매는 긴 부분에 끈들이 서로

촘촘하게 교차되어 매여 있어서 등까지 꽉 조이고 있었기 때문이다. 그러나 코르셋이 내부의 압력에 의해 스스로 풀어져 버렸기 때문에 그 끈을 모두 풀 필요는 없었다. 그러자 거대한 그녀의 가슴은 비로소 마음껏 숨을 쉴 수 있었다.

가장 쉽게 손에 넣은 경우라도 신출내기와 같은 두려움을 잃지 않았던 플로렌티노 아리사는 용기를 내어 손가락으로 그녀의 목을 가볍게 쓰다듬었고, 그녀는 울음을 멈추지 않고 응석받이 어린 소녀처럼 몸을 비틀면서 신음 소리를 냈다. 그러자 그는 손가락으로 어루만졌던 바로 그 부분에 아주 부드럽게 키스를 했다. 그러나 다시 키스를 할 수는 없었다. 그녀가 거대하고 뜨거운 몸을 돌려 그를 향해 날렵하게 달려들었기 때문이다. 두 사람은 서로 부둥켜안은 채 바닥으로 나뒹굴었다. 그러자 소파에 있던 고양이가 잠에서 깨 야옹 소리를 내면서 그들을 덮쳤다. 두 사람은 급히 서두르는 신참내기 연인들처럼 서로를 더듬으며 찾았고, 다 찢겨 나간 앨범 위에서 옷을 입은 채 땀에 젖어 뒹굴면서 있는 방법을 모두 동원하여 서로 만나게 되었다. 그러나 그들은 자신들이 저지르고 있는 사랑의 재앙보다 고양이의 성난 발톱을 피하는 일에 더욱 열을 올렸다. 하지만 다음 날 밤부터, 여전히 피가 나는 상처를 간직한 채 여러 해 동안 계속해서 그들은 그런 사랑을 나누게 되었다.

그가 자기를 사랑하기 시작했다는 사실을 깨달았을 때 그녀는 이미 사십 대의 절정에 있었고, 그는 서른 살을 눈앞에 두고 있었다. 그녀의 이름은 사라 노리에가로, 출판되지는 않았지만 가난한 사람들에 관한 시집으로 상을 받아 젊었을 때 잠시 이름을 날리기도 했다. 그녀는 공립학교에서 도덕을 가르쳤으며, 그 월급으로 게세마니의 옛 지역에 위치한 '연인들의 둥지'란 번잡한 거리의 빌린 집에서 세 들어 살고 있었다. 그녀에게는 여러 명의 연인이 있었지만, 그녀와 결혼하고 싶어 한 사람은 아무도 없었다. 당시 그녀와 같은 계급의 남자가 잠자리를 함께한 여자와 결혼하는 경우는 좀처럼 없었기 때문이다. 그녀 역시 공식적인 첫 애인 이후로는 그런 환상을 다시는 품지 않았다. 그녀는 열여덟 살 때나 가질 수 있는 거의 미칠 듯한 열정으로 첫 애인을 사랑했지만 결혼식을 일주일 앞두고 파혼당했고, 그 애인은 그녀에게 버림받은 신부라는 낙인이 찍히게 만들었다. 그러니까 당시에 말하던 바를 따르면 '중고 아가씨'의 영역에 그녀를 버려 두었던 것이다. 그 첫 경험은 짧고 잔인했지만, 그녀에게 아무런 상처도 남기지 않았다. 대신 그와 결혼을 하든 안 하든, 하느님이나 법이 있든 없든, 침대에 남자가 없다면 살 만한 가치가 없다는 확신에 눈을 뜨게 되었다. 플로렌티노 아리사가 그녀에게서 가장 좋아한 점은, 사랑을 하는 동안 충만한 영광에 이르기 위해서는 그녀가 아기용 가짜 젖꼭지를 빨아야만 한다는 것이었다. 사라 노리에가는 가장 급한 순간에도 손만 뻗으면 닿을 수 있도록 그것을 침대 머리에 걸어 놓았다.

그녀는 그와 마찬가지로 어디에도 얽매이지 않은 몸이었고, 아마도 그들의 관계가 알려지는 것에 반대하지 않았을 테지만 처음부터 플로렌티노 아리사는 그들의 관계를 비밀의 모험으로 하자고 제안했다. 그는 항상 아주 밤늦은 시간에 뒷문으로 살짝 들어갔고, 새벽이 되기 조금 전에 까치발로 빠져나오곤 했다. 그녀뿐만 아니라 그도 다른 사람들과 함께 북적거리며 사는 그런 집에서는 결국 이웃들이 모르는 척할 뿐이지, 틀림없이 생각보다 많이 알고 있으리라는 사실을 잘 알았다. 그래서 단순한 형식에 불과하더라도 플로렌티노 아리사는 늘 조심했고, 평생 동안 어느 여자를 만나든 항상 그렇게 했다. 그는 사라나 다른 여자들에게 한 번도 실수를 저지르지 않았으며, 그 여자들의 믿음을 배신하지도 않았다. 그것은 과장된 말이 아니었다. 그는 딱 한 번 위험한 흔적이나 글로 쓴 증거를 남겼는데, 이는 그의 삶에 치명적이 될 수도 있는 일이었다. 사실 그는 항상 페르미나 다사의 영원한 남편처럼 행동했다. 물론 충실하지는 않지만 그녀에게 배신감이라는 불쾌한 감정을 주지 않으면서도 노예 상태에서 해방되려고 끊임없이 투쟁하는 남편이었다.

이러한 비밀주의는 다른 이들에게 오해를 사지 않고는 지속될 수는 없었다. 트란시토 아리사는 사랑으로 잉태했고 사랑을 위해 길렀던 자기 아들이 젊은 시절 처음으로 겪은 불행으로 인해 모든 종류의 사랑에 면역성을 띠게 되었다고 생각하면서 세상을 떠났다. 그러나 그와 아주 가까이 지내면서 그의 신비로운 성격이나 신비주의적인 의상과 이상한 화장수를 좋아하는 취향을 잘 알고 있던 덜 관대한 사람들도 그가 사랑이 아니라 여자에게만 면역성을 띠는 것일지도 모른다는 의심을 품고 있었다. 플로렌티노 아리사는 이를 알고 있었지만

한 번도 그런 생각이 틀렸다는 것을 보여 줄 수 있는 행동을 하지 않았다. 사라 노리에가도 그런 것에 관해서는 걱정하지 않았다. 그가 사랑했던 수많은 다른 여자들과 마찬가지로, 심지어는 그를 즐겁게 해 주고 그를 사랑하지도 않은 채 그와 함께 기쁨을 나누었던 다른 여자들처럼 그녀는 그를 실제 있는 그대로, 즉 지나가는 뜨내기 남자로 받아들였던 것이다.

마침내 그는 아무 시간에나, 특히 가장 평화로운 시간인 일요일 아침에는 빠지지 않고 그녀의 집에 모습을 드러냈다. 그녀는 하고 있던 일이 무엇이든 간에 그 일을 팽개쳐 버리고는 항상 그를 위해 준비해 놓은, 조잡하게 꾸민 거대한 침대에서 온몸으로 그를 행복하게 해 주려고 노력했다. 그녀는 이 침대에서는 절대 예배 의식을 허락하지 않았던 것이다. 플로렌티노 아리사는 과거도 없는 처녀가 남자들의 문제를 어떻게 그토록 정통하게 꿰뚫고 있는지, 그리고 물개처럼 뚱뚱한 몸을 마치 물 밑에서 움직이듯이 어떻게 그토록 날렵하고 부드럽게 움직일 수 있는지 이해할 수가 없었다. 그녀는 사랑이란 그 무엇보다도 천부적인 재능이라고 말하면서 변명했다. 그러면서 "알고서 태어나지 않으면 절대로 알지 못하는 것이지요."라고 말했다. 플로렌티노 아리사는 그녀가 얘기하는 것보다 더 많은 남자의 손을 거쳤을지도 모른다고 생각하면서 그녀의 과거에 대한 질투심으로 몸부림쳤지만, 그런 생각은 혼자 삼켜야만 했다. 왜냐하면 그 역시 다른 모든 여자들에게 그랬던 것처럼 그녀가 유일한 애인이라고 말했기 때문이다. 그는 별로 좋아하지 않는 것이 많았지만, 그중에서도 가장 싫어한 것은 두 사람이 사랑을 하는 동안 할퀴지 못하도록 사라 노리에가가 발톱을 깎아 버린 고양이를 침대에 놔두는 것이었다.

그러나 그녀는 기진맥진할 때까지 침대에서 사랑을 속삭이는 것만큼이나 시를 예찬하면서 정사가 끝난 후의 순간을 보내길 좋아했다. 길거리에서 팸플릿 책자로 2센타보에 팔리던 당대의 감상적인 시들을 그녀는 놀랍게도 줄줄 외웠을 뿐만 아니라, 아무 때나 큰 소리로 낭독하기 위해 가장 좋아하는 작품들을 핀에 꽂아 벽에 붙여 두었다. 그녀는 도덕 교과서를 철자법 교과서처럼 11음절짜리 2행으로 바꾸어 써 보았지만, 공식적인 허가를 받아 내는 데는 실패했다. 시 낭송에 대한 그녀의 열정은 가끔씩 사랑을 나누는 동안에도 암송할 정도로 대단했는데, 플로렌티노 아리사는 아기의 울음을 그치게 할 때처럼 그녀의 입에 억지로 가짜 젖꼭지를 물려야 했다.

그들의 관계가 한창 무르익었을 때, 플로렌티노 아리사는 떠들썩한 침대의 사랑과 일요일의 평화로운 오후에 나누는 사랑 중에서 어떤 것이 진짜 사랑인가 하고 자문해 본 적이 있었다. 그러자 사라 노리에가는 그들이 벌거벗고 하는 모든 것은 사랑이라는 단순한 논리로 그를 진정시켰다. 그녀는 "허리 위쪽은 영혼의 사랑이고 허리 아래쪽은 육체의 사랑이죠."라고 말했다. 사라 노리에가는 자신이 내린 이 정의가 너무도 멋있어서 분리된 사랑에 관한 시를 쓰겠다고 생각했다. 두 사람은 함께 그 시를 썼고, 그녀는 당시까지 아무도 이처럼 독창적인 시를 제출한 적은 없다는 확신을 가지고 제5회 시 축제에 참여했다. 그러나 또다시 탈락의 쓴맛을 보고 말았다.

그녀는 플로렌티노 아리사와 함께 집으로 돌아오는 동안 머리끝까지 화가 나 있었다. 뭐라고 설명할 수는 없었지만, 그녀는 자기 시가 상을 받지 못하도록 페르미나 다사가 수작을 부렸다고 확신하고 있었다. 플로렌티노 아리사는 그런 말에 주의를 기울이지 않았다. 그는 수상식이 거행된 순간부터 계속 기분이 씁쓸했다. 왜냐하면 오랫동안 페르미나 다사를 보지 못하다가 그날 밤 보고는 그녀가 완전히 변해 버렸다는 인상을 받았기 때문이다. 어머니로서의 자질을 갖춘 그녀의 모습이 처음으로 한눈에 들어왔다. 그녀의 아들이 벌써 학교에 들어갔다는 사실을 알고 있었기 때문에 새삼스러운 일은 아니었다. 그러나 그날 밤처럼 그녀가 어머니의 나이가 되었다는 사실이 분명하게 다가온 적은 없었다. 그날 밤 수상자 명단을 읽는 그녀의 목소리는 거칠었고, 허리는 굵어졌으며 걸을 때도 숨이 찬 모습이었다.

자신의 기억을 기록해 두려고 애쓰면서, 그는 사라 노리에가가 먹을 것을 준비하는 동안 다시 시 축제 앨범들을 뒤적거렸다. 그는 잡지에 실린 컬러 사진들과 거리에서 기념품으로 팔던 색 바랜 엽서들을 보았다. 그것은 그의 삶이 얼마나 많은 오류를 범했는지를 희미하게 보여 주고 있었다. 당시까지 그는 세상은 흘러가고 관습과 유행은 바뀔지라도 그녀만은 변하지 않는다는 소설 같은 말을 굳게 믿고 있었다. 그러나 그날 밤 페르미나 다사의 인생이 어떻게 흘러가고 있는지, 기다리는 것을 빼놓고는 아무 일도 하지 않는 동안 자신의 삶이 어떻게 흘러가고 있는지 처음으로 의식했다. 그 누구에게도 그녀에 관해 말한 적이 없었다. 창백해지는 입술을 들키지 않고서는 그녀의 이름을 말할 수 없다는 것을 자기 자신이 잘 알고 있었기 때문이다. 그러나 그날 밤 지겨운 일요일의 수많은 밤을 지새울 때와 마찬가지로 앨범을 살펴보는 동안, 사라 노리에가는 우연히 아주 정확한 지적을 했고, 그 말을 듣자 그의 피는 얼어붙는 것 같았다. 그녀는 이렇게 말했다.

"그년은 창녀예요."

그녀는 가면무도회에 검은 암표범으로 변장한 페르미나 다사의 사진을 보고 지나가는 투로 한 말이었다. 그녀가 누구를 향해 한 말인지 플로렌티노 아리사가 알도록 이름을 말할 필요는 없었다. 그는 이런 뜻밖의 사실이 자기의 여생을 괴롭히게 될지도 몰라, 급히 조심스럽게 변명을 늘어놓았다. 그는 페르미나 다사를 조금만 알고 있을 뿐이며 한 번도 공식적으로 인사를 나눈 적도 없고, 그녀의 사생활이 어떤지 아무런 소문도 들은 바 없지만, 아무것도 없이 시작해서 자신이 지닌 훌륭한 자질로 높은 자리까지 올라간 훌륭한 여자라는 것은 틀림없다고 반론했다. 그러자 사라 노리에가가 그의 말을 가로막고서 말했다.

"사랑하지도 않는 남자와 정략결혼을 해서 얻은 작품이자 은총이지요. 그건 창녀가 되는 방법 중에서도 가장 천박한 방법이에요."

플로렌티노 아리사의 어머니도 그렇게 노골적이지는 않지만 똑같이 엄격한 도덕적 관점에서 아들의 불행을 달래려고 그런 말을 한 적이 있었다. 완전히 당황하여 어찌할 바 모르던 그는 사라 노리에가의 가혹한 말에 적당한 대답을 찾을 수 가 없어서 주제를 바꾸려고 했다. 그러나 사라 노리에가는 페르미나 다사에 대한 감정이 풀릴 때까지 그렇게 놔두지 않았다. 설명할 수 없는 갑작스러운 직관에 의해, 그녀는 자신의 상을 빼앗아간 음모의 주동자가 바로 그녀라고 확신하고 있었다. 그 말을 믿을 만한 근거는 아무것도 없었다. 두 사람은 서로 알지도 못했고, 한 번 만나 본 적도 없으며, 페르미나 다사는 심사위원들의 비밀을 알 수는 있지만 수상자를 결정하는 일과는 아무 관련도 없었기 때문이다. 사라 노리에가는 "여자들은 직감으로 알 수 있어요."라는 말로 단호하게 그 논쟁에 종지부를 찍었다.

그 순간부터 플로렌티노 아리사는 사라 노리에가를 다른 눈으로 보게 되었다. 그녀에게도 세월이 흘러가고 있었다. 기름진 그녀의 성적 매력은 아무런 영광도 없이 시들어 갔고, 그녀의 사랑은 흐느낌 속에서 시간을 보냈으며, 그녀의 눈꺼풀에는 과거의 쓰라린 상처로 인해 그늘이 지기 시작했다. 그녀는 이제 지난날의 꽃이었다. 게다가 탈락했다는 사실에 분노하면서 자기가 마신 브랜디가 얼마나 되는지조차 잊어버린 상태였다. 그날 밤은 평소와 달랐다. 두 사람이 코코넛을 넣은 밥을 다시 데워서 먹는 동안, 그녀는 자신의 탈락한 시를 쓰는 데 공헌한 사람들을 일일이 열거하면서, 얼마나 많은 황금 난초 꽃잎이 그들에게 돌아가야 했는지 입증하려고 했다. 그들이 아무짝에도 쓸모없는 논쟁을 벌이며 즐긴 것이 이번이 처음은 아니었지만, 그는 그 기회를 이용해 다시 벌어진 상처 때문에 생겨난 감정을 섞어 말했다. 결국 두 사람은 야비하고 치사한 말싸움에 말려들었는데, 이는 거의 오 년 동안 이어져 온 분리된 사랑의 원한만을 휘저었을 뿐이다.

12시가 되기까지 10분을 남겨 두었을 때, 사라 노리에가는 의자 위에 올라가 괘종시계의 태엽을 감고, 자기 기억에 따라 12시 정각에 맞추어 놓았다. 아무 말도 하지 않았지만, 아마도 그에게 가야 할 시간임을 알려 주려는 것 같았다. 그러자 플로렌티노 아리사는 사랑 없는 그 관계를 얼른 뿌리째 뽑아 버려야 한다고 생각하고는 언제나 그랬듯이 선수 칠 기회를 찾았다. 그는 사라 노리에가가 자신을 침대로 끌어들여서, 안 된다고, 그들 사이에는 모든 것이 끝났다고 말할 수 있는 기회를 갖게 해 달라고 하느님에게 기도했다. 그녀가 괘종시계의 태엽을 다 감자, 그는 자기 옆에 앉으라고 부탁했다. 그러나 그녀는 그에게서 멀리 떨어진 손님용 소파에 앉기를 고집했다. 플로렌티노 아리사는 예전에 그녀가 전희를 하는 도중에 즐겨 했던 것처럼, 집게손가락을 브랜디에 적신 다음 그녀가 그 손가락을 빨도록 내밀었다. 그러나 그녀는 거부하면서 이렇게 말했다.

"지금은 안 돼요. 난 지금 기다리는 사람이 있어요."

페르미나 다사에게 거절당한 뒤로 플로렌티노 아리사는 최후의 결정은 항상 자기가 할 수 있도록 유보해야 한다는 것을 배웠다. 괴롭고 원한이 맺히지 않은 상황이었다면, 그는 결국 그날 밤 사라 노리에가와 침대에서 한데 뒹굴게 되리라 확신하면서 그녀에게 끈질기게 요구했을 것이다. 왜냐하면 그는 한 남자와 잠자리를 한 여자는 그가 원하고 있고 그가 매번 자신을 뜨겁게 달구는 방법을 아는 한, 계속해서 잠자리를 하게 되어 있다고 확신했기 때문이다. 그런 신념 때문에 그는 모든 것을 참아 냈고, 심지어 더럽고 추잡한 사랑의 흥정을 할 때도 모든 것을 묵과했다. 그것은 여자에게서 태어난 그 어떤 여자에게도 마지막 결정을 할 수 있는 기회를 주지 않기 위해서였다. 그러나 그날 밤 그는 너무도 모욕을 당한 느낌이었기에, 단숨에 브랜디를 들이켜며 그녀가 자신의 분노를 눈치채도록 가능한 모든 방법을 동원했다. 그는 작별 인사도 하지 않고 그 집을 나와 버렸다. 그 후로 두 사람은 두 번 다시 만나지 않았다.

그 오 년 동안 플로렌티노 아리사가 사라 노리에가하고만 관계를 가졌던 것은 아니지만, 그녀와의 관계는 그가 여자들과 맺은 가장 길고 안정된 관계 중 하나였다. 그녀와 함께 있으면, 특히 침대에 함께 있으면 편안했다. 그러나 결코 그녀가 페르미나 다사를 대신할 수 없다는 것을 깨닫자, 고독한 사냥꾼의 밤은 더욱 늘어만 갔다. 그는 능력이 닿는 한까지 밤 생활에 자신의 시간과 힘을 최대한 분배했다. 그러나 사라 노리에가는 그런 그를 잠시나마 치유하는 기적을 이루어 냈다. 예전의 그는 페르미나 다사를 잠시라도 보지 못할 때면, 아무 때나 하던 일을 멈추고 한시도 쉬지 않고 갈망하는 가슴을 부여잡은 채, 전혀 생각지도 못한 거리나 그녀가 도저히 있을 것 같지 않은 비현실적인 장소를 이리저리 헤매면서 예감이 지시하는 대로 불확실한 방향을 잡으며 그녀를 찾으려고 했었다.

그러나 적어도 사라 노리에가는 그런 시절과는 달리 페르미나 다사를 보지 않고도 살아갈 수 있게 해 주었다. 그런데 그녀와 결별하자 잠자고 있던 그리움이 다시 깨어났고, 복음 공원에서의 오후나 끊임없이 독서를 하던 시절에 느끼던 감정도 되살아났다. 차이점이 있다면, 이번에는 후베날 우르비노 박사가 죽어야 한다는 절박한 필요성 때문에 더욱 악화되었다는 것이다.

그는 오래전부터 자신이 한 과부를 행복하게 해 주고, 그녀는 자신을 행복하게 해줄 운명을 지니고 있음을 알고 있었지만 별로 걱정하지 않았다. 오히려 그 운명을 준비하고 있었다. 고독한 사냥꾼으로서 먹이를 낚으면서 너무나 많은 과부들을 알게 된 플로렌티노 아리사는 세상은 행복한 과부들로 가득 차 있다는 것을 깨닫기에 이르렀다. 그는 그 여자들이 남편의 시체 앞에서 고통을 이기지 못해 미친 듯이 울부짖고, 남편 없이 불확실한 미래를 살지 않도록 같은 관에 자기를 산 채로 묻어 달라고 애원했지만, 이내 새로운 현실에 적응해 가면서 새로운 활력으로 잿더미에서 일어나는 모습을 보았다. 그 여자들은 아무도 없는 커다란 집에서 마치 음지의 기생 식물처럼 살기 시작했으며, 오랫동안의 쓸모없는 감금 생활 끝에 할 일을 찾지 못하고 자기 하인들의 막역한 친구가 되거나 베개의 정부가 되곤 했다. 그러다가 예전에는 다시 달 시간이 전혀 없었던 죽은 남편의 옷에 단추를 달거나 항상 완벽한 상태에 있도록 목깃에 풀을 먹이고, 셔츠와 소맷부리를 다리고 또 다리면서 남는 시간을 헛되이 보내곤 했다. 그 여자들은 계속해서 욕실에 비누를 놓고, 침대에 남편 이름의 머리글자가 새겨진 베갯잇을 놓아두고, 식탁의 남편 자리에 접시와 수저 세트를 놓았다. 이는 남편이 살아 있을 때 언제나 그랬듯이 아무런 예고도 없이 죽음에서 되돌아올 것을 대비하기 위한 행동이었다. 그러나 남편 없이 외로이 미사를 보면서, 젊은 신부의 수많은 꿈 중의 하나에 불과한 안정을 대가로 자신의 성(姓)뿐만 아니라 개성까지도 포기한 시절 이후, 다시금 자신이 자유 의지의 주인이 되었다는 의식을 갖곤 했다. 오직 그 여자들만이 자신이 미친 듯이 사랑했고 또한 아마도 자신을 사랑했던 남자, 하지만 죽는 날까지 젖을 주고 더러워진 기저귀를 갈아 주며, 아침마다 현실과 직면할 때의 두려움을 없애 주기 위해 어머니의 술책을 사용하여 기분 좋게 해 주어야 했던 남자가 얼마나 지겨운 존재였는지를 알고 있었다. 그러나 남자가 자신의 사주를 받아 세상을 정복하기 위해 집을 나서는 것을 본 여자들은 그가 두 번 다시 돌아오지 않을 수도 있다는 두려움에 사로잡혔다. 그것이 삶이었다. 사랑이 존재한다면, 그것은 별개의 것, 즉 또 다른 삶이었다.

반면에 기운을 돋워주는 고독이라는 나태함을 즐기던 과부들은 육체의 명령을 따르는 것이 정직하게 살아가는 방식임을 알게 되었다. 그러니까 배가 고플 때만 밥을 먹고, 거짓말하지 않고 사랑하며, 꼴사나운 공식적인 사랑을 피하기 위해 자는 척하지 않고 정말로 잠을 자고, 마침내 그들의 육체가 자기만의 꿈을 실컷 꾸고 홀로 깨어날 때까지 그 누구와도 침대 시트의 반을 차지하려고 다투거나 방 안 공기의 반을 숨쉬려고 옥신각신하거나 밤의 반을 놓고 싸우는 일 없이, 온 침대를 소유할 수 있는 권리의 주인이 자신임을 깨달았던 것이다. 은밀한 사냥꾼이 되어 새벽을 방황하던 플로렌티노 아리사는 그 여자들이 검은 상복을 입고 어깨에는 운명의 까마귀를 앉힌 채 새벽 5시 미사를 마치고 나오는 모습을 보곤 했다. 그 여자들은 새벽의 희미한 햇빛 속에서 그를 발견하면, 남자의 곁을 지나가기만 해도 자신의 명예가 더럽혀질 것이라고 생각하면서 새가 걷듯이 총총걸음으로 거리를 건너거나 다른 쪽 인도로 옮겨 가곤 했다. 그러나 그는 비탄에 잠긴 과부는 그 어떤 여자보다도 마음속에 행복의 씨앗을 품을 수 있는 가능성이 높다고 확신하고 있었다.

나사렛의 미망인부터 평생 그를 거쳐 간 수많은 과부들을 통해, 그는 남편이 죽은 뒤에 그 여자들이 어떻게 행복하게 지내는지를 희미하게나마 엿볼 수 있었다. 당시까지 그에게 단순한 꿈처럼 보였던 것이 그녀들 덕택에 두 손으로 움켜쥘 수 있는 가능성으로 변했던 것이다. 그는 페르미나 다사가 그들과 똑같이 과부가 되지 않으리라는 이유를 찾을 수가 없었다. 그랬다면 그를 있는 그대로 받아들이고, 죽은 남편에 대한 죄책감이라는 헛된 망상이 사로잡히지 않는 여자가 되었을 것이고, 그와 함께 또 다른 행복을 발견해서 두 번 행복해지겠다고 결심했을 것이었다. 그러니까 일상적 용도의 사랑이 매 순간마다 삶의 기적이 되게 하는 사랑과 죽음에 대한 면역으로 모든 오염에서 고이 보존된 그녀만의 또 다른 사랑으로 행복해할 것이었다.

페르미나 다사가 이러한 망상적인 계산에서 얼마나 멀리 떨어져 있는지를 의심해 보았다면 그는 아마도 그토록 열정적이지는 않았을 것이다. 그 무렵 그녀는 불행을 제외한 모든 것이 예견된 세계의 지평선을 희미하게 느끼기 시작하고 있었다. 당시 부자가 된다는 것은 수많은 장점을 지니고 있었지만, 단점도 물론 많이 있었다. 그러나 세상 사람들의 절반은 부자가 되는 쪽이 영원한 존재가 될 수 있는 가능성이 더 높다고 생각하면서 부자가 되길 염원하고 있었다. 페르미나 다사는 성숙해지자 눈 깜짝할 사이에 플로렌티노 아리사를 버렸고, 그로 인해 즉시 쓰라린 연민을 느껴야 했지만 자신의 결정이 옳았다는 것을 한 번도 의심하지 않았다. 당시 그녀는 이성 속에 숨겨진 어떠한 충동이 그런 통찰력을 얻게 했는지 알 수 없었다. 그러나 오랜 세월이 지난 후 늘그막에 플로렌티노 아리사에 관해 우연히 대화를 나누다가, 어떻게 그렇게 된 것인지도 모른 채 그 이유를 깨닫게 되었다. 그가 한창 주가를 올리고 있는 카리브 하천 회사의 후계자로 확정되었다는 사실은 모두 알고 있었고, 모두들 그를 수없이 보았고, 심지어는 그와 거래 관계를 맺기까지 했다는 사실을 확신했지만, 그 누구도 과거의 그가 어떠했는지는 기억하지 못했나. 바로 그때 페르미나 다사는 그를 사랑할 수 없었던 무의식적인 동기를 불현듯 깨닫게 되었다. 그녀는 "그는 사람이 아니라 그림자 같아요."라고 말했다. 그리고 그건 사실이었다. 아무도 알지 못하는 누군가의 그림자였던 것이다. 그러나 그와는 정반대인 남자 후베날 우르비노 박사의 끈질긴 구혼 공세를 거부하는 동안, 그녀는 죄의식의 환영에 고통받고 있다고 느꼈다. 그것은 그녀가 도저히 참을 수 없는 유일한 감정이었다. 그가 오는 것을 느낄 때마다 일종의 공포심이 그녀를 휘감았는데, 그녀의 양심을 달래 줄 누군가를 발견할 때만 비로소 그런 감정을 통제할 수 있었다. 아주 어렸을 때부터 그녀는 부엌에서 접시를 깨뜨리거나 누군가가 넘어지거나 아니면 자신의 잘못으로 손가락이 문틈에 끼거나 할 때면, 너무 놀라서 가장 가까이에 있던 어른에게 달려가 "당신 잘못이에요."라고 말하며 탓하곤 했다. 사실상 그녀는 죄를 지은 장본인이 누구인지도 관심이 없었고, 자신이 결백하다고 확신하지도 않았지만, 그렇게 설정해 놓고 만족해하곤 했다.

그 유령이 꽤나 악명이 높았던 까닭에, 우르비노 박사는 그것이 자기 가정의 조화를 얼마나 심각할 정도로 위협하고 있는지 제때 깨닫고 그 유령이 희미하게 보이면 즉시 아내에게 달려가서 "여보, 걱정 말아요. 모두 내 잘못이오."라고 말하곤 했다. 그는 아내가 갑작스럽게 내리는 단호한 결정만큼 두려운 것이 없었고, 그런 결정은 항상 죄책감에서 비롯된다고 확신하고 있었다. 그러나 플로렌티노 아리사를 거부하면서 생긴 혼란감은 이런 위로의 말로 해결되지 않았다. 페르미나 다사는 여러 달 동안 매일 아침마다 발코니를 열었으며, 아무도 없는 공원에 숨어 자기를 기다리던 고독한 유령을 그리워했고, 그의 것이었던 나무와 그녀를 생각하면서 그녀 때문에 고통받으면서 책을 읽으며 앉아 있던 가장 눈에 띄지 않는 벤치를 쳐다보곤 했다. 그러고 나서 "불쌍한 사람."이라고 말하며 한

숨을 내쉬면서 창문을 닫아야만 했다. 그리고 과거를 되돌리기에는 너무나 늦었을 때, 자기가 생각했던 만큼 그가 집요하지 않은 것에 환멸을 느끼기도 하면서 때때로 절대로 도착하지 않을 편지를 뒤늦게 갈망하기도 했다. 그러나 후베날 우르비노와의 결혼을 결정해야 하는 순간에 직면하자, 아무런 타당한 이유도 없이 플로렌티노 아리사를 거부했지만 후베날 우르비노를 선호할 이유도 없다는 것을 깨닫고 최대의 위기에 봉착했다. 사실 플로렌티노 아리사 때와 마찬가지로 그를 별로 사랑하지 않기도 했지만 그 외에도 그를 거의 알지 못했으며, 그의 편지에는 플로렌티노 아리사와 같은 열정이 담겨 있지 않았고, 그의 결심을 보여 줄 그 어떤 감동적인 증거도 없었다. 사실대로 말하자면 후베날 우르비노의 구혼은 결코 사랑의 이름으로 제안된 것이 아니라, 그와 같은 독실한 가톨릭 신자가 제안했다고 하기엔 이상한 세속적인 재물들로 채워져 있었다. 즉 사회적이고 경제적인 안정과 질서, 행복, 눈앞의 숫자 등 모두 더하면 사랑처럼 보일 수 있는 것들, 그러니까 거의 사랑이라고 말할 수 있는 것들만 제시했던 것이다. 그러나 그것들은 사랑이 아니었고, 이런 의문은 그녀의 혼란을 가중시켰다. 그녀 역시 사랑이 실제로 삶을 살아가는 네 가장 필요한 것이라는 확신이 없었기 때문이다.

어쨌거나 후베날 우르비노 박사에 대해 반감을 가지게 된 가장 큰 요인은 로렌소 다사가 자기 딸을 위해 그토록 원했던 이상적인 남자와 그가 흡사한 정도가 아니라 이상할 정도로 똑같다는 것이었다. 비록 실제로는 그렇지 않을지 몰라도, 아버지와의 공모로 탄생한 사람이라고 보지 않을 수가 없었다. 페르미나 다사는 요청하지도 않은 두 번째 왕진을 하겠다고 집 안에 들어오는 그의 모습을 본 이후 그것을 확신하고 있었다. 사촌 언니 일데브란다와 그 문제에 관해 대화해 보았지만, 더욱 혼란스러워지기만 했다. 일데브란다는 희생자가 된 자신의 처지 때문에 플로렌티노 아리사와 자신을 동일시하는 경향을 보이더니, 심지어는 로렌소 다사가 자신을 오게 한 것이 우르비노 박사를 택하도록 영향을 끼치게 하기 위해서였다는 사실조차도 까맣게 잊었다. 일데브란다가 우체국에 플로렌티노 아리사를 만나러 갔을 때, 페르미나 다사가 함께 가지 않으려고 얼마나 노력했는지는 하느님도 알고 계신 사실이다. 그녀는 또한 그를 다시 만나서 자신의 의문점을 직접 털어놓고, 충동적이었던 자신의 결정이 그보다 더 심각한 결정, 즉 자기 아버지와의 개인적인 싸움에서 항복하는 것으로 치닫지 않을 것임을 확신하기 위해 그와 단둘이 이야기하고, 그를 더욱 깊이 알아보고 싶었다. 그러나 그녀는 결국 아버지에게 항복하고 말았다. 인생의 가장 중요한 순간에 페르미나 다사는 구혼자의 남성적 아름다움이나 전설적인 재산, 혹은 나이에 걸맞지 않게 일찍 얻은 명성을 비롯한 그 외 수많은 장점 중에서 그 어떤 것도 고려하지 않았다. 단지 기회가 사라질지도 모르며, 운명에 복종하겠다고 스스로 마음먹었던 시간의 한계인 스물한 번째 생일이 곧 다가온다는 사실에 너무나 두려워 어안이 벙벙해졌던 것이다. 바로 그 순간에 그녀는 하느님과 인간의 법칙인 '죽음이 갈라놓을지라도'라는 말에 예견되어 있는 결정을 받아들이기로 했다. 그러자 모든 의심이 사라졌고, 이성이 가장 점잖은 행동이라고 지시하는 바를 아무런 양심의 가책도 느끼지 않고 행할 수 있었다. 페르미나 다사는 눈물 한 방울 흘리지 않고 플로렌티노 아리사의 기억을 즉시 수세미로 문질러 머릿속에서 완전히 지워 버렸고, 자신의 기억 속에 그가 차지하고 있었던 자리에 양귀비의 초원을 꽃 피웠다. 그녀가 스스로에게 허락한 것은 마지막으로 평소보다 더 깊은 한숨을 쉬며 "불쌍한 사람!"이라고 말한 것뿐이었다.

그러나 신혼여행에서 돌아오자마자 더 무서운 의구심이 고개를 들었다. 트렁크를 열고, 가구를 집 안에 들여놓고, 카살두에로 후작의 고저택의 안주인이자 주부로서 자리 잡기 위해 가져온 열한 개의 상자를 풀자마자, 그녀는 치명적인 현기증을 느끼면서 자신이 잘못 들어온 집의 죄수가 되었으며, 설상가상으로 자기가 생각했던 남자가 아닌 사람과 함께 있다는 사실을 깨달았다. 이러한 삶에서 벗어나는 데 육 년이라는 시간이 걸렸다. 이때가 그녀에게는 인생에서 최악의 시간이었다. 시어머니인 블랑카 부인의 지독한 잔소리와 정신 지체아와 흡사한 시누이들 때문에 절망의 나날을 보내야 했다. 시누이들이 수도원의 감옥에서 산 채로 썩지 않은 것은 이미 자신 안에 그런 감옥을 지니고 있기 때문이었다.

가문의 명예를 빛내는 데 전념하고 있던 우르비노 박사는 그녀의 부탁을 못 들은 체했다. 그는 하느님의 지혜와 아내의 무한한 적응 능력이 그런 상황을 해결할 것이라고 굳게 믿었다. 그는 예전에 가장 회의적인 사람들에게까지 살고자 하는 욕망을 불러일으키면서 즐겁게 살던 자신의 어머니가 노쇠해지는 모습을 보면서 가슴이 아팠다. 그건 틀림없는 사실이었다. 아름답고 똑똑하며 상류층에서는 좀처럼 볼 수 없는 인간적인 감수성의 소유자였던 그의 어머니는 거의 사십 년 동안 그녀가 속했던 낙원 사회의 육체이자 영혼이었다. 그러나 남편을 잃은 뒤 너무나 고통을 받고 비참해져서 그러한 과거의 흔적은 하나도 찾아볼 수 없을 지경이 되었다. 미망인 생활은 그녀를 기운 없고 심술궂어진, 세상의 적으로 만들어 버렸다. 그녀가 이토록 변해 버린 것에 대해 할 수 있는 유일한 설명은, 그녀가 말하듯이 남편의 정의로운 희생이란 오직 그녀를 위해 오래오래 사는 것인데, 천한 흑인 무리를 위해 일부러 자신을 희생한 데서 생겨난 앙심이었다. 어쨌거나 페르미나 다사의 행복한 결혼 생활은 신혼여행 기간뿐이었고, 그녀를 파멸과 방황에서 구해 줄 수 있는 유일한 사람은 자기 어머니의 모습을 볼 때면 겁에 질려 옴짝달싹도 못 했다. 페르미나 다사가 자신이 죽음의 함정에 빠져 있다며 잘못을 돌린 사람은 바보 같은 시누이들이나 반쯤 미친 시어머니가 아니라 바로 남편이었다. 직업적인 권위와 세속적인 매력 뒤에 감춰진 본모습이 구원할 수 없는 무력한 인간임을 알았을 때는 이미 너무 늦어 있었다. 그는 가문의 사회적 무게 덕택에 대담해진 가련한 악마였던 것이다.

그녀는 갓 태어난 아들에게서 도피처를 찾았다. 그녀는 몸에서 아기가 나오는 것을 느끼면서 자기 것이 아닌 그 어떤 것에서 해방되었다는 안도감을 느꼈다. 그리고 산파가 있는 그대로 보여 준 자기 배에서 태어난 아기, 목에 탯줄을 칭칭 감고서 피와 지방으로 범벅이 되어 더럽기 짝이 없는 그 아기에게 추호의 애정도 느껴지지 않는다는 사실을 확인하고서 소스라치게 놀랐다. 그러나 대저택의 고독 속에서 아기를 알게 되었고, 그렇게 아기와 어머니는 서로를 알게 되었다. 그녀는 낳은 정이 아니라 기른 정 때문에 아들을 사랑하게 된다는 사실을 벅찬 기쁨을 느끼며 깨달았다. 그리고 자기에게 불행을 안겨 준 그 집에서 아기를 제외한 그 어떤 사람이나 물건도 참을 수 없게 되었다. 고독과 공동묘지와 같은 정원, 창문도 없는 거대한 방에서 시간을 탕진하는 삶 때문에 그녀는 우울해졌다. 기나긴 밤에 인근 정신 병원에서 들려오는 미친 여자들의 울부짖음에 자신도 미칠 것만 같았다. 그리고 다섯 명의 유령이 카페오레 한 잔과 빵 한 조각으로 저녁 식사를 하면서, 수놓인 테이블보를 깔고 장례식에서나 쓸 촛대와 은식기를 놓고 매일 만찬을 먹듯이 식탁을 차리는 것도 창피했다. 그녀는 해 질 무렵에 드리는 로사리오 기도와 허세 부리는 식탁 예절뿐만 아니라 은식기를 잡는 법이 어떻다느니, 거리의 여자처럼 이상하게 성큼성큼 걷는다느니, 서커스 단원처럼 옷을 입는다느니, 남편을 대하는 태도가 촌스럽다느니, 혹은 작은 스카프로 가슴을 가리지도 않은 채 아기에게 젖을 먹인다느니 하는 등의 자신에게 쏟아지는 비난도 혐오했다. 영국의 최신 유행에 따라 영국식 과자와 꽃 모양의 사탕과 함께 오후 5시에 차를 마시기 위해 손님들을 초대하기 시작하자, 블랑카 부인은 자기 집에서 녹인 치즈를 넣은 초콜릿과 둥근 유카 빵 대신에 땀을 내서 열병을 치료하는 약물을 대접할 수는 없다면서 반대했다. 심지어 시어머니는 그녀의 꿈조차도 간섭했다. 어느 날 아침 페르미나 다사가 어떤 낯선 사람이 벌거벗은 채 저택의 커다란 거실을 돌아다니며 재를 뿌렸다는 꿈 이야기를 들려주자, 블랑카 부인은 그녀의 말을 단칼에 끊어 버렸다.

"점잖은 여자라면 그런 꿈을 꿀 수 없다."

이렇게 항상 남의 집에 와 있는 듯한 느낌 외에도 그녀에게는 커다란 불행 두 가지가 찾아왔다. 그 하나는 거의 매일 갖가지 방법으로 요리한 가지가 식탁에 오르는 것이었다. 블랑카 부인은 죽은 남편에 대한 경의로 이 식단을 바꾸려 하지 않았고, 페르미나 다사는 가지를 먹으려고 하지 않았다. 그녀는 어렸을 때부터 먹어 보지도 않고 가지를 싫어했다. 독의 색깔을 지니고 있는 것처럼 보였기 때문이다. 어쨌든 그때 자신의 인생에서 무엇인가가 달라졌음을 인정하지 않을 수 없었다. 다섯 살 때 식탁에서 똑같은 말을 했더니 그녀 아버지는 육 인분의 냄비 요리를 억지로 모두 먹게 했던 것이다. 그녀는 죽을 것만 같았다. 우선 으깬 가지 때문에 토했고, 그 다음에는 구토를 가라앉히기 위해 피마자기름을 큰 컵으로 하나를 먹어야 했기 때문이다. 이 두 가지는 맛뿐만 아니라 독에 대한 공포로 인해 유일한 관장제로 그녀의 기억 속에 뒤섞여 남아 있었다. 카살두에로 후작의 저택에서 역겹기 그지없는 점심 식사를 할 때마다, 그녀는 싸늘하게 피마자기름이 치밀어 올라 구토 생각을 하지 않도록 눈길을 돌려야만 했다.

또 다른 불행한 일은 하프 때문에 일어났다. 어느 날 블랑카 부인은 들으라는 듯이 "점잖은 여인이 피아노를 못 친다는 것은 말이 안 돼."라고 말했다. 아들마저 이를 두고 어머니와 말다툼을 벌였다. 비록 어른이 되어서는 감사했을지 모르지만, 그는 어린 날의 가장 좋은 시절을 갈레온선의 노예처럼 억지로 피아노 레슨을 받으며 보내야만 했던 것이다. 그는 스물다섯 살이나 먹은 개성 강한 아내가 자기와 똑같은 형벌을 받는다는 것은 있을 수 없는 일이라고 생각했다. 그러나 어머니에게서 유일하게 양보받을 수 있었던 것은 하프가 천사의 악기라는 유치한 논리로 피아노를 하프로 바꾸는 것이었다. 그래서 빈에서 아주 훌륭한 하프를 들여왔는데, 금으로 만들어진 듯한 이 악기는 소리도 금처럼 나는 것 같았다. 그 하프는 화염이 모든 소장품을 태워 버리기 전까지 시립 박물관에서 가장 값비싼 유물 중의 하나였다. 페르미나 다사는 이런 사치스러운 형벌을 받아들였다. 즉 최후의 희생으로 파국을 피하고자 했던 것이다. 그녀는 몸폭스 시에서 데려온 선생들 중에서도 가장 훌륭한 선생과 하프를 배우기 시작했지만, 그 선생은 보름째 되던 날 갑자기 죽어 버렸다. 그다음에는 신학교의 주임 음악가에게서 여러 해 동안 하프 레슨을 받았지만, 무덤 파는 인부와 같은 그의 입 냄새 때문에 아르페지오[8]를 제대로 연주할 수가 없었다.

그녀는 시어머니의 말을 순순히 따른 것에 자기 자신도 놀랐다. 비록 마음 깊숙한 곳에서나 사랑을 하기 전에 남편과 벌

---

8) 화음을 이루는 음을 연속해서 빠르게 연주하는 법.

이는 침묵의 싸움에서는 그런 사실을 인정하지 않았지만, 생각했던 것보다 훨씬 빨리 그녀는 새로운 세계의 관습과 편견에 사로잡히고 말았다. 처음에는 "바람이 불 때는 부채를 던져 버려라."라는 상투적인 문구를 이용해 자신에게 생각의 자유가 있음을 밝히곤 했다. 그러나 나중에는 자기가 얻은 특권에 안절부절못하고, 창피를 당하거나 멸시를 받을까 두려워하며 굴욕마저도 참아 낼 준비가 되어 있음을 보여 주었다. 하지만 그런 태도에는 기도할 때마다 죽게 해 달라고 쉼 없이 간청하는 블랑카 부인을 마침내는 하느님도 가엽게 여길 것이라는 희망이 깃들어 있었다.

우르비노 박사는 매우 위험한 논거로 자신의 약점을 합리화했는데, 심지어 그는 자신의 논지가 교회의 주장과 어긋나는지도 생각해 보지 않았다. 그는 아내와의 문제가 집안의 질식할 듯한 기류에 원인이 있다는 것을 인정하지 않고, 단지 그것을 결혼 생활 자체의 속성으로만 이해했다. 한마디로 말하자면, 하느님의 무한한 은총에 의해서만 결혼 생활이 존재할 수 있다는 황당한 생각을 했던 것이다. 그는 서로 혈연관계도 없고 거의 알지도 못하며, 성격도 다르고 문화도 다른 데다 심지어는 성기도 다른 두 사람이 갑자기 함께 살고 같은 침대에서 잠을 자며 어쩌면 서로 다른 방향으로 결정지어졌을지도 모르는 두 개의 운명을 공유하기로 약속하는 것은 모든 과학적 법칙에 위배된다는 입장이었다. 그는 "결혼 생활의 문제는 매일 밤 사랑을 나눈 후에 끝났다가 매일 아침 식사 이전에 다시 시작돼야 하는 것이오."라고 말하곤 했다. 그러면서 아직도 부왕이 돌아올 것을 꿈꾸는 이런 도시에서 서로 적대적인 두 계급 사이에 이루어진 그들의 결혼은 최악의 결혼이라 말하곤 했다. 유일하게 이런 두 사람을 하나로 엮어 줄 수 있는 끈이 있다면, 그것은 사랑처럼 있을 성싶지 않고 변덕스러운 것이었다. 그런데 그들이 결혼했을 때는 그것이 없었고, 운명은 그들이 사랑을 만들어 내려고 하던 순간에 현실과 직면하게 만들었다.

이것이 하프 시절 그들의 삶이 처한 상황이었다. 그러나 그가 목욕을 하는 동안 그녀가 욕실에 들어가는 감미로운 우연은 남겨 두었다. 비록 가지에는 독이 들어 있다며 말다툼을 벌이기도 하고, 정신병에 걸린 시누이들과 그런 여자들을 낳은 어머니가 두 사람을 괴롭히고 있었지만, 그에게는 아직 비누칠을 해 달라고 그녀에게 부탁할 정도의 애정은 가지고 있었다. 그녀는 유럽에서 남겨 온 사랑의 부스러기를 가지고 비누칠을 해 주기 시작했다. 그러다가 두 사람은 쓰라린 기억에 등을 돌리고서 사랑한다는 말도 하지 않고 서로를 갈망하다가 마침내는 향기 나는 거품을 온몸에 칠한 채 바닥에서 죽을 듯이 사랑을 나누곤 했다. 그럴 때면 하녀들이 세탁장에서 그들을 두고 "더 이상 아이가 생기지 않는 건 관계를 갖지 않기 때문이야."라고 말하는 소리가 들려오곤 했다. 종종 광란의 축제에서 돌아올 때면 문 뒤에 숨어 있던 향수 냄새가 단숨에 그들을 삼켜 버렸고, 그러면 모든 것이 다시 예전처럼 제자리로 돌아가는 기적의 폭발이 일어나곤 했다. 5분도 채 안 되어 그들은 신혼여행 때의 노골적이며 떠들썩한 연인으로 돌아갔던 것이다.

그러나 이런 특별한 경우를 제외하면 두 사람 중 하나는 잠자리에 드는 시간이 되면 항상 다른 사람보다 더 피곤한 상태였다. 그녀는 욕실에 오래 머물면서 향수 냄새가 나는 종이에 담배를 말아 혼자 피웠고, 자기 집에서 자유롭게 지냈으며 자기 육체의 유일한 주인이었던 젊은 시절처럼 다시 자위를 시작했다. 그녀는 항상 머리가 아프거나 너무 덥다고 핑계를 대거나 혹은 자는 척하기도 했으며, 다시 달거리가 시작되었다거나 늘 달거리 중이라고 말하곤 했다. 그런 일이 어찌나 자주 반복되었던지 우르비노 박사는 다른 이에게 고백하지 않으면서 답답한 마음을 털어놓고 싶은 마음에 결혼 생활 십 년이 지나면 여자들은 일주일에 세 번씩 월경을 한다고 수업 시간에 말하기도 했다.

설상가상으로 페르미나 다사는 인생에서 최악의 시기에 조만간 반드시 일어나게 돼 있던 사건과 마주쳐야 했다. 전혀 아는 바가 없었던 터무니없는 아버지의 사업이 문제였다. 주지사는 후베날 우르비노를 자기 사무실로 불러 장인이 어떤 못된 짓을 하고 있는지 알려 주면서, 그의 행위를 "하느님의 법이건 인간의 법이건 그 작자가 무시하지 않은 것은 하나도 없을 거요."라고 요약했다. 몇 개의 가장 중대한 비리는 사위가 누리던 특권의 그늘에서 이루어진 터라 사위와 그 딸이 이런 사실을 까마득히 모르고 있다는 것이 믿기 어려울 정도였다. 그는 자기가 지켜야 할 유일한 명성은 자신의 것임을 깨달았다. 아직 남아 있는 것이라곤 그뿐이었던 것이다. 후베날 우르비노 박사는 자신이 지닌 모든 힘을 동원해 그 문제에 개입했고, 그의 명예를 걸고 그 사태를 덮는 데 성공했다. 그리하여 로렌소 다사는 다음 날 첫 배를 타고 그 나라를 떠나 영원히 돌아오지 않았다. 그는 마치 향수를 달래기 위해 종종 다녀왔던 짧은 여행 때처럼 조국으로 돌아갔다. 그러나 그 모습 속에는 일말의 진실이 숨어 있었는데, 그는 오래전부터 단지 고향의 샘물로 가득 찬 물탱크에서 물 한 컵을 떠먹기 위해 조국에서 온 배에 오르곤 했던 것이다. 그는 사위에게 아무런 압력도 가하지 않고 떠났지만, 자기는 결백하다고 주장하면서 자신이 정치적 음모의 희생양이었다는 사실을 사위에게 납득시키려고 노력했다. 페르미나 다사가 결혼한 이후 자기 딸을 '아가'라고 부르기 시작했던 그는 그 아가와 손자를 생각하며 울었고, 자기 자신이 자유의 몸으로 부자가 되었으며, 음성적인 거래를 통해 자기 딸을 귀부인으로 만든 힘을 얻었던 그 땅을 생각하며 울면서 떠났다. 그는 늙고 병든 채 떠났지만, 그 때문에 희생된 이들이 전혀 바라지도 않은 기간 이상으로 오래 살았다. 페르미나 다사는 아버지가 죽었다는 소식을 접하자 안도의 한숨을 참을 수가 없었고, 귀찮은 질문을 피하기 위해 상복도 입지 않았다. 그러나 여러 달 동안 욕실에 틀어박혀 담배를 피울 때마다 아무런 이유도 없이 막연한 분노를 느끼며 눈물을 흘리곤 했는데, 그것은 사실 아버지를 위한 눈물이었다.

두 사람의 상황 중에서 가장 터무니없던 것은 불행했던 그 시기만큼 공개 석상에서 그들이 그렇게 행복해 보인 적이 없다는 점이다. 사실 그 시기에 그들은 색다르고 새로운 것은 전통적인 질서를 위반하는 것이라며 전혀 받아들이려 하지 않았던 사회의 숨겨진 적대감과 싸워 최대의 승리를 얻어 내고 있었다. 그러나 이것은 페르미나 다사에게는 쉬운 일이었다. 그 세계의 생활을 알기 전에는 너무나 불안했지만, 그것은 기껏해야 하루걸러 한 번 정도의 약속과 진부한 의식, 그리고 미리 정해진 말들의 체계에 불과했고, 이를 통해 사람들은 서로 죽이지 않으면서 즐거이 지냈던 것이다. 촌스럽고 경박한 이런 낙원을 지배하던 기호는 미지의 것에 대한 두려움이었다. 그녀는 이에 대해 아주 단순하게 다음과 같이 정의 내렸다. "공적인 생활의 과제는 두려움을 지배하는 법을 배우는 것이고, 부부 생활의 과제는 지겨움을 극복하는 법을 배우는 것이다." 그녀는 숨도 제대로 쉴 수 없을 정도로 온갖 꽃향내가 풍기고 화려한 왈츠의 선율이 흐르는 사교 클럽의 넓은 홀에 한없이 꼬리가 긴 신부의 드레스를 끌면서 들어갔을 때부터, 계시를 받은 듯이 선명하게 그 사실을 깨달았다. 그곳에는 외부 세계에서 온 눈부실 정도의 위협적인 존재를 어떻게 몰아내야 할지 몰라 땀을 흘리는 남자들과 벌벌 떨고 있는 여자들이 두런거리고 있었다. 얼마 전에 스물한 살이 된 그녀는 학교 갈 때를 제외하곤 거의 집에서 나온 적이 없었지만, 홀을 빙 둘러보는 것만으로도 자신의 적들이 증오를 못 이겨 몸을 떨고 있는 것이 아니라, 두려움에 옴짝달싹 못 하는 것임을 충분히 깨달을 수 있었다. 그녀는 이미 그들을 놀라게 했지만, 대신 이번에는 자비를 베풀어 그들에게 그녀를 알 수 있는 기회를 주었다. 여러 도시들이 그녀가 생각했던 것보다 더 좋지도 않고 더 나쁘지도 않았던 것처럼, 그들 역시 그녀가 마음속으로 생각했던 것과 똑같았다. 끝없이 비가 내리고 가게 주인들은 인색하며 마부들도 상스럽기 짝이 없었지만, 파리는 세상에서 가장 아름다운 도시로 그녀에게 각인되었다. 그것은 실제 파리의 모습과 상관없이 그녀가 가장 행복했던 시절의 추억과 연결되어 있었기 때문이다. 한편 우르비노 박사는 그의 적들이 사용하던 것과 똑같은 무기를 사용하여 존경의 대상이 되었다. 차이가 있다면 보다 지능적으로 그리고 잘 계산된 엄숙함을 이용했다는 것이다. 그들 두 사람을 빼놓고는 시민 학예회, 시 축제, 예술 행사, 자선 복권 판매, 애국 기념행사, 최초의 기구 여행을 비롯한 그 어떤 행사도 치러지지 않았다. 모든 행사에 그들이 있었고, 대부분의 경우에는 기획 단계부터 참여하면서 행사를 주도했다. 그래서 그들이 불행의 시절을 보내는 동안에도, 그들보다 행복한 사람이 있을 거라거나 그들보다 더 잘 어울리는 부부가 있으리라고 상상하는 사람은 아무도 없었다.

아버지가 떠나 버린 집은 페르미나 다사에게 질식할 것 같은 가족의 대저택에서 도피할 수 있는 피난처였다. 그녀는 사람들의 눈에서 벗어나자마자 아무도 모르게 복음 공원으로 갔으며 거기서 새로운 친구들이나 오래전부터 알아 왔던 학교 친구들, 혹은 함께 그림 공부를 했던 친구들을 만났다. 그녀는 순진하게도 부정을 저지르는 대신 그런 친구들을 만났다. 그녀는 아직 남아 있는 소녀 시절의 많은 기억을 떠올리며 미혼모처럼 편안한 시간을 보내곤 했다. 그녀는 다시 향기 나는 까마귀들을 사고, 거리의 고양이들을 데려와서는 이미 늙고 류머티즘 때문에 제대로 걷지도 못했지만 아직 그 집을 소생시킬 기운은 남아 있던 갈라 플라시디아에게 그것들을 보살펴 달라고 부탁했다. 그리고 플로렌티노 아리사가 그녀를 처음 보았고 후베날 우르비노 박사가 그녀의 마음을 알기 위해 혀를 꺼내 보라고 했던 재봉실을 다시 열고, 그곳을 과거의 성역으로 바꾸어 놓았다. 어느 겨울 오후에 그녀는 사나운 폭풍이 몰아치기 전에 발코니를 닫으려 하다가, 공원의 아몬드 나무 아래 벤치에 앉아 있던 플로렌티노 아리사를 보았다. 그는 자신의 몸에 맞게 줄인 아버지 옷을 입고서 무릎에 책을 펼쳐놓고 있었는데, 우연히 여러 번 본 적이 있는 요즘의 모습이 아니라, 추억 속에 남아 있는 그 나이 때의 모습이었다. 그러자 그런 환상이 죽음을 알리는 것은 아닌지 두려워하면서 몹시 괴로워했다. 그녀는 마음속으로 그와 함께 살았다면, 자신을 위해 그가 집을 수리했던 것처럼 자신도 그를 위해 이 집을 수리하며 애정을 가지고 그와 단둘이 살았으면 행복하지 않았을까 하고 자문해 보았다. 이런 생각이 들자 그녀는 소스라치게 놀랐다. 자기의 불행이 극단에 이르렀음을 깨달았던 것이다. 그러자 그녀는 마지막 남은 힘을 다해서 남편에게 피하지 말고 자신과 이야기하고 정면으로 맞서 싸우게 했다. 그리고 두 사람은 잃어버린 천국에 대해 함께 분노하면서 함께 울었다. 마지막 닭이 우는 소리가 들렸고, 저택의 레이스 커튼 사이로 날이 밝으면서 해가 시뻘겋게 떠올랐다. 남편은 너무나 말을 많이 한 탓에 입술이 부어오르고 잠을 못 자서 탈진 상태였지만, 실컷 울고 난 뒤라 마음만은 다시 강해져 있었다. 그는 장화 끈을 매고, 허리띠를 차고, 남자에게 필요한 모든 것을 꽉 조인 다음 '알았소, 여보.' 하고 말하면서 유럽에서 잃어버렸던 사랑을 다시 찾으러 가자고, 그것도 내일 당장 떠나서 영원히 돌아오지 말자고 했다. 그것은 너무나 확고한 결심이었다. 그래서 막대한 가족의 재산을 즉시 경매에 붙이기로 그의 전 재산을 관리하던 '보물 은행'과 합의했다. 그의 가문의 재산은 처음부터 수많은 종류의 사업과 투자, 장기 교회 채권 등에 널리 분산되어 있었다. 그에 관해 정확히 아는 사람은 남편뿐으로, 그는 집 안의 재산이 전설적이라고 말할 만큼 대단하지는 않으며 겨우 돈 걱정을 하지 않아도 될 정도라는 것을 알고 있었다. 이 모진 나라에 그와 그의 아내에게 아무것도 남지 않을 때까지, 심지어는 그들이 죽어서 묻힐 땅도 한 뼘 남지 않을 때까지 돈이 될 수 있는 것은 모두 금괴로 바꾸어 조금씩 그의 외국 은행 계좌로 송금하기로 했다.

그러나 플로렌티노 아리사는 그녀가 믿고 싶어 했던 것과는 달리 실제로 존재하고 있었다. 그가 프랑스 대서양 횡단선이 정박한 부두에 있었을 때, 그녀가 남편과 아이와 함께 황금빛 말들이 끄는 마차를 타고 도착했다. 그는 공식 행사에서 수없이 보았던 것처럼, 그들이 완벽한 모습으로 마차에서 내리는 것을 보았다. 함께 가는 아들도 엄격한 가정교육을 받아 어른처럼 행동했다. 후베날 우르비노는 즐겁게 모자를 벗고 플로렌티노 아리사에게 인사를 하면서 "우리는 플랑드르를 정복하러 갑니다."라고 말했다. 페르미나 다사는 그에게 고개를 약간 숙여 보였고, 플로렌티노 아리사는 모자를 벗고 가볍게 인사했다. 그녀는 벌써부터 머리가 벗겨져 처참해진 모습에 조금도 동정 어린 행동을 취하지 않고 그를 뚫어지게 바라보았다. 그녀가 보아 왔던 모습 그대로, 그는 그녀가 결코 만난 적이 없는 누군가의 그림자였다.

이 무렵은 플로렌티노 아리사에게도 최상의 시기는 아니었다. 업무는 갈수록 많아졌고, 은밀한 사냥도 지겨워졌으며, 세월은 조용히 흐르고 있었다. 게다가 트란시토 아리사가 최후의 위기를 겪고 있었다. 그녀의 머리는 이제 아무것도 기억하지 못하는 것이 거의 백지에 가까웠다. 심지어는 종종 그에게 다가와서는, 평소처럼 소파에 앉아서 책을 읽고 있는 그를 보고 깜짝 놀라면서 "넌 누구 아들이니?"라고 묻곤 했다. 그러면 그는 항상 사실대로 대답했지만, 그녀는 즉시 그의 독서를 다시 방해하면서 이렇게 물었다.

"얘야, 그럼 하나만 더 묻자. 난 누구니?"

너무나 살이 찐 탓에 제대로 움직일 수도 없는 그녀는 이제는 팔 것도 거의 남아 있지 않은 잡화점에서 잠도 거의 자지 않고 첫닭이 울 무렵 잠자리에서 일어나 다음 날 새벽이 될 때까지 하루 종일 멋을 부리곤 했다. 그녀는 머리에 화관을 쓰고, 입술에 연지를 바르고, 얼굴과 팔에 분을 칠한 다음 곁에 있는 사람이 누구든 간에 자기 모습이 어떠냐고 묻곤 했다. 이웃 사람들은 그녀가 항상 "당신은 쿠가라치타 마르티네스[9] 같아요."라는 대답을 듣고 싶어 한다는 것을 알고 있었다. 몰래 훔쳐 온 동화 속 주인공 같다는 이 말만이 그녀를 기분 좋게 해 줄 수 있는 유일한 것이었다. 그녀는 흔들의자에 앉아 앞뒤로 왔다 갔다 하면서 커다란 핑크빛 새털로 부채를 부치다가 다시 종이 화관을 쓰고는, 눈꺼풀에 보라색을 칠하고 입술에 빨간색을 칠한 다음 얼굴에는 덕지덕지 분칠을 하곤 했다. 그러고는 다시 가까이에 있는 사람에게 "내 모습이 어때?"라고 물었다. 그녀가 이웃 사람들 사이에서 비웃음의 여왕이 되자, 플로렌티노 아리사는 어느 날 밤 오래된 잡화점에서 계산대와 서랍장을 없애 버리고, 거리 쪽으로 난 문을 봉쇄한 다음 어머니에게 들었던 대로 그 가게를 쿠카라치타 마르티네스의 침실처럼 꾸며 주었다. 그러자 그녀는 더 이상 자기가 누구냐고 묻지 않았다.

작은아버지 레온 12세의 의견을 따라 그는 어머니를 책임지고 보살펴 줄 나이 많은 여인을 구했지만, 그 불쌍한 여자는 늘 잠들어 있는 듯했고, 종종 본인도 자기가 누구인지 잊고 있는 것 같은 인상을 주었다. 그래서 플로렌티노 아리사는 퇴근하자마자 바로 집에 와서 어머니가 잠들 때까지 머물렀다. 더 이상 상업 클럽에서 도미노 게임을 하지도 않았고, 자주 만나던 몇 명 안 되는 옛날 여자 친구들도 오랫동안 만나지 않았다. 그것은 올림피아 술레타와의 끔찍한 만남 이후 그의 마음에 커다란 변화가 일어났기 때문이었다.

---

9) 베네수엘라의 유명한 동화 주인공.

그것은 마치 벼락을 맞은 듯한 기분이었다. 플로렌티노 아리사는 우리를 병들어 침대에 눕게 하는 10월의 폭풍 속에서 작은아버지 레온 12세를 집까지 바래다주고 막 돌아오는 길이었다. 마차를 타고 가던 그는 마치 웨딩드레스처럼 보이는 주름이 가득한 오르간사[10] 옷을 입은 가냘프면서도 날렵한 아가씨를 보았다. 그녀는 바람이 우산을 낚아채 바닷가로 날려 버린 탓에 어찌할 바 모르고 이쪽저쪽으로 뛰어다니고 있었다. 그는 그녀를 마차에 태워 준 뒤 가던 길을 돌려 그녀를 집까지 데려다주었다. 그녀의 집은 확 트인 바닷가 맞은편에 위치한 암자를 주택으로 개조한 것으로, 길가에서도 훤히 보이는 정원은 비둘기 집으로 가득 차 있었다. 그녀는 집으로 가는 길에, 시장에서 싸구려 물건을 팔던 사람과 결혼한 지 일 년도 채 안 되었다고 말해 주었다. 플로렌티노 아리사는 자기 회사의 선박에서 온갖 종류의 판매용 물건 상자들과, 어머니들이 갓난아기를 데리고 다니는 데 사용하는 것과 비슷한 버들가지 새장에 비둘기들이 가득 담겨 하역되는 것을 많이 보았었다. 올림피아 술레타는 말벌 집안 출신인 것 같았다. 엉덩이가 살짝 들려 있고 가슴이 빈약할 뿐만 아니라, 구리철사 같은 머리카락과 주근깨, 보통 사람보다 훨씬 생기 있는 둥근 눈, 똑똑하고 재미있는 말을 하는 데만 쓰이는 세련된 목소리를 지녔기 때문이다. 플로렌티노 아리사는 그녀가 매력적이라기보다는 재치가 넘치는 여자라고 생각했고, 남편과 시아버지

10) 얇고 투명한 평직의 레이온 천을 가리킨다.

와 그 외 식구들과 함께 사는 집에 그녀를 내려 주자마자 금방 잊어버리고 말았다.

며칠 후 항구에서 짐을 내리는 대신 짐을 싣고 있는 그녀의 남편을 보게 되었다. 그리고 배가 출항하자, 플로렌티노 아리사는 악마의 목소리를 아주 또렷하게 들었다. 그날 오후 작은아버지 레온 12세를 데려다준 후 그는 우연을 가장하여 올림피아 술레타의 집 앞을 지났고, 울타리 위로 그녀가 시끄럽게 울어 대는 비둘기들에게 먹이를 주는 모습을 보았다. 그는 마차를 탄 채 울타리 너머로 소리쳤다. "비둘기 한 마리에 얼마죠?" 그녀는 그의 목소리를 알아듣고서 명랑한 목소리로 "팔지 않아요."라고 대답했다. 그러자 그는 "그럼 어떻게 해야 한 마리를 가질 수 있죠?"라고 물었다. 그녀는 비둘기들에게 계속 모이를 주면서 "비둘기 여인이 소나기 속에서 어쩔 줄 몰라 할 때 마차로 집에 데려다주세요."라고 대답했다. 그래서 플로렌티노 아리사는 그날 밤 올림피아 술레타가 보낸 감사의 선물을 들고 집에 도착했다. 그 선물은 발목에 금속 고리가 달린 전서구(傳書鳩) 한 마리였다.

다음 날 오후 저녁 식사 무렵, 아름다운 비둘기 여인은 선물로 준 비둘기가 비둘기장에 돌아와 있는 것을 보고서 도망쳐 왔다고 생각했다. 그러나 그 비둘기를 잡아 자세히 살펴보다가, 고리에 종이쪽지가 둘둘 말려 있는 것을 발견했다. 그것은 사랑의 맹세였다. 플로렌티노 아리사가 글로 쓴 흔적을 남긴 것은 그때가 처음으로, 비록 신중을 기하느라 서명은 하지 않았지만 그것이 마지막은 아니었다. 다음 날 오후인 수요일에 그가 집으로 들어가고 있는데, 거리의 한 소년이 새장에 든 그 비둘기와 함께 그녀의 메시지를 전해 주었다. 아이는 비둘기 부인이 보내는 것으로, 다시는 날아서 도망치지 못하도록 제발 이 비둘기를 새장에 잘 가두어 두고 문을 꼭 닫으라면서, 비둘기를 되돌려 주는 것은 이번이 마지막이라는 말을 전해 주었다. 그는 그 말을 어떻게 해석해야 할지 몰랐다. 비둘기가 날아가는 도중에 편지를 잃어버린 것인지 아니면 비둘기 부인이 아무것도 모르는 척하는 것인지, 아니면 그가 다시 쪽지를 보낼 수 있도록 그 비둘기를 되돌려 보낸 것인지 알 수가 없었다. 그러나 마지막의 경우라면, 그녀가 비둘기와 함께 사랑의 맹세에 대한 답장을 보내는 것이 자연스러웠으리라 생각했다.

토요일 아침, 플로렌티노 아리사는 심사숙고한 끝에 서명하지 않은 또 다른 편지를 매달아 비둘기를 날려 보냈다. 이번에는 다음 날까지 기다릴 필요가 없었다. 오후에 같은 아이가 다른 새장에 그 비둘기를 담아 다시 가져와서는, 여기 다시 그녀에게 날아온 비둘기를 다시 보내는데, 그저께는 예의상 돌려보냈고 이번에는 불쌍해서 돌려보내지만, 한 번만 더 비둘기가 날아오면 정말로 다시는 돌려보내지 않겠다는 말을 전해 주었다. 트란시토 아리사는 아주 늦은 시간까지 비둘기와 어울려 놀았다. 그녀는 새장에서 비둘기를 꺼내 팔에 안고 이런저런 달콤한 말을 하기도 하고, 자장가를 불러 주면서 비둘기를 재우려 하기도 했다. 그런데 갑자기 플로렌티노 아리사는 발목의 고리에 쪽지가 달려 있는 것을 보았다. 그 쪽지에는 "서명 없는 편지는 받지 않아요."라는 단 한 줄의 글이 쓰여 있었다. 플로렌티노 아리사는 마치 최초의 사랑 모험이 절정에 이른 것처럼 미칠 듯한 심정으로 그 쪽지를 읽었고, 그날 밤 조바심으로 이리저리 뒤척이느라 제대로 잠을 이루지 못했다. 다음 날 아주 이른 시간에, 그러니까 사무실에 가기 전에 자기 이름을 분명하게 서명한 사랑의 쪽지와 함께 다시 비둘기를 풀어 주었다. 또한 발목 고리에 정원에서 꺾은 가장 싱싱하고 가장 붉고 가장 향기로운 장미 한 송이를 매달았다.

그러나 그리 쉬운 일은 아니었다. 석 달간 그녀를 쫓아다녔지만, 아리따운 비둘기 여인은 계속해서 "난 그런 여자가 아니에요."라는 똑같은 대답만 되풀이하고 있었다. 그러나 쪽지를 거부한 적은 한번도 없었고, 플로렌티노 아리사가 우연한 만남처럼 보이도록 사전에 계획한 약속에 나오지 않는 법도 없었다. 그는 다른 사람이 되어 있었다. 절대로 얼굴을 보이지 않는 연인, 가장 사랑에 굶주려 있으면서도 가장 사랑에 인색한 연인, 아무것도 주지 않으면서 모든 것을 원하는 연인, 그 누구에게도 자신의 마음에 지나간 흔적을 남기는 것을 허락하지 않는 연인이자 숨어서 먹이를 노리던 이 사냥꾼은 이제 흥분한 마음에 서명한 편지와 멋진 선물을 들고 길 한가운데로 뛰쳐나오기도 했고, 비둘기 여인의 집 주위를 경솔하게 배회하는 일도 있었다. 심지어는 남편이 여행을 떠난 것도 아니고 시장에 나가 있는 것도 아닐 때에도 두 번이나 그런 행동을 했다. 첫사랑에 빠졌던 젊은 시절 이후 심장에 화살이 꽂힌 느낌을 받은 것은 이때가 유일했다.

첫 만남 후 육 개월이 지나자, 마침내 두 사람은 하천 부둣가에서 도색 수리 중인 하천선의 선실에서 만나게 되었다. 그날은 정말 멋진 오후였다. 올림피아 술레타는 당황한 비둘기 여인의 몸속에 기쁨이 넘치는 사랑을 지니고 있었다. 그녀는 여러 시간 동안 벌거벗은 채 천천히 움직이면서 휴식을 취하길 좋아했는데, 그 모습은 사랑 그 자체만큼이나 사랑스러웠다. 선실은 모든 가구가 치워진 채 반 정도 도색이 되어 있었는데, 테레빈유 냄새는 행복했던 오후의 기억과 함께하기에 안성맞춤이었다. 엉뚱한 영감을 받은 플로렌티노 아리사는 갑자기 침대에서 손 뻗으면 닿을 거리에 있던 빨간 페인트 통을 열고는, 집게손가락에 페인트를 묻혀서 아리따운 비둘기 여인의 음부에 남쪽을 가리키는 붉은 핏빛의 화살을 그린 다음 그녀의 배에 "이 조개는 내 것이다."라고 썼다. 바로 그날 밤 올림피아 술레타는 자기 배에 그 글자가 쓰여 있다는 사실을 까맣게 잊은 채 남편 앞에서 옷을 벗었다. 그는 한마디도 하지 않고 아무런 내색도 없이 있다가 그녀가 잠옷을 입는 동안 욕실로 가서 면도칼을 가져와 단칼에 그녀의 목을 베어 버렸다.

플로렌티노 아리사는 한참이 지난 후에야 그런 사실을 알게 되었다. 도망간 남편이 체포되어 언론에 범행 동기와 범행 방법을 자백했던 것이다. 오랜 세월 동안 그는 두려움에 사로잡혀 자기가 서명한 편지를 생각했고, 그가 일하던 선박 회사와의 거래 때문에 자기를 잘 알고 있을 살인자의 형기를 계산했다. 그러나 그는 자기 목이 면도칼에 베일 것을 걱정하거나 공개적인 스캔들이 될까 봐 두려워한 것이 아니었다. 그가 두려워한 것은 재수 없게 페르미나 다사가 자신의 부정한 행위를 알게 되지나 않을까 하는 것이었다. 그렇게 기다리며 지내던 어느 날, 트란시토 아리사를 보살피던 여인은 비가 올 계절도 아닌데 갑작스럽게 내린 소나기 때문에 생각했던 것보다 시장에 오래 머물러 있어야 했다. 그러다 집에 돌아온 그녀는 트란시토 아리사가 죽은 것을 알게 되었다. 트란시토 아리사는 평소와 마찬가지로 화장하고 단장한 모습으로 흔들의자에 앉아 너무나 생기 있는 눈에 개구쟁이 같은 미소를 짓고 있었다. 그래서 그녀를 돌보던 여자는 두 시간이 지나서야 비로소 죽은 것을 알았다. 죽기 조금 전에 그녀는 캐러멜처럼 먹어도 좋다고 말하면서 침대 밑에 숨겨 두었던 항아리에서 금은보석을 꺼내 동네 아이들에게 나누어 주었는데, 그중에서 가장 값진 몇 개는 돌려받을 수가 없었다. 플로렌티노 아리사는 그때까지도 '콜레라 공동묘지'로 알려져 있던 '하느님의 손'이라는 옛 농장에 그녀를 묻고, 무덤 위에 장미 덤불을 심어 주었다.

어머니 무덤을 몇 번 찾아가 보고 나서, 플로렌티노 아리사는 바로 그 근처에 올림피아 술레타가 묻혀 있다는 것을 알았다. 비석도 없이, 굳은 지 얼마 되지 않은 시멘트에 이름과 죽은 날짜만 적혀 있었나. 그 글사들도 누군가가 손가락으로 대충 쓴 것 같았다. 그것을 본 플로렌티노 아리사는 두려움에 떨면서 그녀의 남편이 남긴 피비린내 나는 조롱이라고 생각했다. 장미가 만발할 때면, 그는 아무도 보는 사람이 없는지 살펴보고는 장미꽃 한 송이를 그녀의 무덤에 놓아 주곤 했다. 그리고 나중에는 어머니 무덤의 장미 덤불에서 한 그루를 꺾어

다가 심어 주었다. 두 장미 덤불은 너무나 무성하게 잘 자라 플로렌티노 아리사는 전지가위와 다른 정원용 기구들을 가져가 그 덤불들을 다듬어야만 했다. 그러나 그의 힘으로는 어떻게 할 수가 없었다. 몇 년이 흐르자 두 장미 덤불은 무덤 사이를 헤집고 다니는 잡초처럼 널리 퍼졌고, 그때부터 콜레라 전염병의 무덤이었던 그곳은 '장미 묘지'라고 불리게 되었다. 그러다가 일반인들보다 세상 물정을 모르던 어느 시장이 어느 날 밤에 장미를 모두 뽑아 버리고, 묘지 입구의 아치에 '만민 공동묘지'라는 공화당 냄새가 풍기는 현판을 걸어 놓았다.

어머니의 죽음은 플로렌티노 아리사를 다시 광적인 일상으로 몰아넣었다. 사무실에서는 정신없이 일하고, 오래된 애인들과 엄격하게 순서를 정해 만났으며, 상업 클럽에서 다시 도미노 게임을 시작했고, 똑같은 연애 시집을 읽었으며, 일요일마다 어머니 무덤을 찾아갔던 것이다. 그것은 그가 너무나 두려워하고 너무나 경멸했던 녹슨 생활이지만, 나이가 들어간다는 생각은 들지 않게 해 주었다. 그러나 12월의 어느 일요일에 더 이상 전지가위로는 무덤의 장미 덤불을 손볼 수 없게 되었을 때, 설치한 지 얼마 되지 않은 전깃줄에 제비들이 앉아 있는 것을 보고 자기 어머니가 죽은 후 얼마나 많은 시간이 흘렀으며 올림피아 술레타가 살해당한 후로는 얼마나 많은 시간이 흘렀는지, 페르미나 다사가 그에게 좋다고, 그를 죽을 때까지 사랑하겠다고 말하는 편지를 보냈던 머나먼 12월의 그날 오후 이래 얼마나 많은 시간이 흘렀는지를 불현듯 깨달았다. 불과 지난주에 자기가 써 준 편지 덕에 결혼한 수많은 쌍들 중의 하나를 거리에서 만났지만, 그는 자기가 대부가 되어 준 그들의 큰아들을 알아보지 못했다. 그는 자신의 무안함을 가리기 위해 "이런, 벌써 어른이 다 됐구먼!"이라는 의례적인 감탄문을 내뱉었다. 심지어 몸이 최초의 경고 신호를 보내기 시작한 이후에도 그는 이런 생활을 고수했다. 그것은 병약한 사람들이 의외로 건강하듯이, 그도 무쇠 같은 건강을 누리고 있었기 때문이었다. 그래서 트란시토 아리사는 "우리 아들이 앓은 병이라고는 콜레라 하나밖에 없어."라고 입버릇처럼 말하곤 했다. 물론 기억력이 쇠퇴하기 오래전부터 그녀는 콜레라와 상사병을 혼동하고 있었다. 그러나 어쨌든 그녀는 실수를 저지른 셈이었는데, 아들은 여섯 번이나 임질에 걸렸지만 외부에 비밀로 했던 것이다. 비록 의사가 새로 여섯 번이나 걸린 것이 아니라, 매번 필사적인 전쟁을 벌인 후에 같은 병이 다시 도진 거라고 얘기하긴 했지만 말이다. 그 외에도 가래톳이 선 적이 한 번 있고, 사마귀가 네 번이나 났으며, 살에 농가진(膿痂疹)이 난 적도 여섯 번이나 있었다. 그러나 그를 비롯한 남자들은 그것을 병으로 여기지 않고 전쟁에서 얻은 승리의 기념품으로 생각하고 받아들였다.

마흔 살에 접어들었을 때, 그는 몸의 여러 곳에 뭐라고 말할 수 없는 통증을 느껴 의사를 찾아가야만 했다. 여러 검사를 한 끝에 의사는 "나이 때문입니다."라고 진단을 내렸다. 그러나 그는 자신과 상관있는 일이라는 생각은 조금도 하지 않은 채 집으로 돌아왔다. 왜냐하면 그가 과거를 평가하는 유일한 기준은 페르미나 다사와의 덧없는 사랑이었고, 오직 그녀와 관계된 것만이 그의 인생을 평가할 수 있었기 때문이다. 그래서 전깃줄에서 제비들을 보았던 그날 오후, 그는 가장 오래된 기억부터 더듬으면서 과거를 되돌아보았고, 우연한 여자들과 나누었던 사랑과 명령을 내리는 자리에 오르기 위해 그가 피해야 했던 숱한 함정들, 모든 난관과 시련을 이겨 내고 페르미나 다사가 그의 것이고 그 자신은 그녀의 것이라는 잔인한 결심을 하게 만들었던 수많은 사건들을 되돌아보았다. 그때야 비로소 그는 자기가 나이를 먹고 있다는 사실을 깨달았다. 그러자 창자까지 떨리는 오한이 느껴지면서, 눈앞이 캄캄해졌다. 그래서 그는 정원 도구들을 손에서 놓고 노년이 가하는 첫 발톱에 할퀴여 쓰러지지 않도록 묘지의 벽에 기대야만 했다.

그는 떨면서 이렇게 말했다.

"제기랄! 이 모든 게 삼십 년 전의 일이라니!"

사실이 그러했다. 물론 페르미나 다사에게도 삼십 년이란 세월이 흘러갔지만, 그녀에게는 가장 즐겁고 유쾌한 나날이었다. 카살두에로 후작의 저택에서 겪었던 끔찍스러운 시간은 이제 기억의 쓰레기통에 처박혀 있었다. 그녀는 라 망가의 새로운 집에서 자기 운명의 주인이 되어, 다시 선택할 수 있다 해도 세상의 모든 남자들 중에서 다시 가장 좋아했을 남편과, 의대에 진학해 가문의 전통을 잇고 있는 아들과, 나이가 들면서 그녀와 너무 비슷해져 때로 자신이 다시 태어난 듯한 인상으로 자기를 혼란스럽게 만들던 딸과 함께 살고 있었다. 그리고 영원한 공포 속에서 살지 말자며 다시는 돌아오지 않기로 하고 떠났던 그 저주받은 여행 뒤에도 세 번이나 유럽을 다녀왔다.

마침내 하느님이 누군가의 기도를 들은 것이 분명했다. 파리에 체류한 지 이 년이 되어갈 무렵, 페르미나 다사와 후베날 우르비노는 잿더미 속에서 남은 사랑의 불씨를 겨우 찾아내고 있었다. 그런데 한밤중에 블랑카 데 우르비노 부인이 위독하다는 전보가 도착하여 그들을 깨웠다. 그리고 거의 동시에 그녀가 죽었다는 전보가 도착했다. 그들은 즉시 고국으로 돌아왔다. 페르미나 다사는 검은 튜닉을 입고 배에서 내렸지만, 헐렁한 튜닉도 그녀의 상태를 감출 수는 없었다. 사실 그녀는 임신 중이었고, 이 소식은 악의적이라기보다는 짓궂은 어떤 노래의 기원이 되었다. 이 노래의 후렴구인 "아름다운 여인은 파리에서 무엇을 했기에 돌아올 때면 항상 아이를 낳을까?"는 그해 내내 유행이 되었다. 저속하기 짝이 없는 가사였지만, 후베날 우르비노 박사는 오랜 세월이 흐를 때까지 자기가 도량 넓은 남자임을 보여 주는 증거로 사교 클럽의 파티에서 이 노래를 요청하곤 했다.

그 존재와 문장(紋章)이 한번도 확실하게 기록된 적이 없던 카살두에로 후작의 고귀한 저택은 먼저 적당한 가격에 지방 재무성에 팔렸다. 그러다가 네덜란드인 연구자가 그곳에 크리스토퍼 콜럼버스의 진짜 무덤, 즉 다섯 번째 무덤이 있다는 것을 확인하기 위해 발굴 작업을 시작하자, 엄청난 가격으로 중앙 정부에 다시 팔렸다. 우르비노 박사의 누이들은 살레지오 수도원으로 가서 서원(誓願)을 하지 않은 채 은둔 생활을 했고, 페르미나 다사는 라 망가의 저택 공사가 끝날 때까지 아버지가 살았던 옛날 집에 머물렀다. 그녀는 신혼여행에서 가져왔던 영국제 가구들과 화해 여행 후에 가져온 부수적인 살림살이를 싣고 당당하게 그 집으로 들어가, 첫날부터 서인도 제도의 범선에서 직접 구입한 온갖 이국적인 동물로 집안을 가득 채우기 시작했다. 페르미나 다사는 되찾은 남편과 잘 키운 아들, 그리고 귀국한 지 넉 달 후에 태어나 오펠리아라는 이름으로 세례를 받은 딸과 함께 그 집으로 들어갔다. 한편 우르비노 박사는 신혼여행 때처럼 아내를 완벽하게 소유한다는 것은 불가능한 일이라는 사실을 깨달았다. 자신이 원하던 사랑의 일부를 아내는 아이들에게 주었을 뿐만 아니라 인생 최고의 시기를 아이들에게 모두 바쳐 버렸기 때문이다. 그러나 그는 나머지 사랑으로 행복해지는 법을 배웠다. 그토록 염원하던 가정의 화목은 페르미나 다사가 무엇인지 확인하지 못한 맛있는 음식이 나왔던 어느 축하 만찬 석상이라는 전혀 생각지도 못한 곳에서 절정을 이루었다. 상당한 양의 음식을 먹고 난 그녀는 너무나 맛이 있어서 다시 그만큼을 더 먹었고, 예의를 차리느라 더 이상 먹지 못하는 것을 아쉬워하고 있었는데, 그제야 가지 퓌레[11]를 전혀 의심도 하지 않고 기쁜 마음으로 두 접시나 비웠다는 것을 깨달았다. 그러자 그녀는 얌전하게 패배를 자인했고, 그때부터 라 망가의 저택에서는 카살두에로 후작의 대저택에서와 마찬가지로 온갖 가지 요리가 자주 식탁에 올려졌다. 모든 사람들이 가지 요리를 너무나

11) 야채나 고기를 갈아서 체에 걸러 걸쭉하게 만든 음식.

좋아했기 때문에 후베날 우르비노 박사는 자기 집 안에 그토록 사랑받는 이름을 붙일 수 있게 딸 하나를 더 갖고 싶다고 되뇌면서, 말년의 한가로운 시간을 즐겁게 보내곤 했다. 그 이름은 다름 아닌 '베렌헤나[12] 우르비노'였다.

당시 페르미나 다사는 사생활이란 공적인 생활과는 달리 예측할 수 없고 언제든지 변할 수 있다는 것을 알고 있었다. 아이와 어른 사이에 진짜 차이점을 설정한다는 것이 그녀에게는 그리 쉬운 일이 아니었지만, 최종 분석 끝에 아이들이 보다 확실한 판단력을 가지고 있다고 결론 내리고 아이들을 더 좋아하기로 마음먹었다. 마침내 그녀는 그 어떤 신기루도 꿈꾸지 않고 인생의 성숙기라는 길모퉁이를 돌게 되었다. 그러자 그녀는 환멸감을 느끼기 시작했다. 그것은 젊었을 때 복음 공원에서 꿈꾸었던 것을 갖지 못했기 때문이 아니라, 다른 사람은 물론 심지어 자기 자신에게도 감히 말할 엄두를 내지 못한 대로, 자신이 돈 많은 하녀에 불과하다는 사실을 깨달았기 때문이다. 사교계에서 그녀는 가장 사교성이 뛰어나고 가장 사랑받는 사람이었지만 동시에 가장 두려운 존재이기도 했다. 그러나 집 안을 다스리는 것보다 더 가혹하고 덜 너그러운 일은 없었다. 그녀는 항상 남편이 빌려준 인생을 살고 있다고 느꼈다. 그는 자신만을 위해 건설한 거대한 행복의 제국을 다스리는 절대 군주였던 것이다. 그가 이 세상 그 누구보다, 그리고 그 무엇보다 그녀를 사랑하고 있다는 것은 잘 알고 있었다.

---

12) 스페인어로 '가지'라는 뜻이다.

그러나 그것은 오로지 자기를 위한 것이었으니, 그녀는 남편의 신성한 하녀에 불과했다.

페르미나 다사를 짜증나게 하는 것은 바로 매일 음식을 준비해야 하는 종신형을 선고받은 것이었다. 제시간에 내와야 할 뿐만 아니라 음식도 완벽해야 했고, 그에게 묻지 않고 그가 원하는 음식을 정확히 만들어 내야만 했다. 설사 그녀가 아무 소용도 없는 가정의 의식에 따라 남편에게 물어보는 경우에도, 그는 신문에서 눈을 떼지 않은 채 "아무거나."라고 대답하곤 했다. 그로서는 자기보다 덜 독재적인 남편을 상상할 수 없었기 때문에, 그 대답은 나름대로 상냥하고 진실을 말하고 있는 것이었다. 그러나 식사 시간이 되면, 그는 아무거나 먹을 수가 없었다. 그는 자기가 원하던 바로 그 음식, 그것도 부족한 점이라곤 없는 음식을 먹고 싶어 했다. 고기는 고기 맛이 나서는 안 되고, 생선은 생선 냄새가 나서는 안 되며, 돼지고기는 옴 냄새가 나서는 안 되고, 닭고기는 깃털 냄새가 나면 안 되었다. 아스파라거스를 먹으면 오줌에서 독특한 냄새가 나는데, 그가 이 냄새를 즐길 수 있도록 제철이 아닌데도 가격에 상관없이 구해야 하기도 했다. 그녀는 그가 아니라 인생을 탓했다. 그러나 그는 그 인생의 무자비한 주인공이었다. 그는 조금이라도 미심쩍다고 생각되면 식탁에서 음식을 치우면서 "이 음식에는 애정이 담겨 있지 않아."라고 말하곤 했다. 이렇게 말하면서 그는 환상적인 영감의 순간을 얻어 내곤 했다. 한번은 카밀레 차를 입에 대자마자 "이건 창문 맛이 나는군."이라고 말하면서 한쪽으로 치워 버렸다. 그녀뿐만 아니라 하녀들도 그 말을 듣고 깜짝 놀랐다. 끓인 창문을 마셔 본 사람이 있다는 얘기는 들어 본 적도 없었기 때문이다. 그러나 그 말을 이해하려 하면서 그 차를 맛보자 이해할 수 있었다. 그 차는 정말로 창문 맛이 났던 것이다.

그는 완벽한 남편이었다. 결코 바닥에서 무엇을 줍는 법이 없었고 불도 끄지 않았으며 문을 닫는 법도 없었다. 이른 아침 옷에 단추가 하나 떨어져 있으면 그녀는 "남자는 아내가 두 명 있어야 돼. 하나는 사랑하기 위해서, 다른 하나는 단추를 달게 하기 위해서 말이야."라는 말을 들어야 했다. 매일 첫 커피에 입을 댈 때나 김이 모락모락 나는 수프에 첫 순가락을 뜰 때면, 그는 이제 아무도 놀라지 않는 가슴 찢어질 듯한 신음 소리를 내고는 즉시 하고픈 말을 했다. "내가 이 집에서 떠나는 날이면, 늘 데인 입으로 다니는 게 싫증 나서 그런 것임을 알게 될 거야." 또한 그는 관장제를 먹어서 음식을 먹을 수 없는 날마다 그토록 맛있고 특별한 점심은 없다면서 투덜대곤 했다. 그는 그것이 아내의 배신행위라고 확신했기에 결국은 아내가 함께 관장제를 먹지 않으면 자기도 먹을 수 없다면서 복용을 거부하기도 했다.

남편의 몰이해에 지친 그녀는 자기 생일날 상상도 못할 선물을 요구했다. 그것은 그에게 그날 하루만 가사를 돌보라는 것이었다. 그는 재미있다는 듯이 그 요구를 받아들였고, 정말로 새벽부터 집안일을 하기 시작했다. 아주 훌륭한 아침 식사를 내왔지만, 그녀가 계란 프라이를 먹으면 속이 거북해지고 카페오레는 마시지 않는다는 사실을 잊어버렸다. 그리고 여덟 명의 초대 손님이 먹을 점심 식사 준비와 집 안 청소를 지시했다. 그녀보다 잘 꾸려 나가기 위해 너무나 애를 썼지만, 정오가 되기도 전에 부끄러워하는 기색도 없이 그는 항복하고 말았다. 처음부터 그는 물건들이 어디에 있는지 전혀 알지 못한다는 것을 깨달았다. 무엇보다 부엌이 문제였다. 하녀들은 물건을 찾을 때마다 부엌을 온통 엉망으로 만들어 놓았다. 하녀들 역시 그에게 장난을 쳤던 것이다. 10시가 되었지만 집 안 청소도 아직 끝나지 않았고, 침실도 정리되지 않았으며, 욕실은 닦지도 않은 상태였다. 그는 화장지를 걸어 놓고 침대 시트를 바꾸고 마부에게 아이들을 데려오라고 하는 것도 잊어버렸고, 하녀들이 어떤 일을 해야 하는지 혼동했다. 가령 요리사에게는 침대를 정리하라고 시키고, 침모에게는 요리를 하게 했던 것이다. 이런 상황이었기에 점심에 무슨 음식을 준비할 것인지도 결정하지 못한 상태였다. 손님들이 도착할 시간인 11시가 될 무렵, 집 안은 온통 난장판이 되어 있었다. 결국 페르미나 다사는 우스워 죽겠다면서 안주인으로서의 지휘봉을 다시 잡았다. 그러나 그녀가 바랐던 대로 의기양양한 태도를 보이는 대신 가사에 있어서 남편의 무능을 깨닫고 몸이 떨릴 정도로 측은하게 여겼다. 그는 "당신이 환자를 치료하려고 했을 경우에 일어났을 일과 비교하면 그리 형편없지도 않아."라고 평소에 사용했던 논리를 앞세우면서 비통해했다. 그러나 이번 일은 유용한 교훈이 되었으며, 그에게만 한정되지도 않았다. 세월이 흐르면서 두 사람은 서로 다른 길을 통해 똑같이 현명한 결론에 도달했다. 즉 다른 방식으로는 함께 살 수도 서로 사랑할 수도 없으며, 이 세상에 사랑보다 어려운 일은 없다는 것이었다.

새로운 삶에 완전히 익숙해졌을 무렵, 페르미나 다사는 여러 공식 행사에서 플로렌티노 아리사를 보았고, 그가 직장에서 점점 높은 자리로 올라감에 따라 더욱 자주 보게 되었다. 그러나 너무나 자연스럽게 그를 바라보게 된 나머지 다른 데 정신을 팔다가 그에게 인사하는 것을 잊어버리는 일도 종종 생겼다. 그녀는 종종 사람들이 그에 관해 하는 이야기를 들었다. 사업계에서는 그가 카리브 하천 회사에서 조심스럽지만 불굴의 의지로 승진해 가는 것이 항상 주요한 화제였기 때문이다. 그녀는 그의 행동이 세련되게 변한 것과 그의 소심함이 마법처럼 시야에서 멀리 사라진 것을 보았다. 또한 체중이 약간 늘자 보기에 좋아졌으며, 조금씩 나이를 먹으면서 근사해진 모습도 보았다. 심지어는 그가 완전히 벗겨진 대머리를 품위 있게 해결하는 법을 배웠다는 것도 알게 되었다. 시간이 흐르고 유행이 바뀌었지만, 플로렌티노 아리사는 그런 것들을 거부하고 어두운 옷차림새를 고수했다. 그는 시대에 뒤처진 프록코트를 입고 단 하나뿐인 모자를 쓰고 다녔으며, 그의 어머니가 잡화점에서 팔던 나비넥타이를 매고 음산한 우산을 계속 들고 다니고 있었다. 페르미나 다사는 점차 그를 다르게 보게 되었고, 결국 복음 공원의 노란 잎사귀들이 흩날리는 가운데 그곳 벤치에 앉아 그녀 때문에 한숨을 쉬던 우울하고 침울한 청년의 모습과 연결시키지 않게 되었다. 어쨌거나 그를 한 번도 무관심하게 보지 않았고, 그에 관한 좋은 소식을 들으면 항상 기뻐했다. 그렇게 하는 것이 조금씩 자기의 죄책감을 덜어 주었기 때문이다.

그러나 기억 속에서 완전히 지워졌다고 믿었을 때, 옛 사랑은 전혀 생각지도 못했던 곳에서 과거의 향수의 환영이 되어 그녀 앞에 다시 나타났다. 노년의 첫 빛이 희미하게 비치기 시작할 무렵, 그녀는 비가 퍼붓기 전의 천둥소리를 들을 때마다 자신의 삶에 도저히 회복할 수 없는 어떤 일이 일어났다는 것을 느끼기 시작했다. 그것은 10월의 비야누에바산맥에서 매일 오후 3시에 땅을 뒤흔들듯이 고독하고 냉혹하며 정확하게 울려 퍼지던 천둥의 치유할 수 없는 상처였고, 그 기억은 세월이 흐르면서 갈수록 새로워졌다. 새로운 사건들은 며칠만 지나도 기억 속에서 혼동되었는데, 사촌 언니 일데브란다가 살던 지방으로 전설적인 여행을 떠났을 때의 기억은 마치 어제 일처럼 생생하게 떠올랐다. 그것은 심술궂게도 너무나 선명한 향수가 되어 있었다. 그녀는 마나우레와 산악에서의 일, 그리고 곧고 푸른 단 하나의 길과 상서로운 새들을 떠올렸다. 또한 자신이 누워 있던 침대에서 오래전에 사랑 때문에 죽은 페트라 모랄레스의 끊이지 않는 눈물로 잠옷이 흠뻑 젖은 것을 깨닫고 벌떡 일어났던 유령의 집도 기억했다. 그녀는 두 번 다시 같은 맛을 느낄 수 없었던 당시의 구아바와 그 소리가 너무나 강렬해서 빗소리와 헷갈리던 천둥의 조짐 소리를 회상했다. 그리고 시끌벅적한 사촌들과 함께 산책하러 나갔다가 전신실이 가까워짐에 따라 심장이 입으로 튀어나오지 않도록 입을 앙다물곤 했던 산 후안 델 세사르의 황옥빛 오후도 기억했다. 그녀는 아버지의 집을 팔아 버렸다. 사춘기 시절의 고통과 발코니에서 보이는 황량한 공원의 모습과 밤마다 풍겨 오는 치자나무의 신비로운 향기를 견딜 수 없었고, 그녀의 운명을 결정했던 2월의 오후에 옛날 부인네의 옷을 입고 찍었던 사진을 보면 놀랐으며, 당시의 추억이 깃든 집 안 어디를 가든지 플로렌티노 아리사의 기억과 마주쳤기 때문이다. 그러나 그녀는 늘 그런 것들이 사랑의 기억이나 후회의 기억이 아니라, 자신에게 눈물 자국을 남겼던 불쾌한 이미지임을 깨닫는 침착성을 잃지 않았다. 그녀는 자기도 모르게 플로렌티노 아리사의 수많은 희생자들이 무방비 상태로 걸려들었던 것과 똑같은 연민의 함정에 위협받고 있었다.

그녀는 남편에게 매달렸다. 때마침 그 역시 어느 때보다도 그녀를 필요로 하고 있었다. 그는 그녀보다 십 년 연상이라는 약점을 가지고 노년기의 안개 속을 홀로 비틀거리며 걷고 있었다. 그러나 그보다 더 큰 약점이 있었으니, 바로 그가 여자보다 약한 존재인 남자라는 점이었다. 마침내 두 사람은 너무나 서로를 잘 알게 되었고, 결혼 삼십 주년이 될 즈음에는 둘로 나뉜 한 몸처럼 되었다. 그리고 아무 말도 하지 않고 상대방의 생각을 짐작하는 경우가 무수히 일어났다. 공개 석상에서 한 쪽이 말하려 했던 것을 다른 사람이 먼저 말하는 우스꽝스러운 사건도 발생했기 때문에, 오히려 그 같은 공감을 불편하게 느낄 정도였다. 두 사람은 일상적인 몰이해와 순간적인 증오, 상호간의 거친 말과 부부 사이의 찬란한 영광의 번갯불들을 함께 극복해 왔다. 그 무렵은 두 사람이 서두르지 않고 지나치지도 않게 그 어느 때보다도 서로를 사랑했던 시기였다. 두 사람은 역경을 이겨 내고 형언할 수 없는 승리를 거두었다는 사실을 또렷이 의식하고 있었고 그것에 감사하고 있었다. 앞으로도 인생은 그들에게 또 다른 치명적인 시련을 가할 것이 분명했지만, 그런 것은 더 이상 그들에게 문제가 되지 않았다. 그들은 이미 반대편 기슭에 닿아 있었던 것이다.

새로운 세기를 맞이하는 축제에 즈음하여 갖가지 기발한 공식 행사 계획이 마련되었다. 그중에서 가장 기억에 남을 만한 것은 후베날 우르비노 박사의 무한한 창의력의 결실이었던 최초의 기구 여행이었다. 국기의 여러 색깔을 본떠 태피터 천으로 만든 커다란 기구가 떠오르는 광경을 지켜보기 위해 시민의 반 이상이 '병기고 해변'에 모였는데, 그 기구에는 동북쪽 직선으로 30레구아 떨어진 산 후안 데 라 시에나가로 가는 최초의 항공 우편물이 실려 있었다. 파리의 세계 박람회장에서 이미 비행의 감격을 경험했던 후베날 우르비노 박사와 그의 아내는 제일 먼저 버들가지 바구니에 올라탔다. 그 뒤를 이어 비행 조종사와 여섯 명의 유명한 초대 손님들이 탑승했다. 그들은 주지사가 산 후안 데 라 시에나가 관리들에게 보내는 편지를 가지고 있었는데, 그 편지에는 이것이 하늘을 통해 운반되는 역사상 최초의 우편이라는 내용이 기록되어 있었다. 《상업 신문》의 기자가 후베날 우르비노 박사에게 만일 그 모험에서 목숨을 잃게 된다면 마지막으로 남기고 싶은 말이 무엇이냐고 물었다. 그러자 그는 조금도 생각하지 않고 그가 두고두고 욕을 먹게 될 대답을 했다. 그는 이렇게 말했다.

"내 생각으로는 모든 사람들에게 19세기는 이제 끝나고 있습니다. 우리만 빼놓고 말입니다."

기구가 하늘 높이 올라가는 동안 국가를 합창하던 순진한 사람들 틈에 묻혀 있던 플로렌티노 아리사는 시끄러운 소리가 울려 퍼지는 중에 누군가 이것은 여자에게는 적당하지 않은 모험이며, 페르미나 다사처럼 나이 많은 여자에게는 더욱 그렇다고 말하는 것을 듣고는 맞는 말이라고 생각했다. 하지만 어쨌든 간에 그리 위험한 모험은 아니었다. 아니, 위험하다기보다는 우울한 여행이었다. 기구는 믿을 수 없이 파란 하늘을 평화롭게 날아서 아무런 사고 없이 목적지에 무사히 도착했다. 목적지를 향해 잔잔하게 불어오던 바람을 타고 그들은 먼저 눈 덮인 봉우리들의 지맥을 따라갔고, 그 다음에는 시에나가 그란데의 광활한 늪지 위로 아주 낮게 잘 날아갔다.

그들은 하느님이 내려다보듯이 하늘에서 아주 유서 깊고 영웅적이며 세상에서 가장 아름다운 도시인 '서인도의 카르타헤나'의 유적들을 보았다. 그곳의 주민들은 삼 세기 동안 영국인들의 침략과 해적들의 포악한 행위 같은 온갖 공격에 저항하면서 꿋꿋이 견뎌 왔지만, 이제는 콜레라에 대한 공포를 이기지 못하고 그곳을 버린 상태였다. 그들은 아직도 그대로 남아 있는 성벽과 거리의 잡초들, 제비꽃으로 뒤덮인 요새들, 대리석 대저택들과 황금 제단들, 그리고 갑옷을 입은 채 페스트로 썩어 버린 부왕들을 보았다.

그들은 카타카의 트로하스 호수에 떠 있는 수상 가옥 위를 날아갔다. 그 가옥들은 미친 사람처럼 색색으로 칠해져 있었고, 수상 정원 안에는 식용 이구아나를 기르는 우리와 말리기 위해 걸어놓은 호박과 복숭아가 있었다. 모든 사람들이 환호성을 지르자 벌거벗은 수백 명의 아이들이 흥분하여 물속으로 뛰어들었다. 창문에서 펄쩍 뛰어 들어가는 아이들도 있었고, 수상 가옥 지붕에서 뛰어드는 아이들도 있었으며, 놀라운 솜씨로 조종하던 통나무배에서 뛰어드는 아이들도 있었다. 그 아이들은 청어처럼 잠수해서 깃털 달린 모자를 쓴 아름다운 여인이 기구 바구니에서 던져 주는 옷 꾸러미와 기침약 병, 그리고 온정의 음식물들을 건져 냈다.

그들은 어두운 바다와 같은 바나나 농장 위를 날아갔다. 그 농장의 침묵은 치명적인 수증기처럼 그들이 날고 있는 곳까지 올라왔다. 그러자 페르미나 다사는 세 살인가 네 살 때 어머니의 손을 잡고 어두컴컴한 숲 속을 산책하던 기억을 떠올렸다. 그때 역시 소녀와 같았던 어머니도 똑같이 모슬린 천으로 만든 옷을 입고 흰 양산을 든 채, 얇은 베일이 달린 모자를 쓴 다른 부인들에게 둘러싸여 있었다. 작은 망원경으로 아래 세상을 살펴보며 가고 있던 기구 조종사는 "모든 농장 인부들이 죽은 것 같아요."라고 말했다. 그러고는 망원경을 후베날 우르비노 박사에게 건네주었다. 그러자 후베날 우르비노 박사는 밭들 사이에 있는 소달구지와 철길의 경계표와 싸늘하게 얼어붙은 관개 수로를 보았다. 그의 눈길이 머무는 곳은 어디든지 사람들의 시체가 널려 있었다. 누군가가 콜레라가 시에나가 그란데의 마을들을 황폐화시키고 있다고 말했다. 우르비노 박사는 한시도 망원경에서 눈을 떼지 않으면서 말했다.

"아주 특별한 종류의 콜레라임에 틀림없군. 시체들의 목덜미에 하나같이 확인 사살한 총구멍이 나 있으니 말이야."

그리고 잠시 후 포말이 일렁이는 바다 위를 날았고, 아무런 사고 없이 뜨거운 해변에 착륙했다. 초석이 쭉쭉 갈라진 바닥은 마치 타오르는 불덩이처럼 뜨거웠다. 그곳에는 보통 우산만으로 뜨거운 햇볕을 피하고 있는 관리들이 있었다. 또한 초등학생들이 국가에 맞추어 조그만 국기를 흔들고 있었고, 미의 여왕들이 금빛 종이 왕관을 쓰고 시들어 버린 꽃들을 들고 있었으며, 당시 카리브해 해안에서 가장 번성했던 가이라 지방의 취주 악단이 연주를 하고 있었다. 페르미나 다사의 유일한 바람은 아주 오래된 기억을 확인할 수 있게 고향 땅을 다시 한번 보는 것이었지만, 전염병의 위험 때문에 아무도 그곳에 갈 수 없는 형편이었다. 후베날 우르비노 박사는 역사적인 편지를 전달했지만, 그 편지는 여러 서류들과 뒤섞여 버리는 바람에 이후 그 편지를 다시 본 사람이 아무도 없었다. 대표단 전원은 이런저런 연설을 듣느라 더위 속에서 질식할 것 같았다. 마침내 그들은 노새를 타고 늪지와 바다가 만나는 푸에블로 비에호의 선착장으로 갔다. 기구 조종사가 기구를 다시 띄우는 데 실패했기 때문이다. 페르미나 다사는 아주 어렸을 때 소가 끄는 달구지를 타고 그곳을 지나간 적이 있다고 확신했다. 어느 정도 나이를 먹자 여러 번 아버지에게 그 이야기를 했고, 아버지는 그녀가 그것을 떠올리는 것은 있을 수 없는 일이라고 고집을 부리며 세상을 떠났다. 아버지는 이렇게 말했었다.

"난 그 여행을 아주 잘 기억하고 있어. 하지만 그건 네가 태어나기 적어도 오 년 전의 일이다."

사흘 후 기구 탐험 대원들은 처음 출발했던 항구로 되돌아왔다. 하룻밤 동안 폭풍에 시달린 탓에 몰골이 말이 아니었지만, 그들은 영웅과 같은 환영을 받았다. 군중 속에 파묻혀 있던 플로렌티노 아리사는 페르미나 다사의 얼굴에 공포의 흔적이 있음을 알아보았다. 그러나 바로 그날 오후 역시 남편이 후원하는 자전거 전시회에서 그녀를 다시 보았는데, 그때는 이미 피곤의 흔적이 말끔히 사라진 뒤였다. 그녀는 좌석이 달린 앞바퀴는 아주 크고 디딤대로만 쓰이는 뒷바퀴는 아주 작은, 곡마단에서 쓰는 것과 흡사한 괴상한 자전거를 타고 있었다. 또한 빨간색 무늬의 헐렁한 바지를 입고 있고 있었는데, 그것을 본 나이 든 여자들은 입방아를 찧었고 신사들은 당황했지만 그 누구도 그녀의 노련한 자전거 솜씨를 칭찬하지 않을 수는 없었다.

기나긴 세월 동안, 그날뿐만 아니라 다른 수많은 날들의 오후에도 그녀의 덧없는 모습들은 운명의 장난처럼 플로렌티노 아리사에게 갑자기 나타났다가 이내 사라지면서 그의 가슴에 깊은 상처를 남겼다. 그러나 이런 것들은 그의 인생이 얼마나 흘렀는지를 나타내주는 지표였다. 그는 시간의 잔혹성을 자신의 몸으로 겪은 것이 아니라, 페르미나 다사를 볼 때마다 그녀에게 나타나는 미묘한 변화로 경험했기 때문이다.

어느 날 밤, 그는 식민지풍의 고급 식당인 돈 산초 호텔에 들어가서 가장 외진 구석에 앉았다. 간단한 간식을 먹으러 혼자 갈 때면 습관적으로 항상 그 자리에 앉았다. 그런데 그때 안쪽에 걸린 커다란 거울에서 페르미나 다사를 보았다. 그녀는 남편과 다른 부부 두 쌍과 함께 앉아 있었는데, 그가 그녀의 찬란한 모습을 거울에서 모두 볼 수 있는 각도에 위치해 있었다. 그녀는 편안한 마음으로 우아하게 대화를 주도했고, 폭죽을 터뜨리듯이 요란한 웃음소리를 내고 있었다. 그녀의 아름다운 모습은 눈물 모양의 거대한 샹들리에 아래서 더욱 빛나고 있었다. 앨리스가 다시 한번 거울 속으로 들어갔던 것이다.

플로렌티노 아리사는 숨을 죽인 채 그녀를 마음껏 바라보았다. 그녀가 먹는 모습, 포도주에 입만 대는 모습, 가문에서 대대로 운영해 온 돈 산초 호텔의 사 대째 주인과 농담하는 모습을 지켜보았다. 그러고는 자신의 외로운 식탁에서 그녀와 삶의 한순간을 살았다. 그렇게 그는 그녀와 사랑을 나눌 수 없는 장소에서 눈에 띄지 않게 한 시간 이상을 보냈다. 그런 다음 그녀가 일행과 뒤섞여 나가는 모습을 볼 때까지 시간을 보내기 위해 커피를 네 잔이나 더 마셨다. 그들이 너무나 그의 옆 가까이로 지나갔기에 그는 다른 사람들의 향수 냄새 속에서 그녀의 향내를 맡을 수 있었다.

그날 밤 이후 거의 일 년 동안 플로렌티노 아리사는 호텔 주인을 끈질기게 공략하면서 돈이든 부탁이든, 아니면 그가 인생에서 가장 갈망한 것이든 원하는 바를 모두 들어줄 테니 그 거울을 자기에게 팔라고 애원했다. 그러나 쉬운 일이 아니었다. 나이 든 산초 씨는 빈의 어느 가구 기술자가 세공한 이 아름다운 거울 틀이 마리 앙투아네트가 가지고 있다가 아무런 흔적도 없이 사라져 버린 다른 틀과 짝을 이루는 둘도 없는 보물이라는 전설을 믿고 있었던 것이다. 마침내 산초 씨가 그 거울을 주자, 플로렌티노 아리사는 자기 집의 거실에 걸어 놓았다. 그것은 멋진 틀 때문이 아니라 사랑하는 여자의 모습을 두 시간 동안이나 담고 있었던 틀 안의 거울 때문이었다.

페르미나 다사를 볼 때면 거의 언제나 남편의 팔짱을 끼고 있었다. 완벽하게 어울리는 한 쌍이었다. 두 사람은 샴고양이처럼 놀랄 정도로 유연하게 자신들의 공간 속에서 움직였으나 플로렌티노 아리사에게 인사를 할 때만은 그런 조화가 깨지곤 했다. 사실 후베날 우르비노 박사는 따스한 마음으로 그와 악수를 했으며, 심지어 몇 번은 그의 어깨를 가볍게 두드리기까지 했다. 반면에 그녀는 개인적인 감정이 없는 형식적인 체제를 벗어나지 못했고, 미혼 시절부터 그를 알고 있다는 의심을 불러일으킬 수 있는 행동은 조금도 하지 않았다. 두 사람은 서로 다른 세계에 살고 있었다. 그가 그녀와의 거리를 좁히기 위해 온갖 노력을 다한 반면, 그녀는 반대 방향이 아니라면 한 발짝도 내딛지 않았다. 오랜 시간이 흐른 후에야 비로소 그는 그런 무관심이 두려움을 숨기기 위한 방패가 아닐까라는 생각을 감히 해 보았다. 그때 문득 그곳 조선소에서 건조된 첫 담수선에 세례를 주는 행사가 떠올랐다. 그것은 또한 플로렌티노 아리사가 카리브 하천 회사의 수석 부회장으로서 작은아버지 레온 12세를 대표한 첫 번째 공식 행사였다. 이러한 일치 덕에 행사는 특별히 엄숙하게 거행되었고, 그 도시에 사는 주요 인사라면 빠지지 않고 참석했다.

플로렌티노 아리사는 아직도 방금 칠한 페인트 냄새와 타르 냄새를 풍기는 배의 연회장에서 손님들을 접대하고 있었다. 그때 부두에서 요란한 박수 소리가 터져 나왔고, 악대가 행진곡을 연주하기 시작했다. 그는 거의 자신의 나이만큼이나 오래된 전율을 억누를 수가 없었다. 꿈속의 아름다운 여인이 남편의 팔짱을 끼고, 나이가 들면서 더욱 화려해진 모습으로 창문에서 던지는 진짜 꽃잎과 색종이의 폭풍 속에서 열병 제복을 입고 경례를 붙이는 의장대를 마치 다른 시대의 여왕처럼 사열하는 장면을 보았기 때문이다. 두 사람은 손을 흔들어 환호성에 답했지만, 굽 높은 신발과 목에 두른 여우 꼬리부터 종 모양의 모자까지 온몸에 위엄 있는 황금빛 의상을 두른 그녀의 모습이 너무나 찬란한 빛을 발한 나머지 수많은 군중 속에 홀로 있는 듯했다.

플로렌티노 아리사는 지방 관리들과 함께 다리에서 그들을 기다렸다. 요란한 음악 소리와 폭죽 소리가 울렸고, 육중한 뱃고동 소리가 세 번 울려 퍼지면서 부둣가를 온통 수증기로 적셨다. 후베날 우르비노 박사는 자기를 맞이하기 위해 정렬해 있는 사람들에게 인사를 했다. 그만의 독특한 자연스러운 태도는 인사를 받는 사람들에게 그가 특별한 애정을 갖고 인사한다고 믿게 만들었다. 정복을 입고 있는 선장을 시작으로 대주교, 주지사 부부, 시장 부부에게 차례로 인사했고, 그다음에는 도착한 지 얼마 되지 않은 안데스 산지 출신의 군사령관에게 인사했다. 그런 관리들 다음에 플로렌티노 아리사가 서 있었다. 그는 검은 양복을 입은 채 유명 인사들 틈에 끼어 있어서 거의 눈에 띄지 않았다. 군사령관에게 인사를 한 다음, 플로렌티노 아리사가 손을 내밀자 페르미나 다사는 잠시 머뭇거리는 것 같았다. 군사령관은 두 사람을 소개시킬 요량으로 페르미나 다사에게 서로 모르느냐고 물었다. 그녀는 그렇다고도 아니라고도 대답하지 않고, 플로렌티노 아리사에게 의례적인 미소를 지으며 손을 내밀었다. 과거에도 두 번에 걸쳐 그런 경우가 있었고 앞으로도 수없이 생길 일이었지만, 플로렌티노 아리사는 항상 그것을 페르미나 다사의 성격을 보여 주는 특유의 행동으로 받아들였다. 그러나 그날 오후에는 환상의 무한한 능력을 발휘하여, 그토록 잔인한 그녀의 무관심이 사랑의 고통을 감추기 위한 구실은 아닌지 자문해 보았다.

그런 생각을 하자 젊은 시절의 욕망이 타올랐다. 그는 오래전에 복음 공원에서 느꼈던 그런 열망을 가지고 페르미나 다사의 저택 주위를 서성거렸다. 그러나 그녀가 자기를 볼 것이라는 계산된 의도는 없었고, 단지 그녀를 보고 그녀가 세상에 아직 존재하고 있는지 알고자 하는 바람만 있었다. 그러나 지금은 그녀의 눈에 띄지 않은 채 그 집 앞을 지나기는 어려웠다. 라 망가 지역은 푸른 물이 흐르는 운하로, 유서 깊은 도시와 분리되어 있고, 거의 사람이 살지 않는 섬에 위치하고 있었다. 그리고 식민지 시대에 일요일 날 연인들의 보금자리가 되어 준 이카코 숲으로 뒤덮여 있었다. 최근에는 스페인 사람들이 건설했던 오래된 돌다리를 허물어 버리고, 대신 벽돌로 다리를 놓고 노새가 끄는 새 트롤리가 지나다닐 수 있도록 가로등을 설치해 놓았다. 처음에 라 망가 주민들은 계획을 세울 때는 생각하지 못했던 고통을 감내해야만 했다. 바로 그 도시에 처음으로 생긴 발전소 근처에서 잠을 자는 것이었는데, 그 진동 소리가 마치 계속해서 땅을 뒤흔드는 것 같았기 때문이다. 후베날 우르비노 박사까지 나서서 모든 힘을 다 써 보았지만 아무도 괴롭히지 않을 곳으로 발전소를 옮기게 할 수는 없었다. 그런데 익히 알려진 대로 그가 하느님의 섭리에 연루되어 있는 덕에 그가 원하는 쪽으로 중재가 이루어지면서 비로소 그 문제는 해결될 수 있었다. 어느 날 밤 무시무시한 굉음을 내며 발전소의 용광로가 폭발하는 사건이 일어났던 것이다. 그 용광로는 새로 지은 집들 위를 날아가 공중으로 도시의 반을 가로지른 다음, 병원의 수호성인인 성 훌리안이라는 이름이 붙은 옛 수도원에서 가장 큰 회랑을 산산조각 내 버렸다. 그해 초부터 허물어져 가고 있던 그 낡은 건물에는 아무도 살지 않았지만, 그 용광로는 대신 그날 밤 일찍 지방 교도소에서 도망쳐서 수도원의 소성당에 숨어 있던 죄수 네 명의 목숨을 앗아 갔다.

그러나 그토록 아름다운 사랑의 전통을 지닌 그 변두리 지역은 호화 주택지로 변해 가면서 방황하는 연인들에게는 그다지 적합하지 않은 장소가 되었다. 거리는 여름에 먼지로 가득했으며, 겨울에는 진흙탕이 되었고, 일 년 내내 황량했다. 몇 채 되지도 않는 집들은 울창한 정원 속에 숨겨져 있었고, 예전의 튀어나온 발코니 대신에 모자이크 타일이 붙은 테라스가 들어섰다. 마치 은밀한 연인들을 의기소침하게 만들기 위한 의도로 지어진 것 같았다. 그래도 천만다행인 것은 당시 매일 오후마다 한 마리의 말이 끄는 낡은 임대용 마차를 타고 돌아다니는 것이 유행이라는 점이었다. 그런 즐거움은 등대보다 더 10월의 가슴을 아프게 하는 석양을 감상할 수 있고, 신학생들의 해변에 숨어 있는 조심스러운 상어 떼를 볼 수 있으며, 항구의 수로를 지나갈 때 거의 손으로 만질 수도 있을 듯 가까이 느껴지는 거대하고 하얀 대서양 횡단선도 볼 수 있는 어느 언덕 위에서 끝이 났다. 플로렌티노 아리사는 사무실에서 고된 일과가 끝나면 임대용 마차를 빌려 타곤 했다. 더운 계절에는 덮개를 덮지 않는 것이 상식적이었지만, 그는 항상 혼자 마차를 타고 마차 덮개를 덮은 뒤 의자 깊숙이 몸을 숨기고 앉아 그 누구의 눈에도 띄지 않게 했다. 그러고는 마부가 나쁜 생각을 품지 못하도록 전혀 생각지도 못한 방향으로 가라고 지시하곤 했다. 사실 그런 산책을 하면서 그가 관심이 있었던 것은, 바나나 나무와 울창한 망고 나무 사이에 반쯤 가려져 있으며 루이지애나 목화 농장의 목가적인 저택들을 불행히도 그대로 모방한 붉은 대리석의 파르테논뿐이었다. 페르미나 다사의 아이들은 5시가 되기 조금 전에 집으로 돌아왔다. 플로렌티노 아리사는 아이들이 가족 마차를 타고 도착하는 것을 보았으며, 그러고 나면 후베날 우르비노 박사가 일상적인 왕진을 하기 위해 집을 떠나는 것을 보곤 했다. 그러나 거의 일 년간 배회를 했는데도 그가 그토록 소망하는 여인은 그림자도 볼 수 없었다.

6월의 첫 폭우가 내리던 어느 날 오후였다. 날씨를 무릅쓰고 그는 고독한 산책을 고집했고, 결국 마차를 끌던 말이 진흙탕에 미끄러지더니 갑자기 고꾸라지고 말았다. 플로렌티노 아리사는 그 자리가 바로 페르미나 다사의 저택 앞이라는 사실을 깨닫고는 어쩔 줄 몰랐다. 그래서 자기의 당황한 모습이 비밀을 탄로 낼지도 모른다는 생각은 하지도 못하고, 마부에게 큰 소리로 부탁했다.

"여기서는 안 돼요. 다른 곳은 다 돼도, 여기서는 안 돼요!"

그의 다급한 외침에 당황한 마부는 마차에서 말을 떼어놓지도 않은 채 말을 일으키려 했고, 결국 마차 축이 부러지고 말았다. 플로렌티노 아리사는 있는 힘을 다해 마차에서 빠져나와, 다른 마차의 승객들이 집까지 데려다주겠다고 할 때까지 거침없이 쏟아지는 빗속에서 그 낭패를 참고 있어야 했다. 그가 기다리는 동안 우르비노 집안의 어느 하녀가 옷이 비에 흠뻑 젖은 채 무릎까지 진창에 빠져 철벅거리고 있는 그를 보았고, 그에게 우산을 가져다주면서 테라스에서 비를 피할 수 있도록 해 주었다. 정신없이 당황한 상태였던 플로렌티노 아리사는 그런 행운이 오리라고는 꿈조차 꾸지 못했지만, 그날 오후에는 그런 모습을 페르미나 다사에게 보이느니 차라리 죽는 것이 나오리라 생각했다.

유서 깊은 도심지에서 사는 동안, 후베날 우르비노와 그의 가족은 일요일마다 대성당의 8시 미사에 참석하기 위해 집에서부터 걸어가곤 했다. 그것은 종교적 행위라기보다는 세속적인 행위에 가까웠다. 나중에 집을 옮기고부터는 여러 해 동안 마차를 타고 대성당에 갔고, 가끔씩은 공원의 야자수 밑에 앉아서 친구들과 담소를 나누었다. 그러나 라 망가 지역에 해변과 묘지를 갖춘 신학교의 소성당이 건립되자, 아주 엄숙한 미사를 드리는 경우를 빼고는 더 이상 대성당에 가지 않았다. 이런 변화를 모르고 있던 플로렌티노 아리사는 일요일마다 여러 번 파로키아 카페의 테라스에 앉아서 세 번의 미사가 끝날 때마다 그곳에서 나오는 사람들을 지켜보았다. 그러다 자기의 실수를 깨닫고는 새로 지은 교회로 갔다. 그곳의 미사에 가는 것은 몇 년 전까지만 해도 유행이었다. 바로 그곳에서 8월의 네 번의 일요일마다 아침 8시 정각에 후베날 우르비노 박사와 그의 아이들을 보았지만, 페르미나 다사는 그들과 함께 있지 않았다. 그 네 번의 일요일 중에 한 번은 교회 옆에 있는 묘지를 찾아갔다. 라 망가 동네 주민들은 그곳에 가족 납골당을 화려하게 지어 놓았다. 그런데 가장 큰 케이폭 나무의 그늘에서 그 어떤 것보다도 화려한 납골당을 발견하자 가슴이 쿵쿵 뛰기 시작했다. 이미 완성되어 있는 그 납골당에는 고딕식 스테인드글라스가 덮여 있었으며, 대리석에는 천사들이 새겨져 있고, 금박 글씨로 모든 가족의 이름이 새겨진 황금빛 비석들이 있었다. 그 비석들 중에는 페르미나 다사 데 우르비노 데 라 카예 부인[13]의 비석이 있었고, 그 옆에는 남편의 비석이 서 있었다. 두 개의 비석에는 모두 '또한 함께 주님의 평화 속에 잠들다.'라는 비문이 새겨져 있었다.

그해가 끝날 때까지 페르미나 다사는 그 어떤 시민 행사나 사교 모임에도 참석하지 않았다. 심지어는 그녀와 그녀의 남편이 항상 빛나는 주인공이었던 크리스마스 행사에도 나타나지 않았다. 그러나 그녀의 부재가 가장 눈에 띈 곳은 오페라 시즌 개막식 밤이었다. 막간 동안 플로렌티노 아리사는, 이름을 언급하지는 않았지만 의심할 나위 없이 그녀에 관해 말하고 있는 그룹에 끼게 되었다. 그녀가 지난 6월의 한밤중에 파나마로 가는 큐나드 대서양 횡단선을 타는 것을 본 사람이 있는데, 그의 말에 따르자면 그녀를 좀먹고 있는 부끄러운 병으로 엉망이 된 모습을 보이지 않기 위해 검은 스카프를 두르고 있더라는 이야기였다. 그러자 누군가가 얼마나 지독한 병이었기에 그토록 돈 많고 권력 있는 여자까지 그 모양으로 만들었을까 하고 물었고, 곧 짜증으로 가득 찬 대답이 들려왔다.

"그토록 유명한 여자가 걸릴 수 있는 병이 폐결핵밖에 더 있겠소?"

플로렌티노 아리사는 그 땅의 부자들이 사소한 질병 때문에 죽지는 않는다는 사실을 알고 있었다. 그들은 거의 항상 큰 축제를 앞두고 갑자기 죽어서 상을 치르느라 그 축제를 즐

---

13) 우르비노 데 라 카예는 그녀의 남편 후베날 우르비노의 성(姓)인데, 스페인어권에서 결혼한 여자는 일반적으로 남편의 성을 자기 아버지의 성 뒤에 붙인다.

기지 못하게 만들거나, 천천히 발전되는 역겨운 병에 걸려 차차 죽음의 길로 들어서곤 했다. 그리고 그 병에 걸리게 된 이유는 결국 모든 사람들이 알게 되기 마련이었다. 그런 병에 걸린 부자들은 거의 강제적으로 파나마에서 은둔 생활을 하면서 고행을 하곤 했다. 그들은 다리엔에서 선사 시대에나 쏟아졌을 법한 폭우 속에서 길을 잃은 거대한 흰색의 인간 칭고인 '예수재림병원'에서 하느님의 뜻을 따랐다. 그곳에서 수용자들은 얼마 남지도 않은 세월을 잊어버리기 일쑤였다. 삼베가 쳐진 창문의 고독한 병실에서 풍겨 오는 석탄산 냄새가 건강의 냄새인지 죽음의 냄새인지 아무도 확실히 알 수 없었다. 회복된 사람들은 멋진 선물들을 가득 가져와 마음껏 나눠 주면서, 무분별하게도 자기들이 계속 살아 있다는 사실을 용서받으려 했다. 몇몇 사람들은 복부를 가로지르는, 구두장이의 대마로 꿰맨 것 같은 무시무시한 흉터를 안고 돌아와, 사람들을 만날 때마다 셔츠를 들어올려 그 상처를 보여주면서 과도한 행복으로 질식해 죽은 다른 사람들의 상처와 비교해 보곤 했다. 그리고 클로로포름 마취약에 취해서 보았던 천사의 환영을 여생 동안 이야기하고 또 이야기하곤 했다. 반면에 돌아오지 못한 사람들이 어떤 천사의 환영을 보았는지는 아무도 알지 못했다. 이중에서도 가장 비참한 것은 병이 악화되어서가 아니라 우울하고 슬픈 비 때문에 죽은 사람들이었다.

갑자기 세상을 떠나야 하는 질병이나 천천히 진행되는 역병 중 하나를 선택해야 할 기로에 놓이자, 플로렌티노 아리사는 페르미나 다사에게 어떤 운명을 바라야 할지 알 수가 없었다. 그는 아무리 참을 수 없는 병이라 할지라도 진실을 택하고 싶었다. 그래서 오랫동안 그녀를 찾아다녔지만, 만날 수는 없었다. 하지만 그런 이야기를 확인해 줄 힌트조차 줄 사람이 아무도 없다는 것은 있을 수 없는 일이라는 생각을 가지게 되었다. 그의 세계인 하천 선박들의 세계에서는 그 어떤 미스터리도 보존될 수 없고, 그 어떤 비밀도 간직될 수 없었다. 그러나 검은 스카프를 두른 여인에 대한 이야기를 들은 사람은 아무도 없었다. 모르는 것이라곤 하나도 없는 도시에서, 심지어는 사건이 일어나기 전에도 수많은 것을 알고 있는 도시에서, 특히 부자들의 문제라면 더욱 그랬던 곳에서 그녀에 대해 아는 사람이 아무도 없었다. 페르미나 다사의 실종에 관해 설명해 줄 사람이 아무도 없었던 것이다. 플로렌티노 아리사는 라망가 지역을 계속 돌아다니면서, 아무런 믿음도 없이 바실리카 양식의 신학교 소성당에서 열리는 미사에 참석했으며, 다른 기분 상태에서는 절대로 관심을 가지지 않았을 시민 행사에도 참석했다. 그렇게 시간이 흘렀지만, 그가 들은 이야기는 더욱 신빙성이 높아져 갔다. 어머니가 없다는 것만 제외하면, 우르비노 가족의 집은 모든 것이 정상처럼 보였다.

수없이 이리저리 알아보던 중에 그는 자신이 알지 못했던 소식, 아니 그가 찾지 않았던 소식들을 접하게 되었다. 그중에는 로렌소 다사가 고향인 칸타브리아의 마을에서 죽었다는 소식도 들어 있었다. 그는 로렌소 다사가 오랫동안 너무나 말을 많이 한 나머지 목이 쉰 채, 파로키아 카페에서 전쟁을 치르듯이 시끄럽게 떠들어 대면서 장기를 두던 모습과 불행한 노년이라는 위험한 상태에 빠져 들수록 더욱 뚱뚱해지고 거칠어졌던 것을 기억하고 있었다. 지난 세기에 아니스 술로 불쾌하게 아침 식사를 한 이후, 두 사람은 서로 한마디도 주고받지 않았다. 플로렌티노 아리사는 자기가 그를 증오하듯이, 로렌소 다사도 수많은 증오심을 가지고 자기를 계속 기억하고 있다고 확신했다. 심지이는 그의 삶의 유일한 이유, 그러니까 딸을 부자와 결혼시키는 일에 성공한 후에도 그랬을 것이라고 굳게 믿었다. 그러나 페르미나 다사의 건강 상태에 대해 틀림없는 정보를 얻겠다고 너무나 단호하게 결심을 한 나머지, 그는 파로키아 카페로 가서 그녀의 아버지에게 그 정보를 얻으려고 했었다. 당시 바로 그곳에서는 제레미아 드 생타무르가 혼자서 마흔두 명의 적을 상대했던 역사적인 경기가 벌어지고 있었다. 그렇게 해서 그는 로렌소 다사가 죽었다는 사실을 알게 되었고, 진심으로 기뻐했다. 그 대가로 페르미나 다사에 관한 진실을 알지 못한 채 살아야 할지도 몰랐지만 말이다. 마침내 그는 절망에 빠진 사람들이 가는 병원 이야기가 틀림없다고 받아들이면서, '아픈 여자는 영원한 여자'라는 잘 알려진 속담으로 위로를 삼았다. 만일 페르미나 다사가 죽었다면, 그 소식은 애써 그녀를 찾지 않아도 어쨌든 자기에게 들어올 것이라는 생각으로 실의에 찬 나날들을 견뎠다.

그러나 그 소식은 절대로 그에게 도착하지 않았다. 페르미나 다사는 플로레스 데 마리아 마을에서 반 레구아 떨어져 있는, 사촌 언니 일데브란다가 세상을 잊고 살아가는 농장에 건강하게 살아 있었기 때문이다. 그녀는 남편의 동의 아래 아무도 모르게 그곳으로 떠났던 것이다. 두 사람은 이십오 년 동안 안정된 결혼 생활을 해오다가 딱 한 번 심각한 위기를 겪자, 사춘기의 소년 소녀처럼 문제를 복잡하게 만들었다. 두 사람이 이제 그 어떤 불행의 매복으로부터도 안전하며, 자식들도 다 크고 잘 자랐고, 환하게 열린 미래를 기다리는 아무런 고통 없이 늙어 가는 법을 배울 수 있다고 느끼던 성숙의 휴식기에 하나의 사건이 그들을 급습한 것이다. 그 사건은 너무나 예기치 않게 일어났기에, 두 사람은 카리브해에서 흔히 사용하는 방법인 눈물을 흘리고 중재자를 내세우면서 목소리를 높여 해결하는 대신 유럽 국가들의 지혜를 사용하여 해결하려고 했다. 그러나 그들은 카리브해 사람도 아니었고 유럽 사람도 아니었기에, 결국 그 어떤 곳에도 속하지 않는 유치한 상황 속에서 철벅거리게 되었다. 그러자 마지막 방법으로 그녀는 떠나기로 결심했다. 하지만 어디로 가야 할지, 왜 자기가 떠나는지도 알지 못한 채 순전히 화가 나서 그렇게 마음먹은 것이었다. 한편 그는 죄책감에 사로잡혀 그녀를 설득할 자신이 없었다.

정말로 페르미나 다사는 얼굴에 검은 스카프를 두른 채 아무도 모르게 한밤중에 배를 탔었다. 그러나 파나마로 가는 큐나드 대서양 횡단선이 아니라, 그녀가 태어났고 사춘기 때까지 자랐으며 세월이 흐르면서 점점 참을 수 없는 향수를 느껴온 산 후안 데 라 시에나가를 오가는 조그만 정기 여객선에 몸을 실었다. 남편의 뜻과 당시의 관습과는 달리 집안의 하녀들과 함께 기른 열다섯 살짜리 대녀만 데려갔지만, 배의 선장과 각 항구의 관리들에게는 그녀의 여행이 미리 통고되어 있었다. 돌이킬 수 없는 결정을 내리자, 그녀는 아이들에게 이모 일데브란다의 농장으로 석 달간 휴가를 다녀오겠다고 말했지만, 사실은 그곳에 영원히 머무를 작정이었다. 후베날 우르비노 박사는 아내가 얼마나 고집이 센지 잘 알고 있었기에 자기의 중대한 잘못에 하느님이 내리는 벌이라면서 괴로운 마음으로 그 결정을 겸허하게 받아들였다. 하지만 배의 불빛이 시야에서 사라지기도 전에 두 사람은 이미 자신들의 잘못을 후회하고 있었다.

그들은 계속 서신 왕래를 하면서 아이들의 상태와 집 안의 다른 일들에 관한 소식을 주고받았지만, 자존심을 상하지 않고 돌아올 수 있는 길을 그나 그녀도 이 년이란 세월이 흐르도록 발견하지 못했다. 아이들은 이 년째 되던 해 학교 방학을 플로레스 데 마리아에서 보내러 갔고, 페르미나 다사는 자기가 새로운 삶에 잘 적응하고 있다는 것을 보여 주기 위해 믿기 어려울 정도로 노력했다. 적어도 이것이 후베날 우르비노가 아들에게 보낸 편지에서 내린 결론이었다. 게다가 그즈음에 리오아차의 주교가 금장식된 마구를 얹은 그 유명한 노새를 타고 영대(領帶)를 두른 채 복회 순례를 했다. 그의 뒤에는 머나먼 마을에서 온 순례자들과 아코디언 연주자들, 음식과 부적을 파는 행상꾼들이 따라왔다. 농장은 불구자들과 절망에 빠진 환자들로 넘쳐났다. 사실 그들은 박식한 설교를 듣거나 대사(大赦)를 받기 위해서가 아니라, 주인 모르게 기적을 베푼다는 소문이 돌던 노새의 은총을 받기 위해서 온 사람들이었다. 주교는 평신부였을 때부터 우르비노 데 라 카예의 집을 자주 찾아오곤 했었다. 그런데 어느 날 오후 그는 공식 축제 행사에서 도망쳐 일데브란다의 농장으로 점심을 먹으러 왔다. 식사하는 내내 속세의 문제들에 관해서만 말하더니, 점심이 끝나자 페르미나 다사를 따로 불러 그녀의 고해를 듣고자 했다. 그녀는 다정하지만 단호한 태도로 신부의 뜻을 거부하면서, 자기는 전혀 뉘우칠 만한 짓을 하지 않았다고 분명하게 말했다. 비록 그것이 목적은 아니었지만, 적어도 그녀는 자기의 대답이 도착해야만 할 사람에게 도착할 것이라는 생각을 갖게 되었다.

후베날 우르비노 박사는 냉소가 배제되지 않은 말투로, 자기 인생에서 가장 쓰라렸던 그 이 년은 자기의 잘못 때문이 아니라, 얼핏 보면 깨끗해 보일지라도 빨래를 할 필요가 있는지 알아보기 위해 가족들이 벗어 놓은 옷뿐만 아니라 자신이 벗은 옷까지도 일일이 냄새를 맡는 아내의 고약한 습관 때문이라고 말하곤 했다. 또한 아내가 적어도 하루에 세 번은 욕실에 틀어박혀 담배를 피우는 것도 알았지만, 이것에 관해서는 그리 관심을 두지 않았다. 왜냐하면 상류 사회의 여자들 여럿이 모여 방 안에 틀어박혀서는 남자에 관해 이야기하고 담배를 피워 대면서, 심지어는 인사불성이 된 막일꾼들처럼 취해서 바닥에 드러누울 때까지 1리터짜리 병에 담긴 아과르디엔테를 마구 마셔 대는 것은 흔한 일이었기 때문이다. 그러나 그는 눈에 띄는 옷마다 냄새를 맡는 습관은 적절하지 않은 행동일 뿐만 아니라 건강에도 해롭다고 생각했다. 그녀는 말다툼하고 싶지 않은 모든 말을 농담으로 받아들였듯이, 이 말도 농담으로 받아들였다. 그러고는 그 예민한 꾀꼬리 코는 단순한 장식품으로 얼굴에 달린 것이 아니라고 말했다. 어느 날 아침 그녀가 장을 보고 있는데, 하녀들이 집 안 구석구석을 온통 뒤져보고는 세 살짜리 아이를 찾을 수 없다며 이웃집을 온통 휘젓고 다니는 일이 일어났다. 모든 사람이 어찌할 줄 모르고 있는 가운데 도착한 그녀는 먹이를 쫓는 사냥개처럼 집 안을 두세 바퀴 돌더니, 아무도 아이가 숨어 있으리라고는 생각지도 못했던 옷장에서 자고 있는 아들을 찾아냈다. 깜짝 놀란 남편이 어떻게 그 아이를 찾아냈느냐고 묻자, 그녀는 이렇게 대답했다.

"똥 냄새로 찾아냈지요."

사실 그녀의 후각은 옷을 빨거나 잃어버린 아이를 찾는 데만 소용이 있는 것이 아니었다. 그것은 그녀의 삶, 특히 사회생활의 모든 영역에서 그녀가 올바르게 판단할 수 있게 해 준 감각이었다. 후베날 우르비노는 결혼 생활을 통해 그것을 유심히 보아 왔다. 결혼 초에는 특히 그랬다. 그녀는 300년 전부터 자신과 같은 신분의 여자에게 편견을 가져온 환경 속의 외로운 이방인이었지만, 그 누구와도 충돌하지 않고 초자연적인 본능이라고밖에 말할 수 없는 통솔력을 지니고서 칼처럼 날카로운 산호초 숲을 헤엄쳐 나갔다. 그런데 돌처럼 단단한 마음뿐만 아니라 수천 년 동안의 지혜에 바탕을 둔 이런 대단한 능력은, 어느 일요일 날 미사를 가기 전에 불행을 맞게 되었다. 페르미나 다사는 평소와 마찬가지로 전날 오후에 남편이 입었던 옷 냄새를 맡았는데, 침대에서 다른 사람과 있었던 듯 한 혼란스러운 느낌이 들었던 것이다.

그녀는 단춧구멍에서 줄 시계를 떼어 내고 지갑과 연필과 주머니에 흩어져 있던 몇 개의 동전을 꺼내 화장대 위에 올려놓은 뒤 양복 상의와 조끼를 냄새 맡았다. 그러고는 넥타이핀과 손목에서 토파즈 커프스를 떼어 내고 옷깃에서 금 단추를 떼어 낸 다음 가장자리를 감친 셔츠를 냄새 맡았다. 그런 다음 열한 개의 열쇠가 달린 열쇠고리와 자개 손잡이가 달린 주머니칼을 꺼내면서 바지 냄새를 맡았으며, 마지막으로 팬티와 양말과 그의 이름 머리글자가 새겨진 실로 짠 손수건을 냄새 맡았다. 의심의 여지가 없었다. 각각의 옷가지에는 수많은 세월을 함께 살아오면서 한 번도 맡을 수 없었던 냄새가 배어 있었다. 그것은 뭐라고 딱히 규정할 수 없는 냄새였다. 꽃 냄새나 인조 향수 냄새가 아니라 인간의 체취였기 때문이다. 그녀는 아무 말도 하지 않았고, 매일 매일 냄새를 맡으려고 하지도 않았다. 남편의 옷에 코를 묻을 때에도 이제는 빨아야 할 것인지를 알기 위한 궁금증 때문이 아니라, 창자가 쏠리는 참을 수 없는 고통을 느끼면서 냄새를 맡게 되었다.

남편의 일상을 훤히 꿰고 있던 페르미나 다사는 도대체 그 냄새가 어디서 밴 것인지를 알 수가 없었다. 아침 강의와 점심 식사 사이에는 그런 일이 있을 수 없었다. 제정신이라면 그 어떤 여자도 그 짧은 시간에 급하게 사랑을 나누려 하지는 않을 것이라고 생각했기 때문이다. 게다가 그가 왕진을 가서 그런 사랑을 한다는 것은 더욱 있을 수 없는 일이었다. 집 안 청소를 하고, 침대를 정리하고, 시장을 보고, 점심을 준비하는 일에 신경을 써야 할 때인 데다가 아이가 돌에 맞아 머리에 상처를 입고 학교가 파하는 시간보다 일찍 집에 돌아왔는데, 아침 11시에 헝클어진 침대에서 벌거벗고 있는 모습을, 거기다가 자기 몸 위에 의사가 있는 모습을 발견할지도 모른다는 걱정을 하면서 사랑을 한다는 것은 있을 수 없는 일이었다. 한편 그녀는 후베날 우르비노 박사가 오로지 밤에만, 그것도 칠흑 같은 어둠 속에서 사랑을 나누는 것을 더 좋아하며, 마지막 경우로 첫 새들이 지저귀기 시작하는 아침 식사 전을 고른다는 것을 알고 있었다. 그 후인 낮 시간에는 수탉의 사랑을 하면서 느끼는 쾌감보다 옷을 벗고 다시 입는 일이 더 귀찮다고 스스로 말하곤 했다. 그러니 옷에 오염된 냄새가 배는 것은 단지 왕진을 갈 때나, 아니면 체스를 두거나 영화를 본다면서 외출하는 밤 시간에만 있을 수 있는 일이었다. 이 마지막 경우를 밝혀내기란 어려운 일이었다. 수많은 친구들과는 반대로, 페르미나 다사는 너무나 자존심이 강한 나머지 남편을 몰래 엿보거나 아니면 누군가에게 자기를 대신해서 남편을 염탐해 달라고 부탁할 수 없었기 때문이다. 왕진 시간표는 부정을 저지르기에 가장 적당한 시간처럼 보였고 가장 감시하기 쉬워 보였다. 후베날 우르비노 박사는 그가 방문한 첫날부터 마지막으로 성호를 긋고 영혼의 안식을 위해 한마디 하면서 그들과 이 세상에서 작별을 할 때까지, 환자들에게 받은 왕진료를 포함해서 그들의 상태를 자세히 기록해 놓았기 때문이다.

삼 주가 지날 무렵, 페르미나 다사는 여러 날 동안 그의 옷에서 그 냄새를 발견하지 못했지만, 전혀 예상치 못한 순간에 그 냄새를 다시 맡았다. 더군다나 며칠 동안 계속 그 냄새가 더욱 강하게 나고 있음을 알게 되었다. 거기에는 가족 파티가 열린 까닭에 그와 그녀가 한순간도 떨어져 있지 않았던 어느 일요일도 포함되어 있었다. 그런데 어느 날 오후, 그녀의 습관과 소망과는 달리 우연히 남편의 사무실에 있게 되었다. 평소라면 절대로 하지 않았을 행동을 하고 있는 여자는 그녀가 아니라 다른 사람 같았다. 그녀는 거기서 벵골에서 만든 화려한 돋보기로 최근 몇 달 동안의 복잡한 왕진 기록을 판독하고 있었다. 크레오소트 방부제가 잔뜩 배어 있고, 어느 짐승의 것인지도 알 수 없는 가죽으로 장정된 책들과 학교 친구들이랑 찍은 빛바랜 사진들, 명예 학위장과 천체 관측기와 수년간 수집해 온 가짜 단검들로 가득 찬 그의 사무실에 혼자 들어온 것은 그때가 처음이었다. 그곳은 남편의 사생활이 보장된 유일한 곳이었다. 그곳은 그녀가 사랑하지 않는 곳이었기에 접근하지 않아 마치 비밀의 성역과도 같았다. 그곳에 있었던 몇 번 안 되는 경우에도 사소한 문제를 해결하기 위해 그와 함께 있었지, 그녀 혼자만 있었던 경우는 없었다. 그녀는 자기 혼자 그곳에 들어갈 권리가 없으며, 게다가 점잖지 않아 보이는 그런 조사를 하기 위해서는 더더욱 그렇다고 느끼고 있었다. 그러나 그녀는 그곳에 있었다. 그녀는 진상을 알고 싶었고, 그 증거를 발견할 수 있다는 엄청난 두려움과 그에 견줄 만한 괴로움과 고통을 느끼며 찾고 있었다. 선천적인 도도함보다 더 강하고, 그녀의 품위보다 더욱 강한 억제할 수 없는 강풍에 이

끌리고 말았던 것이다. 그것은 한마디로 매력적인 고통이었다.

분명한 증거는 아무것도 찾아낼 수 없었다. 왜냐하면 두 사람이 함께 알고 있는 친구들을 제외하면 환자들은 남편이 전유하는 영역이었다. 그들은 얼굴이 아니라 통증에 의해, 눈의 색깔이나 심장의 박동수나 간의 크기나 혀의 백태, 오줌 속의 피, 고열로 시달리던 밤에 보았던 환각들에 의해서만 남편과 알고 있는 신원이 밝혀지지 않은 사람들이었다. 그들은 남편을 믿고 남편 때문에 살고 있다고 믿었지만, 사실은 그를 위해 살고 있었으며, 진료 기록부의 끄트머리에 그가 손수 쓴 "걱정 마십시오. 하느님이 당신을 문에서 기다리고 있습니다."라는 한 구절의 문구로 요약되고 마는 사람들이었다. 페르미나 다사는 두 시간의 헛된 노력 끝에 점잖지 못한 행동의 유혹을 받았다는 느낌을 가지고 그의 사무실을 나왔다.

그녀는 환상의 유혹에 넘어가, 남편의 행동에 무슨 변화가 있는지를 알아내기 시작했다. 그리하여 그가 사람을 피하고 있으며 식욕과 성욕을 잃어버렸고, 쉽게 화를 내는 성향이 있으며, 비꼬면서 대답하는 경향이 새로 생겼고, 집에 있을 때는 더 이상 예전처럼 차분하지 않고 우리에 갇힌 표범과 같다는 것을 깨닫게 되었다. 결혼한 후 처음으로 그녀는 늦은 귀가 시간을 감시하기 시작하면서 일분일초까지 계산했으며, 진실을 밝히기 위해 그에게 거짓말하기도 했지만, 이내 자기가 범한 보순적인 행동에 치명적인 상처를 입었음을 스스로 느끼곤 했다. 어느 날 밤 그녀는 남편의 환영을 보고 소스라치게 놀라 잠에서 깼다. 남편이 증오로 가득한 눈으로 어둠 속에서 자기를 쳐다보고 있다는 생각이 들었던 것이다. 그녀는 한창 젊었을 때 침대 발치에서 플로렌티노 아리사를 보는 꿈을 꾸면서 이와 비슷한 공포를 경험한 적이 있었다. 유일한 차이라면 그는 증오가 아닌 사랑의 눈길을 보내며 나타났다는 것이었다. 게다가 이번에는 환상이 아니었다. 새벽 2시에 남편은 잠에서 깨어 침대에서 일어나 자는 그녀를 물끄러미 바라보고 있었던 것이다. 그녀가 왜 그러느냐고 묻자, 그는 대답을 피했다. 그리고 머리를 다시 베개에 묻고는 이렇게 말했다.

"꿈을 꾼 모양이군."

그날 밤 이후, 그리고 현실이 어디에서 끝나고 몽상이 어디에서 시작되는지 정확히 모르고 있던 그 시기에 일어난 유사한 다른 일로 인해, 페르미나 다사는 자기가 미쳐 가고 있다는 분명한 계시를 받았다. 마지막으로 그녀는 남편이 성체 축일인 목요일에 영성체를 받지 않았고, 최근 몇 주 동안 일요일에도 영성체를 받지 않았으며, 시간이 없다는 핑계로 그해 피정도 가지 않았다는 사실을 깨달았다. 그녀는 도대체 무슨 일 때문에 영적 건강에 이상한 변화가 생긴 것이냐고 그에게 물었지만, 질문을 피하는 듯한 애매한 대답만 들었을 뿐이었다. 이것은 결정적인 증거였다. 그는 여덟 살 때 첫 영성체를 받은 이래 그토록 중요한 날에 영성체를 받지 않은 적이 한 번도 없었기 때문이다. 이런 방법으로 그녀는 남편이 죽을죄를 짓고 있으며 고해 신부에게 도움을 청하지 않고 대죄를 계속 범하기로 작정했음을 눈치채게 되었다. 페르미나 다사는 사랑과 반대되는 일로 괴로워하리라고는 상상해 본 적도 없었지만,

이제는 그런 일로 고통을 겪고 있었다. 그래서 자신이 죽지 않을 유일한 방법은 자신의 영혼까지 중독시키고 있는 살모사의 소굴에 불을 지피는 것이라고 결론 내렸다. 그리고 정말로 그렇게 했다. 어느 날 오후 남편이 낮잠을 잔 후에 평소와 마찬가지로 책을 읽는 동안, 그녀는 테라스에서 양말 뒤꿈치를 꿰매기 시작했다. 그런데 갑자기 그 일을 중단하고는 안경을 이마까지 올리고서 전혀 거슬리지 않는 목소리로 설명을 요구했다.

"박사님."

그는 당시 모든 사람이 읽고 있던 소설 『펭귄섬』[14]을 읽는 데 푹 빠져 있었다. 그는 거기서 빠져나오지 않은 채 "위."[15]라고 대답했다. 그러자 그녀는 고집을 부리면서 말했다.

"내 얼굴을 보세요."

그는 그렇게 했다. 고개를 들어 그녀를 바라보았지만, 독서용 안경에 낀 뿌연 김 때문에 그녀를 제대로 쳐다볼 수 없었다. 하지만 안경을 벗지 않고도 그녀의 눈에 불덩이가 이글거리고 있다는 것을 알 수 있었다. 그가 물었다.

"왜 그래?"

그러자 그녀가 말했다.

"왜 그런지는 당신이 나보다 잘 알 거예요."

그녀는 더 이상 아무 말도 하지 않고서 다시 안경을 내리고

14) 프랑스의 작가 아나톨 프랑스의 1908년 작품.

15) 프랑스어로 '응', '네'라는 뜻이다.

는 계속해서 양말을 기웠다. 그러자 후베날 우르비노 박사는 기나긴 고뇌의 시간이 끝났음을 깨달았다. 그 순간 그가 짐작했던 것과는 정반대로, 그의 마음은 지진이 난 듯이 동요한 것이 아니라 조용한 일격을 받았다. 그는 조만간 일어나고야 말 일이 조금 일찍 벌어졌다는 사실에 큰 안도감을 느꼈다. 그러니까 바르바라 린치 양의 환영이 마침내 집 안으로 들어오고 말았다는 사실을 알게 된 것이다.

후베날 우르비노 박사는 넉 달 전에 자선 병원의 외래 진료실에서 그녀를 알게 되었다. 그녀는 차례를 기다리고 있었다. 그런데 그는 순간적으로 자신의 운명에 돌이킬 수 없는 일이 일어나고야 말았다는 것을 느꼈다. 그녀는 키가 크고 우아하며 체격이 좋은 물라토였으며, 피부도 마찬가지로 검었고 당밀처럼 부드러웠다. 그날 아침 그녀는 흰 반점이 새겨진 붉은 옷을 입고, 똑같은 천으로 만든 챙이 넓은 모자로 눈꺼풀까지 가리고 있었다. 그녀는 다른 사람들보다 훨씬 요염하게 보였다. 후베날 우르비노 박사는 외래 진료를 담당하지는 않았지만, 시간이 남을 때면 그곳을 들러 상급 과정에 있는 제자들에게 훌륭한 진단보다 더 좋은 약은 없다는 것을 일깨워 주곤 했다. 그래서 뜻하지 않게 나타난 흑인 여자의 진찰에 참석하기로 결정하고는, 학생들이 평소와 다른 자신의 행동을 눈치채지 못하도록 조심하면서 그녀에게 거의 눈길을 주지 않았다. 그러나 자기 수첩에 그녀의 신원에 관한 자료를 빠짐없이 적어 넣었다. 그날 오후 마지막 진료가 끝나자 그는 그녀가 진찰할 때 적었던 주소로 마차를 몰도록 시켰고, 그녀는 정말 그곳에서 테라스에 서서 3월의 시원한 바람을 맞고 있었다.

그것은 전형적인 서인도 제도의 집이었다. 양철 지붕까지 모두 노랗게 칠해져 있고, 창문에는 삼베가 쳐져 있었으며, 대문에는 카네이션 화분과 양치식물 화분이 걸려 있었다. 집은 말라 크리안사 늪지의 나무 말뚝 위에 세워져 있었다. 처마에 걸린 새장에서는 꾀꼬리 한 마리가 노래를 부르고 있었다. 맞은편 보도에는 초등학교가 있었고, 우르르 떼를 지어 나오던 아이들 때문에 마부는 말이 놀라지 않도록 고삐를 계속 당기고 있어야 했다. 그것은 행운이었다. 바르바라 린치 양이 박사를 알아볼 시간을 주었기 때문이다. 그녀는 오래전에 알고 있는 친구처럼 그에게 인사했고, 집 앞의 무질서가 회복될 때까지 커피 한 잔을 마시자고 초대했다. 그는 평소 습관과는 반대로 기쁜 마음으로 그 초대를 받아들였고, 그녀가 자신에 관해 하는 말을 들었다. 그것이 그날 아침부터 그가 관심을 가진 유일한 것이자, 이후 몇 달 동안 한시도 마음의 평화를 찾지 못한 채 관심을 쏟을 유일한 것이었다. 결혼한 지 얼마 되지 않은 어느 날 한 친구가 그의 아내 앞에서 빠르건 늦건 안정적인 결혼을 위험에 빠뜨릴 미칠 듯한 열정에 직면할 것이라는 이야기를 한 적이 있었다. 자기 자신을 잘 알고 있으며 자신의 도덕적 뿌리가 얼마나 강한지도 안다고 생각했던 그는 그런 예언을 비웃었었다. 그런데 그 예언이 실현된 것이다.

신학 박사인 바르바라 린치 양은 비쩍 마른 흑인 개신교 목사 조나단 B. 린치의 외동딸이었다. 그 목사는 말을 타고 가난에 찌든 습지의 집들을 돌아다니면서, 후베날 우르비노 박사가 자기의 신과 구별하기 위해 소문자로 쓰곤 하던 수많은 신들[16] 중의 한 신의 말씀을 설교하고 다녔다. 그녀는 스페인어를 잘 구사했지만, 문장은 약간 어색했다. 그러나 그렇게 가끔 실수하는 것이 오히려 그녀를 한층 매력적으로 보이게 했다. 그녀는 12월에 스물여덟 살이 될 예정이었고, 자기 아버지의 제자였던 다른 목사와 얼마 전에 이혼한 상태였다. 그 목사와 이 년간 악몽과 같은 결혼 생활을 했던 탓에 그녀는 다시 그런 잘못을 되풀이하고 싶은 생각이 없었다. 그녀는 "내 꾀꼬리밖에는 사랑하지 않아요."라고 말했다. 그러나 우르비노 박사는 그 말을 너무나 심각하게 받아들인 나머지, 그녀가 숨겨진 의도를 가지고 그런 말을 했으리라고는 생각하지 못했다. 아니 그 반대였다. 쉽게 여자와 사랑을 나눌 수 있는 수많은 기회는 나중에 커다란 대가를 치르게 하기 위해서 하느님이 파 놓은 함정은 아닐까라고 그는 혼란스러운 상태로 자문했다. 그러고는 자기가 혼란스러운 상태에 있어서 그런 말도 안 되는 신학적 생각을 했다면서 마음속에서 그 생각을 떨쳐 버렸다.

그는 헤어질 시간이 되자 아침의 진료를 자연스럽게 언급했다. 그는 환자들이 자신의 병세에 관해 말하는 것보다 더 좋아하는 일은 없다는 것을 알고 있었다. 자기의 병에 관해 말하고 있는 그녀의 모습이 너무나 찬란해서, 그는 다음 날 4시 정각에 보다 자세히 진찰하러 오겠다고 약속했다. 그러자 그녀

16) 서양에서 신을 소문자로 쓰면 유일신인 하느님이 아닌 잡신을 의미한다.

는 깜짝 놀랐다. 그런 부류의 의사는 자기의 경제적 능력으로 감당할 수 없다는 것을 잘 알고 있었던 것이다. 하지만 그는 그녀를 진정시키면서 "이런 직업을 가진 사람들은 부자들이 가난한 사람들의 진료비를 내도록 하고 있지요."라고 말했다. 그러고는 주머니에 넣고 다니던 노트에 '바르바라 린치 양, 말라 크리안사 습지, 토요일 오후 4시'라고 적었다. 몇 달 후 페르미나 다사는 진단 내용과 처방이 상세하게 기록되어 있고 병이 어떻게 진전되고 있는지를 적어서 늘어난 그날의 기록을 읽게 되었다. 그 이름을 보고 그녀는 관심을 가졌지만, 이내 뉴올리언스의 과일을 실은 선박을 타고 온 길 잃은 예술가 중의 한 명일 거라는 생각이 퍼뜩 머리를 스쳤다. 그러나 주소를 보고는 자메이카 출신에 당연히 흑인이리라 생각하고는 남편의 취향과 맞지 않는 여자이기에 아무런 고민도 없이 그 생각을 머릿속에서 지워 버렸다.

후베날 우르비노 박사는 토요일에 약속 시간보다 10분 일찍 도착했다. 린치 양은 옷도 제대로 입지 못한 채 그를 맞이했다. 파리에서 공부하던 시절에 구두시험을 치러야 했을 때에도 그는 그렇게 긴장한 적이 없었다. 얇은 실크 슬립과 조화를 이루는 리넨 침대보가 씌워진 침대에 누운 린치 양은 끝없이 아름다운 여인이었다. 그녀의 모든 것은 크고 강렬했다. 세이렌과 같은 허벅지, 서서히 달아오르는 그녀의 피부, 깜짝 놀란 그녀의 가슴, 완벽한 치열의 투명한 잇몸이 그러했고, 그녀의 온몸이 건강한 냄새를 발산하고 있었다. 이런 사람 냄새가 바로 페르미나 다사가 남편의 옷에서 발견한 냄새였다. 그녀가 진료를 받으러 갔던 것은 그녀가 우아하게도 '뒤틀리는 월경통'이라고 부른 통증에 시달렸기 때문으로, 우르비노 박사는 그것이 무시해서는 안 될 증상이라고 생각했다. 그래서 정성이라기보다는 의도를 가지고 그녀의 내부 기관을 손으로 직접 만져 가면서 진찰했다. 그러면서 그는 자신의 지식을 잊은 채 그 경이로운 창조물은 겉모습과 마찬가지로 그 속도 너무나 아름답다는 것을 알았다. 그러자 이제는 카리브해 연안에서 최고로 평가받는 의사가 아니라, 본능의 무질서로 고통받는 하느님의 가련한 인간으로서 내진의 감미로움에 열중했다. 그의 엄격한 의사 생활에서 단 한 번 그런 일이 일어난 적이 있었는데, 그날은 그의 인생에서 가장 수치스러운 날이었다. 왜냐하면 화가 난 환자가 그의 손을 치워 버리고 침대에 앉아서 "당신이 원하는 일은 충분히 일어날 수 있지만 이렇게 해서는 안 돼요."라고 면박을 주었던 것이다. 반면에 린치 양은 그의 손에 자기를 내맡기고, 이제는 의사가 의학 지식을 전혀 생각하지 않고 있다는 사실에 의심의 여지가 없게 되자 이렇게 말했다.

"저는 이런 일이 윤리적으로 허용되지 않는다고 생각했어요."

그는 마치 저수지에서 옷을 입고 나온 사람처럼 땀으로 흠뻑 젖어 있었다. 그는 수건으로 손과 얼굴을 닦고서 말했다.

"윤리란 것은…… 우리 의사들을 감정도 없는 목석이라고 생각하지요."

그녀는 고맙다면서 한 손을 내밀고는 이렇게 말했다.

"제가 그렇게 생각한 것은 선생님이 그러실 수 없다는 뜻이 아니에요. 생각해 보세요. 선생님처럼 유명하신 분이 눈길을 준다는 것이, 저처럼 불쌍한 흑인 여자에게 얼마나 큰 의미가 있는 일인지 말이에요."

그러자 그가 말했다.

"단 한순간도 당신을 생각하지 않은 적이 없었소."

충분히 연민을 자아내고도 남을 정도로 떨리는 목소리였다. 그러나 그녀는 폭소로 방 안을 환하게 밝히고는 그를 모든 악에서 구해 주었다. 그녀는 말했다.

"선생님, 병원에서 보았을 때부터 알고 있었어요. 난 흑인이지만, 바보는 아니거든요."

그러나 쉬운 일은 아니었다. 린치 양은 정조를 지키길 원했고, 그다음으로는 안정과 사랑을 원했으며, 그런 것들을 가질 자격이 있다고 믿었다. 그녀는 우르비노 박사에게 자기를 유혹할 기회를 주었지만, 혼자 집에 있으면서도 방에는 들어오지 못하게 했다. 그녀가 가장 멀리 갔던 것은 그가 원하는 대로 모든 윤리를 위반하면서 촉진(觸診)과 청진의 의식을 반복하도록 했을 때였지만, 옷을 벗지는 않았다. 한편 그는 고기가 일단 미끼를 문 이상 놓아줄 수가 없었고, 대신 거의 매일 포위하기에 들어갔다. 실질적으로 린치 양과 계속 관계를 갖는다는 것은 거의 불가능한 일이었지만, 나중에 그녀와 관계를 진전시키는 데 너무 약했던 것처럼, 제때 멈추기에도 그는 너무나 약한 존재였다. 그것이 그의 한계였다.

거룩하신 린치 목사님의 생활은 규칙적이지 않았다. 그는 아무 시간에나 한쪽에는 성경과 복음 선전 책자를 싣고 다른 한쪽에는 먹을 것을 실은 노새를 타고 나가곤 했고, 전혀 생각지도 않은 순간에 돌아오곤 했다. 또 다른 문제는 앞에 있는 학교였다. 아이들은 창문으로 거리를 내다보면서 배운 것을 큰 소리로 따라하곤 했다. 아이들의 눈에 가장 잘 띄는 것은 아침 6시부터 대문과 창문을 활짝 열어 놓고 있는 반대편 보도의 집이었다. 또한 아이들은 자기들이 큰 소리로 따라한 내용을 새들이 외우도록 처마에 새장을 걸어 놓는 린치 양도 보았고, 그녀가 집안일을 하면서 색색의 터번을 두르고 카리브해 여자다운 밝은 목소리로 그 내용을 따라하는 것도 보았으며, 그 후에는 현관에 앉아 혼자서 영어로 오후의 찬송가를 노래하는 모습을 보기도 했다.

그들은 아이들이 없을 시간을 택해야만 했다. 거기에는 단 두 가지 가능성밖에 없었다. 우르비노 박사와 그녀 둘 다 점심을 먹는 12시부터 2시까지가 아니면, 아이들이 집으로 돌아가기 시작하는 오후의 늦은 시간뿐이었다. 언제나 이 마지막 시간대가 가장 좋았지만, 그 시간은 이미 우르비노 박사가 왕진을 끝낸 이후였고, 가족과 함께 식사를 할 시간이 얼마 남아 있지 않았다. 세 번째 문제이자 그에게 가장 중대한 문제는 바로 자신의 지위였다. 그는 마차 없이 그곳에 갈 수가 없었다. 그래서 사람들에게 익히 알려진 그 마차는 항상 문 앞에 있어야만 했다. 사교 클럽의 거의 모든 친구들처럼 마부와 공모를 꾀할 수도 있었지만, 그것은 그의 성격상 할 수 있는 일이 아니었다. 린치 양을 방문하는 것이 너무나 분명해지자, 제복을 입은 그의 집 마부조차도 마차가 너무 오래 문 앞에 주차해 있지 않도록 나중에 다시 그를 데리러 오는 편이 낫지 않겠느냐고 용기를 내어 물었다. 그러자 그의 본래 모습과는 전혀 다른 반응을 보이면서, 우르비노 박사는 단칼에 그의 말을 끊어 버렸다.

"자네를 안 이후, 처음으로 해서는 안 될 말을 하는 것을 듣는군. 알았네, 못 들은 것으로 하겠네."

해결할 방법이 없었다. 이런 도시에서는 의사의 마차가 문 앞에 있는 동안은 환자가 어떤 병에 걸렸는지 감출 방법이 없었다. 종종 우르비노 박사는 악의적이거나 섣부른 추측을 피하기 위해 걸어서 갈 거리가 되면 걸어서 가거나 마차를 빌려서 타고 갔다. 그러나 그런 속임수는 별로 소용이 없었다. 왜냐하면 약국에서 약을 짓도록 쓴 처방전이 진실을 밝힐 수 있었기 때문이다. 그래서 우르비노 박사는 정확한 약과 더불어 가짜 약을 처방해서 환자가 자기 질병의 비밀을 간직한 채 평화롭게 죽을 수 있는 권리를 지켜 주고자 했다. 또한 그 외 여러 가지 정직한 방법으로 자기의 마차가 린치 양의 집 앞에 있는 것을 합리화할 수 있었지만, 그것 역시 오랫동안 쓸 수 있는 방법은 되지 못했으며 그가 원하는 기간 동안 쓸 수 있는 방법이 되기에는 턱도 없었다. 바로 평생토록 말이다.

세상은 그에게 지옥이 되었다. 초기의 미칠 듯한 욕구가 만족되자, 두 사람은 자기들이 위험한 행동을 했다는 것을 의식했지만, 후베날 우르비노 박사는 그런 스캔들과 맞설 결심을 한 번도 하지 않았다. 열정의 환희 속에서 그는 모든 것을 약속했지만, 그 상태에서 벗어나면 모든 것을 뒤로 미루곤 했다.

반면에 그녀와 함께 있고 싶은 욕망이 커짐에 따라 그녀를 잃어버릴지도 모른다는 근심 역시 커져 갔다. 그래서 두 사람의 만남은 갈수록 조급해지고 어려워졌다. 그는 다른 것을 생각하지 않았다. 참을 수 없는 조바심으로 매일 오후를 기다렸으며, 다른 약속들은 잊어버리기 일쑤였다. 그는 그녀를 제외한 모든 것을 잊어버렸지만, 마차가 말라 크리안사 습지에 다가갈수록, 최후의 순간에 예기치 않은 문제가 나타나 하는 수 없이 그곳을 떠나게 해 달라고 하느님께 기도하곤 했다. 그는 너무나 괴로워하고 있었다. 그래서 가끔씩 테라스에서 책을 읽고 있는 린치 목사의 텁수룩한 머리와 거실에서 동네 아이들에게 복음 내용을 노래로 불러 주면서 교리 문답을 가르치고 있는 그의 딸을 길모퉁이에서 발견하면 기뻤다. 그러고는 운명에 도전하지 않기 위해 행복한 모습으로 집으로 발길을 돌렸다. 그러나 그 다음에는 매일, 그리고 하루 종일 오후 5시가 빨리 오면 좋겠다는 욕망으로 미칠 것만 같았다.

그러면서 마차가 그 집의 대문 앞에 세워져 있다는 사실이 너무 많이 알려지게 되자, 두 사람의 사랑은 불가능해졌다. 그리고 석 달 후 그것은 우스꽝스러운 장난에 지나지 않게 되었다. 놀란 표정의 애인이 들어오는 것을 보면 린치 양은 아무 말도 건넬 시간도 주지 않고 침실로 갔다. 그를 기다리던 날에는 폭넓은 치마를 입는 예방책을 취했다. 그것은 자메이카 산의 빨간 꽃무늬가 있는 헐렁하고 예쁜 치마였다. 그녀는 편리하게 사랑을 나눌 수 있으면 그가 두려움을 떨쳐 버리는 데 도움이 되리라 믿고는, 그 안에 아무 속옷도 입지 않았다. 그렇게 그를 행복하게 만들어 주기 위해 모든 노력을 기울였지만, 그에게는 아무런 소용도 없었다. 그는 땀에 흠뻑 젖은 채 헐떡이면서 그녀를 따라 쏜살같이 침실로 들어와서는 지팡이, 왕진 가방, 파나마모자 등 모든 것을 바닥에 내팽개친 채, 바지를 무릎까지 내리고 양복 상의는 거추장스럽지 않게 단추만 푼 다음, 조끼 단춧구멍에 줄 시계를 매달고 신발도 벗지 않은 채 두려움에 질린 사랑을 하곤 했다. 마치 쾌감을 얻는 것보다 그곳을 가능한 한 빨리 떠나는 데 관심이 있는 것 같은 자세였다. 그녀는 겨우 고독의 터널 입구에 들어선 채 욕망을 채우지도 못한 상태에 있기 일쑤였지만, 그는 마치 삶과 죽음의 경계선에서 절대적인 사랑을 한 것처럼 벌써 다시 단추를 채우고 있었다. 그러나 사실 그는 사랑의 기술 중에서 일부에 불과한 육체적 행위만을 끝냈을 뿐이었다. 그는 정확히 제시간에 끝내곤 했다. 그 시간이란 일상적인 방문 치료 동안 혈관 주사를 놓는 데 필요한 시간이었다. 그러고 나면 자신의 나약함에 창피한 나머지 죽고 싶은 마음으로 발길을 집으로 돌리면서, 페르미나 다사에게 자기의 바지를 내리고 놋쇠 화로 위에 자기 엉덩이를 뜨겁게 달궈 달라고 요구하지 못하는 자신의 부족한 용기를 저주했다. 그는 저녁도 먹지 않았고 믿음을 가지고 기도하지도 않았다. 잠자기 전에 아내가 집 안 구석구석을 돌아다니면서 정리하는 동안, 그는 침대에서 낮잠을 자기 전에 보았던 책을 펼치고는 계속 읽는 척했다. 책 위로 고개를 조금씩 떨어뜨리면서 그는 린치 양의 피할 수 없는 맹그로브 습지로 조금씩 빠져 들었고, 그녀가 누워 있는 숲과 그의 죽음의 침대에서 그녀가 발산하는 훈기 속으로 빠져 들었다. 그러면 다음 날 오후 5시 오 분 전과 자메이카 출신의 미친 여자 치마 아래에 있는 어두운 덤불의 언덕 이외에는 아무런 생각도 할 수가 없었다. 그것은 돌고 도는 지옥이었다.

이미 몇 년 전부터 그는 자신의 몸무게에 신경이 쓰이기 시작했다. 그는 증상을 알아보았다. 의학 서적에서 읽은 적이 있었고, 실생활에서 확인되는 것을 본 적도 있었다. 그는 아무런 중병에도 걸린 적 없는 나이 먹은 환자들이 의학 서적에 적힌 그대로 완벽하게 증상을 설명하지만, 결국은 상상에 의한 병으로 판명받는 것을 보았었다. 라 살프트리에르 아동 병원의 선생님은 그에게 가장 정직한 전공으로 소아과를 택하라고 추천해 주었는데, 아이들은 정말로 아플 때만 병에 걸리고, 의례적인 말이 아니라 실제 질병의 구체적 증상을 가지고서만 의사와 대화할 수 있기 때문이었다. 반면에 어른들은 특정한 나이가 되면 병도 걸리지 않았는데 증상을 보이거나, 그보다 더한 경우 최소한의 증상밖에 없는데도 중병에 걸리곤 했다. 그는 진통제로 그들이 다른 곳에 정신을 팔게 만든 뒤 충분한 시간을 주어 노년의 쓰레기 더미에서 그 약들과 함께 살아가면서 그런 질병을 느끼지 않도록 가르쳤다. 후베날 우르비노 박사는 모든 것을 보았다고 믿는 그 나이 때의 의사가 아프지도 않은데 병에 걸렸다면서 마음이 불안해지는 것을 극복하지 못할 수도 있다는 생각은 한 번도 해 본 적이 없었다. 심지어는 순전히 과학적 편견에 사로잡혀 실제 병에 걸렸는데도 그것을 믿지 않을 수도 있었다. 마흔 살이 되었을 무렵, 그는 수업 시간에 농담 반 진담 반으로 "내가 인생에서 필요로 하는 것은 나를 이해해 줄 수 있는 사람뿐이야."라고 말했다. 그런데 린치 양의 미로 속에서 갈피를 잡지 못하는 자기 자신을 발견했을 때, 그는 더 이상 그 말을 농담으로 생각하지 않았다.

나이 먹은 환자들의 실제 증상이나 상상적인 증상은 모두 그의 몸에 축적되어 있었다. 그는 너무나 선명하게 간의 형태를 느낀 나머지, 만져 보지 않고도 그것이 얼마나 큰지 말할 수 있었다. 그는 자신의 콩팥에서 잠자고 있는 고양이가 야옹하는 소리를 느꼈으며, 소낭이 무지개 색깔로 빛나는 것을 느꼈고, 동맥에서 피가 윙윙거리며 지나가는 소리를 느꼈다. 가끔씩 그는 물 밖에 나온 물고기처럼 헐떡거리며 새벽에 잠을 깼다. 그리고 가슴에 물이 찬 것 같은 느낌도 받았다. 그는 잠시 심장이 멈추었다가, 학교 고적대에 있을 때처럼 심장의 박동이 원래 박자보다 한 번 두 번 빨리 가다가 마침내는 하느님의 위대하심을 보여 주듯이 제 박자를 찾는 것을 느끼곤 했다. 그러나 환자들에게 그러했듯이 정신을 다른 곳에 팔게 하는 똑같은 방법에 의존하는 대신에, 그는 두려움에 정신을 못 차리고 있었다. 쉰여덟의 나이에도 그가 필요로 하는 것은 오직 자신을 이해해 주는 사람뿐이라는 것은 분명했다. 그래서 이 세상에서 그 누구보다도 그가 사랑하는 여인이자 그를 가장 사랑하는 사람이며, 이제는 그의 마음에 평화를 주었던 페르미나 다사에게 도움을 청했다.

이 일은 페르미나 다사가 오후에 그의 독서를 중단시키고 자기 얼굴을 보라고 한 후에 일어났다. 그는 돌고 도는 지옥이 그녀에게 들통 난 첫 징조임을 알았다. 그러나 어떻게 그녀가 알아차렸는지는 알 수가 없었다. 페르미나 다사가 순전히 냄새로 그런 사실을 발견했으리라고는 상상도 할 수 없었기 때문이다. 어쨌거나 오래전부터 이 도시는 아무런 비밀도 간직할 수 없는 곳이었다. 가정에 처음으로 전화가 설치되고 얼마 되지 않아서, 안정된 것처럼 보이던 여러 부부가 익명의 고자질 전화 때문에 파경을 맞았다. 그래서 겁에 질린 수많은 가정에서 전화 설치를 미루거나 수년 동안 전화를 놓지 않았다. 우르비노 박사는 자기 아내가 너무나 자존심이 강해 익명의 전화로 시도하는 믿을 수 없는 제보를 절대로 허락하지 않을 것임을 잘 알고 있었다. 그리고 이름을 밝히면서 그런 짓을 할 정도로 용감한 사람도 상상할 수 없었다. 반면에 그는 옛날 방식을 두려워하고 있었다. 익명의 손이 문 밑으로 살그머니 밀어 넣는 종이쪽지는 효과적인 방법이 될 수 있었다. 그것은 발신자와 수신자의 익명성이 이중으로 보장될 뿐만 아니라, 전설적인 그의 가문에서는 그것을 하느님의 섭리와 일종의 형이상학적인 관계에 있는 것으로 생각했기 때문이다.

그의 집에서는 질투란 것을 몰랐다. 평화로운 부부 생활을 삼십 년 넘게 유지하는 동안, 우르비노 박사는 자기들 부부는 성냥갑에 문질러야만 불이 붙는 스웨덴 성냥과 같다면서 공개적으로 수없이 자랑을 늘어놓았고, 그때까지만 해도 그것은 사실이었다. 그러나 부정한 행동이 확인되었을 경우, 자기 아내처럼 자존심이 강하고 명예를 중시하며 성격이 강한 여자가 어떤 반응을 보일지는 미처 깨닫지 못했다. 그래서 그녀가 요구한 대로 그녀의 얼굴을 바라보자 당황한 모습을 감추기 위해 다시 시선을 내려야겠다는 생각밖에 떠오르질 않았고, 무엇을 해야 할 것인가를 생각하면서 알카섬[17]의 달콤한 강물에 빠진 척했다. 한편 페르미나 다사도 아무 말 하지 않았다. 양말 깁는 일이 끝나자 바느질 도구를 바구니에 순서 없이 마구 던져 넣고는 주방에 저녁 식사를 준비하라고 지시하고서 침실로 가 버렸다.

그러자 그는 굳은 결심을 하고 오후 5시에 린치 양의 집에 가지 않았다. 영원히 사랑하겠다는 맹세, 그가 놀라지 않고 방문할 수 있도록 그녀만이 사용할 수 있는 은밀한 집에 대한 환상, 죽을 때까지 서두르지 않고 행복을 누릴 수 있게 해 주겠다는 약속 등 그가 사랑의 불길 속에서 약속했던 모든 것이 영원히 무효가 되었다. 린치 양이 그에게 마지막으로 받은 것은 마부가 아무런 전언도 편지도 메모도 없이 전해 준 에메랄드 머리핀이었다. 그것은 약국 포장지로 싼 작은 상자에 들어 있었는데, 마부가 응급 약품이라고 믿게 하기 위해서 그렇게 했던 것이다. 그는 여생을 사는 동안 다시는 그녀를 만나지 않았다. 심지어 우연히 마주치지도 않았다. 이런 영웅적인 결정을 하기까지 그가 얼마나 많은 고통을 받았고, 그만이 알고 있는 재앙을 이겨 내기 위해 욕실에 틀어박혀 얼마나 쓰라린 눈물을 흘렸는지는 단지 하느님만이 아실 일이었다. 5시에 그는 린치 양을 만나러 가는 대신, 고해 신부를 찾아가 깊은 통회

17) 『펭귄섬』의 무대가 되는 곳.

(痛悔)를 했다. 그리고 다음 일요일에는 갈가리 찢겨진 마음으로 성체를 받아 모셨지만, 그의 영혼은 평온을 되찾고 있었다.

린치 양을 단념한 바로 그날 밤, 잠자리에 들기 위해 옷을 벗으면서 그는 페르미나 다사에게 새벽의 불면증과 갑작스러운 통증, 저녁때면 느끼는 울고 싶은 마음, 당시에 그가 노년의 비참함처럼 둘러대던 비밀스러운 사랑의 증상들에 관해 괴로워하면서도 장황하게 털어놓았다. 죽지 않으려면, 그리고 진실을 말하지 않으려면 그는 누군가에게 그런 이야기를 해야만 했다. 그리고 마침내 그런 해방감은 가정의 사랑 의식 속에서 축성을 받았다. 그녀는 관심을 가지고 그의 말을 들었다. 그렇지만 그를 바라보지도 않았고, 아무 말도 하지 않으면서 그가 벗어 놓은 옷을 집어 들었다. 분노를 보여 주는 그 어떤 몸짓도 없이 각각의 옷가지를 냄새 맡았고, 그것들을 아무렇게나 말아서 더러운 옷을 넣는 버들가지 바구니에 던져 버렸다. 그녀는 아무 냄새도 발견하지 못했지만, 어쨌거나 그건 그다지 중요한 일이 아니었다. 내일은 다른 날이 될 것이기 때문이었다. 침실의 조그만 제단 앞에 무릎을 꿇고 기도하기 전에, 그는 슬프고 거짓 없는 한숨을 내쉬면서 "난 죽을 것 같아."라는 말로 자신의 고통에 관한 이야기를 끝냈다. 그녀는 눈도 한 번 깜짝하지 않고 대답했다.

"그게 최선의 방법인 것 같네요. 그러면 우리 둘 다 좀 더 마음이 편해질 테니까요."

몇 년 전에 위험한 질병이 절정에 달했을 때도 그는 자기가 죽을지 모른다고 말했고, 그녀는 똑같이 모질게 대답했었다.

우르비노 박사는 그것을 지구가 태양 주위를 계속 돌게 만드는 여성 특유의 매정함으로 이해했다. 왜냐하면 당시는 그녀가 항상 분노라는 장벽을 치면서 자신의 두려움을 감추고 있다는 사실을 몰랐기 때문이다. 그런 경우, 가장 끔찍한 것은 바로 남편 없이 자기 혼자 세상에 남을지도 모른다는 두려움이었다.

반면에 그날 밤에 그녀는 진심으로 그가 죽기를 원했다. 이를 확신하게 되자 그는 소스라치게 놀랐다. 그런 다음에는 그녀가 어둠 속에서 아주 천천히 흐느끼면서도 그런 흐느낌을 그가 눈치채지 못하도록 베개를 물고 있다는 것을 알았다. 그러자 그는 어찌할 바를 몰랐다. 왜냐하면 그녀가 그 어떤 육체적 혹은 정신적 고통에도 쉽게 우는 여자가 아님을 알고 있었기 때문이다. 그녀는 오로지 커다란 분노를 느낄 때만, 특히 그것이 어느 정도 죄책감에 대한 공포에 바탕을 두고 있을 때만 울었다. 그리고 울 정도로 약한 자신을 용서할 수 없었기 때문에, 더 많은 눈물을 흘리면 흘릴수록 더욱 분노가 치밀어 오르곤 했다. 그는 아내를 달랠 용기가 없었다. 그것은 마치 창에 찔린 암호랑이를 달래는 것과 마찬가지였기 때문이다. 또한 그녀가 울게 된 동기는 그날 오후에 사라졌으며, 심지어 그의 기억에서조차 영원히 뿌리째 뽑혔다는 사실도 말할 용기가 없었다.

몇 분간 그는 피로를 이기지 못했다. 그가 눈을 떴을 때, 그녀는 이미 은은한 촛불을 밝히고 눈을 뜬 채 누워 있었지만 울지는 않았다. 그가 자는 동안 무언가 결정적인 일이 일어났던 것이다. 오랜 세월에 걸쳐 그녀가 살아왔던 세월의 밑바닥에 쌓여 있던 침전물이 고통스러운 질투로 휘저어져서 표면까지 떠올라 한순간에 그녀를 늙게 만들었던 것이다. 갑자기 나타난 그녀의 주름살과 시들어 버린 입술, 잿빛이 된 머리카락에 충격을 받은 그는 잠을 자 보라고 용기를 내어 말했다. 이미 2시가 넘어가고 있었다. 그녀는 그를 쳐다보지 않은 채 말했지만, 목소리에는 그 어떤 분노의 흔적도 남아 있지 않았다. 거의 온화한 듯한 목소리로 그녀가 말했다.

"난 그 여자가 누군지 알 권리가 있어요."

그러자 그는 모든 것을 이야기했다. 그러자 세상의 짐을 모두 벗어 버린 느낌이었다. 왜냐하면 그녀가 그것을 알고 있으며, 단지 자세한 것을 확인해 주는 일만 남았다고 확신했기 때문이다. 그러나 물론 사실은 그렇지 않았다. 그래서 그가 말하는 동안, 그녀는 다시 눈물을 흘리기 시작했다. 처음처럼 수줍은 흐느낌이 아니라 뺨으로 짭짜름한 눈물이 펑펑 흘러내리는 울음이었다. 그 눈물은 잠옷을 입은 그녀를 불타오르게 했고, 그녀의 삶을 불태웠다. 이는 그녀가 마음속으로 한 가닥 바라고 있던 것을 그가 하지 않았기 때문이다. 그녀는 그가 죽을 때까지 그런 사실을 부정하고, 자기를 모독하는 일이라며 화를 내고, 타인의 명예를 짓밟아 버리는 빌어먹을 사회에 소리를 질러 대고, 그의 부정을 가리키는 결정적인 증거 앞에서도 전혀 동요하지 않는 진정한 남자로 행동할 것을 바랐다. 그리고 그가 그날 오후에 고해 신부를 찾아갔었다고 말하자, 그녀는 분노로 눈이 멀어 버리지나 않을까 두려워졌다. 학창 시절부터 그녀는 교회 사람들은 하느님이 불어넣으신 그 어떤 덕성도 지니고 있지 않다고 확신하고 있었다. 이것이 바로 집안의 화합을 이루는 데 핵심적인 문제가 된 부분이었지만, 그들은 아무런 재앙도 야기하지 않고 이겨 낼 수 있었다. 그러나 남편이 자기의 사생활뿐만 아니라 그녀의 사생활이기도 한 그 은밀한 일들을 고해 신부에게 낱낱이 고했다는 사실은 그 어떤 것보다도 참기 어려웠다. 그녀는 말했다.

"그건 거리의 뱀 장사에게 말하는 것과 똑같아요."

그녀에게는 모든 것이 끝난 거나 다름없었다. 그녀는 남편이 참회를 마치기도 전에 자신의 명예가 사람들의 입에 오르내릴 것임을 확신하고 있었다. 그리고 그로 인한 굴욕감은 부정으로 인한 수치와 분노 그리고 배신감보다 더 참을 수 없는 것이었다. "빌어먹을, 게다가 흑인 여자라니!" 하고 그녀가 말하자, 그는 "흑인과 백인의 혼혈 여자요."라고 고쳐 주었다. 하지만 그런 정확성은 이미 소용이 없었다. 그녀는 결말을 지은 상태였다.

"나쁘기는 매한가지예요. 이제야 알겠어요. 그건 흑인 여자의 냄새였어요."

이 일이 일어난 때는 월요일이었다. 금요일 밤 7시에 페르미나 다사는 트렁크 하나만을 든 채, 대녀를 데리고서 자기와 남편에 대한 귀찮은 질문들을 피하기 위해 얼굴을 스카프로 가리고는 산 후안 데 라 시에나가를 오가는 조그만 정기선에 올라탔다. 후베날 우르비노 박사는 상호 합의하에 항구에 나오지 않았다. 사흘간 지칠 정도로 대화를 한 후에 두 사람은 그녀가 마지막 결정을 하기 전에 충분히 생각할 수 있는 시간을 갖도록, 플로레스 데 마리아 마을에 있는 사촌 언니 일데브란다 산체스의 농장으로 가 있기로 결정했다. 아이들은 이유도 모른 채 자기들도 오래전부터 바라왔지만 몇 번이나 연기되었던 여행이 그것이라고 이해했다. 우르비노 박사는 자기 주변의 불충한 사람들이 그 어떤 못된 추측도 하지 못하도록 문제를 해결했다. 그가 너무도 말끔히 처리했던 까닭에 플로렌티노 아리사는 페르미나 다사가 사라진 것에 대해 아무런 흔적도 발견할 수 없었다. 그러나 이는 그가 확인할 방법이 없었기 때문이 아니라 실제로 그런 흔적이 없었기 때문이었다. 남편은 그녀가 분노가 풀리면 곧 돌아올 것이라는 사실을 추호도 의심하지 않았다. 그러나 그녀는 자신의 분노가 절대로 풀리지 않을 것을 확신하고 떠났다.

그러나 곧 그녀는 그런 극적인 결정이 분노가 아닌 향수의 산물이라는 것을 알게 되었다. 신혼여행에서 돌아온 후, 바닷길로 열흘이나 걸리긴 했지만 여러 차례 유럽에 갈 때마다 항상 충분한 시간을 가지고 여행하면서 행복해했었다. 그녀는 세상을 알게 되었고, 다른 방법으로 생각하며 사는 법을 배웠지만, 실패로 끝난 기구 여행 이후 한 번도 산 후안 데 라 시에나가를 찾아가지는 않았다. 사촌 언니 일데브란다의 고향으로 돌아가는 여행은 뒤늦게 이루어졌지만 그녀에게는 구원의 의미가 있었다. 그녀는 그 여행을 결혼의 파국 때문에 떠나게 된 것이라고는 생각하지 않았다. 아니, 그 여행은 이미 오래전부터 예정되어 있던 것이었다. 그래서 사춘기 시절의 망령을 다시 찾아간다는 생각만으로도 그녀는 불행을 위안받을 수 있었다.

대녀와 함께 산 후안 데 라 시에나가에 내리자, 그동안 조신하게 보존했던 그녀의 성격이 꿈틀거렸다. 그곳이 매우 달라졌다는 사람들의 경고와는 반대로, 그녀는 그 도시를 바로 알아보았다. 그녀의 도착을 통보받은 군민(軍民) 합동 시령관은 관용 마차로 드라이브를 하자면서, 그런 동안 기차는 산 페드로 알레한드리노로 떠날 준비를 할 것이라고 말했다. 그녀는 '해방자'가 숨을 거둔 침대가 아이 침대처럼 작다고 들었던 이야기를 확인하기 위해 그곳으로 가 보고 싶어 했었다. 그래서 페르미나 다사는 오후 2시의 낮잠 속에 빠진 그녀의 고향 마을을 다시 보게 되었다. 그녀는 푸른 이끼로 뒤덮인 웅덩이 주변과 비슷해 보이는 마을의 거리를 다시 보았고, 창문에 청동 블라인드를 쳐 놓고 현관에 문장을 새겨 놓은 포르투갈인들의 저택들을 다시 보았다. 그 저택들의 어두운 거실에는 갓 결혼한 그녀의 어머니가 부잣집 여자아이들에게 가르쳐 주었던 것처럼, 슬프고 어설픈 피아노 교습이 무자비하게 반복되고 있었다. 나무 한 그루 없는 광장은 벽에서 떨어진 이글거리는 석회 속에 황량하게 있었고, 장례식 천막이 덮인 마차들은 줄지어 서 있었으며, 그 마차를 끄는 말들은 선 채로 잠자고 있었다. 그리고 산 페드로 알레한드리노에서 온 노란 기차도 보았고, 대성당 길모퉁이에서 수도원의 대문과 복도, 그리고 푸르스름한 돌기둥이 늘어선 가장 아름답고 가장 큰 집도 보았다. 많은 세월이 흐른 뒤 그녀가 더 이상 그 집을 기억하지 못할 때, 알바로가 태어날 침실의 창문도 보았다. 그녀는 하늘과 땅을 모두 뒤지면서 절망적으로 찾았던 에스콜라스티카 고모를 생각했다. 그리고 고모를 생각하면서, 문학도처럼 옷을 입고 자그마한 공원의 아몬드 나무 아래에 시집을 펼치고 있던 플로렌티노 아리사를 떠올리고 있음을 깨달았다. 그것은 참으로 드문 일이었다. 그녀가 불유쾌했던 학창 시절을 회상할 때 그를 떠올린 적은 거의 없었기 때문이다. 여러 번 마을을 돌았지만, 옛날 집을 알아낼 수는 없었다. 그 집이 있어야 한다고 생각한 곳에는 돼지우리만 있었고, 길모퉁이를 돌자 창녀촌이 있었다. 전 세계에서 몰려든 창녀들은 혹시 우체부가 편지를 가지고 오지 않을까 하는 생각에 대문 앞에서 낮잠을 즐기고 있었다. 그곳은 그녀가 생각했던 고향이 아니었다.

드라이브를 시작할 때부터 페르미나 다사는 조그만 스카프로 얼굴을 반쯤 가렸다. 그것은 아무도 그녀를 모르는 곳에서 혹시 자기를 알아볼 사람이 있을지도 모른다는 두려움 때문이 아니라, 기차역에서부터 묘지에 이르기까지 사방에 흩어진 채 햇볕을 받아 부풀어 오른 시체들 때문이었다. 군민 합동 사령관은 "콜레라 때문입니다."라고 말했다. 그녀는 이미 알고 있었다. 더위에 찌든 시체들의 입에서 하얗게 엉긴 덩어리를 보았던 것이다. 그러나 이번에는 기구를 탔을 때와는 달리 목덜미에 아무런 치명상이 없다는 것에 주목했다. 합동 사령관이 말했다.

"그렇습니다. 하느님 역시 자신의 방법을 개선하거든요."

산 후안 데 라 시에나가에서 산 페드로 알레한드리노의 옛 사탕수수 농장까지는 9레구아밖에 되지 않았지만, 노란 기차로 가는 데는 하루 종일이 걸렸다. 왜냐하면 기관사가 단골 승객들의 친구인지라, 필요할 때마다 기차를 멈추어 달라고 하는 그들의 부탁을 흔쾌히 들어주었기 때문이다. 그들은 다리를 펴고 싶다면서 바나나 농장의 골프장을 걸어 다녔고, 남자들은 산에서 급히 내려오는 차갑고 맑은 강물에 벌거벗고 목욕을 하기도 했다. 그리고 시장기가 느껴지면 목초지에 이리저리 흩어진 소들의 젖을 짜기도 했다. 페르미나 다사는 경악을 금치 못하면서 목적지에 도착했다. 그녀는 입장 시간이 끝나기 전에 간신히 도착할 수 있었다. '해방자'가 죽을 때 해먹을 걸어놓았던 위풍당당한 타마린드 나무를 감상했고, 그가 죽은 침대는 사람들이 말하듯이 그토록 커다란 영광을 누린 사람이 썼다고 보기에는 아주 작을 뿐만 아니라 심지어는 칠삭둥이가 쓰기에도 작다는 것을 확인했다. 그러나 모든 것을 아는 것처럼 보이던 어떤 방문객은 그 침대가 가짜 유물이라고 말했다. 왜냐하면 조국의 아버지는 바닥에 누워 죽었기 때문이라는 것이었다. 페르미나 다사는 집에서 나왔을 때부터 보고 들은 것 때문에 너무나 기분이 우울했다. 그래서 나머지 여행 동안에는 그토록 그리워했던 지난번 여행의 추억을 즐기는 것이 아니라, 향수가 어린 마을을 지나가지 않으려고 애를 썼다. 그렇게 그녀는 기억을 보존했고 스스로 환멸에 빠지지 않도록 했던 것이다. 그래서 마을을 가로지르는 큰길 대신 그런 환멸에서 벗어나 있던 조그만 길을 택했고, 거기서 들려오던 아코디언 소리와 투계장에서의 아우성, 그리고 흥겨운 축제뿐만 아니라 전쟁에서도 쓰이던 화약 터지는 소리를 들었다. 더 이상 조그만 길이 없어서 마을의 대로로 지나가야만 했을 때에는, 예전의 모습을 계속 회상할 수 있도록 조그만 스카프로 얼굴을 가리곤 했다.

수없이 과거를 피한 후 어느 날 밤, 그녀는 사촌 언니 일데브란다의 농장에 도착했다. 자기를 문 앞에서 기다리고 있던 사촌 언니를 보고 그녀는 기절할 뻔했다. 마치 진실의 거울 속에서 자기 자신을 보는 듯했던 것이다. 그녀는 뚱뚱하고 늙었으며 말도 듣지 않는 애들을 데리고 있었다. 그녀가 아무런 희망도 없이 계속 사랑했던 남자가 아니라 그녀를 미칠 듯이 사랑했지만 정작 그녀는 경멸하던, 연금으로 먹고사는 퇴역 군인과의 사이에서 낳은 아이들이었다. 그러나 황폐해진 그녀의 몸 안에는 과거와 똑같은 여자가 존재하고 있었다. 들판에서 행복했던 기억을 되살리면서 며칠을 보내고 나자 페르미나 다사는 이러한 충격에서 회복되었지만, 과거에 그녀와 공모했으며 성격이 제멋대로였던 여사촌들의 손자 손녀들과 일요일마다 미사를 가는 것을 제외하곤 농장에서 나가지 않았다. 그 손자들은 이미 목동이 되어 멋진 말을 타고 있었고, 손녀들은 그 나이 때의 어머니들처럼 예뻤고 옷도 잘 차려입었다. 그들은 우마차 위에 서서 함께 합창하면서 계곡 깊숙이 있는 선교교회에 미사를 보러 가곤 했다. 그녀는 플로레스 데 마리아 마을만을 지나갔다. 자기 마음에 들지 않을 것이라고 생각하고서 지난 여행 때는 들르지 않았지만, 그 마을을 알게 되자 그녀는 완전히 매혹되고 말았던 것이다. 그녀의 불행, 혹은 마을의 불행이라면 나중에 그녀가 그곳의 실제의 모습대로 기억하지 못하고 그곳을 알기 전에 상상했던 대로만 기억할 수 있었다는 점이다.

우르비노 박사는 리오아차 주교의 보고서를 받은 후 그녀를 데리러 가기로 마음먹었다. 그는 아내가 그곳에 오래 머물러 있는 것이 돌아오고 싶지 않아서가 아니라, 자존심을 상하지 않고 돌아갈 방법을 찾지 못했기 때문이라고 결론 내렸다. 그래서 일데브란다와 서신을 주고받은 후에 아무런 통보도 하지 않고 그곳으로 갔다. 그 편지들을 통해 그는 아내가 향수로 가득 차 있었으며, 이제는 집만을 생각하고 있음이 분명하다고 생각했던 것이다. 페르미나 다사는 아침 11시에 부엌에서 속을 채운 가지 요리를 준비하고 있었다. 그때 일꾼들이 소리치는 소리와 말들이 우는 소리, 그리고 공중으로 쏘아 대는 총소리를 들었고, 그런 다음 현관을 뚜벅뚜벅 걸어오는 발소리와 남자의 목소리를 들었다.

"초대받아 오는 것보다 제때에 도착하는 게 더 낫군."

그녀는 너무나 기뻐 죽을 것 같았다. 그러나 그런 생각을 할 겨를도 없이 급히 손을 씻고는 "감사합니다, 하느님. 고맙습니다. 당신은 너무나 고마우십니다."라고 중얼거렸다. 그러면서 일데브란다가 누가 점심을 먹으러 올 것인지 이야기해 주지도 않고서 부탁한 빌어먹을 가지 요리 때문에 아직 목욕도 하지 못했다는 것을 떠올렸고, 자기가 너무 늙고 추한 데다 얼굴까지 햇볕에 그을려 새카맣게 탔으니, 남편이 이런 자기 모습을 보면 여기 온 것을 후회하리라 생각했다. 그러나 앞치마로 대충대충 손을 닦고는 최선을 다해 모양새를 내고, 미친 마음을 가라앉히기 위해 그녀의 어머니가 낳아 줄 때부터 가지고 있던 거만함에 의지했다. 그녀는 달콤한 암사슴의 걸음걸이로 머리를 꼿꼿이 세운 채, 눈에서는 광채를 내뿜고 코는 싸움터로 나가는 듯이 하고서 그를 만나러 갔다. 그러면서 집으로 돌아가는 것에 엄청난 안도감을 느끼며 그렇게 해 준 자신의 운명에 감사했다. 그러나 그가 생각하듯이 쉬운 일은 아니었다. 물론 그녀는 그와 함께 행복하게 그곳을 떠나려고 했지만, 또한 자신의 인생을 망쳐 버린 쓰라린 고통의 대가를 침묵으로 치르게 하려고 결심했기 때문이다.

페르미나 다사가 사라진 지 거의 이 년이 되었을 무렵, 있을 수 없는 하나의 우연이 일어났다. 트란시토 아리사가 하느님의 비웃음이라고 말했을 법한 그런 우연이었다. 플로렌티노 아리사는 영화의 발명을 아직도 별로 특별한 것이라고 여기지 않고 있었다. 그러나 별 저항은 하지 않은 채 레오나 카시오니의 손에 이끌려 시인 가브리엘레 단눈치오의 작품에 바탕을 두고 있다고 시끄럽고 대단하게 선전하던 「카비리아」[18]의 시사회를 보러 갔다. 그가 어떤 밤에는 영화에서 나오는 무언의 사랑보다 별들의 휘황찬란함을 더 즐기곤 했던 갈릴레오 다콘테 씨의 커다란 야외극장은 선택된 단골 고객들로 발 디딜 틈도 없었다. 레오나 카시오니는 종잡을 수 없는 이야기를 열심히 좇아가고 있었다. 반면에 플로렌티노 아리사는 지루하기

18) 이탈리아 감독 지오반니 파스트론의 1914년 작품.

그지없는 그 영화의 무게를 이기지 못해 꾸벅꾸벅 졸고 있었다. 그런데 뒤에서 그의 생각을 읽은 것 같은 어느 여자의 목소리가 들려왔다.

"하느님 맙소사! 이 영화는 우리의 고통보다도 길군."

그녀의 말은 그것이 전부였다. 그때까지만 해도 이곳에는 무성 영화의 분위기를 북돋기 위해 피아노 반주를 하는 관행이 정착되지 않았고, 어둠에 싸인 담 안에는 나지막한 빗소리 같은 영사기 소리만 들리고 있었다. 이런 이유로 그녀는 어둠 속에서 자기 목소리가 울려 퍼지자 아마도 말을 자제한 것 같았다. 플로렌티노 아리사는 가장 어려운 상황이 아니라면 하느님을 떠올리지 않았지만, 그 순간만은 온 마음으로 하느님에게 감사를 드렸다. 지하 30미터 아래에 있더라도 알아들을 수 있는 허스키한 목소리였다. 그것은 고독한 공원에서 노란 잎사귀들이 휘날리던 그날 오후에 "이제 가세요. 내가 연락할 때까지 더 이상 이곳으로 오지 마세요."라는 말을 들은 이후로 그의 영혼 속에 고이 간직되어 있던 목소리였다. 그는 그녀가 피할 수 없는 남편과 함께 자기 뒷자리에 앉아 있다는 것을 알았고, 그녀의 따뜻하고 아주 고른 숨소리를 느꼈으며, 그녀의 호흡에서 나오는 정화된 긴강한 공기를 사랑으로 들이마시고 있었다. 최근 몇 달 동안 실의에 빠져 생각했던 것과는 달리, 그녀는 죽음으로 좀먹은 것 같지 않았다. 그래서 그는 첫 아들이라는 싹을 가져서 미네르바의 튜닉 아래로 배가 둥글던 환하고 행복했던 시절의 그녀를 다시 떠올렸다. 그는 영화 화면에 넘쳐 나는 역사적인 재앙에는 완전히 관심을 끊고,

뒤를 바라보지 않은 채 마치 그녀를 보고 있는 것처럼 그녀를 상상했다. 마음속에서 우러나오던 아몬드 향내의 숨결을 즐기면서, 영화 속 여자들의 사랑이 실제 인생에서의 사랑보다 덜 고통받으려면 사랑에 빠져야 하는데, 그것에 대해 그녀가 어떻게 생각하는지 알고 싶었다. 영화가 끝나기 조금 전, 그는 기쁨의 섬광 속에서 자기가 그토록 사랑해 온 사람과 그렇게 가까이서 오랫동안 있어 본 적이 없다는 사실을 깨달았다.

불이 켜지자, 그는 다른 사람들이 자리에서 일어나길 기다렸다. 그런 다음 천천히 자리에서 일어나 영화가 상영되는 동안 항상 풀어놓았던 조끼 단추를 채우며 넋을 잃은 채 주위를 둘러보았다. 그러자 네 사람은 너무나 가까이에 있게 되어, 그중의 한 사람이 원하지 않더라도 어쨌든 인사를 나눌 수밖에 없었다. 먼저 후베날 우르비노는 잘 알고 있던 레오나 카시아니에게 인사를 하고, 평소처럼 다정하게 플로렌티노 아리사에게 악수를 청했다. 페르미나 다사는 두 사람에게 예의 바른 미소를 건넸다. 그것은 예의상 지은 미소였지만, 아무튼 그들을 많이 보았고, 그들이 누군지 알고 있으며, 따라서 소개받을 필요가 없다는 것을 보여 주는 미소였다.

그녀는 다른 사람이 되어 있었다. 얼굴에는 그 끔찍스러운 유행병이나 다른 어떤 병의 징조도 없었고, 그녀의 몸은 아직도 최고 시절의 몸무게와 날씬함을 간직하고 있었지만, 최근 이 년이 십 년간의 어려운 세월만큼 힘들었다는 사실을 분명히 보여 주었다. 양쪽 뺨에 날개 곡선 모양으로 드리워진 짧은 머리는 그녀에게 잘 어울렸지만, 머리 빛깔은 더 이상 꿀

색이 아니라 알루미늄 색이 되어 있었고, 창끝 모양의 아름다운 눈은 할머니 안경 뒤로 그 광채를 반쯤 잃어버리고 있었다. 플로렌티노 아리사는 남편의 팔짱을 낀 채 극장을 떠나는 군중 속에 파묻혀 멀어져 가는 그녀를 바라보았고, 그런 공공장소에서 가난한 사람들이 쓰는 조그만 스카프를 두르고 집 안에서만 쓰는 슬리퍼를 신고 있다는 사실에 적지 않게 충격을 받았다. 그러나 그의 마음을 가장 아프게 한 것은 남편이 그녀의 팔을 꼭 붙잡고서 출구로 가는 길을 가르쳐 주어야 했으며, 그런 상태에서도 높이를 잘못 계산해서 문 앞 계단에서 거의 넘어질 뻔했다는 것이다.

플로렌티노 아리사는 나이가 들면 생기는 비틀거리는 문제에 아주 예민했다. 젊었을 때에도 공원에서 시집 읽는 것을 멈추고는, 거리를 건너기 위해 서로 도와주는 노인 부부를 유심히 지켜보았다. 그 노인들은 그에게 노년의 법칙을 보게 해 준 삶의 교훈이었다. 후베날 우르비노 박사가 그날 밤 영화관에 있었던 나이가 되면, 남자들은 일종의 가을의 청춘을 맞이하면서 꽃을 피우곤 했다. 그들은 희끗희끗 흰머리가 나면서 더욱 근사해 보였고, 특히 젊은 여자들의 눈에는 순진하면서도 매력적으로 보였다. 반면에 시들어 버린 그들의 아내는 심지어 자기 그림자와 부딪치지 않기 위해서라도 남편의 팔을 꼭 붙잡아야만 했다. 그러나 몇 년이 지나면 남편들은 이내 육체와 영혼의 굴욕적인 노화라는 절벽으로 굴러 떨어졌고, 그때가 되면 원기를 되찾은 아내들은 그들이 불쌍한 맹인이라도 되는 양 팔을 붙잡고서 남자의 자존심이 상하지 않도록 귀엣

말로 앞을 똑바로 보라고, 계단이 두 개가 아니고 세 개이며, 거리 한복판에 웅덩이가 있고, 보도를 가로막고 있는 것은 죽은 거지라는 등의 말을 해 주면서, 인생의 마지막 징검다리를 지나가듯 힘들게 서로 도우며 길을 건넜다. 플로렌티노 아리사는 그런 거울 속에서 자신을 너무나 많이 보아온 탓에 여자의 팔에 끌려가야 하는 굴욕적인 나이에 이르는 것뿐만 아니라 죽음에 대해서도 전혀 두려워하지 않았다. 그는 그날, 오직 그날이 되면 페르미나 다사에 대한 희망을 버려야 할 것이라는 사실을 알고 있었다.

그 만남은 그의 잠을 쫓아 버렸다. 그는 레오나 카시아니를 마차에 태워 데려가는 대신, 걸어서 집까지 바래다주었다. 그러니까 돌길 위를 걷는 말발굽 소리처럼 발소리를 울리면서 오래된 도심지를 가로질렀던 것이다. 가끔씩 침실의 비밀이나 잠든 골목길에서 풍겨 오는 재스민의 뜨거운 향내, 그리고 환청으로 증폭된 사랑의 흐느낌과 같은 은밀한 말소리가 열린 발코니로 새어 나왔다. 다시 한번 플로렌티노 아리사는 페르미나 다사를 향한 억눌린 사랑을 레오나 카시아니에게 들키지 않도록 온 힘을 기울여야 했다. 두 사람은 늙은 연인처럼 서두르지 않고 서로를 아끼면서 조심스럽게 함께 걸어갔다. 그녀는 「카비리아」의 매혹적인 장면을 생각하고 있었고, 그는 자신의 불행을 떠올리고 있었다. 한 남자가 세관 광장의 발코니에서 노래를 부르고 있었다. “내가 바다의 거대한 파도를 헤치며 나아갈 때……”라고 노래하는 그의 목소리는 계속 메아리치면서 온 동네에 울려 퍼지고 있었다. ‘돌의 성자’ 거리에 있던 그녀의 집 앞에서 그녀와 작별을 해야 할 바로 그 순간, 플로렌티노 아리사는 그녀에게 집에 들어가 브랜디를 한잔 마시게 해 달라고 말했다. 이런 비슷한 상황에서 그렇게 요청하는 것은 이번이 두 번째였다. 처음에, 그러니까 십 년 전에 그녀는 "만일 당신이 이 시간에 들어오면, 영원히 여기에 머물러 있어야 해요."라고 말했고, 그는 집 안으로 들어가지 않았다. 그러나 지금은 약속을 어기는 한이 있더라도 들어갈 것이었다. 그런데 레오나 카시오니는 아무런 약속도 요구하지 않고 그를 들어오라고 했다.

그렇게 해서 전혀 생각지 못했던 순간에 그는 태어나기도 전에 꺼져 버렸던 사랑의 성역에 있게 되었다. 그녀의 부모는 이미 세상을 떠났고, 유일한 남동생은 쿠라사오에서 한 재산을 마련한지라 그녀 혼자 이 오래된 집을 지키며 살고 있었다. 몇 년 전에, 그러니까 아직 그녀를 애인으로 삼겠다는 희망을 버리지 않았을 때, 플로렌티노 아리사는 그녀 부모의 허락을 받아 일요일마다 그녀를 찾아왔고, 종종 아주 밤늦은 시간까지 머물곤 했다. 그리고 집 안 정리를 많이 도와준 탓에 마치 자기 집처럼 여기게 되었다. 그러나 영화가 끝나고 찾아온 그날 밤, 그는 자신의 기억 속에서 그 집의 거실이 지워졌나는 느낌을 받았다. 가구들은 다른 장소에 놓여 있었고, 벽에는 보지 못했던 새 그림들이 걸려 있었다. 그는 이러한 냉혹한 변화들이 그가 존재한 적도 없다는 확신을 영속시키기 위해 의도적으로 이루어진 것이라고 생각했다. 고양이도 그를 알아보지 못했다. 망각이 불러일으키는 분노에 놀라 그는 "이제 나를 기억하지 못하는군."이라고 말했다. 그러나 그녀는 등을 돌린 채 브랜디를 술잔에 따르면서 고양이는 아무도 기억하지 못하니, 그게 마음에 걸렸다면 이제 마음 편히 잘 수 있을 거라고 대답했다.

두 사람은 소파에 등을 기댄 채 아주 가까이 앉아서 서로에 관해 이야기를 나누었다. 언제인지도 기억나지 않는 어느 날 오후, 노새가 끄는 트롤리에서 만나기 이전의 그들에 관해 말했다. 그들의 삶은 각각 옆에 있던 사무실에서 흘러갔지만, 그때까지 일상적인 업무에 관한 것 외에는 그 어떤 이야기도 나눈 적이 없었다. 대화를 하는 동안 플로렌티노 아리사는 그녀의 허벅지에 손을 올려놓고 숙달된 유혹자의 부드러운 손길로 그녀를 애무하기 시작했고, 그녀는 그가 그렇게 하도록 놔두었다. 하지만 예의상으로라도 몸을 떠는 듯한 반응은 보이지 않았다. 단지 그가 좀 더 멀리 나아가려는 순간, 탐험 정신으로 가득 찬 그의 손을 붙잡고는 손바닥에 키스를 하면서 이렇게 말했다.

"점잖게 굴어요. 이미 오래전에 당신은 내가 찾는 사람이 아니란 걸 알았어요."

아주 젊었을 때, 그녀가 얼굴도 보지 못한 힘세고 능수능란한 남자가 방파제에서 그녀를 불시에 덮치더니 마수로 그녀의 옷을 찢어 벌거벗기고는, 단숨에 미친 듯한 사랑을 벌였다. 그녀의 온몸에는 할퀴고 멍든 자국이 가득했다. 그녀는 돌 위에 쓰러져 그 남자의 품 안에 안긴 채 사랑하다 죽을 수 있도록 영원히 그가 그곳에 머물러 있기를 원했었다. 그녀는 그의 얼굴을 본 적도 없고, 그의 목소리를 들은 적도 없었지만, 그가 사랑하는 모습이나 방법 그리고 그 크기로 알아볼 수 있다고 확신했다. 그때부터 그녀는 자기 얘기를 듣고 싶어 하는 모든 사람들에게 이렇게 말하곤 했다. "만일 언젠가 10월 15일 밤 11시 반경에 '익사한 사람들의 방파제'에서 거리에 혼자 있던 가련한 흑인 여자를 강간한, 몸집 크고 힘이 센 사람을 알게 되면 어디서 날 찾을 수 있는지 그에게 말해 주세요." 그녀는 습관적으로 이 말을 하고 다녔는데, 너무나 많이 한 나머지 이제는 더 이상 아무런 희망도 갖고 있지 않았다. 플로렌티노 아리사는 밤에 배에서 울리는 작별의 고동 소리를 듣듯이 이 이야기를 수없이 들었다. 시계가 새벽 2시를 알렸을 때 두 사람은 브랜디 세 잔씩을 마신 상태였다. 그는 그녀가 원하는 사람이 정말 자기가 아님을 알게 되어 몹시 기뻤다. 그는 떠나면서 이렇게 말했다.

"사자 숙녀님, 만세! 우리는 호랑이를 죽였어요."

그날 밤 끝난 것은 그것만이 아니었다. 결핵 환자 병동에 대한 악의적인 거짓말은 그의 꿈을 망쳐 놓고 있었는데, 이는 페르미나 다사가 죽을병에 걸렸으니 남편보다 먼저 죽을 수도 있다는 상상할 수도 없는 생각을 품게 되었기 때문이었다. 그러나 영화관 입구에서 주춤거리는 그녀를 보고, 먼저 죽을 사람은 남편이지 그녀가 아님을 갑작스럽게 깨달으면서 스스로 보다 깊은 곳을 향해 한 걸음 더 나아갔다. 그것은 현실에 바탕을 두었기에 무엇보다도 두려운 예감이었다. 꼼짝도 하지 않고 기다리던 세월, 그러니까 행운을 바라던 세월은 이미 지나갔지만, 수평선에는 상상의 질병이라는 헤아릴 수 없는 바다와 잠 못 이루는 새벽에 나오는 힘없는 오줌 줄기, 저물녘마다 겪는 죽음밖에는 보이질 않았다. 그는 한때 자신의 동맹자이자 맹세한 공범자였던 하루의 모든 순간이, 이제는 자기에 대해 음모를 꾸미기 시작했다고 생각했다. 불과 몇 년 전만 해도 그는 무슨 일이 일어날지 모른다는 두려움에 억눌린 마음으로 위험천만한 약속 장소를 찾았는데, 그가 아무런 소리도 내지 않고 들어올 수 있도록 문에는 자물쇠가 채워져 있지 않았으며, 경첩은 반들반들하게 기름칠이 되어 있었다. 그러나 그는 자기가 친절한 남의 여자의 침대에서 죽어서 그녀에게 돌이킬 수 없는 해를 끼칠 수도 있다는 두려움에 사로잡혀 항상 마지막 순간에 후회했다. 그러니 이 지상에서 그가 가장 사랑한 여자, 그리고 실망의 한숨을 내쉬지 않은 채 한 세기에서 다음 세기까지 기다린 여인의 팔을 잡고 반달 모양의 묘지 거리와 바람에 날려 엉망이 된 양귀비꽃 화단을 지나, 죽음의 보도 반대편에 무사히 도착하도록 도와줄 시간이 없을지도 모른다고 생각한 것은 당연한 일이었다.

사실 당대의 기준에서 보자면, 플로렌티노 아리사는 노년의 경계선을 넘은 상태였다. 이미 쉰여섯 살 생일이 지났지만, 사랑의 세월이었기에 그는 아주 행복하게 살아왔다고 생각하고 있었다. 그러나 당대의 그 어떤 남자도 나이에 비해 젊어 보인다고 생각하거나 실제로 그렇다 하더라도 그에 따른 조소와 맞설 용기가 없었으며, 지난 세기의 실연으로 인해 아직도 숨어서 울고 있다는 사실을 떳떳하게 고백할 수 있는 사람 역시 아무도 없었다. 당시에는 젊게 사는 것을 별로 좋게 여기지 않았다. 나이에 따라 옷을 입는 방식이 있긴 했지만, 사춘기가 조금 지나면 노년 스타일이 시작되었고, 그것이 죽을 때까지 지속되었다. 그것은 나이를 넘어 사회적 위엄의 문제였다. 젊은이들은 할아버지처럼 옷을 입고, 때 이르게 안경을 써서 보다 점잖아 보이게 했으며, 서른 살 이후부터는 지팡이를 들고 다니는 것이 바람직해 보였다. 여자들에게는 오로지 두 가지 나이층만이 존재했는데, 결혼 적령기인 스물두 살 이전의 나이와 영원한 처녀로 남는 나이밖에는 있지 않았다. 처녀가 아닌 다른 여자들, 그러니까 유부녀들이나 어머니들, 과부들, 혹은 할머니들은 살아온 세월을 기준으로 나이를 헤아리는 것이 아니라, 죽을 날이 얼마나 남았는가를 세는 별종이었다.

반면에 플로렌티노 아리사는 어렸을 때부터 자신이 늙어 보이는 이상한 운명을 타고났음을 알고 있으면서도, 만용으로 보일 정도로 용감하게 노년의 덫과 맞서 싸웠다. 처음에는 필요 때문이었다. 트란시토 아리사는 그의 아버지가 쓰레기통에 버리려던 옷을 아들을 위해 뜯어서 다시 꿰맸다. 그래서 그는 의자에 앉으면 바닥까지 질질 끌리는 프록코트 몇 벌과 솜을 넣어 삭게 만들었지만 그래도 귀까지 움푹 들어오는 성직자의 모자를 쓰고 초등학교를 다녔다. 게다가 다섯 살 때부터 근시 안경을 쓰고, 어머니와 똑같이 뻣뻣하고 굵은 말갈기 같은 원주민 머리칼을 지닌 탓에 그는 전혀 아이처럼 보이지 않았다. 다행히 연달아 일어난 수많은 내전 때문에 정부가 몹시 불안정했던 시기가 끝나자 입학 기준이 전보다 덜 까다로워져서 공립 학교에는 사회적 조건과 출신 배경이 제각각인 아이들이 뒤섞이게 되었다. 다 자라지도 않은 아이들이 알 수 없는 전투에서 체포된 반란군 장교의 군복과 훈장을 달고 다녔고, 허리에는 눈에 잘 띄는 정식 무기를 찬 채 화약 냄새를 풍기며 전쟁터에서 등교를 하곤 했다. 그 아이들은 사소한 말다툼에도 운동장에서 서로 총을 쏘며 싸웠고, 성적을 나쁘게 주면 가만두지 않겠다고 선생님들을 협박하기도 했다. 그중에 라 사예 학교의 3학년 학생이자 퇴역 대령의 아들이 있었는데, 그 아이는 교리 시간에 하느님은 보수당의 훌륭한 당원이라고 말했다는 이유로 살레지오 교단의 학사장인 후안 에레미타 수사를 총으로 쏘아 죽여 버렸다.

한편 몰락해 가는 위대한 가문의 아이들은 옛날 왕자들처럼 옷을 입고 다녔고, 아주 가난한 몇몇 아이들은 신발도 없이 학교를 다녔다. 이상한 옷차림으로 등교하는 아이들이 사방에 널려 있었다. 어쨌든 플로렌티노 아리사는 가장 희한하게 옷을 입는 아이 중 하나였지만, 지나치게 남의 이목을 끌 정도는 아니었다. 그가 들은 말 중에서 가장 심한 것은 누군가가 거리에서 "가난하고 못생긴 놈아! 너는 모든 걸 원하다가 끝장날 놈이야!"라고 고함친 소리였다. 어쨌거나 필요 때문에 할 수 없이 입은 그 의상은 그 시절 시작되어 평생 이어졌다. 그의 수수께끼 같은 기질과 어두운 성격에 가장 적당한 옷차림이었다. 카리브 하천 회사에서 처음으로 중요한 지위에 올라서자, 그는 그리스도처럼 존경받는 나이, 그러니까 서른세 살에 죽은 노인으로 회상해 오던 자기 아버지가 입던 옷과 똑같은 스타일의 옷을 만들도록 주문했다. 그런 이유로 플로렌티노 아리사는 항상 원래 나이보다 많아 보였다. 그래서 그에게 있는 그대로의 진실을 재미있게 들려주던 수다쟁이이자 잠시 그의 애인이었던 브리히다 술레타는, 첫날부터 자기는 그가 옷을 벗을 때 더 마음에 든다고 말했다. 옷을 벗으면 스무 살은 더 젊어 보이기 때문이었다. 그러나 그는 옷 입는 방식을 어떻게 고쳐야 할지 알지 못했다. 우선 개인적인 취향과 다른 식으로 옷 입는 것을 좋아하지 않았고, 두 번째로는 옷장에서 짧은 바지와 선원 모자를 꺼내서 쓰지 않는 한, 이십 대의 나이에 더 젊게 입는 방법을 아무도 알지 못했기 때문이었다. 한편 그는 자기가 살던 시대를 지배했던 늙음이라는 개념을 피할 수 없었다. 그래서 영화관 출구에서 페르미나 다사의 발걸음이 휘청거리는 것을 보자, 빌어먹을 죽음이 냉혹한 사랑의 전쟁에서 그에게 돌이킬 수 없는 승리를 거둘 것이라는 갑작스러운 두려움에 몸을 떨었을 것이다.

당시까지 온 힘을 다해 싸웠지만 결국 아무런 영광도 없이 패배해 버린 가장 큰 전투는 탈모와의 싸움이었다. 빗에 머리칼이 엉켜 있는 것을 보기 시작한 순간부터 그는 당해 보지 않은 사람은 상상도 할 수 없는 고통의 지옥을 선고받았음을 깨달았다. 그는 몇 년간 투쟁했다. 그가 발라 보지 않은 포마드와 로션은 하나도 없었으며, 무섭게 황폐화되는 머리를 지키기 위해서라면 견디지 않을 희생도 없고, 믿지 않을 미신도 없었다. 그는 농사용으로 만들어진 '브리스톨 연감'의 지시 사항을 모두 외워 버렸다. 누군가가 머리카락이 자라는 것은 수

확의 주기와 직접적인 관련이 있다고 말하는 것을 들었기 때문이다. 그는 평생 이용하던 이발사가 완전히 대머리라는 이유로 그를 버리고, 대신 달이 4분의 1 정도 찼을 때만 머리를 깎는, 도착한 지 얼마 되지 않은 이방인을 선택했다. 새 이발사가 정말로 비옥한 손을 가지고 있음을 보여 주기 시작할 무렵 바로 그가 서인도 제도의 여러 경찰들이 찾고 있던 신참내기 강간범이라는 사실이 밝혀졌고, 이 이발사는 결국 쇠고랑을 찬 채 끌려가고 말았다.

플로렌티노 아리사는 당시 카리브해 유역의 신문들을 읽다가 대머리 퇴치 광고를 발견하면 모두 스크랩해 놓았다. 그런 광고에는 항상 같은 남자의 사진 두 개가 함께 실리곤 했는데, 첫 사진은 멜론처럼 벗겨진 머리이고 다음 사진은 사자처럼 머리털이 북슬북슬한 모습이었다. 그러니까 틀림없이 치료약을 바르기 전과 후의 모습이었다. 그는 육 년간 172개의 치료약뿐만 아니라 약병의 라벨에 적혀 있는 보충 방법까지 시도해 보았지만, 유일하게 얻은 것이라고는 마르티니크의 돌팔이 의사들이 어둠 속에서 푸른빛을 내뿜는다는 이유로 '북극 두창(頭瘡)'이라고 부르던 가렵고 악취 풍기는 머리 습진뿐이었다. 마지막으로 시장에서 원주민들이 소리치며 팔던 모든 약초와 필경사의 거리에서 팔던 동양 물약과 온갖 신비한 특효약에 의지했지만, 그런 것들이 사기라는 사실을 알았을 때는 이미 성인들처럼 머리카락이 모두 빠진 뒤였다. 1900년 1000일 전쟁[19]이

19) 콜롬비아의 자유당과 보수당 사이에 벌어진 내전.

나라를 피로 물들이고 있을 때, 주문에 따라 인모(人毛) 가발을 만들어 주는 어느 이탈리아인이 그 도시를 방문했다. 가발 값은 엄청나게 비쌌고, 그 제작자는 사용 후 삼 개월이 지나면 아무런 책임도 못 진다고 말했지만, 재력 있는 대머리치고 그 유혹에 넘어가지 않는 사람은 거의 없었다. 그는 자기 머리칼과 아주 비슷한 가발 하나를 써 보았지만, 기분이 바뀌면 머리카락이 곤두설 것 같아서 두렵기도 하고 죽은 사람의 머리칼을 머리에 이고 다닌다는 생각을 도저히 받아들일 수가 없었다. 그의 유일한 위안이라면 지독한 대머리가 된 나머지 자신의 머리카락이 세면 무슨 색깔이 되었을지 알 시간이 없었다는 것이었다. 어느 날, 하천 부둣가에서 기분 좋게 취한 주정뱅이 하나가 그가 사무실에서 나오는 것을 보자 평소보다 더 열정적으로 그를 껴안았다. 그러고는 항만 일꾼들이 비웃는 가운데 그의 모자를 벗기고는 그의 머리에 쪽 소리가 나게 키스를 하면서 소리쳤다.

"정말 멋진 대머리야!"

그날 밤, 마흔여덟 살의 나이에 그는 관자놀이와 목덜미에 있던 몇 가닥 안 되는 솜털을 자르게 시켰고, 완전한 대머리의 운명을 온 마음으로 기꺼이 받아들였다. 심지어는 매일 아침 샤워를 하기 전에 턱뿐만 아니라 수염이 다시 날지도 모르는 부분에까지 온통 거품을 칠하고, 면도칼로 어린아이의 엉덩이처럼 반들반들하게 만들었다. 그때까지 그는 사무실 안에서도 모자를 벗지 않았는데, 대머리가 그에게 벌거벗고 있다는 느낌을 준 탓에 머리를 보이는 것이 점잖지 못한 행동이라고 생각했기 때문이었다. 그러나 온 마음으로 대머리를 받아들이고 나자 그것을 남성적인 매력이라고 여기게 되었다. 그는 전에도 그런 얘기를 들은 적이 있었지만 당시에는 순전히 대머리들의 환상이라고 우습게 생각했었다. 그로부터 한참 뒤에는 오른쪽에서 나온 긴 머리칼로 윗머리 전체를 가로질러 뒤덮는 새로운 습관에서 도피처를 찾았고, 그 습관을 죽을 때까지 버리지 않았다. 그러나 그 지방에서 '카노티에르'라고 부르던 타르타리타 모자[20]가 유행이 된 후에도, 그는 계속해서 음울한 스타일의 모자를 고집했다.

반면에 치아를 잃게 된 것은 자연이 내린 재앙 때문이 아니라, 떠돌이 치과 의사가 단순한 구강 질환을 뿌리째 뽑아버리기로 작정하고서 극적인 방법으로 엉터리 치료를 한 탓이었다. 드릴에 대한 두려움으로 플로렌티노 아리사는 어금니가 계속 아팠지만 도저히 참을 수 없게 될 때까지 치과 의사를 찾아갈 엄두를 내지 못하고 있었다. 그의 어머니는 옆방에서 위로할 길 없는 신음 소리가 밤새도록 들려오자 깜짝 놀랐다. 그 소리가 이미 기억의 안개 속에서 거의 사라져버린 옛 시절의 신음 소리와 똑같다고 생각했기 때문이다. 그러나 사랑이 어느 부위를 아프게 하고 있는지 보기 위해 그의 입을 벌려 보자, 그가 염증의 희생자가 되었다는 사실을 알게 되었다.

작은아버지 레온 12세는 플로렌티노 아리사를 프란시스 아도나이 박사에게 보냈다. 그는 집채만 한 체격의 흑인으로, 승

---

20) 챙이 좁고 곧으며 위가 평평한 밀짚모자.

마용 바지를 입고 각반을 찬 옷차림에 십장들이 메고 다니는 자루 가방에 완벽하게 갖춘 치과용 기구들을 담아 하천 선박을 타고 돌아다니는 사람이었다. 그는 의사라기보다는 강 유역의 마을에 공포를 팔러 다니는 세일즈맨 같아 보였다. 그는 플로렌티노 아리사의 입 안을 한번 살펴보더니 또다시 이빨 때문에 고통을 받지 않도록 멀쩡한 치아와 어금니까지 모두 뽑아 버리기로 결정했다. 대머리가 될 때와는 다르게, 그는 그런 무식한 치료에 대해 전혀 걱정하지 않았다. 마취도 하지 않고 이빨을 대량 학살하는 데 따르는 자연스러운 두려움만 느낄 뿐이었다. 또한 의치를 껴야 한다는 생각도 싫지 않았다. 그의 어린 시절의 향수 중 하나가 윗니와 아랫니를 꺼내 테이블에서 그 이빨들이 혼자 말하게 했던 장터의 마술사에 대한 것인 데다, 어릴 때부터 사랑의 통증처럼 잔인하게 그를 괴롭혀 왔던 어금니 통증에 종지부를 찍는다는 사실 때문이었다. 대머리는 그에게 노년의 교활한 공격으로 보였지만, 이를 빼는 것은 그렇게 보이지 않았다. 입에서 에보나이트의 쓰디쓴 냄새가 나긴 하겠지만, 자신의 겉모습이 정형 수술된 미소 덕에 보다 깨끗해 보이리라고 확신했기 때문이다. 그래서 그는 아무런 저항 없이 아도나이 박사의 벌겋게 달군 핀셋에 자신을 맡겼고, 짐을 나르는 노새의 극기심을 가지고 회복 기간을 참아냈다.

작은아버지 레온 12세는 자신이 치료를 받는 것처럼 그 수술을 자세히 지켜보았다. 그는 의치에 특별한 관심을 가지고 있었다. 막달레나강을 처음 여행하던 시절에 생긴 관심으로,

벨칸토 창법[21]을 광적으로 좋아한 결과이기도 했다. 보름달이 뜬 어느 날 밤, 가마라 항구 입구에서 그는 자기가 선장실 베란다에서 나폴리의 낭만적인 노래를 불러 밀림의 모든 동물들을 깨울 수 있다면서 독일인 측량사와 내기를 했다. 그러나 그는 아깝게 내기에서 지고 말았다. 늪지에서 날아오른 해오라기들이 날갯짓하는 소리와 악어들이 꼬리를 흔드는 소리, 너무 놀라서 육지로 뛰어오르려고 애를 쓰는 송어들 소리가 어두운 강변에서 느껴졌으나 그 곡이 절정에 이르러 노래의 힘 때문에 가수의 목 핏줄이 터져 버리지나 않을까 두려워하고 있던 찰나, 마지막 숨을 내뱉는 것과 동시에 그의 입에서 의치가 튀어나와 물속으로 가라앉아 버렸던 것이다.

급히 의치를 만들어야 했기 때문에 배는 테네리페 항구에 사흘간 정박해야만 했다. 그 의치는 완벽했다. 그러나 돌아오는 항해 길에, 이번에는 자기가 지난번의 의치를 어떻게 잃어버렸는지 선장에게 설명해 주다가 작은아버지 레온 12세는 밀림의 뜨거운 공기를 한껏 들이마시고서 있는 힘을 다해 가장 높은 음을 냈고, 눈 하나 깜짝하지 않고 배가 지나는 것을 지켜보면서 일광욕을 하고 있던 악어들을 놀라게 하기 위해 마지막 숨을 쉴 때까지 그 음을 유지하다가 그만 숨을 내쉬는 순간, 새 의치 역시 강물에 빠져 버리고 말았다. 그때부터 집 안의 여러 장소와 책상 서랍, 그리고 회사 소속의 배 세 척을

---

21) 18세기에 이탈리아에서 성립된 것으로, 미성(美聲)을 내는 데 치중하는 발성법이다.

비롯한 모든 곳에 의치를 마련해 두었다. 게다가 외식을 할 때는 기침약을 넣는 조그만 약통에다 의치를 담아 주머니에 가지고 다니곤 했다. 그것은 야외에서 점심 식사를 하는 도중에 바삭바삭한 돼지고기 살가죽을 씹으려다가 그만 의치가 부러진 적이 있기 때문이었다. 조카가 자기처럼 뜻밖의 일을 당할지도 모른다는 생각에, 작은아버지 레온 12세는 아도나이 박사에게 의치를 만드는 김에 두 개 만들라고 지시했다. 하나는 사무실에서 매일 사용하도록 싼 재료로 만들고, 다른 하나는 일요일과 공휴일에 사용하도록 미소를 지을 때 보이는 어금니에는 금을 입히고 진짜 이 같은 느낌을 주도록 만들라고 지시했던 것이다. 마침내 축제의 종소리가 울려 퍼지는 성지 주일에 플로렌티노 아리사는 새로운 사람이 되어 거리로 나갔다. 그의 완벽한 미소는 그가 아닌 다른 사람이 이 세상에서 그의 자리를 차지하고 있는 듯한 인상을 주었다.

이 무렵에 그의 어머니가 세상을 떠났고, 플로렌티노 아리사는 집에 혼자 남게 되었다. 그곳은 그의 사랑 방식에 적합한 안식처였다. 창문의 거리라는 이름에 걸맞게 그 거리에 있는 수많은 창문들은 커튼 뒤에 너무나 많은 눈이 있을 듯한 인상을 주었지만, 그의 집은 은밀한 곳에 위치했기 때문이다. 그러나 그 집은 페르미나 다사가 행복하게 지낼 수 있도록 만들어진 곳이었기에 그녀만이 행복해질 수 있는 집이었다. 그래서 플로렌티노 아리사는 다른 사랑으로 그의 집을 더럽히느니, 차라리 가장 수확이 좋았던 시절에 그 기회를 잃어버리는 편을 택했다. 다행히 카리브 하천 회사에서 직책이 하나씩 올라가는 것은 새로운 특권, 특히 아무도 모르는 특권을 의미했다. 그에게 가장 유용했던 특권 중의 하나는 밤이나 일요일 혹은 공휴일에도 경비원의 묵인 아래 사무실을 사용할 수 있다는 것이었다. 수석 부사장이었을 때 한번은 일요일에 근무하는 여자들 중의 하나와 급하게 사랑을 나누고 있었다. 그는 책상 의자에 앉아 있었고, 그 여자는 그의 위에 말처럼 앉아 있었다. 그런데 갑자기 문이 열렸다. 작은아버지 레온 12세는 마치 사무실을 잘못 찾아온 것처럼 고개를 문 안으로 빠끔 내밀고는, 혼비백산한 자기 조카를 안경 너머로 쳐다보았다. 그러더니 전혀 놀라지 않은 기색으로 말했다. "맙소사! 자네 아버지와 똑같은 일을 하고 있군!" 그러더니 다시 문을 닫기 전에, 허공을 바라보면서 이렇게 말했다.

"아가씨, 걱정 말고 계속해요. 내 명예를 걸고 맹세하는데 난 당신 얼굴을 보지 못했으니까."

작은아버지 레온 12세 로아이사는 그 일에 관해 아무 말도 하지 않았지만, 그다음 주에 플로렌티노 아리사는 사무실에서 도저히 일을 할 수가 없었다. 월요일에 전기 기술자들이 갑자기 들어와서는 천장에 천식 걸린 것 같은 전기 선풍기를 설치했다. 그리고 열쇠장이들은 아무런 예고도 없이 들이닥치더니 전쟁을 치르듯이 시끄럽게 굴면서 안에서 잠글 수 있도록 문에 잠금 장치를 설치했다. 목수들은 무슨 일 때문인지 말하지도 않고 치수를 쟀으며, 인테리어 장식업자들은 크레톤 천의 견본을 가져와 벽의 색깔과 맞는지 살펴보았다. 그리고 다음 주에는 디오니소스의 꽃들이 새겨진 커다란 더블 소파가

문으로 들어올 수 없어서 창문으로 들어왔다. 그들은 전혀 생각할 수도 없는 시간에 들이닥쳐서는 몹시 거만하게 일을 했는데, 아무래도 우연처럼 보이지 않았다. 그리고 항의하는 사람들에게는 "회장실의 명령입니다."라는 똑같은 대답만 되풀이했다. 플로렌티노 아리사는 그런 간섭이 그의 탈선한 사랑을 보호하기 위한 작은아버지의 호의인지, 아니면 그의 부정행위를 감시하려는 작은아버지만의 독특한 방식인지 알 수가 없었다. 그는 진실을 깨닫지 못했는데, 바로 작은아버지 레온 12세는 그를 격려하고 있었던 것이다. 왜냐하면 작은아버지도 자기 조카가 대부분의 남자들과 다른 습관을 가지고 있다는 말을 듣고 그를 자기 후계자로 만드는 데 장애물이 될까 봐 몹시 마음이 괴로웠던 것이다.

자기 형과는 반대로 레온 12세 로아이사는 육십 년간 지속된 안정된 결혼 생활을 누렸고 일요일에는 일을 하지 않았다는 사실에 자부심을 갖고 있었다. 그는 네 아들과 딸 하나를 두었는데, 그들 모두를 자기 제국의 후계자로 준비시키려고 했다. 그러나 당대의 소설에서 흔히 나오는 일련의 우연들 때문에, 그러니까 실생활에서는 그 누구도 믿지 않을 우연의 일치로 네 아들들이 관리자의 위치로 올라감에 따라 하나씩 차례로 죽었고, 딸은 하천 항해에 대한 소명 의식이 전혀 없었으며, 50미터 높이의 창문에서 허드슨에서 온 배를 바라보면서 죽고 싶어 했다. 그래서 음울한 모습을 하고 흡혈귀나 들고 다닐 우산을 가지고 다니는 플로렌티노 아리사가 이러한 모든 우연을 일으키기 위해 획책했다는 이야기를 정말로 믿는 사람도 있었다.

작은아버지가 의사의 지시에 의해 억지로 은퇴하게 되자, 플로렌티노 아리사는 일요일의 연인 중 몇몇을 기꺼이 희생하기 시작했다. 그는 그 도시에 처음으로 등장한 자동차이자 처음 운전하는 사람의 팔이 탈골될 정도로 핸들의 반동이 센 자동차를 타고 시골의 칩거지로 작은아버지를 모셔다 드렸다. 그곳에서 두 사람은 오랫동안 대화를 나누었다. 작은아버지는 모든 것을 멀리하고 바다에 등을 돌린 채, 오후가 되면 눈 덮인 산봉우리가 보이는, 백일홍이 가득한 옛 노예 농장의 테라스에서 실크실로 자기 이름의 머리글자가 수놓인 해먹에 누워서 말했다. 플로렌티노 아리사와 그의 작은아버지가 하천 항해와 동떨어진 이야기를 하기는 언제나 어려웠고, 죽음을 눈에 보이지 않는 손님으로 맞이하면서 느릿느릿 흘러가는 그런 오후들 속에서도 여전히 그런 이야기를 했다. 작은아버지 레온 12세의 끊이지 않는 걱정거리 중의 하나는 하천 항해가 유럽의 대기업과 연결된 내륙 지방의 기업가들 손에 넘어갈지도 모른다는 것이었다. 그는 "이것은 항상 해안 지방 사람들이 하는 사업이었어. 내륙 지방 사람들이 이 사업을 손에 넣게 되면, 아마 독일인들에게 헐값으로 넘길 거야."라고 말하곤 했다. 그의 근심은 정치적 신념의 결과였으며, 그는 부적절한 경우에도 계속해서 이렇게 말하길 좋아했다.

"난 백 살까지 살 거야. 난 모든 게 바뀌는 것을 보았어. 심지어 우주 속에서 행성의 위치가 바뀌는 것도 보았지. 하지만 이 나라에서는 아직 변한 것을 보지 못했어. 여기서는 석 달마다 새로운 헌법이 만들어지고 새로운 법률이 제정되고 새로운 전쟁이 터졌지만, 우리는 아직도 식민지 시대에 살고 있어."

이런 모든 악을 봉건주의의 실패라고 여기던 프리메이슨 형제들에게, 그는 "1000일 전쟁은 이십삼 년 전인 76년 전쟁에서 이미 졌던 거나 다름없어."라고 항상 대답하곤 했다. 정치와는 담을 쌓다시피 한 플로렌티노 아리사는 바닷소리를 듣는 사람이 더욱 그 소리를 많이 듣듯이, 갈수록 자주 이런 장광설을 듣게 되었다. 작은아버지와는 반대로, 그는 언제 재난을 당할지 모르는 하천 항해의 후진성은 의회가 카리브 하천 회사에 99년 1일 동안 허용한 증기선의 독점을 자발적으로 포기할 때에만 극복될 수 있다고 생각하고 있었다. 그러면 작은아버지는 "이런 생각은 나의 동명이인인 레오나가 아무짝에도 쓸모없는 무정부주의 이론을 자네 머리에 주입시켰기 때문이야."라고 말하며 반발하곤 했다. 그러나 이 말은 절반만이 사실이었다. 플로렌티노 아리사는 지나친 개인적 야심 때문에 탁월한 두뇌를 망쳐 버린 독일 함대 사령관 요한 B. 엘버스의 경험에 바탕을 두고 자신의 논지를 전개했던 것이다. 반면에 작은아버지는 엘버스의 실패는 그가 누렸던 특권이 아니라 국가 전역을 책임지는 일을 맡긴 비현실적인 계약에 기인한다고 생각하고 있었다. 즉 항해할 수 있도록 하천을 유지하고, 항구 시설과 항구에 접근할 수 있는 육로, 교통수단 등의 책임을 모두 떠맡았기 때문이라는 것이다. 또한 그 외에도 시몬 볼리바르 대통령의 악의에 찬 반대는 웃어넘길 만한 문제가 아니었다고 말하곤 했다.

대부분의 조합원들은 양쪽 말이 다 맞는 부부 싸움을 볼 때처럼 양쪽의 의견을 모두 수용했다. 그들에게는 노인의 완고함이 자연스러운 것으로 비쳤다. 그가 완고한 것은, 사람들이 쉽게 입을 놀리듯이 늙으면 과거에 비해 통찰력이 떨어지기 때문이 아니라, 독점권을 포기하는 것은 그와 그의 형제들이 전 세계의 힘센 적들과 싸웠던 영웅적인 전투의 우승컵을 쓰레기통에 버리는 것이라고 생각했기 때문이었다. 그래서 그가 자신의 권리를 움켜쥐고 그 권리가 법적으로 소멸될 때까지 아무도 건드릴 수 없다고 했을 때, 그 누구도 반론을 제기하지 않았다. 그런데 플로렌티노 아리사가 농장에서 명상의 오후를 보내다가 결국 두 손 들고 항복하자, 갑자기 작은아버지 레온 12세는 백 년간의 특권을 포기하는 데 동의했다. 그러나 여기에는 한 가지 명예로운 단서가 있었는데, 그것은 자기가 죽기 전까지는 그렇게 할 수 없다는 것이었다.

그것이 그의 마지막 행동이었다. 그는 다시는 사업 얘기를 꺼내지 않았으며, 자신에게 자문을 구하는 것도 허락하지 않았고, 위풍당당한 머리에서 고수머리 한 가닥도 잃지 않았으며, 명민함 또한 티끌만큼도 잃어버리지 않았다. 그러나 사람들이 이런 자신에게 동정심을 느낄지도 모른다는 생각에 아무도 자기를 만나러 오지 못하도록 가능한 모든 방법을 동원했다. 그는 테라스에 있는 비엔나 스타일의 흔들의자에 앉아 아주 천천히 앞뒤로 왔다 갔다 하면서 만년설을 응시하며 세월을 보냈다. 흔들의자 옆에 있던 작은 테이블에는 하녀들이 항상 따뜻한 블랙커피를 담아 놓는 병 하나와 이제는 방문객을 맞을 때에만 사용하는 두 개의 의치가 담긴 중탄산이 섞인 물 한 잔이 놓여 있었다. 그는 극소수의 친구들만 만났으며, 하천 항해를 시작하기 한참 전의 머나먼 과거에 대한 이야기만 했다. 그러나 그에게는 새로운 화제가 하나 남아 있었다. 그것은 다름 아닌 플로렌티노 아리사가 결혼을 했으면 좋겠다는 바람이었다. 그는 여러 차례에 걸쳐 늘 같은 방식으로 이러한 소망을 피력했다. 그는 이렇게 말하곤 했다.

"내가 쉰 살만 젊었더라도, 나의 동명이인 레오나와 결혼했을 거야. 그 여자보다 더 훌륭한 아내감은 없어."

플로렌티노 아리사는 수많은 세월 동안의 노고가 이런 뜻하지 않은 상황으로 인해 마지막 순간에 물거품이 되어 버릴지도 모른다는 생각에 두려움을 느끼지 않을 수 없었다. 페르미나 다사를 잃느니, 차라리 회사를 그만두고 일을 모두 집어던지고 죽는 편을 택하고 싶었다. 다행히 작은아버지 레온 12세는 고집을 부리지 않았다. 그가 아흔두 살이 되자, 조카를 유일한 후계자로 인정하고 회사에서 완전히 은퇴했다.

육 개월 후, 조합원들의 만장일치로 플로렌티노 아리사는 이사회 회장 겸 사장으로 임명되었다. 그가 취임하던 날, 퇴임한 늙은 사자는 축하 샴페인을 마신 후 흔들의자에서 일어나지 않고 말하는 것에 대해 용서를 구하면서, 즉석에서 아주 간단한 연설을 했다. 그것은 연설이라기보다는 차라리 한 곡의 비가처럼 보였다. 그는 사기의 인생은 하느님이 내려 준 두 개의 행운으로 시작해서 끝났다고 말했다. 첫 번째 행운은 '해방자'가 죽음을 향해 저주받은 여행을 하고 있을 때 투르바코 마을에서 그를 팔로 안아 옮겨 준 것이었다. 다른 하나는 운명이 자신의 삶에 끼워 넣었던 모든 장애물을 극복하고 후계자 자격이 있는 인물을 발견한 것이었다. 그는 마지막으로 이 드라마를 드라마처럼 표현하지 않으려고 애쓰면서 이렇게 말을 맺었다.

"이 세상을 살면서 내가 간직하고 있는 유일한 좌절감은, 내가 그토록 많은 장례식에서 노래를 불렀지만 정작 내 장례식에서는 부르지 못한다는 것입니다."

그 행사의 마지막 순서로 당연하게도 그는 토스카 가극 중에서 「인생이여 안녕」이라는 아리아를 불렀다. 가장 좋아하던 아카펠라풍으로 노래하는 그의 목소리는 아직도 흐트러짐이 없었다. 플로렌티노 아리사는 감동했지만, 고맙다고 말할 때에만 목소리가 약간 떨렸다. 평생 동안 자신이 생각한 것을 모두 행동으로 옮겼던 것처럼 그는 정상에 올랐다. 그러나 그것은 페르미나 다사의 그림자 속에서 자신의 운명을 완성할 순간까지 건강하게 살아 있겠다는 단호하고 지독한 결심이었을 뿐, 다른 이유는 없었다.

그러나 레오나 카시아니가 열어준 그날 밤의 파티에서 그와 함께한 것은 그녀에 대한 기억만이 아니었다. 그는 모든 여자들을 기억했다. 그가 무덤 위에 심어놓은 장미를 통해 그를 생각하면서 묘지에 잠들어 있는 여자들뿐만 아니라, 달빛 아래서 황금 뿔[22]을 자랑하던 남편과 여전히 한 베개에 몸을 누

---

22) 음경을 뜻한다.

인 여자들도 생각했다. 한 여자가 없었던 까닭에, 그는 모든 여자들과 동시에 함께 있기를 원했다. 그는 두려울 때면 언제나 그러길 원했다. 왜냐하면 수많은 세월 동안 가장 어려웠던 시절과 최악의 순간에서도 셀 수 없는 여인들과 일종의 관계를 지속시켜 왔기 때문이다. 그는 늘 희미한 관계라도 유지하면서 그 여자들과 소식이 끊어지지 않도록 했던 것이다.

그래서 그날 밤 모든 여자들 중에서 가장 오래된 연인이자 그의 동정을 앗아 간 장본인인 로살바를 떠올렸다. 그 기억은 마치 첫날밤처럼 계속해서 그를 고통스럽게 만들고 있었다. 눈만 감아도 모슬린 옷을 입고 긴 실크 리본이 달린 모자를 쓴 채, 배의 갑판에서 아이가 들어 있는 새장을 흔들거리고 있는 그녀의 모습이 선했다. 오랜 세월을 살아오면서 그녀를 찾겠다고 작정하고 준비한 적이 여러 번 있었다. 그녀가 어디에 사는지 그녀의 성은 무엇인지도 모르고, 그녀가 자신이 찾는 그 여자가 맞는지도 몰랐지만, 그는 이 세상 어느 곳이든 난초가 우거진 곳에서 그녀를 찾을 것이라고 확신하고 있었다. 마지막 순간에 현실적인 문제가 발생하거나 제때에 의지를 발동하지 못한 탓에, 그가 생각했던 여행은 매번 배의 트랩이 올려지는 순간에 연기되곤 했다. 그리고 그것은 언제나 페르미나 다사와 관련된 이유 때문이었다.

그는 나사렛의 과부도 생각했다. 비록 그녀를 집 안으로 들여놓은 것은 그가 아니라 트란시토 아리사였지만, 그녀는 창문의 거리에 있는 어머니의 집을 모독한 유일한 여자였다. 그는 그 어떤 여자보다도 그녀에게 아량을 베풀었다. 침대에서는 멍청했지만, 페르미나 다사를 대신할 만큼 사랑을 듬뿍 발산한 유일한 여자였기 때문이다. 그러나 그녀의 성격 중 부드럽고 다정한 힘보다 거부하기 어려운 방황하는 암고양이 기질이 두 사람 모두 부정을 저지르게 만들었다. 그러나 '부정하지만 배신하지는 않는 사람들'이라는 그녀의 방탕한 구호 덕택에, 두 사람은 거의 삼십 년간 간헐적으로나마 사랑을 나눌 수 있었다. 게다가 그녀는 플로렌티노 아리사가 일종의 책임을 진 유일한 여자였다. 그녀가 죽어 빈민 묘지에 묻힐 것이라는 소식을 접하자, 그는 자기 돈으로 그녀를 묻어 주고 장례식에서 혼자 애도했던 것이다.

그는 자기가 사랑했던 다른 과부들도 떠올렸다. 두 번이나 과부가 되는 바람에 모든 사람들에게 '두 남자의 과부'라고 알려져 있고, 아직까지 살아 있는 과부들 중에서 가장 나이가 많은 데 프루덴시아 피트레를 생각했다. 그리고 아레야노의 과부인 또 다른 프루덴시아도 기억했다. 사랑스러운 그녀는 그의 옷에 달린 단추들을 잡아 뜯곤 했는데, 그것은 자기가 단추를 달아 주는 동안 그를 자기 집에 더 머물러 있게 하기 위해서였다. 그리고 그를 미칠 듯이 사랑했던 수니가의 과부 호세파도 생각했다. 그녀는 그의 음경이 전적으로 자신의 것은 아니더라도 다른 여자의 것이 되지 못하도록, 그가 자는 동안 전지가위로 그것을 잘라 버리려고 했던 여자였다.

그는 짧은 기간이었지만 그 어떤 여자보다도 사랑했던 앙헬레스 알파로를 기억했다. 육 개월 동안 음악 학교에 현악기를 가르치러 그곳에 왔던 그녀는, 달이 뜬 밤마다 어머니가 자신을 세상에 내보냈던 것과 같은 상태로 자기 집 옥상에서 그와 함께 시간을 보내면서, 자기 사타구니 사이에서 남자의 목소리로 변하곤 했던 첼로로, 그가 들어 본 음악 중에서 가장 아름다운 모음곡을 연주하곤 했다. 달이 뜬 첫날부터, 두 사람은 격렬한 풋내기들처럼 사랑을 나누며 찢어지게 아픈 마음을 경험했다. 그러나 앙헬레스 알파로는 그녀의 부드러운 음부와 죄 많은 첼로를 가지고 망각의 깃발을 휘날리는 대서양 횡단선을 타고 왔을 때처럼 훨훨 떠나갔다. 달빛이 비치는 옥상의 사랑에서 그녀가 남긴 유일한 것은 시 축제에 참여한 시인들처럼 수평선 너머로 외롭고 슬픈 비둘기처럼 보이는 흰 손수건을 펄럭이면서 작별을 고한 것이었다. 플로렌티노 아리사는 그녀를 통해 알지는 못했으나 이미 수없이 경험했던 것을 깨닫게 되었다. 그것은 그 어떤 여자도 배신하지 않은 채 여러 사람을 동시에 사랑할 수 있으며, 각각에게 똑같은 슬픔을 느낄 수도 있다는 것이었다. 부두에 몰려든 많은 사람들 속에서 외로움을 느끼자, 그는 갑자기 화가 치밀어 마음속으로 이렇게 되뇌었다. "사람의 마음속에는 창녀들이 우글거리는 싸구려 호텔보다 더 많은 방이 있어." 그는 작별의 고통을 이기지 못해 눈물로 범벅이 되어 있었다. 그러나 수평선 너머로 배가 사라지기도 전에, 이미 페르미나 다사에 대한 기억이 그의 모든 공간을 다시 차지하게 되었다.

그는 안드레아 바론을 떠올렸다. 시난주에 그녀의 집 앞을 지나갔는데, 욕실 창문에는 주황빛 불빛이 켜져 있었다. 그것은 누군가가 벌써 들어와 있으니 들어오면 안 된다는 신호였다. 그 누구는 남자일 수도 있고 여자일 수도 있었다. 안드레아 바론은 난잡한 사랑을 했고, 그런 세세한 이유 때문에 사랑을 멈추지는 않았다. 그의 목록에 적힌 모든 여자들 중에서 자기 몸으로 살아가는 여자는 그녀뿐이었다. 그러나 기둥서방 없이 자신의 욕망에 따라 육체를 관리할 따름이었다. 한창 잘 나가던 시절에 그녀는 비밀 고급 창녀로 전설적인 명성을 누렸고, 그래서 '모든 남자들의 성모'라는 예명을 가지게 되었다. 그녀는 주지사와 제독들을 미치게 만들었고, 스스로는 유명하다고 믿었지만 실제로는 그리 유명하지 않았던 독립 영웅들과 문학가들, 심지어는 정말로 유명했던 몇몇 사람들까지도 그녀의 어깨에서 우는 모습을 그는 목격했다. 반면에 이 도시를 방문한 라파엘 레예스 대통령이 두 개의 약속 사이에 30분이 비는 틈을 이용하여 그녀가 훌륭히 봉사한 데 대한 보상으로 단 하루도 근무한 적 없는 재무성에서 그녀에게 서둘러 종신 연금을 할당한 것은 사실이었다. 그녀는 육체가 허락하는 한도까지 쾌락의 선물을 나누어 주었다. 비록 그녀의 부적절한 행위는 만인이 아는 사실이었지만, 그 누구도 그녀에게 불리한 결정적인 증거를 제시할 수 없었다. 왜냐하면 그녀와 사랑을 나눈 유명 인사들이 문제가 불거질 경우, 그녀보다 자기들이 잃을 것이 많다는 것을 의식하고는 목숨을 다해 그녀를 보호했기 때문이었다. 플로렌티노 아리사는 사랑의 대가로 절대 돈을 지불하지 않겠다는 자신의 성스러운 원칙을 그녀 때문에 어겼고, 그녀는 남편에게라도 공짜로 사랑을 해 주지 않겠다는 자신의 원칙을 위반했다. 그들은 사랑할 때마다 상징적인 가격으로 1페소만 주고받기로 서로 합의했지만, 그녀는 그 돈을 받지 않았고, 그도 그녀의 손에 그 돈을 쥐여 주지 않았다. 그들은 필경사의 거리에서 바다를 건너온 매력적인 물건이면 아무거나 살 수 있는 충분한 돈이 될 때까지, 그 돈을 돼지 저금통에 넣었다. 그가 변비가 심해질 때마다 사용하던 관장제가 독특한 관능성을 지니고 있다고 말한 사람도 그녀였다. 그녀는 그를 설득해서 관장약을 함께 나누고 함께 사용했고, 여전히 사랑 속에 있으면서도 더 많은 사랑을 만들려고 애쓰면서 미친 듯이 여러 날의 오후를 함께 보내곤 했다.

거리에서 낚아챈 수많은 만남 중에서 그에게 고통의 물방울을 맛보게 한 여자는 '하느님의 목자' 정신 병원에서 생을 마감한 음신한 사라 노리에가밖에 없다는 것을 그는 행운으로 여기고 있었다. 그녀는 너무나 지독하게 음란한 시구들을 낭송했기에, 병원에서는 다른 정신병자들을 더 이상 미치게 하지 않도록 그녀를 격리시켜야만 했다. 그러나 카리브 하천 회사의 총 책임을 맡게 되자, 그는 페르미나 다사를 대체할 수 있는 여자를 찾을 시간도 없었고, 그럴 기운도 없었다. 그는 이미 그녀가 대체 불가능하다는 것을 알고 있었던 것이다. 점차로 이미 관계를 가졌던 여자들을 찾아가는 것이 일상이 되었고, 그 여자들이 그에게 봉사할 때까지, 그리고 그에게 힘이 남아 있고 그 여자들이 살아 있을 때까지 함께 잠자리를 했다. 후베날 우르비노가 죽었던 성령 강림 대축일의 일요일에는 이미 하나, 단 한 명의 여자만 남아 있었다. 그녀는 겨우 열네 번째 생일을 맞은 나이 어린 소녀였지만, 그때까지 그 어떤 여자도 이룰 수 없었던 일을 해내었다. 즉 사랑으로 그를 다시 미치게 만든 것이다.

그녀의 이름은 아메리카 비쿠냐였다. 그녀는 이 년 전에 푸에르토 파드레라는 어촌에서 도착했다. 플로렌티노 아리사는 그녀의 가족과 익히 알려진 혈연관계에 있었기 때문에 그녀의 가족은 그에게 보호자 역할을 부탁하면서 그녀를 맡겼다. 아메리카 비쿠냐는 중등 교육을 받기 위해 정부 장학금을 받았고, 침낭과 인형처럼 보이는 작은 양철 가방을 들고 왔다. 그녀가 하얀 구두를 신고 황금빛 리본을 달고 배에서 내릴 때부터 그는 수많은 일요일마다 그녀와 함께 낮잠을 자게 될 것이라는 지독한 예감에 사로잡혔다. 모든 면에서 그녀는 아직 소녀에 불과했다. 이빨에는 교정기를 끼고 있었고 무릎에는 초등학교 학생들처럼 긁힌 상처가 있었다. 그러나 그는 그녀가 어떤 부류의 여자가 될 것인지 즉시 알아보았다. 그래서 토요일마다 서커스를 데려갔고 일요일에는 공원에 데려가 아이스크림을 사 주었으며 저녁때는 아이들처럼 장난을 치면서 일 년 동안 천천히 키웠다. 그렇게 그녀의 마음을 사로잡고 애정을 얻으면서, 친절하고 다정한 할아버지의 부드러운 지혜로 그녀의 손을 잡고서 아무도 모르는 도살장으로 데려가고 있었다. 그녀에게는 시간이 필요하지 않았다. 그녀는 즉시 그에게 천국의 문을 열어 주었던 것이다. 갑자기 그녀는 꽃을 피웠고, 그것은 그녀에게 행복의 언저리를 떠다니도록 만들어 주었다. 또한 그것은 그녀의 학업에도 아주 효과적인 자극제였다. 왜냐하면 주말에 외출하는 기회를 잃어버리지 않으려면 항상 반에서 1등을 해야 했기 때문이다. 그에게 있어 그녀는 노령의 강어귀에 가장 잘 숨겨져 있던 구석이었다. 수많은 세월에 걸친 계산된 사랑 뒤에 도착한 순진함이라는 부드러운 취향은 젊음을 되찾아 주는 듯한 도착증이라는 매력을 함유하고 있었다.

두 사람은 서로 꼭 맞았다. 그녀는 훌륭한 학생처럼 행동했다. 그녀는 어떤 일에도 놀라지 않는 존경스러운 노인의 안내를 받으며 삶을 발견할 준비를 하고 있었고, 그는 양심에 따라 평생 동안 자기가 가장 두려워했던 존재, 즉 늙은 애인이 되도록 행동했다. 그녀는 나이뿐만 아니라 교복을 입은 모습, 머리 땋은 모습, 산짐승처럼 사뿐히 걷는 모습, 거만하고 예측 불가능한 성격 모두 페르미나 다사와 닮았지만, 그는 한 번도 그녀를 페르미나 다사와 동일시하지 않았다. 아니 그 정도가 아니었다. 사랑을 구걸하게 한 강력한 동기와 페르미나 다사를 대신할 여자가 필요하다는 생각이 완전히 사라져 버렸던 것이다. 그는 그녀의 모습 그대로를 좋아했고, 결국 석양의 달콤함이라는 열정 속에서 그녀를 있는 그대로의 모습으로 사랑하게 되었다. 그녀는 뜻밖의 임신을 하지 않도록 그가 예방 조치를 취한 유일한 여자였다. 여섯 번의 만남 후에 두 사람은 일요일의 오후만을 꿈꾸게 되었다.

그가 그녀를 기숙학교에서 외출시킬 수 있도록 인정받은 유일한 사람이었기에, 그는 카리브 하천 회사의 6기통 허드슨 자동차를 타고 그녀를 데리러 갔고, 가끔씩 햇볕이 따갑지 않은 오후에는 자동차 지붕을 걷어 버리고 해변을 드라이브했다. 그럴 때면 그는 우울해 보이는 모자를 썼고, 그녀는 우스워 죽겠다면서 두 손으로 교복 모자인 선원 모자가 바람에 날려가지 않도록 꽉 붙잡곤 했다. 누군가가 늙음이란 전염성이 강하니 기숙 학교 보호자와는 반드시 필요한 경우가 아니면 함께 다니지 말고, 그가 맛을 보았던 음식은 먹지 말고, 그와 너무 가까이 있지 말라고 말해 주었다. 그러나 그녀는 개의치 않았다. 두 사람은 다른 사람들이 그들에 관해 생각할 수 있는 것에는 관심을 두지 않았다. 왜냐하면 두 사람이 친척 관계라는 것이 익히 알려져 있던 데다 나이가 극단적으로 차이가 나서 모든 의심에서 벗어날 수 있었기 때문이다.

두 사람은 성령 강림 대축일의 일요일 오후 4시에 막 사랑을 끝내고 있었다. 그때 교회의 종소리가 울렸다. 플로렌티노 아리사는 가슴이 마구 뛰는 것을 억지로 참아야 했다. 그가 젊었을 때는 종소리 의식이 장례식 비용에 포함되어 있었고, 거기서 제외되는 것은 아주 가난한 사람들뿐이었다. 그러나 마지막 내전이 끝난 후, 그러니까 19세기와 20세기의 가교가 되던 시기에 보수당 체제는 식민지 시대의 관습을 공고히 했고, 장례식 비용은 너무나 비싸져서 가장 돈 많은 사람들만 그 비용을 감당할 수 있었다. 대주교 단테 데 루나가 죽었을 때, 그 지방의 모든 교회들은 아흐레 낮과 밤 동안 쉴 새 없이 종을 울려 댔다. 그로 인해 사람들이 너무나 고통을 받은 나머지, 후임 대주교는 장례식에서 필수적으로 종을 울리는 의식을 없애 버리고, 아주 유명한 사람들이 죽었을 때에만 종을 울리도록 제한했다. 그래서 플로렌티노 아리사는 성령 강림 대축일의 일요일 4시에 교회의 종소리가 울리는 것을 듣자, 잃어버린 어린 시절의 환영이 다시 찾아온 것 같은 느낌을 받았다. 그는 그 종소리가 미사를 마치고 나오던 임신 육 개월째의 페르미나 다사를 보았던 일요일 이래 그가 그토록 오랜 세월 동안 염원해 왔던 것이라는 생각조차 하지 못했다. 그는 어둠 속에서 말했다.

"제기랄! 대성당의 종소리가 울리는 것을 보니, 아주 커다란 상어가 출몰한 게 틀림없어."

그 말을 듣자 아메리카 비쿠냐는 눈을 떴다. 그녀는 완전히 벌거벗은 몸이었다.

"성령 강림 대축일 때문일 거예요."

플로렌티노 아리사는 교회 일에 대해서는 완전히 문외한이었다. 심지어는 그에게 전신 기술을 가르쳐 주었고 그런 다음 운명이 어떻게 되었는지 확실한 소식조차 듣지 못했던 독일인과 성가대에서 바이올린을 연주했던 이후로는 두 번 다시 미사에 참석하지 않았다. 그러나 그 종소리가 성령 강림 대축일 때문에 울리는 것이 아니라는 데는 의심의 여지가 없으며, 틀림없이 도시 전체가 애도를 표할 일이 생겼다는 것을 알고 있었다. 그날 아침 서인도 제도의 망명객들이 그의 집을 찾아와 제레미아 드 생타무르가 사진관에서 죽은 채로 발견되었다는 소식을 전해 주었다. 플로렌티노 아리사는 그와 가까운 사이는 아니었지만 망명객들과는 친한 친구였고, 그들은 항상 자기들의 공식 행사, 특히 장례식에는 그를 초대했다. 하지만 그 종소리가 철저하게 신을 믿지 않았고 지독한 무정부주의자였으며, 게다가 자기 손으로 목숨을 끊은 제레미아 드 생타무르를 애도하기 위해 울리는 것이 아님은 확신하고 있었다. 그는 말했다.

"아니야. 이런 종소리를 울리는 것은 주지사 이상 되는 인물이 죽었을 때에만 가능한 거야."

잘못 닫힌 블라인드 사이로 스며든 햇볕을 받아 호랑이처럼 얼룩덜룩해진 창백한 몸의 아메리카 비쿠냐는 죽음을 생각할 나이가 아니었다. 두 사람은 점심을 먹은 후에 사랑을 나누었고, 침대에 누워 그날 낮잠의 마지막 부분을 즐기고 있었다. 두 사람은 벌거벗고 있었고, 그 위에서는 천식 소리를 내며 선풍기가 돌아가고 있었지만, 뜨거운 양철 지붕 위를 걸어 다니면서 우박 떨어지듯이 툭툭 소리를 내던 매들의 소리를 감출 수는 없었다. 플로렌티노 아리사는 오랜 인생을 살면서 사랑했던 수많은 여인들처럼 그녀를 사랑하고 있었지만, 그 사랑 속에는 그 어떤 여자에 대해서보다도 큰 고민이 담겨 있었다. 왜냐하면 그녀가 고등학교를 마칠 때쯤이면 자기는 늙어서 죽을 것이라고 확신하고 있었기 때문이다.

그 방은 차라리 선실에 더 가까웠다. 벽은 배처럼 예전의 색칠 위에 여러 번 덧칠한 나무 널빤지로 이루어졌고, 침대 위에는 전기 선풍기가 설치되어 있었지만, 금속 지붕의 복사열 때문에 오후 4시경에는 하천 선박의 선실보다 훨씬 더웠다. 그것은 제대로 된 침실이 아니라, 플로렌티노 아리사가 노년의 사랑을 위해 훌륭한 보금자리로 이용하려는 의도 이외에는 그 어떤 목적이나 핑계도 없이 카리브 하천 회사 사무실의 뒤편에 만들라고 지시했던 땅 위에 세워진 선실이었다. 보통 때는 하역부들의 외침 소리와 하천 항구에서 굉음을 내는 크레인 소리, 그리고 항구에 정박한 배들의 커다란 뱃고동 소리 때문에 그곳에서 잠을 자기란 쉬운 일이 아니었다. 그러나 그 여자아이에게는 일요일의 천국과 같은 곳이었다.

성령 강림 대축일에는 그녀가 기숙학교로 돌아가야 하는 시간인 삼종 기도 5분 전까지 함께 있기로 했지만, 성당의 종소리를 듣자 플로렌티노 아리사는 제레미아 드 생타무르의 장례식에 참석하겠다고 했던 약속을 떠올렸다. 그래서 그는 평소보다 급하게 옷을 입었다. 하지만 옷을 입기 전에 언제나 그랬듯이 그가 사랑을 하기 전에 풀었던 한 가닥의 외로운 댕기머리를 땋아 주었다. 그리고 그녀를 테이블 위에 앉히고는 그녀가 항상 잘못 매던 학생 구두의 끈을 매어 주었다. 그는 아무런 악의 없이 그녀를 도와주었고, 그녀는 마치 의무인 양 자기를 도와줄 수 있도록 그를 도와주곤 했다. 두 사람은 처음 만났을 때부터 나이를 의식하지 않았으며, 이제는 거의 말할 것도 남아 있지 않은 삶에서 수많은 것을 숨기고 있는 남편과 아내처럼 친밀하게 서로를 대하고 있었다.

공휴일이라 사무실은 어둠에 묻힌 채 닫혀 있었다. 쓸쓸한 부둣가에는 보일러가 꺼진 배 한 척만이 정박해 있었다. 푹푹 찌는 더위는 그해의 우기가 시작될 것을 예고하고 있었지만, 일요일의 공기는 맑고 투명했고 항구는 조용했기 때문에 마치 날씨가 좋은 달 같았다. 그곳에서 바라 본 세상은 어둠에 묻힌 선실보다 더 모질었고, 누구를 위해 울리는지도 모르는 종소리는 더욱 가슴을 에이게 했다. 플로렌티노 아리사와 소녀는 스페인 사람들이 흑인 노예의 하역지로 사용하였고 아직도 그 노예무역의 녹슨 쇳덩이와 저울의 흔적이 남아 있는, 초석으로 가득 찬 마당으로 내려왔다. 자동차는 창고의 그늘 아래서 그들을 기다리고 있었다. 그들은 좌석에 자리를 잡고 서야 운전대 위에 머리를 박고 잠든 운전사를 깨웠다. 자동차는 닭장 철망으로 둘러싸인 창고 뒤를 한 바퀴 돌더니, 거의 벌거벗은 어른들이 공놀이를 하고 있던 라스 아니마스만의 옛 시장터를 가로질러, 뜨거운 먼지를 일으키며 하천 부둣가를 빠져나왔다. 플로렌티노 아리사는 성당에서 장례의 종을 울린 것이 제레미아 드 생타무르의 죽음을 애도하기 위한 것일 리는 없다고 확신하고 있었지만, 종이 너무나 끈질기게 울려 대는 바람에 그의 확신감은 흔들리고 있었다. 그는 운전사의 어깨에 손을 올려놓고는, 도대체 누구를 위해 종을 울리는 것이냐고 귀에 대고 큰 소리로 물었다. 그러자 운전사가 말했다.

"염소수염 달린 의사를 애도하기 위한 것이죠. 그런데 그 의사 이름이 뭐죠?"

플로렌티노 아리사는 운전사가 누구에 관해 말하는지 생각할 필요조차 없었다. 그러나 운전사가 그가 어떻게 죽었는지 말해 주자, 순간적으로 느꼈던 환상은 일시에 사라지고 말았다. 왜냐하면 도저히 있을 수 없는 일처럼 느껴졌기 때문이었다. 그가 죽었다는 방식처럼 누군가가 죽는다는 것은 있을 수 없는 일이었고, 그가 상상하던 사람은 그렇게 죽을 인물이 아니었던 것이다. 그러나 터무니없다고 생각했지만, 바로 그 사람이 맞았다. 그러니까 이 도시에서 가장 나이 많고 가장 훌륭하다는 평가를 받고 있는 의사이자 그 외 수많은 업적으로 불후의 인물이 된 사람이 앵무새를 잡으려 하다가 그만 망고나무 가지에서 떨어지면서 여든한 살의 나이로 척추가 부러져 죽었던 것이다.

페르미나 다사가 결혼했을 때부터 플로렌티노 아리사가 이루었던 모든 것은 이 소식을 듣고자 하는 희망에 바탕을 두고 있었다. 그러나 그 시간이 도래하자, 잠을 이루지 못하면서 그토록 자주 예견했던 승리의 감정에 복받쳐 몸을 떤 것이 아니라, 공포의 발톱에 사로잡혀 몸을 떨었다. 죽음의 종소리가 자기를 위해 울리는 것인지도 모른다는 환상이 엄습했던 것이다. 자갈길을 지나면서 풀썩풀썩 뛰고 있던 자동차에서 그의 옆자리에 앉아 있던 아메리카 비쿠냐는 그의 얼굴이 창백해지는 것을 보자 놀라서 도대체 무슨 일이 있는 것이냐고 물었다. 플로렌티노 아리사는 얼음장처럼 차가운 자기 손으로 그녀의 손을 잡으며 한숨 섞인 말을 했다.

"아, 내 아이야, 너한테 이야기하려면 오십 년도 더 걸릴 거야."

그는 제레미아 드 생타무르의 장례식을 잊어버렸다. 그는 다음 주 토요일에 다시 오겠다는 급한 약속만 하고 소녀를 기숙 학교의 문 앞에 내려주고서, 운전사에게 후베날 우르비노 박사의 집으로 가라고 지시했다. 인근 도로에는 자동차와 임대용 마차들이 아우성치고 있었고, 그의 집 앞에는 구경꾼들이 가득했다. 파티가 절정에 이르렀을 때 나쁜 소식을 접한 라

시데스 올리베야 박사의 초대 손님들이 무리를 지어 몰려오고 있었다. 수많은 사람들 탓에 그의 집으로 들어가기가 쉽지 않았지만, 플로렌티노 아리사는 그들을 헤치고 주인 내외의 침실까지 들어갈 수 있었다. 그는 발뒤꿈치를 들어 문 앞을 봉쇄하고 있던 수많은 사람들 위로 후베날 우르비노를 보았다. 사람들이 그에 관해 처음 말하는 것을 들었을 때부터 보고 싶었던 그 모습대로, 그는 죽음의 모욕 속에 뒹굴면서 부부용 침대에 누워 있었다. 목수는 관을 짜기 위해 치수를 재고 있었다. 그의 옆에는, 파티에 가기 위해 갓 결혼한 할머니처럼 옷을 입고 있던 페르미나 다사가 풀이 죽은 채 생각에 잠겨 있었다.

플로렌티노 아리사는 분별없는 사랑에 전적으로 희생했던 젊은 시절부터 그 순간의 모든 것을 하나도 빠짐없이 상상했었다. 그녀 때문에 그는 수단과 방법을 가리지 않고 명예와 재산을 손에 넣었고, 그녀 때문에 건강을 유지했으며, 당시의 다른 남자들에게는 별로 남성적으로 보이지 않던 자기의 외모를 엄격히 관리했으며, 이 세상의 그 어떤 사람이나 그 어느 것도 그토록 기다리지 못했을 정도로 한시도 절망하지 않고 그날을 손꼽아 기다려 왔던 것이다. 마침내 죽음의 신이 개입하여 자기편을 들어주었다는 것을 확인하고 나자, 그것은 페르미나 다사가 과부로서 첫날을 맞이하는 밤에 죽을 때까지 배신하지 않고 영원히 사랑하겠다는 맹세를 다시 한번 반복하는 데 필요한 용기를 그에게 갖게 해 주었다.

그 기회가 두 번 다시 돌아오지 않을 수도 있다는 두려움에 너무 서둘렀고, 어떻게 그리고 언제 해야 하는지 최소한의 생각도 하지 않고 분별없이 행동했다는 자괴감을 그는 부정하지 않았다. 그는 보다 무모하지 않은 방법으로 하겠다고 수없이 생각했었고 또 그렇게 하고 싶었지만, 운명은 그에게 선택할 권리를 주지 않았다. 그는 자기와 마찬가지로 그녀를 감격에 복받친 상태로 두고 떠나야 한다는 것에 고통을 느끼며 상가를 나왔지만, 아무것도 그런 그의 감정을 막을 수는 없을 것이었다. 왜냐하면 그 잔인한 밤이 두 사람의 운명에 영원히 쓰여져 있다고 느꼈기 때문이다.

그는 다음 이 주일 동안 한번도 제대로 잠을 이룰 수가 없었다. 그는 절망감에 사로잡혀 우르비노 박사가 없는 페르미나 다사는 어디에 있을 것이고, 무슨 생각을 하고 있을 것이며, 나머지 인생 동안 그녀의 손에 남겨진 당황스러운 짐을 어떻게 할 것인지 자문해 보곤 했다. 그는 극도의 변비로 인해 배가 북처럼 부풀어 올랐고, 관장제보다 더 불쾌한 완화제에 의존해야만 했다. 젊었을 때부터 잘 알고 있던 덕에 그의 동시대인들보다 훨씬 잘 견딜 수 있었던 노년의 병들이 한꺼번에 그를 공격했다. 일주일간 결근한 후 수요일 날 사무실에 모습을 드러내자, 레오나 카시아니는 창백하고 무기력해진 모습의 그를 보고 깜짝 놀랐다. 그러나 그는 그녀를 안심시키면서, 다시 예전처럼 불면증에 시달려서 그렇다고 말했다. 그리고 가슴속에 간직한 수많은 상처에서 진실이 새어 나오지 못하도록 다시 이를 악물었다. 비는 한시도 쉬지 않고 내리면서 그에게 밝은 생각을 할 여유를 주지 않았다. 그는 아무것에도 정신을 집중하지 못했고, 제대로 먹지도 않고 제대로 자지도 못하면서 그에게 구원의 길을 지시할 비밀의 기호를 해독하며 비몽사몽간에 또 다른 한 주를 보냈다. 그러나 금요일부터 알 수 없는 마음의 평화가 그를 엄습했다. 그러자 그는 새로운 일은 아무것도 일어나지 않을 것이며, 그가 평생 동안 해 온 모든 일이 쓸모없어졌고 따라서 계속할 필요가 없다는 뜻으로 해석했다. 그러니까 그것이 끝이라고 생각했던 것이다. 하지만 월요일 날, 창문의 거리에 있는 집에 도착하자 대문 안에 고인 물속에서 둥둥 떠 있는 편지 한 통을 발견했고, 즉시 물에 적신 봉투에서 인생의 수많은 부침도 바꾸지 못한 오만한 필체를 알아보았다. 심지어 시든 치자나무의 밤 향내까지도 풍겨 오는 듯했다. 왜냐하면 그의 마음은 그가 충격을 받은 첫날부터 이미 모든 것을 말해 주었기 때문이다. 그것은 한시도 쉬지 않고 반세기 이상을 기다려온 편지였다.

페르미나 다사는 자기가 분노에 눈이 멀어 쓴 편지를 플로렌티노 아리사가 사랑의 편지로 이해하리라고는 꿈에도 생각하지 못했다. 그녀는 그 편지에 모든 분노를 담아 가장 잔인한 말들과 가장 상처를 입힐 수 있는 부당하기 짝이 없는 온갖 비난의 말을 동원했지만, 자기가 받은 모욕에 비하면 아무것도 아니라고 생각했다. 그것은 이 주 동안의 씁쓸한 푸닥거리의 마지막 행동으로, 그것을 통해 그녀는 자기의 새로운 상황과 화해의 협정을 맺으려고 노력했다. 그녀는 다시 본래의 자신으로 돌아가고 싶었다. 지난 반세기 동안 종속된 생활을 하면서 양보해야 했던 모든 것을 되찾고 싶었다. 물론 남편은 그녀를 행복하게 해 주었지만 그가 죽자 그녀는 누구인지 흔적조차 남지 않게 되었던 것이다. 하루아침에 고독하게 변해 버린 거대한 타인의 집에서 이리저리 배회하는 유령이 되어, 죽은 남편과 살아남은 자기 중에서 누가 더 죽은 것인지 자문하면서 고뇌하곤 했다.

어두운 바다의 한가운데에 자기를 혼자 남겨둔 남편에 대해 마음속 깊이 느껴지는 증오심을 피할 수가 없었다. 그녀는 남편의 흔적을 발견할 때마다 눈물을 흘렸다. 베개 밑의 잠옷, 항상 환자의 것처럼 보이던 실내화, 그녀가 잠을 자기 위해 머리를 빗는 동안 거울 안쪽에서 옷을 벗고 있던 그의 모습에 대한 기억, 죽은 후에도 오랫동안 그녀의 살 속에 남아 있을 남편의 체취 등이 눈물을 자아냈다. 그녀는 무슨 일이든 하다 말고 중간에 멈추고는, 그에게 할 말을 잊었다는 사실을 기억하고서 손바닥으로 이마를 탁 치곤 했다. 그렇게 시시각각 남편만이 대답해 줄 수 있는 수많은 일상적인 질문들이 머릿속에 떠오르곤 했다. 언젠가 그는 그녀가 도저히 받아들일 수 없는 말을 한 적이 있었다. 그것은 불구자들이 더 이상 자기 몸에 달려 있지 않은 다리에서 고통과 경련과 가려움을 느낀다는 말이었다. 그렇게 그녀는 남편이 없다는 것을 느끼고 있었고, 동시에 이제는 그가 없는 곳에서 그를 느끼고 있었다.

미망인이 된 첫날 아침에 그녀는 잠을 깼지만, 아직 눈을 뜨지 않은 상태로 침대에서 뒤척이면서 계속 잠을 자기 위해 가장 편안한 자세를 찾고 있었다. 그녀에게 있어 그가 죽어 버린 순간은 바로 그때였다. 그때서야 비로소 그녀는 남편이 처음으로 집 밖에서 밤을 보냈다는 것을 의식했던 것이다. 또 다른 충격은 식탁에서 일어났다. 실제로 그녀는 혼자 식사를 했기 때문에 자기가 혼자 있다는 느낌을 받은 것은 아니었다. 대신 이제는 더 이상 존재하지 않는 누군가와 함께 식사를 하고 있다는 이상한 확신이 들었다. 페르미나 다사는 딸 오펠리아가 남편과 딸아이 셋을 데리고 뉴올리언스에서 와서 다시 식탁에 앉아 식사하기를 기다렸다. 그러나 그 식탁은 평소에 쓰던 것이 아니라 더 작고 임시로 만든 식탁으로, 복도에 놔두라고 했던 것이었다. 그때까지 그녀는 한 번도 제대로 식사를 하지 않은 상태였다. 배가 고플 때면 아무 때나 부엌에 들러서 포크를 냄비에 넣고는, 그릇에 옮겨 담지도 않고 오븐 앞에 선 채로 모든 음식을 조금씩 먹으면서, 유일하게 마음 편히 대할 수 있고 자기를 가장 잘 이해해 주던 식모들과 이야기를 나누었다. 그러나 아무리 노력을 해도 죽은 남편의 존재를 없애 버릴 수는 없었다. 어디를 가든지, 어디를 들르든지, 무슨 일을 하든지 그를 기억하게 만드는 것과 마주쳤던 것이다. 남편을 애도하는 것이 정직하고 바람직한 행동이라고 생각했지만, 동시에 그녀는 고통 속에서 뒹굴지 않도록 모든 노력을 기울이고 싶었다. 그래서 죽은 남편을 떠올리게 할 수 있는 모든 것을 집에서 없애 버리겠다는 극단적인 결심을 하게 되었다. 그것만이 남편 없이 계속 살아갈 수 있는 방법이라고 생각했기 때문이다.

그것은 전멸 의식이었다. 아들은 어머니가 결혼한 이후 갖지 못했던 재봉실을 아버지의 서재에 차릴 수 있도록 서재에 있던 물건들을 모두 가져가기로 했다. 한편 딸은 뉴올리언스의 골동품 경매에 붙일 수 있는 가구와 물건들을 가져갈 예정이었다. 페르미나 다사는 신혼여행 중에 자기가 쓰기 위해 구입한 물건들이 이제는 골동품 수집가들이 찾는 진귀한 유물이 되었다는 것을 확인하자 별로 즐겁지는 않았지만, 어쨌든 이 모든 것은 그녀를 홀가분하게 만들었다. 하녀들과 이웃 사람들, 그리고 그 시기에 그녀를 위로해 주려 찾아온 가까운 친구들은 놀란 나머지 아무 말도 하지 않았지만, 그녀는 개의치 않고 집 뒤에 있는 공터에 불을 지피라고 한 다음, 남편을 기억하게 만드는 모든 것을 거기서 태워 버렸다. 지난 세기 이래 그 도시에서 가장 비싸고 우아한 옷들, 가장 세련된 신발들, 남편의 사진보다도 훨씬 남편과 흡사해 보이던 모자들, 죽기 위해 마지막으로 일어났던 낮잠용 흔들의자를 비롯하여 그의 삶과 밀접히 연결되어 있으며 이제는 그에 대한 기억을 일깨우는 수많은 물건들을 모두 태워 버렸던 것이다. 그녀는 의심의 그림자도 내비치지 않고 처리했는데, 사실 위생상의 문제뿐만이 아니라 남편도 그렇게 하는 것을 찬성했을 것이라고 완전히 확신하고 있었다. 그것은 그가 한 치의 틈도 없는 삼목 상자의 어둠 속에 감금되느니 차라리 화장되었으면 좋겠다는 소망을 여러 번 밝혔기 때문이다. 그러나 그가 믿던 종교 때문에 그렇게 할 수는 없었다. 남편은 혹시 모른다는 생각에 용기를 내어 대주교의 생각을 넌지시 떠보았지만, 대주교는 단호하게 부정적으로 대답했었다. 그 생각은 순전히 환상에 불과했다. 교회는 우리의 공동묘지에 화장터를 두는 것을 허락하지 않았고, 그 묘지를 가톨릭과 다른 종교 단체들이 사용하는 것도 금하고 있었다. 그래서 후베날 우르비노만이 화장터를 건설하면 좋겠다는 생각을 머릿속으로 했을 뿐, 어느 누구도 그 생각에 공감하지 않았다. 페르미나 다사는 남편의 이런 공포감을 잊지 않았고, 장례식 초기의 혼란스러운 상황 속에서도 그 말을 기억했다. 그래서 목수에게 관에 빛이 스며들 수 있는 틈새를 남겨두어 그에게 위안을 주라고 지시했다.

어쨌거나 그것은 아무런 소용도 없는 대학살이었다. 페르미나 다사는 죽은 남편에 대한 기억은 불로 태워지지도 않고, 세월이 흘러도 지워지지 않을 것임을 이내 깨달았다. 아니 오히려 상황은 전보다 더 악화되었다. 그녀는 옷가지를 모두 태워버린 다음에도 자기가 무척이나 사랑했던 그의 것들뿐만 아니라 그녀를 가장 괴롭혔던 것, 즉 그가 아침에 일어날 때 내곤 했던 소리마저 계속해서 그리워했다. 이 기억은 그녀를 슬픔의 맹그로브 습지에서 벗어나게 도와주었다. 무엇보다도 그녀는 남편이 죽지 않은 것처럼 그를 기억하면서 살기로 굳게 결심했다. 매일 아침잠에서 깨는 시간은 계속해서 힘들겠지만, 갈수록 덜 어려울 것이라는 사실을 그녀는 알고 있었다.

실제로 삼 주째가 끝날 무렵에 그녀는 처음으로 빛을 보기 시작했다. 그러나 그 빛이 커지고 갈수록 밝아짐에 따라 자기의 삶 속에 한시도 마음 편히 놔두지 않는 유령이 떠돌고 있다는 의식을 갖게 되었다. 그것은 복음 공원에서 그녀를 기다리고 있었고, 늙으면서 그녀가 어느 정도 애정을 가지고 떠올리곤 했던 불쌍한 유령이 아니라, 사형 집행인의 프록코트를 걸치고 가슴에 모자를 대고 있던 혐오스러운 유령이었다. 그녀는 그 유령의 생각 없는 뻔뻔함에 너무나 당황하여 그를 한

시도 생각하지 않을 수가 없었다. 열여덟 살 때 그를 거절한 이후, 그녀는 시간이 지나도 없어지기는커녕 커져만 가는 증오의 싹을 그에게 남겨 놓았다고 줄곧 확신하고 있었다. 항상 그 증오심을 염두에 두었던 나머지, 그 유령이 가까이 있을 때는 공기 속에서 그 존재를 느꼈고, 그의 모습만 봐도 당황하고 놀라서 어떻게 그를 자연스럽게 대해야 할지 몰라 쩔쩔맸다. 그가 다시 한번 사랑을 고백했던 그날 밤, 그러니까 아직도 죽은 남편에게 바친 꽃향기가 집 안에 가득했던 밤, 그녀는 그의 오만방자한 태도가 어떤 사악한 복수를 하기 위해 내딛은 첫걸음이 아닐지 확신할 수가 없었던 것이다.

그에 대한 기억이 끈질기게 남아 있자, 갈수록 분노가 치밀어 올랐다. 장례식 다음 날 그를 생각하면서 잠에서 깨자, 그녀는 자기 의지를 보여주는 단순한 행동으로 그를 기억 속에서 쫓아 버릴 수 있었다. 그러나 분노는 항상 되살아났고, 이내 그를 잊고자 하는 욕망은 그를 기억하고자 하는 가장 강력한 동기임을 깨닫게 되었다. 그러자 처음으로 향수에 굴복한 그녀는 용기를 내어 그 비현실적인 사랑의 가공의 나날들을 떠올려 보았다. 그녀는 당시의 공원과 초라한 아몬드 나무들이며 그가 그녀를 사랑했던 벤치가 어떠했는지 정확하게 기억해 내려고 노력했다. 이제는 그 어느 것도 예전과 같지 않았다. 이미 모든 것은 바뀌어 있었다. 노란 낙엽이 수북이 쌓였던 아몬드 나무는 이미 어디론가 사라져 버렸고, 머리 잘린 영웅의 동상이 있던 자리에는 정복을 차려입은 다른 영웅의 동상이 세워져 있었다. 그러나 그 동상에는 이름도, 태어난

날짜도, 그 동상을 세운 이유도 밝히지 않은 채 그 지역의 전기 제어 장치가 설치되어 있는 거대한 받침돌 위에 서 있었다. 오래전에 팔린 그녀의 집은 수없이 바뀐 지방 정부의 손에 의해 산산이 부서져 있었다. 플로렌티노 아리사를 그 당시의 모습으로 상상한다는 것은 쉬운 일이 아니었다. 비를 맞고 있던 나약하고 과묵한 소년이 이제 자신의 모습과 그녀의 슬픔에는 아랑곳하지 않은 채 그녀 앞에 꼿꼿이 서 있던 늙고 좀먹은 노인이 되었으며, 자기의 영혼을 뜨거운 모욕의 불길로 그을려 아직도 제대로 숨을 쉬지 못하게 하고 있다는 사실은 더욱더 믿기 어려웠다.

사촌 언니 일데브란다는 페르미나 다사가 플로레스 데 마리아의 농장에서 린치 양 사건으로 인한 쓰라린 시간에서 회복하고 돌아온 지 얼마 안 되어 찾아왔다. 늙고 뚱뚱했지만 행복한 표정으로 그녀는 장남과 함께 도착했다. 그는 아버지처럼 군의 대령이었지만, 산 후안 데 라 시에나가의 바나나 농장 노동자 학살 사건에서 비열한 행동을 했다는 이유로 아버지에게서 의절당했다. 이 두 사촌은 서로 자주 만나서, 자기들이 처음 만났던 시절을 그리워하면서 시간을 보냈다. 페르미나 다사를 마지막으로 찾아왔을 때 일데브란다는 그 어느 때보다도 향수에 젖어 있었고, 노령이라는 짐을 이기지 못해 허덕이고 있었다. 향수를 더욱 만끽하기 위해 그녀는 청년 후베날 우르비노가 페르미나 다사의 의지에 마지막 일격을 가했던 그날 오후에, 옛날 귀부인 차림을 하고 벨기에 사진사에게 찍었던 사진을 가져왔다. 페르미나 다사는 그 사진을 오래전에 잃어버렸고, 일데브란다의 사진은 거의 알아보기 힘들 지경이었지만 두 여자는 환멸의 안개를 통해 자신들의 모습을 알아보았다. 그들은 다시는 돌아갈 수 없는 젊고 아름다운 모습이었다.

플로렌티노 아리사의 운명을 항상 자기 운명과 동일시했던 일데브란다는 그에 관해 말하지 않을 수 없었다. 그녀는 처음으로 전보를 보내러 갔던 날 보았던 그의 모습을 떠올렸고, 망각을 선고받은 가련한 작은 새의 기억을 결코 마음에서 지워버릴 수 없었다. 한편 페르미나는 그와 대화를 나누지는 않았지만 얼굴은 자주 보았었다. 그리고 그가 자기의 첫사랑이라는 사실을 도저히 받아들일 수가 없었다. 도시에서 조금이라도 중요한 사람의 소식은 조만간 그녀의 귀에 도착했기 때문에 그에 관한 소식도 알 수 있었다. 사람들은 그가 결혼하지 않는 이유가 별난 습관 때문이라고 말했지만, 그녀는 그런 말에 주의를 기울이지 않았다. 이는 소문 따위에 절대로 관심을 두지 않는 성격 탓도 있지만, 다른 한편으로는 어쨌거나 전혀 의심할 수 없는 수많은 남자들에게도 이와 비슷한 말이 늘 떠돌기 때문이기도 했다. 반면에 플로렌티노 아리사가 계속해서 신비스러운 복장을 하고 다니고, 이상한 로션을 바르며, 그토록 훌륭하고 정직한 방법으로 출세를 한 후에도 알 수 없는 분위기를 유지하는 것은 이상하다고 생각했다. 그녀는 그가 바로 그 사람이라는 사실을 믿을 수가 없었고, 일데브란다가 "불쌍한 사람, 얼마나 괴로웠을까!"라고 말하면서 한숨을 쉴 때마다 소스라치게 놀라곤 했다. 그녀는 오래전부터 아무런 고통 없이 그의 모습을 보아 왔기 때문이다. 그녀에게 그는 기억 속에서 지워진 그림자에 불과했다.

하지만 그녀가 플로레스 데 마리아에서 돌아온 직후 극장에서 그를 만났던 밤에, 그녀의 마음에는 이상한 일이 일어났다. 그가 여자와, 그것도 흑인 여자와 함께 있는 모습에는 전혀 놀라지 않았지만, 반면에 아주 젊어 보이는 모습과 자연스러운 행동에는 놀랐던 것이다. 그러면서 자기의 사생활에 린치 양이란 골치 아픈 존재가 불현듯 출현한 이후, 바뀐 사람은 그가 아니라 자기일지도 모른다는 생각을 하지 않을 수 없었다. 그 후로 이십 년 이상 그녀는 보다 동정 어린 눈으로 그를 계속해서 바라보았다. 남편의 장례식으로 밤샘을 하던 그날 밤, 그가 그곳에 있는 것은 충분히 이해할 수 있는 일이라고 여겼을 뿐만 아니라 심지어 그의 행동을 자연스럽게 원한이 풀린 행위, 즉 용서와 망각의 행위로 이해했다. 그래서 플로렌티노 아리사와 그녀가 인생에서 더 이상 바랄 것이 없는 나이에, 그녀에게는 존재한 적도 없는 사랑을 그가 극적으로 다시 한번 고백하리라고는 전혀 생각지 못했던 것이다.

남편을 상징적으로 화장한 이후에도 장례식 날 밤의 충격에서 유발된 극심한 분노는 그대로 이이졌고, 그런 분노를 다스릴 수 없다고 느낄 때마다 분노는 커졌으며 더욱 퍼져 갔다. 그러나 그보다 더 나빴던 것은, 죽은 남편에 대한 기억을 매장시킨 기억의 공간이 조금씩, 하지만 확실하게 플로렌티노 아리사의 기억을 묻어 놓은 양귀비꽃의 들판이 점령하고 있다는 사실이었다. 그래서 그를 사랑하지도 않으면서 그를 생각했고, 그를 생각하면 할수록 분노가 치밀어 올랐으며, 결국은 더 이상 참을 수 없을 정도가 되어 미칠 것만 같았다. 그래서 그녀는 죽은 남편의 책상에 앉아서 세 페이지에 걸쳐 이성을 잃은 편지를 썼다. 그 편지에 욕설과 천하고 자극적인 말을 가득 채우고 나자, 그녀는 자기가 기나긴 인생을 살면서 가장 비열하고 존경받지 못할 행동을 의식적으로 했다는 사실에 안도감을 느꼈다.

플로렌티노 아리사에게도 그 삼 주는 고통의 시간이었다. 페르미나 다사에게 다시 자기의 사랑을 고백했던 그날 밤, 그는 오후의 홍수로 엉망이 되어 버린 거리를 정처 없이 방황하면서 반세기 이상의 끈질긴 공격에도 저항해 오다가 방금 전에 죽어 버린 호랑이 가죽으로 무엇을 할 것인지 겁에 질려 자신에게 질문을 던졌다. 도시는 갑작스러운 폭우로 비상사태에 있었다. 몇몇 집에서는 반쯤 벗은 남자들과 여자들이 있는 힘을 다해 홍수에서 무엇이든 구해 내려고 애쓰고 있었고, 플로렌티노 아리사는 모든 사람이 겪고 있는 그런 재앙이 자기의 처지와 관련이 있는 듯한 인상을 받았다. 그러나 바람은 잔잔했고 카리브해의 별들은 제자리에 가만히 있으면서 빛을 내고 있었다. 아무 목소리도 들려오지 않는 가운데, 불현듯 플로렌티노 아리사는 자기와 레오나 카시아니가 오래전에 바로 그 시간 그 장소에서 "난 눈물로 범벅이 되어 다리에서 돌아왔네."라는 노래를 들었던 그 목소리의 의미를 알게 되었다. 어떤 면에서 볼 때 그날 밤 그 노래는 그에게 있어 죽음과 관련을 맺고 있었다.

그때처럼 트란시토 아리사와 그녀의 현명한 말, 그리고 종이 화관을 쓰고 비웃음을 사던 여왕의 머리가 필요한 적은 없었다. 그는 그런 생각을 피할 수가 없었다. 항상 파국의 언저리에 있을 때면 그는 한 여인의 보호가 필요했던 것이다. 그래서 손에 넣을 수 있는 여자들을 찾아 사범 중고등학교를 지나갔고, 아메리카 비쿠냐가 있는 기숙사의 길게 늘어져 있는 창문들 속에서 불빛 하나를 보았다. 그는 아직도 요람의 젖비린내를 풍기면서 기저귀 속에서 포근한 꿈을 꾸고 있을 그녀를 새벽 2시에 데려오는 노망기를 발동하지 않도록 무진 노력을 해야만 했다.

도시의 반대편에는 그 누구에게도 얽매이지 않은 채 혼자 살고 있는 레오나 카시아니가 있었다. 의심할 여지 없이 그녀는 새벽 2시나 3시, 아니 그 어떤 시간이나 상황을 막론하고 그가 필요로 하는 동정심을 베풀 준비가 되어 있었다. 불면의 황무지 속에서 그가 그녀의 대문을 두드린 것이 처음은 아니었지만, 그는 자신이 아무런 이유도 밝히지 않은 채 그녀의 무릎에 얼굴을 묻고 울기에는 그녀가 너무 똑똑하고 두 사람이 서로 너무 사랑하고 있다는 것을 깨달았다. 인적이 없는 도시를 몽유병자처럼 길어 다니며 한참을 생각한 끝에, '두 남자의 과부'인 프루덴시아 피트레보다 더 나은 여자는 없다는 생각이 들었다. 그녀는 그보다 열 살이 어렸다. 두 사람은 지난 세기에 알았고, 그동안 서로 만나지 않은 것은 그녀가 반쯤 눈이 멀고 노령의 언저리에 놓인 자기의 진짜 모습을 누구에게도 보여 주고 싶어 하지 않았기 때문이었다. 그녀를 떠올리자마자 플로렌티노 아리사는 창문의 거리로 돌아가서 시장 쇼핑 백에 두 병의 포트와인과 피클 한 병을 넣고는, 그녀가 옛날에 살던 집에 있는지, 혼자 있는지, 아니면 아직 살아 있는지도 모른 채 무작정 그녀를 만나러 갔다.

프루덴시아 피트레는 문을 긁어 대는 신호를 잊지 않고 있었다. 사실은 젊지 않지만 아직 그렇다고 믿었을 때 그는 그 신호로 자신이 누구인지 밝혔고, 그녀는 누구냐고 묻지도 않은 채 문을 열어 주곤 했다. 거리는 어둠에 묻혀 있었다. 그래서 검은 양복을 입고 빳빳한 모자를 쓰고 팔에는 박쥐와 같은 우산을 걸친 그의 모습은 거의 보이지 않았다. 비록 환한 불빛 아래에 있더라도 그를 알아볼 수 없을 정도로 그녀의 시력은 약해져 있었지만, 그녀는 그의 금속 안경테가 가로등 불빛에 반짝이는 것을 보고 그를 알아보았다. 그의 모습은 아직도 손에 피가 묻은 살인자 같았다. 그가 말했다.

"불쌍한 고아가 이 피난처를 찾아왔소."

그는 무언가 말을 해야 한다는 생각에 간신히 이 말만 입 밖으로 꺼낼 수 있었다. 그는 그녀를 마지막으로 본 이후 그녀가 너무 늙어 버린 데 깜짝 놀랐고, 그녀도 똑같은 생각을 하며 자기를 바라보고 있음을 알았다. 그러나 그는 잠시 후면 두 사람이 첫 충격에서 헤어나 인생이 상대방에게 주었던 타격을 갈수록 느끼지 못하게 될 것이며, 두 사람이 처음 만났을 때처럼, 그러니까 사십 년 전처럼 서로 상대방을 다시 젊게 볼 것이라고 생각하면서 위안을 삼았다. 그녀가 말했다.

"장례식에 갔다 온 차림새네요."

사실 그랬다. 그녀 역시 거의 모든 시민들처럼 데 루나 대주교가 죽은 이후 보지 못했던 가장 화려하고 사람이 많이 모인 장례 행렬을 지켜보면서 11시부터 창가에 있었던 것이다. 땅을 뒤흔든 천둥 같은 조포 소리와 군악대가 내는 불협화음, 전날부터 쉴 새 없이 울리던 모든 교회의 종소리보다도 요란한 장례용 성가 소리 때문에 낮잠에서 깨어났었다. 그리고 발코니에서 정복을 입은 기마 군인들과 종교 단체들, 학생들, 눈에 보이지 않는 관리들의 길고 검은 리무진, 깃털로 머리를 장식하고 황금 마구를 두른 마차들, 역사적인 대포를 걸어두던 도리에 실려 국기로 뒤덮인 노란 관을 보았다. 그리고 마지막으로 장례 화환을 옮기기 위해 아직도 보존하고 있던 지붕 없는 낡은 빅토리아 마차가 지나가는 것을 보았다. 프루덴시아 피트레의 발코니 앞을 지나자마자, 그러니까 정오가 조금 지났을 무렵 폭우가 쏟아지는 바람에 장례 행렬은 놀라서 뿔뿔이 흩어졌다.

그녀가 말했다.

"정말 황당한 죽음이었어요."

그러자 그가 대답했다.

"엉뚱하고 터무니없는 죽음이란 없소."

그러고는 괴로운 표정으로 이렇게 덧붙였다.

"특히 우리 나이에는 말이오."

그들은 탁 트인 바다를 마주 보고 있는 테라스에 앉아 밤하늘의 반을 차지하고 있는 달무리와 저 멀리 보이는 수평선에서 형형색색의 빛을 발하고 있는 배들을 바라보면서 폭풍

후에 불어오는 따스하고 향긋한 산들바람을 즐겼다. 그리고 포트와인을 마시면서 프루덴시아 피트레가 부엌에서 잘라 온 빵 위에 피클을 얹어 먹었다. 그녀가 서른다섯 살의 나이로 아이도 없는 과부가 된 후에, 두 사람은 그런 밤을 수없이 보낸 바 있었다. 플로렌티노 아리사가 그녀를 만났을 때는 그녀가 빌리는 시간에 따라 돈을 내는 한이 있어도 자신과 함께 있어 줄 남자라면 기꺼이 받아들였을 시기였다. 그리고 두 사람은 생각과는 달리 아주 진지하고 오랜 관계를 맺게 되었다.

한번도 내색조차 한 일이 없지만, 아마도 그녀는 그와 재혼하기 위해서라면 악마에게 영혼이라도 팔았을 것이다. 그녀는 인색하기 짝이 없고, 어리석게도 늙은이처럼 옷을 입으며, 광적일 정도로 모든 것을 정리 정돈하고, 아무것도 주지 않으면서 모든 것을 요구하는 데만 열심인 그의 태도에 종속되기란 쉽지 않은 일임을 알고 있었다. 이렇듯 단점이 많았지만, 이 세상에서 그보다 훌륭한 동반자는 있을 수 없었다. 왜냐하면 그보다 사랑에 굶주린 사람이 없었기 때문이다. 그러나 그처럼 붙잡기 힘든 사람도 없었다. 그래서 사랑은 언제나 그와 함께 도달할 수 있는 한계 이상을 넘어서지 못했다. 즉 페르미나 다사를 위해 자유로운 몸이 되고자 하는 그의 결정을 방해하지 않을 선에서만 머물러야 했던 것이다. 하지만 그들의 사랑은 오랜 세월 동안 지속되었다. 심지어는 그가 손수 프루덴시아 피트레에게 삼 개월은 집에 머물고 다음 삼 개월은 출장을 다니는 외판원과의 재혼을 주선해 준 다음에도 그들의 관계는 계속되었다. 그녀와 외판원 사이에는 딸 하나와 아들 넷이 있었는데, 그녀는 그 아들 중 하나가 플로렌티노 아리사의 핏줄이라고 맹세하곤 했다.

두 사람은 시간에 구애받지 않고 대화를 나누었다. 왜냐하면 젊었을 때부터 잠 오지 않는 밤들을 함께 나누는 데 익숙해 있었고, 노년에 잠을 자지 않는다고 잃을 것은 거의 없었기 때문이다. 포도주를 두 잔 이상 마시는 법이 거의 없었던 플로렌티노 아리사는 세 잔을 마신 후에도 숨을 고르지 못하고 있었다. 그는 땀을 비 오듯이 흘렸고, '두 남자의 과부'는 그에게 상의와 바지를 벗고, 원한다면 모두 벗으라고 말했다. 어차피 두 사람은 서로 옷을 입은 모습보다 벗은 모습이 더 친숙했기 때문이다. 그는 그녀가 벗으면 옷을 벗겠다고 말했지만, 그녀는 원치 않았다. 옷장의 거울 앞에서 자신의 벗은 모습을 본 것이 이미 오래전 일이었기에 그녀는 그뿐만 아니라 그 누구에게도 자신의 벗은 모습을 보여 줄 용기가 없음을 의식하고 있었다.

플로렌티노 아리사는 포도주를 넉 잔이나 마시고도 흥분 상태를 진화할 수 없었다. 그는 오래전부터 그의 유일한 대화 주제였던 과거와 과거의 좋은 기억에 관해 계속 이야기했지만, 과거 속에서 자기의 고통을 덜어줄 비밀의 길을 발견하고자 안달이 나 있었다. 바로 그의 영혼이 입 밖으로 빠져나와 도망치게 하려고 그것이 필요했던 것이다. 수평선에서 새벽의 첫 광채를 느끼자, 그는 간접적으로 접근하려고 시도했다. "지금처럼 홀몸이고 늙은 당신에게 누군가가 결혼하자고 하면 당신은 어떻게 하겠소?"라고 지나가는 말처럼 물었던 것이다. 그러자 그녀는 할머니처럼 주름이 가득한 미소를 짓고서 그에게 물었다.

"우르비노 씨의 미망인 때문에 하는 말이에요?"

플로렌티노 아리사는 여자들은 질문 그 자체보다 질문에 숨겨진 의미를 더 생각한다는 사실을 절대로 잊지 말아야 할 때마다 꼭 잊어버리곤 했다. 특히 프루덴시아 피트레는 그 어떤 여자보다도 그런 면이 강했다. 소름 끼칠 정도로 정곡을 찔리자 그는 갑자기 무서워져서 슬그머니 꽁무니를 빼고는 "당신 때문에 하는 말이오."라고 대답했다. 그러자 그녀는 다시 웃으면서 "고이 잠들어 계신 당신 어머니도 곧이듣지 않을 소리를 하는군요."라고 말했다. 그런 다음 플로렌티노 아리사뿐만 아니라 그 어떤 남자도, 그토록 오랜 세월 동안 서로 만나지 않았는데 단지 포도주를 마시고 빵에 피클을 얹어 먹기 위해 새벽 3시에 잠을 깨우는 법은 없다는 것을 알고 있으니 그의 진짜 의도를 털어놓으라고 부추겼다. 그러면서 "이런 건 함께 울어 줄 사람을 찾으러 다닐 때에만 하는 행동이에요."라고 지적했다. 플로렌티노 아리사는 졌다는 표정을 지으며 말했다.

"이번만은 당신이 틀렸소. 오늘 밤은 노래를 부르기 위해서 찾아온 것이오."

"그럼 불러 봐요." 그녀가 말했다.

그는 아주 훌륭한 목소리로 당시 유행하던 「라모나, 당신 없이는 이제 살 수 없어요」를 부르기 시작했다. 그것이 그날 밤의 마지막이었다. 달의 뒷면까지 훤히 알고 있다는 사실을 너무나 분명하게 보여 준 여인과 더 이상 금지된 장난을 할 용기가 나지 않았기 때문이다. 그는 6월의 마지막 달리아 향기로 숨이 막힐 것 같은 다른 도시로 나갔다. 그곳은 젊은 시절에 과부들이 5시 미사를 마치고 나와 어둠 속을 줄지어 걷고 있던 모습을 보았던 거리였다. 그러나 이번에는 더 이상 참을 수 없는 눈물을 보지 못하도록 길을 건넌 사람은 과부들이 아니라 바로 그였다. 그는 그 눈물이 한밤중부터 흘러내린 것이라고 생각했지만, 사실은 그렇지 않았다. 그것은 51년 9개월 4일 전부터 참고 있던 눈물이었다.

그는 시간이 얼마나 흘렀는지 모르고 있었다. 잠에서 깨어났을 때는 환하게 빛나는 큰 창문 앞에 있었지만, 그는 그곳이 어딘지 알 수가 없었다. 마당에서 공놀이를 하고 있는 아메리카 비쿠냐의 목소리를 듣자, 그는 비로소 정신을 차릴 수 있었다. 그는 자기 어머니의 침대에 있었던 것이다. 그는 몇 번에 걸쳐 고독이 엄습해 왔을 때, 외로움을 조금이나마 덜 느껴보려고 손 하나 대지 않고 보존해 온 그 침실에서 잠을 자곤 했었다. 침대 앞에는 돈 산초 호텔에서 구입한 커다란 거울이 걸려 있었다. 그는 잠에서 깨어나 그 거울만 보아도 그 안에서 페르미나 다사의 모습을 볼 수 있었다. 그는 그날이 토요일임을 알았다. 왜냐하면 운전사가 기숙학교에서 아메리카 비쿠냐를 태워서 집으로 데려오는 날이었기 때문이다. 그는 자기도 모르게 잠에 빠져들었으며, 페르미나 다사의 분노에 찬 얼굴에 당황하는 꿈 때문에 잠을 제대로 자지 못했다는 것을 깨달았다. 그는 다음 단계는 어떻게 해야만 하는지 생각하면서 샤워를 하고 자기가 가진 최고의 옷으로 천천히 갈아입은 다음 향수를 뿌리고 끝이 뾰족한 흰 콧수염에 밀랍을 발랐다. 그리고 침실을 나오면서 2층 복도에서 교복을 입고 우아한 모습으로 공을 받고 있던 아름다운 소녀를 보았다. 수많은 토요일마다 그의 마음을 설레게 했던 소녀이지만, 그날 아침에는 그의 마음을 전혀 움직이지 않았다. 그는 자기와 함께 가자고 지시하고는, 차에 오르기 전에 할 필요가 없는 말인데도 "오늘은 그걸 하지 않을 거야."라고 말했다. 그는 아메리카 비쿠냐를 미국식 아이스크림 가게에 데려갔다. 그 시간에 가게는 천장에 달린 선풍기의 커다란 날개 아래로 아이들과 아이스크림을 먹는 부모들로 북적였다. 아메리카 비쿠냐는 커다란 컵에 서로 다른 색깔로 층을 이룬 아이스크림을 주문했다. 그것은 그녀가 가장 좋아하는 아이스크림으로, 마술적인 연기를 내뿜기 때문에 가장 많이 팔리는 것이기도 했다. 플로렌티노 아리사는 아무 말도 하지 않은 채 그녀를 바라보면서 블랙커피를 마셨다. 그러는 동안 그녀는 컵 바닥까지 닿을 수 있는 아주 긴 손잡이가 달린 숟가락으로 아이스크림을 떠먹었다. 그녀를 계속 쳐다보다가 그는 느닷없이 말을 꺼냈다.

"난 결혼할 거야."

그녀는 숟가락을 공중에 든 채 믿지 못하겠다는 눈빛으로 그의 눈을 바라보았다. 그러나 이내 정신을 차리고는 웃으면서 말했다.

"거짓말 마세요. 늙은 사람들은 결혼하지 않아요."

그날 오후 그는 끈질기게 소나기가 내리는 가운데 삼종 기도가 시작하는 시간에 정확하게 아메리카 비쿠냐를 기숙 학교에 내려 주었다. 하지만 그 전에 두 사람은 함께 공원에서 인형극을 보았고, 튀긴 생선을 파는 방파제의 가게에서 점심을 먹었으며, 도시에 갓 도착한 서커스단에서 우리에 갇힌 맹수를 보았고, 기숙 학교에 가져갈 수 있게 거리에서 온갖 종류의 시탕을 샀으며, 이제는 그가 보호자이지 연인이 아니라는 생각에 그녀가 익숙해지도록 자동차의 덮개를 걷고서 도시를 여러 번 드라이브했다. 일요일에는 그녀가 친구들과 놀러 나가고 싶으면 놀러 나갈 수 있도록 자동차를 보냈지만, 그녀를 보고 싶은 생각은 들지 않았다. 지난주부터 두 사람의 나이 차를 분명하게 의식하기 시작했기 때문이다. 그날 밤 자기가 항복하지 않았다는 것을 보여 주려는 의도에서 페르미나 다사에게 사과의 편지를 쓰겠다고 마음먹었지만, 다음 날로 미루었다. 월요일, 정확하게 삼 주째 열정의 고통으로 몸부림치던 끝에 그는 비에 흠뻑 젖어 집에 돌아왔고, 거기서 그녀의 편지를 발견했다.

때는 밤 8시였다. 두 하녀는 이미 잠자리에 들었고, 플로렌티노 아리사가 침실까지 올 수 있도록 복도에 항상 밝혀 두는 불 하나만 켜 놓은 상태였다. 그는 맛없고 형편없는 저녁 식사가 식당의 식탁에 놓여 있으리란 것을 알고 있었다. 꽤 오랫동안 식사를 대충 때운지라 시장기가 약간 느껴졌지만, 편지를 보자 복받치는 감정에 그런 공복감은 씻은 듯이 사라져 버렸다. 손이 떨려 침실의 큰 등을 제대로 켤 수가 없었다. 그는 비에 젖은 편지를 침대 위에 놓아두고, 옆의 테이블에 있던 램프의 불을 켰다. 그는 마음을 가라앉히기 위해 평소 하던 대로 짐짓 마음의 평정을 되찾은 척하면서 비에 젖은 양복 상의를 벗어서 의자의 등에 걸어 놓고, 조끼를 벗은 뒤 아주 잘 접어서 벗은 양복 위에 올려놓은 다음 검은 실크 나비넥타이와 이제는 유행이 지나 버린 셀룰로이드 칼라를 떼어 냈다. 그런 다음 셔츠의 단추를 허리까지 풀고서, 보다 숨을 잘 들이쉴 수 있도록 허리띠를 풀었다. 마지막으로 그는 모자를 벗고서 말리기 위해 창문 옆에 놓았다. 그러자 갑자기 몸이 부들부들 떨렸다. 편지를 어디에 놔두었는지 몰랐기 때문이다. 그는 그 정도로 흥분 상태에 있었기 때문에, 그 편지를 발견하자 소스라치게 놀랐다. 침대 위에 편지를 놓아둔 것도 기억하지 못했던 것이다. 편지를 개봉하기 전에, 그는 자기의 이름을 쓴 잉크가 번지지 않도록 조심하면서 손수건으로 봉투를 닦았다. 그러는 동안 그는 그 비밀은 이제 두 사람만이 공유하는 것이 아니라 적어도 세 사람은 알고 있다는 사실을 깨달았다. 왜냐하면 그 편지를 가져온 사람이 누구든 간에 우르비노의 과부가 남편이 죽은 지 겨우 삼 주 만에 그녀의 세상 밖에 있던 남자에게 편지를 썼으며, 얼마나 급했는지 우편으로 보내지도 않고 심지어 그 편지를 직접 건네주지 말고 익명의 편지처럼 대문 밑으로 슬쩍 밀어 넣으라고 지시할 정도로 비밀리에 보냈다는 사실은 관심을 끌기에 충분했기 때문이다. 그는 편지 봉투를 찢을 필요가 없었다. 봉투를 붙인 풀이 빗물에 녹았기 때문이다. 그러나 다행히 편지는 젖지 않았다. 빼곡히 적힌 세 장의 종이에는 인사말도 적혀 있지 않았지만, 결혼한 그녀 이름의 머리글자로 서명이 되어 있었다.

그는 침대에 앉아 편지의 내용보다는 어조가 궁금하여 급히 죽 훑어보았다. 그리고 둘째 장으로 넘어가기도 전에 이미 그것이 자기가 받고자 기다렸던 욕설로 가득 찬 편지라는 사실을 알고 있었다. 그는 침대 옆 테이블 램프의 불 밑에 그 편지를 펼친 채 놔두고는, 젖은 신발과 양말을 벗고서 문 옆에 있던 커다란 등을 껐다. 그리고 마지막으로 스웨이드 콧수염 덮개를 착용하고는 바지와 셔츠를 벗지도 않은 채 침대에 누워, 책을 읽을 때 등받이로 쓰는 두 개의 큰 베개에 머리를 묻었다. 그런 자세로 그는 편지를 다시 읽었다. 이번에는 그녀의 숨겨진 의도가 하나도 빠짐없이 낱낱이 드러나도록 한마디 한마디 자세히 살펴보면서 읽었다. 그런 다음 그는 네 번이나 더 읽었다. 머릿속이 그 단어들로 가득 차 의미를 잃어버릴 지경이었다. 마지막으로 그는 봉투 없이 편지만 침대 옆 테이블 서랍에 넣고서, 뒤로 손깍지를 낀 채 드러누웠다. 그러고서 눈도 깜빡거리지 않고 거의 숨도 쉬지 않으면서 죽은 사람보다도 더 죽은 것 같은 자세로, 그녀가 있었던 거울의 공간을 네 시간 동안 멍하니 바라보았다. 12시 정각이 되자 그는 부엌으로 가서 원유처럼 시커멓고 진한 커피를 준비하고, 그것을 보온병에 넣어 방으로 가져왔다. 그리고 침대 옆 테이블 위에 항상 준비되어 있던 중탄산이 섞인 물이 담긴 잔에 의치를 넣고서, 드러누운 대리석과 같은 자세로 다시 누웠다. 그는 일정한 시간 간격으로 커피를 마실 때만 잠시 자세를 바꾸며 6시에 하녀가 다른 보온병에 커피를 가득 담아 새로 가져올 때까지 꼼짝 않고 누워 있었다.

그 시간에 플로렌티노 아리사는 자신이 취해야 할 다음 단계들이 각각 어떠해야 할지 이미 알고 있었다. 사실 그는 그녀의 모욕적인 언사에도 가슴 아파하지 않았고, 부당한 비난을 바로잡아야겠다는 생각도 들지 않았다. 페르미나 다사의 성격과 동기의 심각성을 생각할 때 그렇게 하면 사태가 더욱 악화될 수도 있었다. 그가 유일하게 관심을 보인 대목은 편지 그 자체가 그에게 답장할 수 있는 기회를 주고 있을 뿐만 아니라, 그럴 권리도 인정하고 있다는 것이었다. 게다가 그녀는 실제로 답장을 요구하고 있었다. 그리하여 이제 그의 인생은 그가 도달하고자 한 경계 안에 들어온 셈이었다. 나머지 모든 것은 그에게 달려 있었다. 그는 반세기 이상 지속되어 온 자신의 지옥이 아직도 많은 치명적인 시련을 요구하고 있다고 확신했다. 그러나 그는 과거보다 더 뜨겁고 더 아프게, 그리고 더 사랑스럽게 그런 시련과 맞설 각오가 되어 있었다. 왜냐하면 이 기회가 마지막일 것이기 때문이다.

페르미나 다사의 편지를 받고 닷새가 지났을 때였다. 사무실에 들어갔을 때 평상시와 달리 갑자기 타자기 소리가 들리지 않자 허공 속에 떠 있는 듯한 느낌이 들었다. 정적이 흐르는 사무실보다는 빗소리 같은 타자기 소리가 들려오는 분위기에 더 익숙해 있었기 때문이다. 잠시 고요한 정적이 흘렀다. 그런데 타자기 소리가 다시 시작되자 플로렌티노 아리사는 레오나 카시아니의 사무실로 가서 타자기 앞에 앉아 있는 그녀를 물끄러미 쳐다보았다. 타자기는 그녀의 손가락 끝이 건드릴 때마다 마치 사람처럼 반응을 보이고 있었다. 그녀는 누군가가 자기를 지켜보고 있다는 것을 깨닫고 태양처럼 끔찍이도 환한 미소를 지으며 문 쪽을 바라보았다. 그러나 그 문장이 끝날 때까지 타자 치는 손길은 멈추지 않았다.

플로렌티노 아리사가 물었다.

"내 영혼의 사자 숙녀님, 한 가지만 말해 줘요. 타자로 친 사랑의 편지를 받으면 기분이 어떨 것 같아요?"

그녀는 이제 그 어느 것에도 놀라지 않았지만, 그 질문을 받고 보인 그녀의 몸동작은 놀라움 그 자체였다. 그녀는 소리쳤다.

"맙소사! 그런 생각은 한 번도 해 보지 않았어요."

그런 이유로 그녀는 대답을 해줄 수 없었다. 플로렌티노 아리사 역시 그때까지 그런 생각을 해 본 적이 없었지만, 위험을 감수하기로 마음먹었다. 그가 사무실에 있던 타자기 하나를 집으로 가져가려 하자 부하 직원들은 "늙은 앵무새는 말하는 법을 배우지 못하는데요."라고 기분 좋게 농담을 던졌다. 신기한 것에는 모두 관심을 보이던 레오나 카시아니는 집에서 타자를 가르쳐 주겠다고 제안했다. 그러나 그는 로타리오 투구트가 악보에 따라 바이올린 켜는 법을 가르쳐 주려고 했을 때부터 모든 체계적인 교습에 반대 입장을 취하고 있었다. 로타리오 투구트는 바이올린을 시작하는 데 적어도 일 년이 걸릴 것이며, 괜찮은 오케스트라에 들어가려면 오 년 이상이 걸리고, 잘 연주하려면 평생 동안 하루에 여섯 시간은 연습해야 한다고 겁을 주었다. 그러나 그는 어머니를 졸라 맹인이 쓰는 바이올린을 사고 말았고, 로타리오 투구트가 가르쳐 준 다섯 가지의 기본 규칙을 가지고 미처 일 년도 연습하지 않은 어설픈 실력으로 겁도 없이 성당의 성가대에서 연주를 했으며, 가난한 사람들의 묘지에서 페르미나 다사에게 보내는 세레나데를 연주하여 그것이 바람에 실려 그녀가 있는 곳까지 이르게 했다. 스무 살이란 어린 나이에도 바이올린과 같은 어려운 악기를 가지고 해냈는데, 쉰여섯의 나이에 타자기처럼 손가락 하나로 다룰 수 있는 기계를 못 배울 이유가 없다고 그는 생각했다.

정말 그랬다. 그는 자판의 글자 위치를 외우는 데 사흘이 걸렸고, 생각을 하면서 동시에 글을 쓰는 데 엿새가 걸렸으며, 이백여 장의 파지를 낸 후 하나의 실수도 없이 첫 편지를 끝내는 데 사흘이 걸렸다. 그는 점잖게 '부인'이라는 말을 적고서, 젊었을 때 향내 나는 편지지에 그랬던 것처럼 자기 이름의 머리글자로 서명했다. 남편을 여읜 여인에게 보내는 편지 관례에 따라 검은 테를 두른 봉투에 편지를 넣어 우편으로 보냈다. 그러나 봉투 뒷면에는 보내는 사람의 이름을 적지 않았다.

그 편지는 여섯 장으로 이루어졌으며, 예전에 썼던 편지들과는 전혀 다른 내용을 담고 있었다. 초기 연애편지가 지녔던 어조나 문체, 혹은 수사적인 분위기가 전혀 없었다. 그의 논지는 너무나 합리적이고 정확했기 때문에 치자나무의 향내가 별안간 사라진 것 같았다. 어떤 면에서 그 편지는 그가 절대로 쓸 수 없었던 상업 서신에 거의 근접해 있었다. 몇 년이 지나자 타자기로 쓴 개인 서신은 거의 모욕에 가까운 것으로 여겨졌지만, 당시까지만 해도 타자기는 아무런 윤리 규범도 없는 사무실의 동물과 같아 개인적인 용도로 그 동물을 길들이는 것에 관해서는 그 어떤 예절 책도 언급하지 않았다. 오히려 그것은 대담할 정도로 현대적인 느낌을 주었고, 페르미나 다사 역시 그렇게 받아들인 게 틀림없었다. 왜냐하면 플로렌티노 아리사의 편지를 마흔 통이나 넘게 받은 후 그에게 보낸 두 번째 편지에서, 그녀는 쇠로 만든 펜 이외에는 보다 발전된 글쓰기 도구가 없으니 자기의 필체를 읽는 데 어려움이 있더라도 용서해 달라는 내용으로 시작하고 있었기 때문이다.

플로렌티노 아리사는 그녀가 보냈던 지독한 편지에 관해서는 한마디도 언급하지 않고, 처음부터 과거의 사랑이나 과거 자체에 대한 말을 하지 않은 채 새로운 방법으로 유혹을 시도했다. 즉 모든 것을 잊고 새롭게 시작했던 것이다. 그 편지는 오히려 언젠가 「연인들의 동반자」의 속편으로 쓰려고 생각했던 남자와 여자의 관계에 대해, 그의 생각과 경험을 바탕으로 인생에 대한 기나긴 명상을 적어놓은 것이라고 보는 편이 나았다. 단지 사랑의 기록이라는 사실이 너무 눈에 띄지 않도록 노인의 회고록과 같은 원로의 문체로 편지를 뒤덮었을 뿐이었다. 처음에는 옛날 방식으로 수없이 초고를 썼지만, 그것은 차가운 머리로 읽히기도 전에 불속에 던져졌다. 그는 그 어떤 관례상의 실수, 그러니까 경솔하게 조금이라도 향수를 불러일으키는 날에는 그녀의 마음속에 불쾌한 과거가 되살아날 수 있다는 것을 알고 있었다. 비록 그녀가 한 통의 편지도 뜯어 보지 않고 자신이 보낸 백 통의 편지를 되돌려 보낼지도 모른다고 각오하고 있었지만, 그는 그런 일이 절대 일어나지 않기를 바랐다. 그래서 최후의 전쟁을 치르듯이 철두철미하게 계획했다. 그는 이미 충만한 일생을 살아 낸 여인에게 새로운 궁금증과 새로운 희망과 새로운 호기심을 불러일으킬 수 있도록 예전과는 다르게 쓰겠다고 계획했다. 또한 태어날 때부터 특권 계층이었던 것은 아니지만 결국 그 어떤 여자보다도 높은 계층에 올라서게 된 그녀에게 지각없는 환상을 심어 주어서, 계급의 편견을 쓰레기통에 던져 버릴 수 있는 용기를 갖게 해야만 했다. 그리고 사랑이란 그 무엇을 위한 수단이 아니라 은총의 상태처럼 그 자체가 시작이자 끝이라고 생각하도록 가르쳐야만 했다.

그는 즉시 답장이 오리라 기대하지 않을 정도의 분별력은 있었다. 편지가 돌아오지 않는 것만으로도 충분히 만족스러웠기 때문이다. 정말로 편지는 돌아오지 않았고, 그다음에 보낸 편지들도 하나도 돌아오지 않았다. 그러나 시간이 흐름에 따라 그의 고통은 커져만 갔다. 편지가 돌아오지 않은 채 세월이 흘러가면 갈수록 답장을 받게 되리라는 희망도 커졌기 때문이다. 편지를 얼마나 자주 보내느냐의 문제는 그의 손가락의 민첩성에 달려 있기 시작했다. 처음에는 일주일에 한 통, 그다음에는 두 통, 그리고 마침내는 매일 한 통씩 쓸 수 있게 되었다. 그는 자신이 우체국에 깃발을 올리던 시절 이래 우편 제도가 급속히 발전한 것에 대해 기뻐했다. 왜냐하면 우체국에 가서 매일 같은 사람에게 편지를 보내는 자기의 모습을 보일 필요도 없고, 소문을 퍼뜨릴지도 모르는 사람을 통해 보낼 필요도 없었기 때문이다. 반면에 직원을 보내 한 달분의 우표를 사오라고 시킨 다음, 유서 깊은 도시에 흩어져 있는 세 개의 우체통 중 하나에 편지를 밀어 넣는 것은 쉬운 일이었다. 이내 이 의식은 그의 일상생활이 되었다. 그는 불면의 밤을 이용해 편지를 쓴 뒤 이튿날 운전사에게 길모퉁이에 있는 우체통 앞에 잠시 멈추라고 한 다음 차에서 내려 손수 편지를 넣었다. 어느 비 내리는 아침에 운전사가 대신 편지를 넣겠다고 했지만, 그는 한 번도 그렇게 하도록 허락하지 않았다. 그리고 가끔씩 보다 자연스러워 보이려고 용의주도하게 한 통이 아닌 여러 통의 편지를 동시에 가져가기도 했다. 물론 운전사는 나머지 편지들이 플로렌티노 아리사가 자기 자신에게 보내는 백지라는 사실을 전혀 알지 못했다. 사실 그는 매달 말에 아메리카 비쿠냐의 부모들에게 그녀의 행실과 기분과 건강 상태, 그리고 학업의 진전 상태를 보고하는 기숙 학교 보호자로서의 보고서 이외에는 그 누구와도 사적인 편지를 주고받은 적이 없었다.

페르미나 다사가 이 편지들이 어떤 연속성이 있는지 깨닫지 못할지도 모른다는 생각에, 그는 첫 달이 지난 다음부터 편지에 번호를 매기고 신문 연재소설처럼 편지 서두에 지난번의 편지들을 요약했다. 게다가 매일 편지를 보내면서부터는 검은 테를 두른 봉투 대신 길고 하얀 봉투로 바꾸었는데, 그 덕에 상업 서신 같은 공적인 분위기가 났다. 편지를 보내기 시작했을 때, 그는 적어도 자기가 생각해 낸 이 유일하고 독창적인 방법이 시간을 낭비하고 있다는 결정적인 증거를 발견하기 전까지는 인내심을 가지고 모든 어려운 시험을 받기로 작정하고 있었다. 정말로 그는 젊었을 때처럼 온갖 고통을 받지도 않았고, 시멘트처럼 단단한 노인의 완고함을 가지고 기다렸다. 게다가 하천 회사는 당시 순풍에 돛 단 듯이 알아서 잘 항해하고 있었기 때문에 회사를 생각할 필요도 없었고 회사에서 할 일도 거의 없었다. 그리고 그는 페르미나 다사가 고독한 미망인의 고통을 해결하기 위해서는 결국 그녀의 도개교(跳開橋)를 내리는 것밖에 없다는 것을 깨달을 그날까지, 그러니까 그 시간이 내일이건 아니면 더 늦은 날이건 상관없이 자신이 남자로서의 능력을 완전히 갖추고서 살아 있을 것이라는 사실을 확신했다.

그렇게 기다리는 동안 그는 정상적인 생활을 계속했다. 그녀가 호의적인 답변을 주리라 예견하면서, 구입했을 때부터 그 집의 안주인이 될 수도 있었던 여인에게 걸맞도록 다시 한 번 집을 수리하기 시작했다. 그는 약속했던 대로 여러 번 프루덴시아 피트레를 찾아가서, 나이가 들어 볼품없어진 그녀를 외로웠던 밤뿐만 아니라 대문을 열어 놓은 환한 대낮에도 사랑하고 있음을 보여 주었다. 또한 그는 안드레아 바론의 집에도 계속해서 들렀다. 그런데 어느 날 욕실의 불이 꺼져 있음을 발견하고는, 그녀의 침대에서 광적인 사랑에 몰입하려 하기도 했다. 그러나 그것은 당시까지 증명된 그의 막연한 믿음, 즉 육체는 사람이 원하는 대로 따라간다는 생각에 따라 사랑하는 습관을 잃지 않기 위해서였다.

유일한 문제는 아메리카 비쿠냐와의 관계였다. 그는 운전사에게 수차에 걸쳐 매주 토요일 아침 10시에 기숙 학교에서 그녀를 태워 오라는 지시를 내렸지만, 주말에 그녀와 무엇을 해야 할지는 알지 못했다. 처음으로 그는 그녀를 내버려 두었고 그녀는 그의 변화에 분개했다. 그는 하녀들에게 아메리카 비쿠냐를 오후에 영화관이나 어린이 공원에서 열리는 야외 연주회 혹은 자선 바자회에 데려가라고 지시했으며, 그러지 않으면 그녀를 처음 데려간 이후 항상 그녀가 가고 싶어 했던 사무실 뒤의 숨겨진 천국으로 데려가지 않기 위해 다른 학교 친구들을 초대해서 일요일마다 행사를 만들곤 했다. 그는 새로운 환상의 안개에 파묻혀서 여자들은 사흘만 지나도 어른이 되는 법인데 자신이 푸에르토 파드레의 모터 돛단배에서 그녀를 맞이한 지도 삼 년이나 되었다는 사실을 깨닫지 못하고 있었다. 그는 충격을 완화시키려고 노력했지만, 그녀에게 그의 태도 변화는 잔인한 것이었다. 하지만 그녀는 왜 그가 변했는지 이유를 짐작할 수가 없었다. 그가 사실대로 털어놓으면서 결혼하겠다고 아이스크림 가게에서 말했던 날, 그녀는 충격을 받고 공황과 같은 상태에 놓였지만, 이내 그건 터무니없는 가능성이라고 생각하고서 완전히 잊어버렸다. 하지만 곧 마치 그 말이 신실인 양 그가 납득할 수 있는 설명도 없이 자기를 피하고 있으며, 자기보다 예순 살이 많은 것이 아니라 오히려 예순 살이 적은 것처럼 행동하고 있음을 알게 되었다.

어느 토요일 오후, 플로렌티노 아리사는 그녀가 자기 침실에서 타자기를 치고 있는 것을 보았다. 학교에서 타자를 배웠기 때문에 상당히 잘 쳤다. 그녀는 자동기술법으로 이미 반

페이지 이상을 쳐 놓은 상태였는데, 그곳에서는 그녀의 마음 상태를 보여 주는 우연한 문구들을 쉽게 발견할 수 있었다. 플로렌티노 아리사는 그녀의 어깨 위로 몸을 숙여 무슨 글을 쓰고 있는지 읽어 보았다. 그녀는 남자의 열기와 그의 거친 호흡 소리, 그리고 베개에서 풍기는 냄새와 똑같은 그의 옷 향내를 느끼자 몹시 동요했다. 이제 그녀는 아기를 어르듯이, 그러니까 먼저 이 작은 구두는 아기 곰에게, 그리고 이 셔츠는 강아지에게, 이 꽃무늬 팬티는 새끼 토끼에게, 이제 아빠가 달콤한 키스를 해 줄게 따위의 말을 하면서 일일이 옷을 벗겨 주어야 하는 풋내기 계집아이가 아니었다. 이제는 자기가 먼저 주도권을 쥐고 싶어 하는 완전히 성숙한 여인이었다. 그녀는 오른쪽 손가락 하나로 계속해서 타자를 치면서 왼손으로는 그의 다리를 더듬으며 그의 물건을 찾았고, 그것이 다시 살아나 커지면서 고통의 한숨을 쉬는 것을 느꼈다. 그러자 늙은 그의 호흡은 거칠어졌다. 그녀는 바로 그 순간부터 그가 자제력을 잃고, 제대로 말도 하지 못한 채 그녀에게 모든 것을 맡기며, 최종 목적지에 도달하지 않는 한 되돌아오는 길을 찾지 못할 것임을 잘 알고 있었다. 그녀는 마치 거리의 불쌍한 장님을 인도하듯이 그의 손을 잡고 침대로 데려간 다음, 얄밉도록 부드럽게 요리조리 그를 토막 냈다. 그러고는 자기 입맛에 맞게 소금을 뿌리고 향긋한 후추, 마늘 한 개, 잘게 썬 양파, 레몬즙, 월계수 잎사귀 하나를 첨가하고서 큰 접시에서 버무렸고, 오븐을 알맞은 온도로 달구어 놓았다. 집에는 아무도 없었다. 하녀들은 외출했고, 집을 수리하던 석수와 목수들은 토요일에는 일을 하지 않았다. 그러니까 두 사람만의 세계였던 것이다. 하지만 심연으로 빠져 들어갈 찰나, 그는 황홀경에서 깨어나 그녀의 손을 치우고서 몸을 일으켜 앉았다. 그러고는 떨리는 목소리로 말했다.

"조심해. 고무장화가 없어."

그녀는 생각에 잠겨 한참 동안 침대에 드러누워 있다가 한 시간 먼저 기숙학교로 돌아갔다. 그때 그녀는 울고 싶은 욕망을 넘어서, 자신의 삶을 이 지경으로 만들어 놓은 빌어먹을 암토끼의 흔적을 찾기 위해 후각을 다듬고 발톱을 날카롭게 세웠다. 반면에 플로렌티노 아리사는 다시 한번 남자들이 범하는 실수를 저지르고 말았다. 그는 그녀가 자기 의도가 소용없음을 깨닫고는 그를 잊기로 한 게 틀림없다고 생각했던 것이다.

그는 다시 본래의 상태로 되돌아갔다. 육 개월이 지났지만 아무런 징조도 없었다. 그는 새벽까지 침대에서 이리저리 뒹굴면서 예전과는 다른 새로운 불면의 사막 속에서 헤매고 있었다. 그는 페르미나 다사가 순진한 겉봉투에 현혹되어 첫 번째 편지를 들었다가 옛날의 편지를 통해 알고 있던 그의 이름의 머리글자를 본 다음, 찢어 버리는 것도 귀찮아서 그냥 다른 쓰레기들과 함께 아궁이로 던져 버렸을 것이라고 생각했다. 그리고 그다음 편지들은 봉투만 보고도 뜯어 보지도 않은 채 그렇게 하고도 남았을 것이며, 그가 자기의 명상을 글로 쓰는 작업에 종지부를 찍을 동안 계속해서 그렇게 할 것이라고 생각했다. 그는 편지가 어떤 색깔의 잉크로 쓰여졌는지조차 모른 채 반년 동안 매일 도착한 편지들에 대한 궁금증을 이겨 낼 수 있는 여자는 없을 테지만, 그럴 사람이 존재한다면 바로 그녀일 거라고 믿었다.

플로렌티노 아리사는 노년의 시간은 수평으로 흐르는 급류가 아니라 기억이 술술 빠져나가는 밑 빠진 물탱크라고 느꼈다. 그의 창의력은 고갈되고 있었다. 며칠 동안 라 망가의 저택을 배회한 끝에, 그는 젊은 시절의 방법으로는 초상을 치르기 위해 닫힌 문을 부술 수 없을 것임을 깨달았다. 어느 날 아침 전화번호부에서 번호를 찾다가 우연히 그녀의 전화번호를 본 그는 전화를 걸었다. 여러 번 전화벨 소리가 울리고 나서 마침내 "여보세요."라고 말하는 심각하면서 허스키한 목소리를 듣게 되었다. 그는 아무 말도 하지 않고 전화를 끊었지만, 잡을 수 없는 그 목소리가 자기와 무한히 멀리 떨어져 있다는 것을 알고는 기운을 잃었다.

그 무렵에 레오나 카시아니는 생일을 맞아 친구 몇 명을 집으로 초대했다. 그는 다른 생각을 하다가 그만 치킨 소스를 자기 옷에 떨어뜨리고 말았다. 그녀는 물 컵에 냅킨 끝을 적셔서 그의 옷깃을 닦아 주고는, 더 큰 사고를 방지하기 위해 턱받이를 둘러 주었다. 그래서 그는 늙은 아기처럼 보였다. 그녀는 식사를 하는 도중에 그가 여러 번 안경을 벗고서 냅킨으로 눈가를 닦는 것을 눈치챘다. 눈에서 눈물이 흘러나왔던 것이다. 커피를 마시는 시간에 그는 손에 컵을 든 채 잠이 들었고, 그녀는 그의 잠을 깨우지 않은 채 커피 잔을 빼려고 했지만, 그는 창피한 표정을 지으면서 "눈이 피곤해서 쉬고 있었던 것이오."라고 반응했다. 레오나 카시아니는 그가 얼마나 늙어 버렸는지 깨닫고 경악을 금치 못하면서 잠자리에 들었다.

후베날 우르비노 박사가 세상을 떠난 지 1주기가 되는 날, 우르비노 가족은 대성당에서 열릴 기념 미사에 초대한다는 초청장을 보냈다. 그때까지 132번째 편지를 보냈지만 답장은 한 통도 받지 못했던 플로렌티노 아리사는 초대받지 못하더라도 그 미사에 참석하겠다는 용기 있는 결단을 내렸다. 그 미사는 감동적이라기보다는 겉만 요란한 사교 행사였다. 성당의 앞줄 좌석은 평생 앉을 수 있고 심지어는 상속할 수도 있는 사람들에게 예약되어 있었고, 그 좌석의 등에는 주인의 이름을 적은 구리판이 부착되어 있었다. 플로렌티노 아리사는 페르미나 다사가 그를 보지 않고는 지나갈 수 없는 자리에 앉기 위해 일찍 성당에 도착했다. 그는 가장 좋은 자리가 예약석 뒤에 있는 중앙 통로의 좌석일 것이라고 생각했으나 사람들이 너무 많이 몰려들어 빈 자리가 하나도 없었다. 그래서 그는 가난한 친척들을 위해 마련된 중앙 회중석에 앉아야만 했다. 그곳에서 그는 아들의 팔짱을 끼고 들어오는 페르미나 다사를 보았다. 그녀는 마치 주교의 신부복처럼 목에서부터 발끝까지 줄줄이 단추가 달리고 아무런 장식도 없이 손목까지 덮는 검은 벨벳 드레스를 입고 있었다. 그리고 다른 미망인들뿐만 아니라 그렇게 되기를 갈망하던 수많은 부인들이 사용하던 베일 달린 모자 대신 카스티야의 레이스가 달린 스카프를 두르고 있었다. 스카프를 벗자 드러난 얼굴은 설화 석고처럼 환하게 빛났고, 중앙 통로의 커다란 샹들리에 아래서 창끝과 같은 두 눈은 생기 있어 보였다. 거만하면서도 침착한 태도로 똑바로 걷는 그녀의 모습은 아들보다 늙어 보이지 않았다. 서 있던 플로렌티노 아리사는 현기증이 가실 때까지 손가락 끝으로 의자의 등을 짚고 있어야만 했다. 그와 그녀가 일곱 발자국 거리에 있는 것이 아니라 이틀을 가도 닿지 못할 거리에 있는 것처럼 느껴졌기 때문이다.

페르미나 다사는 오페라를 관람할 때처럼 우아한 모습으로 제단 맞은편에 있는 가족석에서 거의 선 채로 그 행사를 견뎌 냈다. 그러나 미사가 끝나자 그녀는 추모 미사의 법칙을 깨뜨리고 당시 관례대로 다시 위로의 말을 듣기 위해 그 자리에 가만히 있는 대신 사람들 사이를 헤집고 나가서 초대 손님들에게 일일이 감사를 표했다. 그것은 그녀의 성격이나 몸가짐에 잘 어울리는 혁신적인 행동이었다. 그녀는 한 사람 한 사람 인사를 하면서 가난한 친척들이 앉아 있는 좌석에 도착했다. 그리고 마지막으로 주위를 살펴보면서 한 명이라도 아는 사람을 빠뜨리지 않았는지 확인했다. 그때 플로렌티노 아리사는 초자연적인 바람이 자신을 붕 들어 올리는 것 같은 느낌을 받았다. 그녀가 그를 본 것이다. 사실 페르미나 다사는 사교 모임에서처럼 자기와 함께 있던 사람들에게서 아주 부드럽게 빠져나와 그에게 손을 내밀고는 정다운 미소를 지으며 말했다.

"와 주셔서 고마워요."

그녀는 편지를 받았을 뿐만 아니라 아주 관심 있게 읽었고, 그 안에서 계속 살아갈 수 있게 하는 진지한 동기를 발견했기 때문에 그렇게 말한 것이었다. 그녀는 딸과 식탁에 앉아 아침을 먹고 있을 때 첫 편지를 받았다. 그리고 타자기로 쓰여진 것이 궁금해서 그 편지를 뜯어 보았다가 서명한 이름의 머리 글자를 알아보고는 갑자기 얼굴이 빨개졌다. 그러나 즉시 침착한 모습을 되찾고 그 편지를 앞치마 주머니에 넣으면서 "정부에서 보낸 조문 편지야."라고 둘러댔다. 그러자 딸은 깜짝 놀라면서 "이미 모두 도착했는데요."라고 대답했다. 그녀는 주저하지 않고 "이건 다른 관리가 보낸 거야."라고 말했다. 딸의 질문에서 벗어나고 나면 그 편지를 나중에 태워 버릴 생각이었지만, 그 전에 한번 읽어 보고 싶은 유혹을 견딜 수 없었다. 그녀는 보낸 순간부터 후회하기 시작했던 자기의 모욕적인 편지에 걸맞은 답장을 기대하고 있었지만, 점잖은 인사말과 첫 단락의 주제를 읽고는 이 세상에서 무언가가 바뀌었음을 깨달았다. 그녀는 너무나 궁금한 나머지 그 편지를 태워 버리기 전에 침착하게 읽어 보기 위해 침실 문을 걸어 잠근 뒤 숨도 쉬지 않고 세 번이나 읽었다.

그것은 인생과 사랑, 늙음과 죽음에 관한 명상이었다. 마치 밤새들처럼 수없이 날개를 펄럭거리면서 그녀의 머리 위로 날아갔지만, 잡으려고 하면 깃털만 흩날리며 도망치던 생각들이 바로 거기에 정확하고 간결하게 적혀 있었다. 전에는 남편과 함께 잠자리에 들기 전에 그날 있었던 일들을 토론하곤 했었는데, 이제는 남편이 살아 있지 않으니 그에게 그 생각들을 이야기할 수 없다는 사실에 다시 한번 가슴이 아팠다. 그렇게 젊은 시절의 뜨거운 편지나 평생 보였던 음울한 행동과 어울리지 않는 예리한 통찰력을 가진 미지의 플로렌티노 아리사가 그녀에게 등장했던 것이다. 그것은 에스콜라스티카 고모의 의

견대로 성령의 영감을 받은 사람의 글이었고, 이런 생각은 첫 번째 편지를 받았을 때처럼 그녀를 다시 놀라게 했다. 어쨌거나 그 유식한 늙은이의 편지가 장례를 치른 날 밤처럼 무례한 행동을 되풀이하려는 시도가 아니라 과거를 지우려는 아주 고귀한 방식이라는 확신을 갖게 되면서 그녀는 흥분을 가라앉힐 수 있었다.

그 이후 도착한 편지들은 그녀를 완전히 편안하게 만들어 주었다. 갈수록 관심을 가지고 편지들을 읽긴 했지만 다 읽은 후에는 어쨌든 불에 태워 버렸다. 하지만 그 편지들을 불사르면서 도저히 해소할 수 없는 죄책감에 시달렸다. 그래서 숫자가 매겨진 편지들을 받기 시작하자, 그 편지를 더 이상 태워 버리지 않기를 바랐던 그녀는 도덕적으로 그런 생각을 정당화할 수 있게 되었다. 어쨌거나 처음에는 자신을 위해 그 편지들을 보관하는 것이 아니라 훌륭한 인간적 가치를 지닌 듯 보이는 것이 사라지지 않도록 플로렌티노에게 되돌려 줄 수 있는 기회를 기다리겠다는 명분이 있었다. 그러나 문제가 있었으니, 시간이 흘러감에 따라 편지는 그해 내내 사나흘에 한 통씩 계속 도착했던 것이다. 그녀는 그의 편지를 거절하겠다는 인상을 주지 않고 어떻게 해야 되돌려 줄 수 있을지 알 수가 없었다. 그렇다고 편지에 그런 것을 설명하자니 그녀의 자존심이 답장 쓰는 것을 허락하지 않았다.

과부로서의 삶을 받아들이는 데는 그 첫해만으로도 충분했다. 남편에 대한 기억은 정화되어 더 이상 그녀의 일상생활이나 은밀한 생각, 혹은 아주 단순한 의도에도 전혀 장애가 되지 않았으며, 그녀의 삶을 괴롭히지 않고 그녀를 인도하는 보호자가 되었다. 종종 그녀가 진심으로 필요로 할 때면 환영이 아닌 살과 뼈를 지닌 인간의 모습으로 나타나곤 했다. 남자의 변덕을 부리지도 않았고, 가장으로서 요구하지도 않았으며, 그가 그녀를 사랑했던 것처럼 다정한 말과 적절치 않은 키스로 사랑의 의식을 치르며 자기를 사랑하라면서 힘들고 귀찮게 만들지도 않았다. 그러면서 그가 아직도 살아서 집 안에 있다는 확신을 주었고, 그녀는 그런 확신에 기운을 얻곤 했다. 그것은 당시의 그녀가 살아 있을 때보다 훨씬 그를 잘 이해하고 있었기 때문이다. 그녀는 그가 그토록 사랑을 갈망했던 이유를, 그의 공적인 삶의 지주로 보이던 안정을, 실제로는 한번도 찾지 못했지만 그녀에게서 찾으려 안달을 떨었던 이유를 이해했다. 어느 날 절망의 절정에서 그녀는 이렇게 소리친 적이 있었다. "내가 얼마나 불행한지 모르겠어요?" 그는 아무런 동요도 하지 않은 채 특유의 몸짓으로 안경을 벗고는, 어린애 같은 눈에서 흘러나오는 투명한 눈물로 그녀를 적시면서 "훌륭한 결혼생활에서 가장 중요한 것은 행복이 아니라 안정이오."라는 한마디의 말로 그의 참을 수 없는 지혜의 무게를 그녀에게 느끼게 했다. 과부의 고독을 처음 느끼던 시절, 그녀는 그 말이 당시에 생각했던 것처럼 치졸한 위협이 아니라, 두 사람에게 수많은 행복한 시간을 안겨 준 천연 자석임을 깨달았다.

여러 차례 세계 여행을 하면서 페르미나 다사는 새롭고 신기해서 관심이 끌리는 것이라면 모두 구입했다. 그녀는 순간적인 충동 때문에 그런 것들을 원했으며, 남편은 그런 충동을 합리화시켜 주면서 흐뭇해했다. 그런 물건들은 원래의 환경, 그러니까 로마나 파리, 런던 혹은 마천루가 솟아오르기 시작하면서 찰스턴[23]에 맞춰 흔들리던 뉴욕의 쇼윈도에 있을 때는 예쁘고 쓸모 있었지만, 돼지 튀김을 먹으며 즐기는 스트라우스의 왈츠나 그늘에서도 40도를 오르내리는 기온 속에서 벌어지는 시 축제의 시험을 견뎌 낼 수는 없었다. 그래서 그녀는 세계 최신식의 진귀한 물건들의 주인이 되어 환상 속의 관처럼 귀퉁이가 구리로 장식되고 구리 자물쇠가 달린 번쩍이는 거대한 수직형의 트렁크 여섯 개를 가지고 돌아왔지만, 그 값비싼 물건들은 제값을 해내지 못했다. 단지 그 지방 사람들 중 누군가가 처음으로 보게 될 덧없는 순간에만 제값을 했을 뿐이다. 사실 그런 이유로, 그러니까 다른 사람들에게 그 물건들을 한 번 과시하려고 산 것이었다. 그녀는 늙기 시작하기 오래전부터 남들에게 비친 자기의 모습이 허황되다는 것을 깨닫고, "이 싸구려 물건들을 없애 버려야겠어요. 이제 더 이상 우리가 살 공간도 없으니 말이에요."라고 들으라는 듯이 말하곤 했다. 우르비노 박사는 그녀의 결실 없는 노력을 비웃곤 했다. 왜냐하면 한 물건에서 해방된 공간은 다시 다른 물건들로 채워질 것임을 잘 알고 있었기 때문이다. 그러나 그녀는 그렇게 고집했다. 정말로 조그만 것 하나도 놓을 틈이 없고, 정말로 무언가 유용한 것들은 그 어떤 곳에도 없었기 때문이다. 셔츠는 문의 손잡이에 걸려 있기 일쑤였고, 유럽에서 산 겨

23) 1920년대에 유행한, 4분의 4박자로 이루어진 사교 재즈 댄스.

울 외투는 주방 찬장에 처박혀 있었다. 그래서 기분 좋게 일어난 아침이면 그녀는 옷장을 모조리 들추어 트렁크에 있는 것들을 모두 비우고 다락방에 있던 것들을 모두 꺼내고는, 남들의 눈에 너무 많이 띈 옷과 유행할 당시 한 번도 기회가 없어서 써 보지 못한 모자들, 황후들이 대관식 때 사용하던 신발을 유럽의 기술자들이 그대로 모방해 만들었지만 여기서는 흑인 여자들이 집 안에서 신기 위해 시장에서 사는 것과 똑같다는 이유로 상류층 아가씨들에게 멸시받던 신발 더미들을 서로 떼어 놓는 전쟁을 치르곤 했다. 그럴 때면 아침 내내 실내 테라스는 비상사태에 놓였고, 집 안이 코를 찌르는 나프탈렌 냄새로 가득 차 숨도 제대로 쉴 수 없었다. 하지만 몇 시간만 지나면 집 안에는 다시 고요가 깃들었다. 왜냐하면 아궁이에서 불살라 버려야 할 것들, 그러니까 바닥에 흩어진 수많은 실크와 브로케이드[24] 쪼가리들과 쓸모없는 장식품들, 그리고 푸른 여우 꼬리들이 너무 불쌍하다고 생각했기 때문이다.

그녀는 이렇게 말하곤 했다.

"먹을 것도 없는 사람이 얼마나 많은데, 이런 것들을 태워 버린다는 것은 죄악이야."

그래서 소각 작업은 연기되었고, 결국 영원히 연기되기 일쑤였다. 그 물건들은 단지 장소를 바꿀 뿐이었으니, 특권을 누리던 장소에서 쓸모없는 것들을 보관하는 창고로 바뀐 옛 마구간으로 옮겨졌다. 반면에 그가 말하듯이 해방된 공간은 잠

---

24) 꽃이나 다른 도안의 무늬가 도드라지게 짠 옷감.

시 생명을 누리다가 옷장에서 죽어 갈 물건들, 그러니까 다음 번에 소각 대상이 될 물건들로 다시 넘쳐흐르면서 가득 채워지기 시작했다. 그녀는 "아무짝에도 쓸모없지만 그렇다고 버릴 수도 없는 것들을 어떻게 해야 할지 묘안을 짜내야겠어."라고 말하곤 했다. 그건 사실이었다. 물건들은 페르미나 다사가 눈에 보이지 않는 곳에 놓을 때까지 삶의 공간을 침투하여 사람들을 구석으로 몰아넣으면서 생활 공간을 차지했고, 그녀는 그런 탐욕성에 질겁하곤 했다. 사실 그녀는 사람들이 생각하듯이 정돈을 잘하는 여자가 아니라 단지 그렇게 보이기 위해 자기만의 필사적인 방법을 사용해 무질서한 성격을 감춘 것이었다. 후베날 우르비노가 죽던 날, 사람들은 시체를 놓을 공간을 마련하기 위해 서재의 반을 비우고 그곳에 있던 물건들을 여러 침실에 마구 쌓아 놓아야만 했다.

죽음이 집 안을 지나가자 해결책이 마련되었다. 남편의 옷을 태운 뒤 페르미나 다사는 자신의 손이 하나도 떨리지 않았음을 깨달았다. 그러자 동일한 충동으로 정기적으로 아궁이에 불을 지피고는 부자들의 질투나 배고파 죽어 가는 가난한 사람들의 복수심은 생각하지 않고 오래된 것이건 새것이건 가리지 않고 모두 불 속으로 집어넣었다. 그리고 마지막으로 불행의 흔적이 하나도 남지 않도록 망고 나무를 송두리째 잘라 버리도록 했고, 살아 있던 앵무새를 그 도시의 박물관에 기증했다. 그제야 그녀는 자기가 평소에 꿈꿔 왔던 집, 그러니까 넓고 편하고 모두가 그녀의 것인 집에서 마음껏 숨을 쉬었다.

딸 오펠리아는 석 달간 그녀와 함께 있은 다음 뉴올리언스로 돌아갔다. 아들은 일요일뿐만 아니라 주중에도 시간이 나면 자기 가족을 데리고 점심 식사를 하러 오곤 했다. 페르미나 다사가 슬픔의 위기를 이겨 내자 그녀의 가장 친한 친구들은 집으로 찾아와 황량한 정원을 마주 보며 카드놀이를 했으며, 새로운 요리법을 시험하기도 했고, 그녀 없이도 계속 존재하던 탐욕의 세계라는 비밀스러운 삶으로 그녀를 데려가면서 시대에 뒤처지지 않게 해 주기도 했다. 당시 그녀를 가장 많이 찾아왔던 친구 중 하나가 루크레시아 델 레알 델 오비스포였다. 옛 귀족이었던 그녀는 페르미나 다사와 오랜 우정을 나누고 있었지만, 후베날 우르비노가 죽은 이후로 더욱 가까이 다가왔다. 관절염으로 제대로 거동하기 어렵고 변덕스러웠던 자신의 삶을 후회하는 처지였지만 루크레시아 델 레알은 당시 가장 훌륭한 동반자였을 뿐만 아니라 그 도시에서 준비 중인 시민 행사나 세속적인 행사의 계획에 관해 페르미나 다사에게 조언을 구하기도 했다. 이것은 페르미나 다사에게 남편이라는 보호의 그늘 때문에 필요한 존재가 아니라 그 자체로 유용한 사람이라고 느끼게 해 주었다. 그러나 당시 그녀는 어느 때보다 남편과 동일시되었다. 왜냐하면 사람들이 평생 그녀를 불렀던 처녀 때의 이름을 없애 버리고는 우르비노의 과부라고 불렀기 때문이다.

도저히 믿기지 않는 일이었지만 남편의 1주기가 가까워지면서 페르미나 다사는 어둡고 시원하며 조용한 분위기, 즉 돌이킬 수 없는 숲으로 들어가고 있음을 느꼈다. 아직도 플로렌티노 아리사가 쓴 명상의 편지가 정신적 평화를 되찾는 데 얼마나 많은 도움을 주었는지 의식하지 못했는데, 이는 수년이 지나서도 마찬가지였다. 그녀가 자기 자신의 삶을 이해하고 차분히 노년을 설계하면서 기다리도록 해 준 사람들은 경험이 많은 그녀의 친구들이었다. 1주기 미사에서의 만남은 그녀 역시 그의 격려 편지 덕택에 과거를 지워 버릴 준비가 되어 있다는 것을 플로렌티노 아리사에게 알게 해 준, 하늘이 내린 기회였다.

이틀 후 그에게서 다른 종류의 편지를 받았다. 그것은 리넨 종이에 손으로 직접 쓴 편지로, 봉투 뒷면에는 발신자의 이름이 아주 분명하고 완전하게 쓰여져 있었다. 젊었을 때의 편지처럼 멋진 필기체에 서정적인 의지가 담겨 있었지만, 성당에서의 예의 바른 인사에 감사를 표한다는 간단한 문구와 잘 어울렸다. 페르미나 다사는 그 편지를 읽은 후 며칠 동안 계속 요란스럽게 과거의 추억을 떠올리면서 그 편지를 기억했다. 그 편지에 대한 생각이 뇌리를 떠나지 않던 그녀는 다음 주 목요일에 갑자기 루크레시아 델 레알 델 오비스포에게 하천 회사의 소유주인 플로렌티노 아리사를 혹시 아느냐고 물었다. 루크레시아는 그렇다고 대답하면서 "그는 방황하는 서큐버스[25] 같아."라고 말했다. 그러면서 그토록 훌륭한 조건을 갖추고 있는데도 여자를 데리고 산 적이 없으며, 밤에 부둣가에서 남자 아이를 유혹하여 비밀 사무실로 데려가곤 한다는 항간에 떠도는 소문을 되풀이했다. 페르미나 다사도 어린 시절 이후에

---

25) 잠자는 남자를 꿈에서 유혹해 성교한다는 악마.

그런 이야기를 들은 적이 있었지만, 결코 그 얘기를 믿지 않았고 중요하게 생각하지도 않았다. 그러나 마찬가지로 한때 취향이 이상하다는 소문이 돌았던 루크레시아 델 레알 델 오비스포가 너무나 확신을 가지고 되풀이하자, 그 문제를 명확히 밝히고픈 충동을 억제할 수 없었다. 그래서 플로렌티노 아리사를 어릴 적부터 알고 있다고 말하고, 그의 어머니는 창문의 거리에서 잡화점을 운영하는 한편 내전 기간에는 낡은 셔츠와 시트를 사서 실을 푼 다음 붕대로 만들어 팔았다고 상기시켜 주었다. 그리고 "그는 정직한 사람이고 세련된 감각을 지니고 있어."라고 자신 있게 결론지었다. 그녀가 너무나 뜨겁고 열정적인 어조로 말을 한 탓에 루크레시아는 한 발 뒤로 물러서서 "어쨌거나 나에 관해서도 똑같은 소문이 도니까."라고 대답했다. 페르미나 다사는 자기 인생의 그림자에 불과했던 남자를 자기가 왜 그토록 열정적으로 옹호하고 있는지 자기 자신에게 묻지도 않았다. 그녀는 계속해서 그를 생각했다. 특히 우편물 중에 그의 새로운 편지가 없을 때에는 더욱 그랬다. 그렇게 그가 침묵을 지킨 지 이 주일이 흘렀다. 그때 하녀 중의 하나가 그녀의 낮잠을 깨우고는 놀란 듯이 귀엣말로 속삭였다.

"마님, 플로렌티노 씨가 오셨어요."

그는 거기에 있었다. 페르미나의 첫 번째 반응은 당황 그 자체였다. 그녀는 안 된다고, 다음 날 더 적당한 시간에 다시 오라고, 지금은 방문을 받을 상황이 아니라고, 그리고 할 말이 하나도 없다는 말을 전해야겠다고 생각했다. 그러나 즉시 마음을 고쳐먹고, 그를 맞이하기 위해 몸치장을 하는 동안 그를 거실로 들여서 커피를 대접하라고 하녀에게 일렀다. 플로렌티노 아리사는 오후 3시의 지옥 같은 태양 아래서 심한 더위를 참으며 대문 앞에서 기다리고 있었다. 그러나 그는 이 상황을 잘 이끌고 있었다. 그는 그녀가 다정한 핑계를 대서라도 자기를 맞아들이지 않을지 모른다고 마음의 준비를 단단히 했고, 그런 확신은 그의 마음을 편하게 만들어 주었다. 하지만 그녀의 결심이 담긴 메시지를 듣자 뼛속까지 떨리는 것을 느꼈다. 거실의 시원한 그늘로 들어가면서 그는 자신이 경험하고 있는 기적에 대해 생각할 수가 없었다. 왜냐하면 고통스러운 거품이 폭발하여 이내 그의 배 속까지 가득 채워 버렸기 때문이다. 그는 첫 번째 사랑의 편지를 전해 주었을 때 새가 똥을 쌌던 빌어먹을 기억에 사로잡혀 숨도 쉬지 않고 앉아 있었다. 온몸으로 오한이 지나가는 동안, 어두운 그늘에서 꼼짝 않고 있으면서 이런 부당한 불상사만 아니라면 그 순간 그 어떤 재난도 감수하겠다고 작정하고 있었다.

그는 자기 자신을 잘 알고 있었다. 날 때부터 변비에 시달렸다. 수많은 세월을 살아오는 동안 사람들 앞에서 그의 배는 서너 번 정도 그를 배신했고, 그 서너 번 때 그는 손을 들고 항복할 수밖에 없었다. 이런 때와 아주 급했던 몇 번의 경우에 그는 농담 삼아 되풀이했던 "난 하느님을 믿지 않지만 두렵기는 해."라는 말의 진리를 깨달았다. 그는 그 진리를 의심할 여유조차 없이 생각나는 대로 아무 기도문이나 외우려고 했지만, 하나도 생각나는 것이 없었다. 어릴 적에 어떤 아이가 그에게 돌멩이로 새를 맞힐 때 사용하는 마술적인 주문을 가르쳐준 적이 있었다. 그것은 "맞는다, 맞는다, 맞지 않더라도 내 잘못은 아니다."라는 말이었다. 그 아이는 처음으로 산에 올라갔을 때 새로 만든 새총으로 그 말의 효력을 증명해 주었다. 정말로 새가 돌에 맞아 떨어졌던 것이다. 그는 혼란한 와중에 그때 일이 지금과도 관련이 있으리라 생각하고서 기도를 하듯이 열렬히 그 주문을 반복했다. 그러나 아무런 효과도 나타나지 않았다. 스프링의 코일처럼 창자가 비비 꼬인 탓에 그는 자리에서 일어났다. 갈수록 부글거리며 고통스러운 뱃속의 거품 때문에 그는 신음 소리를 냈고, 그의 몸은 식은땀으로 뒤덮였다. 커피를 가져오던 하녀는 죽은 사람처럼 창백해진 그의 안색을 보고 깜짝 놀랐다. 그는 "더워서 그래요."라면서 한숨을 내쉬었다. 그러자 하녀는 그를 편안하게 해 줄 요량으로 창문을 열었지만, 오후의 햇빛이 그의 얼굴에 가득 내리쬐었기 때문에 다시 창문을 닫아야만 했다. 그는 더 이상 1분도 참을 수 없다는 것을 알았다. 그런데 그때 페르미나 다사가 나타났다. 어둠에 가려 거의 보이지 않았다. 그녀는 플로렌티노의 모습을 보고 소스라치게 놀라면서 이렇게 말했다.

"상의를 벗으세요."

그는 죽을 것처럼 장이 꼬인 것보다 그녀가 자기 창자에서 나는 꾸르륵 소리를 들을 수도 있다는 사실이 더 괴로웠다. 그러나 그는 잠시 힘든 상황을 이겨 내고는, 아니라고, 단지 언제 자기가 찾아오면 좋겠느냐고 묻기 위해서 들른 것이라는 말만 간신히 할 수 있었다. 당황한 그녀는 선 채로 "지금 여기 계시잖아요."라고 말했다. 그러고는 좀 더 서늘한 정원의 테라스로 가자고 권했지만 그는 사양했다. 그녀는 그의 목소리가 유감의 한숨 소리와 같다고 생각했다. 그는 이렇게 말했다.

"부탁인데 내일 방문하게 해 주세요."

그녀는 내일이 목요일, 그러니까 루크레시아 델 레알 델 오비스포가 하루도 빠짐없이 방문하는 날이라는 것을 기억했다. 그래서 "모레 5시에 오세요."라고 말하면서 재론의 여지가 없는 해결책을 그에게 제시했다. 플로렌티노 아리사는 고맙다고 말하고는, 모자를 벗어 급히 작별 인사를 한 뒤 커피를 입에 대지도 않고 그곳을 떠났다. 그녀는 거리 저쪽으로 자동차의 엔진 소리가 사라질 때까지 도대체 무슨 일이 일어난 것인지 알지 못한 채 거실 한가운데에서 어리둥절한 표정으로 있었다. 차에 오르자 플로렌티노 아리사는 뒷좌석에서 좀 더 편안한 자세를 취하고는 눈을 감고서 배를 문질렀다. 그러고는 육체의 뜻에 자신을 맡겼다. 오랜 세월 동안 그를 태우고 다녀서 어떤 일에도 놀라지 않던 운전사는 태연한 자세를 유지했다. 그러나 대문 앞에서 차 문을 열어 주면서 이렇게 말했다.

"조심하세요, 플로렌티노 씨. 콜레라 같아요."

그러나 그것은 늘상 있어온 복통이었다. 금요일 오후 5시 정각에 플로렌티노 아리사는 하느님께 감사를 드렸다. 하녀가 어두운 거실을 지나 정원의 테라스로 안내하자 바로 그곳에 페르미나 다사가 있었던 것이다. 두 사람을 위해 마련된 티 테이블 옆에 있던 그녀는 차나 초콜릿 혹은 커피 중에서 무엇을 마시고 싶으냐고 물었다. 플로렌티노 아리사는 아주 뜨겁고 진한 커피를 갖다 달라고 했고, 페르미나 다사는 하녀에게

"난 평소에 마시는 것으로."라고 말했다. 평소에 마시던 것이란 낮잠을 잔 후 기운을 북돋기 위해 여러 종류의 동양 차를 짙게 우려낸 것을 의미했다. 그녀가 찻주전자를 비우고 그가 커피포트를 비웠을 때, 이미 두 사람은 여러 가지 주제를 말하려고 시도했다가 그만둔 상태였다. 이는 그들이 정말로 그 주제에 관심이 있었기 때문이 아니라 그나 그녀도 건드리고 싶지 않은 주제들을 피하고자 한 탓이었다. 두 사람은 겁을 집어먹은 상태였다. 그리고 아직도 묘지의 꽃 냄새가 가시지 않은 주인 없는 집의 바둑무늬가 깔린 테라스에서, 청춘 시절과는 너무나도 멀어져 버린 지금 도대체 무엇을 하고 있는지도 모르고 있었다. 서로가 그토록 가까운 거리에서 마주 보고 앉은 것은 생전 처음이었다. 또한 평온한 마음으로 여유 있게 시간을 보내는 것도 반세기 만에 처음이었다. 두 사람은 서로 그대로의 모습을 보았다. 그러니까 이제는 더 이상 그들의 것이 아니라 손자뻘 정도 되는 이미 사라진 두 젊은 남녀의 덧없는 기억 이외에는 공통점이 아무것도 없는, 죽음의 습격만을 기다리고 있는 두 늙은 남녀의 모습을 보았던 것이다. 그녀는 그가 마침내 자신의 꿈이 비현실적이라는 사실을 알게 될 테고, 그러면 그의 무례한 행동도 상쇄되리라 생각했다.

거북스럽게 침묵을 지키거나 달갑지 않은 주제를 말하지 않기 위해 그녀는 하천 선박에 관한 뻔한 질문을 던졌다. 소유주인 그가 회사와 전혀 상관없던 시절에 단 한 번 그 배를 타고 여행했다는 사실은 거짓말 같았다. 그녀는 그가 왜 여행을 했는지 모르고 있었지만, 그는 그 이야기를 그녀에게 들려

줄 수만 있다면 영혼이라도 팔 준비가 되어 있는 것 같았다. 그녀 역시 강을 모르고 있긴 마찬가지였다. 그녀의 남편은 안데스 지역의 기후를 혐오했는데, 이를 여러 변명으로 감추곤 했다. 즉 고도가 높아 심장에 좋지 않으며, 폐렴에 걸릴 위험이 많고, 사람들이 이중적이며, 중앙 집권제는 부당하다는 이유를 갖다 댔던 것이다. 그래서 그들은 세계의 반을 알면서도 정작 자기 나라는 모르고 있었다. 당시에는 두 명의 승무원과 여섯 명의 승객, 그리고 우편 행랑을 싣고서 알루미늄 메뚜기처럼 막달레나강 유역의 이 마을 저 마을로 다니던 융커스라는 수상 비행기가 있었다. 플로렌티노 아리사는 그 비행기를 두고 "죽은 사람의 관이 하늘로 다니는 것 같아요."라고 평했다. 그녀는 처음으로 기구 여행을 했을 때 두려움이라곤 전혀 느끼지 않았었다. 그러나 자신이 감히 그런 모험을 한 장본인이라는 사실이 믿기지 않았다. 그녀는 "많이 달라졌어요."라고 말했다. 그 말은 바뀐 것은 자신이지 여행 수단이 아니라는 의미를 담고 있었다.

가끔씩 그녀는 비행기 소리에 놀라곤 했다. 해방자 서거 백주년이 되던 때, 아주 낮게 날면서 곡예를 부리는 비행기들을 본 적이 있었다. 그런데 커다란 매처럼 새까만 비행기 한 대가 라 망가 지역의 지붕 위를 스치듯 지나가다가 이웃집 나무에 날개 한쪽을 잃고 전선줄에 매달려 버렸다. 그런 장면을 보고도 페르미나 다사는 비행기의 존재를 받아들일 수가 없었다. 그리고 최근 몇 년간은 경찰 순시선들이 어부들의 통나무배와 갈수록 많아지던 유람선들을 쫓아 버린 후에 수상 비행기들이 착륙하던 만사니요 해안에 가 보고 싶은 생각도 들지 않았다. 이렇게 나이가 들었지만 그녀는 찰스 린드버그[26]가 친선 비행차 그곳에 왔을 때 장미 화환을 가지고 맞이할 사람으로 선정되었다. 그러나 구겨진 양철 조각 같은 꼴에, 두 명의 기술자가 꼬리를 밀어 하늘로 오르도록 도와주어야 하는 그 기구를 타고 그토록 크고 금발에 잘생긴 사람이 어떻게 하늘로 오를 수 있는지 이해할 수가 없었다. 또한 수상 비행기보다 별로 크지도 않은 비행기가 여덟 명을 실어 나를 수 있다는 사실도 납득할 수 없었다. 반면에 하천 선박은 바다를 항해하는 배들처럼 이리저리 흔들리지 않아 우아하게 여행할 수 있지만 모래톱이나 강도들의 공격 같은 위험이 있다는 이야기를 들은 적이 있었다.

플로렌티노 아리사는 그런 것은 모두 옛 시대의 전설에 불과하다고 설명했다. 그러면서 현재의 배는 호텔 방처럼 넓고 화려하며, 개인 욕실과 전기 선풍기를 구비한 선실과 커다란 객실이 있고, 내전이 끝난 뒤로는 무장 습격을 받은 적이 없다고 말해 주었다. 또한 개인적인 승리감에 도취된 나머지 이런 발전은 자기가 항해의 자유를 통해 경쟁을 부추겼기 때문이라고 설명했다. 그러면서 하천 항해는 과거처럼 한 회사가 독점하고 있는 것이 아니라 세 회사가 아주 적극적으로 활동하면서 번창하고 있지만, 항공의 급속한 발전은 세 회사 모두에

26) 미국의 비행기 조종사로 1927년 뉴욕에서 파리까지 최초의 대서양 횡단 무착륙 단독 비행을 해냈다.

게 크나큰 위험이 되고 있다고 덧붙였다. 그녀는 그를 위로하려고 하면서, 하천 선박은 영원히 존재할 것이며, 자연에 도전하는 그런 기구에 몸을 실을 사람은 몇몇 미친 인간들을 빼고는 그리 많지 않다고 말했다. 마지막으로 플로렌티노 아리사는 우편 제도가 수송뿐만 아니라 배달에서도 크나큰 발전을 보였다고 말하면서 그녀가 자기의 편지에 관해 말하도록 유도했다. 그러나 그의 의도를 이룰 수는 없었다.

하지만 얼마 후 그런 기회는 저절로 찾아왔다. 두 사람은 편지의 주제와 멀리 떨어져 있었다. 그런데 그때 하녀가 그들의 대화를 중단시키고는 페르미나 다사에게 편지 한 통을 건네주었다. 그 편지는 전보 배달과 똑같은 방식을 사용하는, 최근에 신설된 특별 도시 우편으로 보낸 것이었다. 그녀는 평소와 마찬가지로 편지를 읽기 위해 안경을 찾았지만 찾을 수가 없었다. 플로렌티노 아리사는 조용히 있다가 이렇게 말했다.

"그럴 필요 없어요. 내가 보낸 편지니까요."

그건 사실이었다. 그는 자기의 첫 번째 방문이 실패하자 창피함을 느꼈고, 그런 창피함을 이기지 못한 침울한 상태에서 전날 그 편지를 썼다. 그 편지에는 아무런 예고도 없이 무례하게 그녀를 찾아간 것을 사과하는 내용과 다시는 찾아가지 않겠다는 약속이 담겨 있었다. 그는 두 번 다시 생각하지 않고 그 편지를 우체통에 넣었다. 그 편지를 보내지 말아야 했다고 생각했지만, 이미 때가 너무 늦어서 그 편지를 돌려받을 수 없었다. 그러나 구태여 일일이 설명할 필요는 없다고 생각하고서 단지 페르미나 다사에게 그 편지를 읽지 말아 달라고 부탁했다.

그러자 그녀가 말했다.

"물론이죠. 어쨌거나 편지는 그것을 쓴 사람의 것이니까요. 그렇지 않아요?"

그는 자신 있게 나아가면서 말했다.

"그렇지요. 그래서 두 사람의 관계가 끊어지면 가장 먼저 편지를 돌려주는 것이지요."

그녀는 그의 의도를 눈치채지 못한 채 그 편지를 되돌려 주면서 "읽을 수 없어서 유감이네요. 다른 편지들은 내게 아주 유용했거든요."라고 말했다. 그는 깊은 숨을 내쉬었다. 자기가 바라던 것 이상의 말을 그녀가 자발적으로 하자 놀랐던 것이다. 그는 "그런 걸 알게 되어 얼마나 행복한지 모르겠어요."라고 대답했다. 그러자 그녀는 대화의 주제를 바꾸었고, 그날 오후 내내 그는 그 주제로 다시 돌아갈 수 없었다.

6시가 조금 넘어 집 안에 불이 켜지기 시작할 무렵에 그는 그곳을 떠났다. 그는 더욱 자신이 생겼지만, 그렇다고 과도한 꿈을 꾸고 있는 것은 아니었다. 페르미나 다사가 스무 살 때 보인 변덕스러운 성격과 예측할 수 없는 반응을 잊지 못한 데다 그녀가 바뀌었을 거라고 생각할 아무런 이유도 없었기 때문이다. 그래서 용기를 내어 아주 솔직하고 겸허한 태도로 다음에 다시 찾아와도 되겠느냐고 물었고, 그녀의 대답을 듣자 다시 한번 놀라게 되었다. 그녀는 말했다.

"아무 때나 오세요. 대부분 혼자 있거든요."

나흘 후 화요일에 그는 아무런 예고도 없이 다시 그녀를 찾아갔다. 그녀는 하녀들이 차를 갖다 주기도 전에 그의 편지가 얼마나 도움이 되었는지 말하기 시작했다. 그는 엄격한 의미에서 그것들은 편지가 아니라, 자기가 쓰고 싶었던 책의 내용을 나누어 쓴 것이라고 말했다. 그녀 역시 그렇게 이해하고 있었다. 얼마나 공감했던지, 그가 기분 나빠하지 않는다면 그 글들이 보다 나은 운명을 가질 수 있도록 돌려줄 생각까지 하고 있었다. 그녀는 계속해서 자기가 힘든 시기를 사는 동안 그 편지들이 얼마나 유익한 도움을 주었는지 말했다. 너무나 열심히 너무나 고마운 표정으로, 그리고 너무나 다정하게 말했기에 플로렌티노는 자신 있게 한 발짝 이상의 것, 즉 치명적인 도약의 발길을 내딛으며 앞으로 나아가기로 했다.

그는 말했다.

"예전에는 우리가 서로 친한 어조로 말을 했었는데."

'예전'이란 말은 금지된 말이었다. 그녀는 상상 속의 과거의 천사가 지나가는 것을 느끼고는 그것을 피하려고 애를 썼다. 그러나 그는 더욱 깊숙이 나아가면서, "그러니까 우리의 옛날 편지에는 그랬단 말이에요."라고 말했다. 그녀는 기분이 상했지만, 그것이 얼굴에 나타나지 않도록 엄청나게 노력을 해야만 했다. 그러나 그는 그걸 눈치챘고, 이번 실수로 그녀가 부드럽게 보이는 법을 배웠지만 젊었을 때처럼 여전히 성격이 급하다는 것을 알게 되었다. 그는 자기가 보다 요령 있게 나가야 한다는 것을 깨달았다.

그가 말했다.

"내 말은 이 편지들이 과거의 것들과는 아주 다르다는 의

미지요."

그러자 그녀가 대답했다.

"세상의 모든 것이 변했잖아요."

그는 다시 말했다.

"난 그렇지 않소. 당신은?"

그녀는 두 번째 찻잔을 마시려다 멈추고는 냉혹한 세월에서 살아남은 눈으로 그를 나무랐다. 그녀는 이렇게 말했다.

"이제 그런 게 뭐가 중요해요? 얼마 전에 일흔두 살이 된 늙은인데."

플로렌티노 아리사는 가슴 한복판에 일격을 맞은 것 같았다. 화살처럼 빠른 본능으로 재빠르게 답변을 찾고 싶었지만, 세월의 무게는 어쩔 수 없었다. 그는 그렇게 짧은 대화를 하면서 그토록 피곤하다고 느낀 적은 한 번도 없었다. 가슴이 아려왔다. 그리고 일격을 맞을 때마다 심장의 핏줄에서 금속성의 반향이 울려 퍼지는 것 같았다. 그는 자기가 늙었고 비참하며 쓸모없는 사람이라고 생각되었고, 마구 울고 싶은 생각에 더 이상 한마디도 할 수가 없었다. 두 사람은 예감의 골이 깊게 파인 침묵 속에서 두 번째 잔을 마셨다. 그녀가 다시 말하기 시작했지만, 그것은 하녀에게 편지를 모아 놓은 파일을 가져오라는 말이었다. 그는 먹종이로 사본을 남겨 놓았으니 그녀가 보관하라고 부탁하려 했지만, 그런 용의주도함은 비열한 행위로 비칠지도 모른다고 생각했다. 더 이상 할 말은 아무것도 없었다. 헤어지기 전에 그는 다음 주 화요일 같은 시간에 찾아오면 어떻겠냐고 말했다. 그러자 그녀는 자기가 묵묵히 그의 말을 따라야 하는 것인지 마음속으로 물어보고는 이렇게 대답했다.

"그렇게 자주 오는 게 무슨 의미가 있는지 모르겠네요."

그러자 그가 말했다.

"여길 찾아오는 게 무슨 의미가 있다고는 생각해 보지 않았어요."

그래서 그는 화요일 5시에 다시 그곳을 찾아왔고, 그 이후에는 방문하겠다고 미리 알려 주는 관습도 지키지 않은 채 매주 화요일마다 찾아왔다. 두 달이 지나자 매주 만나는 것이 두 사람의 일상생활이 되어 버렸다. 플로렌티노 아리사는 차와 함께 먹기 위해 영국제 비스킷과 설탕에 절인 밤, 그리스 올리브, 대서양 횡단선의 맛있는 객실용 과자를 가져오곤 했다. 어느 화요일에 그는 반세기도 전에 벨기에 사진사가 찍은 그녀와 일데브란다의 사진을 가져왔다. 그것은 그가 필경사의 거리의 어느 엽서 가판대에서 15센티모[27]라는 헐값에 구입한 것이었다. 페르미나 다사는 그 사진이 어떻게 그곳까지 흘러갔는지 이해할 수가 없었고, 그 역시 사랑의 기적이라고밖에는 설명할 수 없었다. 어느 날 아침 정원의 장미를 꺾는 동안, 플로렌티노 아리사는 다음 번 방문 때 장미를 가져가고픈 유혹을 참을 수가 없었다. 그러나 꽃말을 따지자면 홀몸이 된 지 얼마 안 되는 과부를 다루는 것은 아주 어려운 문제였다. 불

27) 1페소의 100분의 1을 지칭하는 화폐 단위. 센타보와 동일하 가치를 지닌다.

처럼 뜨거운 열정의 상징인 빨간 장미는 상중인 여자에게는 결례가 될 수 있었다. 행운의 꽃이라는 노란 장미는 통상적으로 질투의 표현이었다. 언젠가 터키의 검은 장미에 관해 말하면서 아마도 그녀에게 가장 적당한 꽃이리라 생각했지만, 그곳의 기후에 적응시킨 다음 그의 마당에 심으려면 오랜 시간이 필요할 것이었다. 한참 생각한 끝에, 무미건조하고 아무런 의미도 전달해 주지 못한다는 이유로 그가 다른 색깔의 장미보다 좋아하지 않던 흰 장미를 주어야겠다고 생각했다. 그리고 최후의 순간에 페르미나 다사가 못된 마음을 먹고 그 꽃에 무슨 의미를 부여할지도 모른다는 생각에 가시를 모두 잘라 버렸다.

그 어떤 의도도 숨겨져 있지 않은 선물로 그녀는 흔쾌히 흰 장미를 받았고, 그래서 흰 장미는 화요일마다 치르는 의식을 보다 풍요롭게 해주었다. 그녀가 어찌나 마음에 들어 했는지 그가 흰 장미를 가지고 그 집에 도착할 때면 이미 티 테이블 중앙에 물을 넣은 꽃병이 준비되어 있었다. 어느 화요일에 장미를 꽂으면서 그는 우연을 가장하여 지나가는 말로 이렇게 말했다.

"우리가 젊었을 때는 장미가 아니라 동백꽃을 기져가곤 했지요."

그러자 그녀가 대답했다.

"맞아요. 하지만 당신도 잘 알겠지만, 의도가 달랐죠."

항상 그런 식이었다. 그러니까 그가 앞으로 나아가려고 하면 그녀가 그 길을 막았다. 이번에도 그녀는 딱 맞는 대답을 했지만, 플로렌티노 아리사는 자기가 과녁의 한가운데를 꿰뚫었음을 알았다. 그녀가 붉어진 얼굴을 보이지 않기 위해 얼굴을 돌렸기 때문이다. 제멋대로 무례하게 나타나는 젊은 시절의 뜨거운 홍조 때문에 그녀는 몹시 불쾌했다. 플로렌티노 아리사는 좀 덜 불쾌한 주제로 아주 조심스럽게 옮겨 갔지만, 예의상 그런다는 것이 너무나 분명하게 드러난 나머지 그녀는 자기의 모습을 들켰다는 것을 알게 되었고, 그러자 더욱 화가 치밀었다. 그날은 불운의 화요일이었다. 그녀는 더 이상 찾아오지 말라고 부탁할 찰나까지 갔지만, 두 사람의 나이와 상황을 고려하면 연인들처럼 싸운다는 것은 너무나 우스꽝스럽다는 생각이 들어 그만 깔깔거리며 웃고 말았다. 다음 주 화요일 플로렌티노 아리사가 꽃병에 장미를 꽂자, 그녀는 자신의 마음을 세밀하게 살펴보고는 지난주에 느꼈던 분노의 흔적이 조금도 남아 있지 않음을 확인하고서 몹시 기뻐했다.

그러자 그의 방문은 약간 어색하게나마 가족적 성격을 띠기 시작했다. 왜냐하면 우르비노 다사 박사와 그의 아내가 종종 우연인 것처럼 그곳에 모습을 드러내고 그들과 함께 카드놀이를 하곤 했기 때문이다. 플로렌티노 아리사는 카드놀이를 할 줄 몰랐지만 페르미나는 그가 찾아왔던 어느 날 카드놀이를 가르쳐 주었고, 두 사람은 우르비노 다사 부부에게 다음 주 화요일에 시합을 갖자며 서면으로 도전장을 보냈다. 네 사람이 모이면 모두가 즐거워했기 때문에 그의 방문처럼 그들의 만남도 빠르게 공식화되었고, 각자 가져와야 할 것을 정해 놓은 규칙도 만들게 되었다. 우르비노 다사 박사와 과자 만드는 솜씨가 빼어난 그의 아내는 올 때마다 각기 다른 독특한 과자들을 가져왔다. 플로렌티노 아리사는 유럽에서 도착한 배에서 찾아낸 진귀한 것들을 가져왔으며, 페르미나 다사는 매주 색다른 행사를 치르기 위해 머리를 짜냈다. 카드놀이는 매달 세 번째 화요일에 이루어졌고, 돈을 걸지는 않았지만 진 사람은 다음번 시합에 특별한 것을 가져와야만 했다.

우르비노 다사 박사는 사람들에게 알려진 이미지와 별 차이가 없었다. 별 재주가 없고 우둔했으며, 즐거울 때나 기분 나쁠 때를 막론하고 충동적으로 행동했고, 시도 때도 없이 얼굴을 붉혀서 그의 정신력을 의심하게 만들곤 했다. 하지만 첫눈에 봐도 그가 어떤 사람인지 분명했고, 의심의 여지가 없었다. 플로렌티노 아리사가 가장 두려워했지만, 사람들이 그를 부르던 말은 바로 '좋은 사람'이었다. 반면에 그의 아내는 활달하고 기지가 번뜩였으며 서민적인 광채를 지니고 있었다. 이러한 면이 그녀를 우아하다기보다는 인간적으로 보이게 해 주었다. 카드놀이를 하는 데 그들보다 더 잘 어울리는 쌍은 바랄 수 없었고, 플로렌티노 아리사의 지칠 줄 모르는 사랑의 욕망은 그가 가족의 일원처럼 느껴질 수도 있다는 환상으로 가득 차게 되었다.

어느 날 밤 함께 집을 나서면서 우르비노 다사 박사는 플로렌티노 아리사에게 점심을 함께 먹자면서 "내일 12시 반 정각에 사교 클럽으로 오시지요."라고 말했다. 이 초대는 독이 든 포도주를 곁들인 진수성찬이나 마찬가지였다. 사교 클럽은 여러 가지 이유로 그에게 클럽 회원 자격을 부여하지 않고 있었는데, 가장 중요한 이유는 그가 사생아라는 것이었다. 이 때문에 작은아버지 레온 12세는 분노가 치미는 경험을 한 적이 있었고, 플로렌티노 아리사 자신도 이 클럽 창립 회원의 초대를 받아 테이블에 앉아 있다가 그곳을 떠나달라는 수모의 말을 들은 적이 있었다. 그래서 플로렌티노 아리사에게서 하천 무역과 관련해 여러 가지 도움을 받은 바 있는 그 창립 회원은 그를 다른 곳으로 데려가서 식사를 할 수밖에 없었다. 그러면서 이렇게 말했다.

"규칙을 만드는 사람들이 그 규칙을 가장 잘 지켜야겠지요."

그러나 플로렌티노 아리사는 우르비노 다사의 초대를 받아들이는 위험을 감수하기로 했다. 비록 금박이 박힌 저명인사 방명록에 서명해 달라는 부탁을 받지는 않았지만 특별한 대접을 받으며 그곳으로 들어갔다. 두 사람은 함께 앉아 짧은 시간 동안 나지막한 목소리로 대화를 나누며 점심을 먹었다. 그 만남과 관련되어 전날 저녁부터 플로렌티노 아리사는 두려움을 느끼고 있었지만, 그런 두려움은 식전에 마신 포트와인으로 씻은 듯이 사라졌다. 우르비노 박사는 자기 어머니에 대해 말하고 싶어 했다. 그가 떠드는 수많은 이야기를 들으며 플로렌티노 아리사는 그녀가 자기에 관해 아들에게 말했다는 것을 눈치챘다. 그러나 더욱 놀라운 것은 그를 위해 아들에게 거짓말을 한 것이었다. 페르미나 다사는 두 사람이 어릴 적부터 알고 지내던 친구로, 그녀가 산 후안 데 라 시에나가에서 도착했을 때부터 소꿉친구였으며 그녀를 처음으로 책의 세상으로 안내한 사람이기에 오래도록 고마워하고 있다고 말했다. 또한 종종 방과 후에는 유명한 자수 선생님이었던 트란시토 아리사의 잡화점에서 멋진 자수를 놓으면서 오랜 시간을 보내기도 했다고 말하면서, 옛날처럼 플로렌티노 아리사를 계속 만나지 않은 것은 싫어서가 아니라 삶이 달랐기 때문이라고 말해 주었다.

본래의 목적을 털어놓기 전에 우르비노 다사 박사는 늙는다는 것에 관해 여러 가지 여담을 늘어놓았다. 그는 거추장스러운 늙은이들만 없다면 세상은 더욱 빠르게 발전될 수 있을 것이라고 생각하고 있었다. 그러면서 "지상군들처럼 인류는 가장 느린 속도로 앞을 향해 나아가고 있습니다."라고 말했다. 그는 보다 인도주의적이고, 마찬가지로 보다 문명화된 미래가 도래하면 인간들은 노령의 수치와 고통과 끔찍스러운 고독을 피하기 위해, 더 이상 자신들을 스스로 돌볼 수 없는 시간이 되면 주변 도시에 격리되리라 생각하고 있었다. 그의 말에 따르자면 의사의 관점에서 그 한계는 예순 살이 될 것이었다. 그러나 사회적 관용이 그 정도에 이를 때까지 유일한 해결책은 양로원이라고 말했다. 즉 다음 세대들과 필연적으로 발생할 다툼과 부조화를 벗어나 노인네들이 서로 위로하고, 자기들이 좋아하고 싫어하는 것을 서로 확인하며, 못된 비릇과 슬픔을 함께 나눌 수 있는 곳은 양로원이라는 말이었다. 그는 "노인은 노인들 사이에 있으면 덜 늙게 마련이죠."라고 지적했다. 그 문제는 그렇다 치고, 우르비노 다사 박사는 플로렌티노 아리사에게 홀몸이 되어 외로워하고 있던 자기 어머니에게 훌륭한 동반자가 되어 준 것에 대해 고마움을 표시하고 싶었으며, 두 사람의 행복을 위해서뿐만 아니라 모든 사람이 편안하도록 계속해서 그렇게 해 달라고 부탁했다. 그리고 자기 어머니가 나이를 먹어 기분이 왔다 갔다 하더라도 잘 참아 달라고 간곡히 애원했다. 플로렌티노 아리사는 이 만남의 결과에 안도감을 느꼈다. 그는 이렇게 말했다. "걱정 말게나. 난 자네 어머니보다 네 살이 더 많네. 지금뿐만 아니라 오래전부터 그랬고, 자네가 태어나기 훨씬 전부터 그랬네." 그런 다음 풍자적인 신랄한 말로 답답한 마음을 해소하고 싶은 유혹을 이기지 못했다. 그는 이렇게 결론지었다.

"미래 사회에서는 자네가 점심 때 나와 어머니에게 카라 꽃 한 다발을 가져다주려면, 공동묘지로 가야 할지도 모르네."

그때까지 우르비노 다사 박사는 자신의 예언이 얼마나 부적절한 것인지 깨닫지 못하고 있었다. 그는 장황한 설명의 산길로 발을 들여놓았고 결국은 사태를 더욱 악화시키고 말았다. 하지만 플로렌티노 아리사는 그런 험준한 산길에서 그가 빠져나오도록 도와주었다. 그의 얼굴은 환하게 빛나고 있었다. 왜냐하면 조만간 피할 수 없는 사회적 관례를 지키기 위해서, 그러니까 그의 어머니에게 정식으로 청혼하기 위해서는 우르비노 다사 박사와 그런 만남을 다시 한번 가져야 한다는 것을 알고 있었기 때문이다. 그날의 점심은 그의 기운을 북돋웠다. 그것은 사교 클럽에서의 점심이라는 이유 때문만이 아니라, 아무도 들어주지 않을 그의 청혼이 얼마나 쉽고 환영받을 만한 것인지를 보여 주었기 때문이다. 페르미나 다사의 동의만 있었더라면 이보다 더 적당한 기회는 없었을 것이다. 그 정도가 아니었다. 그 역사적인 점심에서 두 사람이 대화를 나눈 후로는 형식을 갖추어 부탁할 필요도 없어졌던 것이다.

플로렌티노 아리사는 젊었을 때부터 아주 조심스럽게 계단을 오르내렸다. 그것은 노년이 대수롭지 않은 첫 넘어짐에서 시작해 두 번째 넘어질 때부터는 죽음이 쫓아온다고 믿었기 때문이다. 그에게는 어떤 층계보다도 자기 사무실의 좁고 가파른 계단이 위험하다고 여겨졌다. 발을 헛디디지 않도록 애를 써야만 하는 시절이 다가오기 오래전부터, 그는 층계를 잘 쳐다본 다음 두 손으로 난간을 꼭 잡고 그 계단을 오르곤 했다. 사람들이 그 계단을 보다 안전한 것으로 바꾸는 게 어떻겠냐고 그에게 수없이 말했지만, 그는 항상 다음 달에 결정하겠다면서 미루었다. 계단을 바꾸는 것은 바로 노년에 대한 항복이라고 여겼기 때문이다. 세월이 흐름에 따라 그는 계단을 오르는 데 점점 더 많은 시간이 걸렸다. 그가 서둘러 변명했듯이, 그것은 계단을 오르기가 점점 더 힘들어져서가 아니라 갈수록 더 조심했기 때문이었다. 그러나 우르비노 다사 박사와 점심을 먹고 돌아온 그날 오후, 즉 식전에 포트와인을 한 잔 마시고 식사 중에 적포도주 반 잔을 마시면서 승리의 대화를 나눈 다음, 그는 젊었을 때처럼 흥겨운 빌동작으로 세 번째 계단을 오르려고 하다가 그만 왼쪽 발목을 접질려 뒤로 벌렁 나자빠졌지만 기적적으로 목숨만은 건졌다. 넘어지는 순간에 그는 그런 사고로 죽지는 않을 것이라고 생각할 정도로 머릿속이 맑았다. 왜냐하면 한 여자를 그토록 오랫동안 너무나 사랑한 두 남자가 일 년의 간격을 두고 동일한 방식으로 죽는다는 것은 인생의 논리상 있을 수 없는 일이었기 때문이다. 그의 생각은 옳았다. 그는 다리부터 허벅지까지 깁스를 하고 침대에 꼼짝 못 하고 누워 있어야만 했으나 떨어지기 전보다 더욱 기운이 솟구쳤다. 의사가 육십 일간 침대에 있을 것을 지시하자, 그는 그토록 커다란 불행이 자기를 덮쳤다는 사실이 믿어지지 않았다. 그는 애원했다.

"의사 선생, 그런 말은 제발 하지 마요. 나의 두 달은 당신의 십 년과 마찬가지란 말입니다."

그는 두 손으로 석고상 같은 다리를 들고서 여러 번 일어나려고 해 보았지만, 항상 현실 앞에 굴복하고 말았다. 하지만 마침내 아직도 통증이 가시지 않은 발목과 따끔거리는 등을 참으면서 다시 걷게 되자, 하느님이 내려 주신 추락으로 운명이 그의 인내심을 보상해 주었다는 사실을 믿어 의심치 않게 되었다.

최악의 날은 첫 번째 월요일이었다. 통증은 가셨고 의사의 진단도 매우 고무적이었지만, 그는 넉 달 만에 처음으로 다음 날 오후에 페르미나 다사를 보지 못하게 되었다는 숙명을 받아들일 수가 없었다. 그러나 체념하고서 낮잠을 잔 다음 현실에 굴복하고서 사과의 편지를 썼다. 그는 향기 나는 종이에 어둠 속에서도 읽을 수 있도록 야광 잉크를 이용하여 직접 손으로 썼고, 그녀의 동정심을 불러일으키도록 부끄러움도 잊고 사태의 중요성을 극대화시켰다. 이틀 후 그녀는 너무 감동적이고 다정한 답장을 보내왔지만, 그들이 사랑을 하던 위대한 시절처럼 그 편지에는 군더더기 없이 필요한 말만 적혀 있었다. 그는 그 기회를 놓치지 않고 다시 편지를 썼다. 그녀가 두 번째 답장을 보내오자, 그는 화요일마다 행해 왔던 그들의 암호 섞인 대화를 넘어 더 먼 곳으로 발을 내딛기로 마음먹었다. 그는 회사의 일상 업무를 감독해야 한다는 핑계로 침대 옆에 전화를 설치하도록 시켰다. 그러고는 처음 걸었을 때부터 기억하고 있던 세 자리 숫자의 전화를 연결해 달라고 전화 교환수에게 부탁했다. 거리감의 신비로운 분위기로 인해 긴장한, 조용하고 사랑스러운 목소리가 대답하더니 자기에게 전화를 건 목소리를 알아듣고는 의례적인 세 마디의 인사말만 나눈 후 전화를 끊었다. 플로렌티노 아리사는 그녀의 무관심에 절망하여 어찌할 바를 몰랐다. 그들은 다시 원점으로 돌아가 있었던 것이다.

그러나 이틀 후 더 이상 전화를 걸지 말아 달라고 애원하는 페르미나 다사의 편지를 받았다. 그녀가 이런 부탁을 하는 데는 일리가 있었다. 그 도시에는 전화가 몇 대 없었고, 통화는 모든 가입자와 그들의 삶과 기적까지 훤히 알고 있는 여자 교환수를 통해 이루어지고 있었다. 그래서 사람들이 집에 있든 없든 상관하지 않고 그들이 있는 곳을 알아내곤 했다. 그런 효율성의 대가로 그 교환수는 모든 통화 내용을 꿰고 있었으며, 비밀스러운 사생활과 고이 간직한 극적인 사건들까지 알아내기도 했다. 그래서 통화 중에 교환수가 끼어들어 자기 생각을 이야기하거나 통화자들의 흥분을 가라앉히는 경우도 종종 있었던 것이다. 한편 그해에 《정의》라는 석간신문이 창간되었다. 그 신문의 유일한 목적은 전혀 거리낄 것 없이 실제 이름을 거론하면서 성이 긴 위대한 가문들을 공격하는 것이었다. 이는 신문사 사주가 아들들이 사교 클럽에 입장을 거부당하자 복수심을 품은 탓이었다. 티 한 점 없이 깨끗한 삶을 살아왔지만, 페르미나 다사는 가장 친한 친구들과 말하거나 행동할 때에도 이전보다 훨씬 주의를 기울이고 있었다. 그래서 편지라는 시대착오적인 끈으로 플로렌티노 아리사와의 관계를 계속 유지하고자 했던 것이었다. 서신 왕래가 너무 빈번해지고 강렬해지자, 그는 자기의 다리와 침대에서의 형벌뿐만 아니라 모든 것을 잊게 되었다. 그는 환자들에게 식사를 제공할 때 사용하는 휴대용 테이블에서 글을 쓰는 데 전적으로 모든 시간을 바쳤다.

그들은 다시 친밀한 어조로 글을 쓰기 시작했고, 지난 편지들에서처럼 인생에 관한 의견을 교환하기 시작했다. 그러나 플로렌티노 아리사는 다시 너무나 조급하게 앞으로 나아가려고 애썼다. 그는 동백꽃잎에 바늘 끝으로 그녀의 이름을 새긴 뒤 그 꽃잎을 편지에 담아 보냈다. 그리고 이틀 후 그에 대해 아무런 말도 적히지 않은 편지에 그 꽃잎을 되돌려 받았다. 페르미나 다사는 그렇게 하지 않을 수가 없었다. 그런 모든 행동이 어릴 적의 유치한 짓거리처럼 보였기 때문이다. 플로렌티노 아리사가 복음 공원에서 감상에 젖은 시구를 읽던 오후와 등하교 길에 편지를 숨겨 놓던 장소, 아몬드 나무 밑에서 자수를 배우던 시간을 계속해서 떠올릴 때면 더욱 유치하다고 생각했다. 아픈 마음을 부여잡고서 그녀는 다른 사소한 것들을 평하면서 지나가듯이 "왜 존재하지도 않은 것을 말하려고 계속 고집을 부리지요?"라는 질문을 던져 그를 나무랐다. 나중에는 자연스럽게 늙어 가는 모습을 보여 주지 않으려고 왜 쓸데없이 고집을 부리느냐고 질책했다. 그녀에 따르면 그것이 바로 그가 과거를 회상하면서 조급해하고 항상 실수를 범하는 원인이었다. 그녀는 자기가 미망인 생활을 이겨 낼 수 있게 그토록 많은 도움을 주었던 사려 깊은 사람이 그것을 자신의 생활에 적용하려고 할 때면 왜 그렇게 유치한 방식으로 문제를 복잡하게 만드는지 이해할 수가 없었다. 이제 역할이 바뀌자 그녀는 "시간이 흐르도록 놔둬요. 그럼 그 시간이 우리에게 무엇을 가져다주는지 보게 될 거예요."라는 구절로 그에게 미래를 볼 수 있는 새로운 힘을 주고자 했지만, 무모하게 서두르던 그는 그 말뜻을 제대로 이해할 수가 없었다. 사실 그는 그녀처럼 훌륭한 학생이 아니었던 것이다. 그는 자신의 의지와는 달리 꼼짝도 할 수 없는 처지였고, 날이 갈수록 시간이 덧없이 흘러가고 있다는 것을 확신했으며, 그녀를 보고 싶은 마음에 미칠 것 같았다. 이 모든 것은 넘어지는 것에 대한 두려움이 그가 생각했던 것보다 더 정확하고 비극적이라는 사실을 보여 주었다. 그러자 처음으로 그는 이성적인 방식으로 죽음이 현실이라는 생각을 하게 되었다.

레오나 카시아니는 이틀마다 그가 목욕하는 것과 환자복 갈아입는 것을 도와주었고, 관장제를 놓아주었으며, 요강을 놓아주고 등에 생긴 욕창에 아르니카 습포를 붙여 주었으며, 꼼짝 못하고 누워 있으면 보다 심각한 합병증이 야기될 수 있다는 의사의 충고에 따라 마사지를 해 주었다. 토요일과 일요일에는 그해 12월에 교사 자격증을 받을 예정이었던 아메리카 비쿠냐의 도움을 받았다. 그는 하천 회사의 부담으로 그녀를 앨라배마의 고등 교육 과정에 진학시키기로 약속한 바 있었다. 그것은 부분적으로 양심의 가책을 받지 않기 위해서이기도 했지만, 무엇보다도 그녀가 뭐라고 퍼부을지 모르는 비난과 그가 당연히 해 주어야만 하는 설명을 피하기 위해서였다. 그는 그녀가 기숙사에서 불면의 나날을 지내고, 그가 없는 주말을 보내며, 그가 없는 삶을 사느라 엄청난 고통을 받고 있으리라고는 전혀 생각해 보지 않았다. 그녀가 자신을 얼마나 사랑하고 있는지 상상도 하지 못했기 때문이다. 그는 학교에서 보낸 통신문을 통해 항상 1등을 하던 그녀가 꼴찌가 되었고, 기말 시험에서는 거의 낙제할 뻔했다는 사실을 알고 있었다. 그러나 그는 보호자로서의 의무를 기피했다. 숨기려고 애를 쓰던 죄책감 때문에 아메리카 비쿠냐의 부모에게 이러한 사실을 알리지 않았고, 그녀가 그를 자신의 성적 저하와 관련시킬 것이라는 충분히 근거 있는 두려움 때문에 그 문제를 두고 그녀와 이야기해 보지도 않았다. 그는 될 대로 되라는 식으로 놔두었던 것이다. 그러나 그는 죽음이 그런 문제를 해결해 줄 것이라는 희망으로 뒤로 미루기 시작했다는 사실은 전혀 깨닫지 못하고 있었다.

그를 보살피던 두 여자뿐만 아니라 플로렌티노 아리사 스스로도 자신의 변한 모습에 깜짝 놀라곤 했다. 불과 십 년 전만 해도 그는 집 안의 중앙 계단 뒤에서 하녀 한 명을 덮쳐서 옷도 벗지 않고 선 채로 필리핀 수탉보다도 짧은 시간에 그녀를 은총의 상태에 이르게 한 적이 있었다. 그러고는 집을 사 주고 가구까지 갖춰 주고는, 그녀의 처녀성을 빼앗은 장본인이 그녀에게 키스도 해 보지 못한 채 일요일에만 만나던 어중간한 애인이라고 맹세하도록 시켰다. 그러자 능수능란하게 마체테를 다루던 그녀의 아버지와 삼촌들은 두 사람을 강제로 결혼시켰다. 두 달 전만 해도 그를 사랑으로 전율케 만들었던 두 여자가 앞뒤로 멋대로 주무르고 아래위로 비누칠을 해 주며, 이집트산 면 수건으로 물기를 닦아 주고 온몸에 마사지를 해 주어도 욕정의 한숨 소리 하나 내뱉지 못하는 이 노인네가 바로 하녀를 임신시킨 그 남자라고는 도저히 믿을 수가 없었다. 그가 욕정을 잃은 것에 대해 두 여자는 각자 나름대로 설명을 했다. 레오나 카시아니는 그것을 죽음의 전조라고 생각하고 있었다. 반면에 아메리카 비쿠냐는 정확하게 뭐라고 밝힐 수 없는 숨겨진 원인이 있다고 생각했다. 그만이 진실을 알고 있었고, 그 진실에게는 고유의 이름이 있었다. 어쨌거나 그것은 불공평한 일이었다. 왜냐하면 훌륭한 봉사를 받고 있는 그보다 그에게 봉사를 하는 두 여자가 더욱 고통을 받았기 때문이다.

불과 세 번의 화요일이 지났을 뿐이지만, 그 기간은 페르미나 다사에게 플로렌티노 아리사의 방문이 얼마나 소중한 것인지를 깨닫게 만들기에 충분했다. 그녀는 자주 찾아오는 친구들과 즐거운 시간을 보냈으며, 시간이 흘러 남편의 습관들에서 멀어지면서부터는 더욱 그랬다. 루크레시아 델 레알 델 오비스포는 그 어떤 약에도 끄떡하지 않던 귀의 통증을 진찰받기 위해 파나마로 갔다가 한 달이 지난 후 통증이 거의 사라져서 돌아왔다. 그러나 귀에 보청기를 달아도 청력은 갈수록 떨어지고 있었다. 페르미나 다사는 질문과 대답으로 이루어진 그녀의 횡설수설을 가장 잘 참고 들어주는 친구였다. 그녀는 이에 기운을 얻어 거의 하루도 빼놓지 않고 아무 시간에나 그곳에 들르게 되었다. 하지만 플로렌티노 아리사와 조용히 편하게 지내던 오후를 대체해 줄 사람은 아무도 없었다.

그가 고집스럽게 믿고 있었던 것처럼 과거의 기억은 미래를 구제해 주지 못했다. 아니 그 반대였다. 스무 살 때의 뜨거운 흥분 상태는 매우 고귀하고 아름다운 것이었지만 사랑은 아니었다는 페르미나 다사의 확신은 날이 갈수록 더욱 강해지고 있었다. 그녀가 솔직하고 직설적인 성격이긴 했지만 이런 생각을 편지로든 아니면 직접 만나서든 그에게 드러낼 생각은 없었다. 그리고 명상을 적은 그의 편지를 통해 엄청난 위로를 받은 후 그의 편지들에 적혀 있던 감상주의가 얼마나 엉터리 같은지, 그리고 자기가 그의 서정적인 거짓말을 얼마나 우습게 여기고 있는지, 과거를 회복하려는 그의 광적인 집착이 그의 명분을 얼마나 해치고 있는지 차마 말할 수가 없었다. 정말로 그렇지 않았다. 과거의 편지들 중에서 그 어떤 구절이나 혐오스러운 청춘 시절의 그 어떤 순간도, 그가 없는 화요일의 오후가 얼마나 길고 지겨운지, 그리고 얼마나 고독하고 반복적인지 느끼게 하지 않았었다.

집 안을 정돈하려고 시도했던 어느 날, 그녀는 라디오를 마구간으로 보내 버렸었다. 그것은 어느 결혼기념일에 남편이 선물한 것으로, 두 사람이 그 도시에 처음으로 들어온 라디오라는 이유로 박물관에 기증하려고 생각했던 것이었다. 초상의 그늘 속에서 그녀는 다시는 그 라디오를 틀지 않기로 마음먹었었다. 명문가의 미망인이 음악을 듣는다는 것은 아무리 몰래 듣는다 하더라도 죽은 사람의 기억을 모독하는 행동이었기 때문이다. 그러니 그가 찾아오지 않은 세 번째 화요일을 지낸 다음, 다시 그 라디오를 거실로 가져오게 했다. 그것은 예전처럼 리오밤바 방송국의 감상적인 노래를 즐기기 위해서가 아니라 쿠바의 산티아고 방송국의 눈물 없이는 들을 수 없는 연속극을 들으며 할 일 없는 시간을 보내기 위해서였다. 그것은 훌륭한 생각이었다. 왜냐하면 첫째 딸이 태어나자 남편이 신혼여행부터 열심히 가르친 독서 습관을 잃어버리기 시작했고, 눈이 갈수록 피곤해지면서 완전히 독서 습관을 버렸기 때문이다. 심지어는 안경을 어디에 두었는지도 모른 채 몇 달을 보내는 정도까지 이르게 되었다.

그래서 그녀는 쿠바의 산티아고 방송국에서 방송하던 연속극에 관심을 보이기 시작했고, 매일 이어지는 이야기를 초조하게 기다렸다. 그리고 가끔씩 세상에 무슨 일이 벌어지고 있는지 알기 위해 뉴스를 듣기도 했으며, 집 안에 혼자 남아 있을 때는 볼륨을 낮추고서 희미하지만 분명하게 들려오던 산토도밍고의 메렝게 음악과 푸에르토리코의 플레나 곡을 듣기도 했다. 어느 날 밤 마치 이웃집에서 들려오듯이 힘차고 분명한 소리가 알지 못하던 방송에서 흘러나왔는데, 거기서 그녀는 가슴 에이는 소식을 듣게 되었다. 사십 년 전부터 해마다 밀월여행을 즐기던 노인 부부가 뱃사공의 노에 맞아 생명을 잃었다는 것이었다. 그들을 태우고 가던 뱃사공은 그들이 가지고 있던 돈 14달러를 빼앗기 위해 그런 짓을 저질렀다. 루크레시아 델 레알이 그 지방 신문에 실린 이야기를 자세히 해 주자 그녀는 더욱 충격을 받았다. 경찰은 노에 맞아 죽은 노인들이 여자는 일흔여덟 살이고 남자는 여든네 살인데, 사십 년 전부터 함께 휴가를 보내던 내연 관계의 연인이었지만 두 사람은 각자 안정되고 행복한 결혼 생활을 하고 있었으며, 가족도 많았다는 사실을 밝혀냈다. 라디오 연속극을 들으면서도 한 번도 눈물을 흘리지 않았던 페르미나 다사는 목구멍에 치밀어 오르는 울음을 참아야만 했다. 다음 편지에서 플로렌티노 아리사는 그 소식을 담은 신문 기사를 오려서 아무런 평도 없이 동봉했다.

그러나 그것은 페르미나 다사가 참아야 할 마지막 눈물이 아니었다. 플로렌티노 아리사가 병원에 갇힌 지 채 육십 일이 지나지 않았을 무렵, 《정의》 신문은 후베날 우르비노 박사와 루크레시아 델 레알 델 오비스포의 숨겨진 사랑에 대한 추정 기사와 두 주인공들의 사진으로 신문 일면을 가득 채웠다. 그것은 그들의 관계와 만난 횟수, 만난 방법, 사탕수수 농장의 흑인들과 남색을 즐기던 그녀 남편과의 공모 관계 등을 자세히 추측하고 있는 기사였다. 핏빛 잉크의 목판 글자체로 대문짝만 하게 실린 그 기사는 대재앙을 일으키는 천둥처럼 쇠약해진 지방 상류 계층을 뒤흔들어 버렸다. 그러나 기사 내용은 한 줄도 정확한 것이 없었다. 후베날 우르비노와 루크레시아 델 레알은 미혼 시절부터 친한 친구였고 결혼을 한 후에도 그 우정은 지속되었지만, 두 사람이 연인 관계였던 적은 한번도 없었다. 어쨌거나 그 기사는 만인의 존경과 추모를 받고 있던 후베날 우르비노 박사의 이름을 더럽히기 위한 것이 아니라 지난주에 사교 클럽의 회장으로 선출된 루크레시아 델 레알의 남편에게 치명타를 입히기 위한 것이었다. 얼마간 시간이 흐르자 그 스캔들은 잠잠해졌다. 그러나 루크레시아 델 레알은 다시는 페르미나 다사를 찾아오지 않았고, 페르미나 다사는 그것을 그녀가 죄책감을 느끼고 있기 때문이라고 해석했다.

그러나 얼마 지나지 않아 페르미나 다사 역시 상류 계급의 위험에서 안전하지 않다는 것이 분명해졌다. 《정의》 신문이 그녀의 유일한 약점, 즉 아버지의 사업을 빌미로 그녀를 공격했던 것이다. 아버지가 강제로 그곳을 떠나게 되었을 때, 그녀는 자기 아버지의 수상한 사업과 관련해 하나의 일화밖에 알지 못했고, 그것도 갈라 플라시디아에게서 들은 것이었다. 나중에 우르비노 박사가 주지사와 면담을 한 후 그런 사실을 확인해 주자, 그녀는 자기 아버지가 중상모략의 희생자라고 확신했다. 사건은 이렇게 일어났다. 정부에서 파견된 두 경찰이 복음 공원에 있는 그녀의 집에 찾아와 수색 영장을 보여 주고는 아래위로 샅샅이 뒤졌지만 그들이 찾고자 하는 것을 발견하지 못했다. 그러자 마침내 페르미나 다사가 옛날에 쓰던 침실에 있는 거울 달린 옷장 문을 열라고 지시했다. 집 안에 혼자 있어서 그 누가 어떤 행동을 하든 저지할 수 없었던 갈라 플라시디아는 열쇠가 없다는 핑계로 옷장 문을 열어 주지 않았다. 그러자 한 명이 권총 개머리판으로 옷장 문에 달린 거울을 깨 버렸고, 거울과 나무판자 사이의 공간에 100달러짜리 위조지폐가 가득 차 있는 것을 발견했다. 이것으로 일련의 단서들은 절정에 이르렀고, 결국 로렌소 다사가 광범위한 국제적 사업의 마지막 연결 고리임을 확인해 주었다. 한마디로 그것은 희대의 사기극이었다. 이 위폐에는 진짜 지폐에만 있는 물무늬까지 있었던 것이다. 그것은 마술과도 같은 화학 공정을 통해 1달러 지폐의 인쇄를 지우고 그 위에 100달러짜리 지폐를 인쇄한 것이었다. 로렌소 다사는 딸이 결혼하고서 한참 뒤에 옷장을 구입했으며, 따라서 그 지폐들이 숨겨져 그곳에 도착한 게 틀림없다고 주장했지만, 경찰은 페르미나 다사가 학교에 다닐 때부터 이 옷장이 그곳에 있었다는 것을 밝혀냈다. 그 말고 거울 뒤에 위조지폐를 숨길 수 있는 사람은 아무도 없었다. 이것이 우르비노 박사가 그 문제를 덮기 위해 장인을 본국으로 되돌려 보내기로 약속하고서 아내에게 들려준 유일한 이야기였다. 그러나 그 신문은 그 이상을 언급하고 있었다.

신문에 따르면, 지난 세기에 있었던 수많은 내전 중의 하나가 벌어지는 동안 로렌소 다사는 자유당 대통령인 아킬레오 파라 정부와 폴란드 출신인 요셉 K. 코르제니오프스키 사이에서 중개 역할을 했는데, 그 폴란드인은 프랑스 국기를 달고 있던 '성 앙투안' 상선의 승무원으로 이곳에 여러 달을 머무르면서 잘 알려지지 않은 무기 밀매 문제를 매듭지으려고 했다는 것이었다. 나중에 조셉 콘래드로 세상에 유명해질 코르제니오프스키가 로렌스 다사를 어떻게 알게 되었는지는 알 수 없지만 어쨌건 그와 접촉했고, 로렌소 다사는 법적으로 전혀 하자가 없는 신분증을 보여주고 영수증을 주면서 정부 편에서 그 배에 선적되어 있던 무기를 구입하고 대금을 금으로 지불했다. 신문 기사에 따르면, 로렌소 다사는 전혀 확인할 수 없는 습격을 받아 무기가 사라졌다고 말하고는 실제 구입 가격의 두 배로 자유당 정부에 대항해 전쟁을 벌이고 있던 보수당에게 되팔았다.

또한《정의》신문은 로렌소 다사가 라파엘 레예스 장군이 해군을 창설했을 무렵 영국군에게 아주 싼 가격으로 배 한 대분의 남아도는 장화를 구입해서, 단 한 번의 거래로 육 개월 동안 재산을 두 배로 불렸다고 전하고 있었다. 신문에 따르면, 그 화물선이 이곳 항구에 도착하자, 로렌소 다사는 오른쪽 장화만 왔다는 이유로 선적된 물건을 인수하기를 거부했다. 그러나 법에 의거하여 그 물건들을 꺼내 경매에 붙이자 그는 경매장에 온 유일한 사람이었고, 그래서 100페소라는 상징적인 가격으로 그것들을 구입했다. 바로 그 무렵, 그의 공모자 한 명이 리오아차의 세관을 통해 도착한 왼쪽 발에만 맞는 장화들을 동일한 조건으로 구입했다. 짝이 맞추어지자, 로렌소 다사는 자기가 우르비노 데 라 카예 가문과 사돈 관계라는 것을 이용하여 2000퍼센트 이상의 이익을 남기고는 새로 창설된 해군에 그 장화들을 팔아 넘겼다.

《정의》신문은 로렌소 다사가 지난 세기 말 산 후안 데 라

시에나가를 떠난 것은 그가 즐겨 말했듯이 자기 딸의 미래를 위해 보다 좋은 기회를 찾고자 해서가 아니라, 잘게 자른 종이와 수입한 담배를 너무나 교묘하게 섞어서 세련된 흡연가들조차 속임수를 알아차릴 수 없었던 사업이 번창하던 중에 들통나 버렸기 때문이라고 끝을 맺고 있었다. 또한 그는 국제 비밀 조직과도 관련을 맺고 있었는데, 그 조직은 파나마에서 중국인들을 밀입국시켜서 지난 세기 말에 엄청난 돈을 벌었다고 밝히고 있었다. 반면에 그의 명성을 크게 손상시켰던 수상쩍은 노새 장사는 그가 관여했던 사업 중에서 유일하게 정직한 것처럼 보였다.

화끈거리는 등의 통증을 무릅쓰고 처음으로 우산 대신 지팡이를 들고 침대를 떠날 수 있게 되자, 플로렌티노 아리사가 가장 먼저 찾아간 곳은 페르미나 다사의 집이었다. 그녀는 마치 처음 보는 사람처럼 달라져 있었다. 나이로 인한 황폐함과 분노의 감정으로 그녀는 살고 싶은 욕망을 잃어버렸다. 우르비노 다사 박사는 플로렌티노 아리사가 집 안에 갇혀 있는 동안 두 번 찾아와서, 《정의》 신문에 실린 두 번의 기사가 자기 어머니에게 얼마나 큰 충격을 주었는지 들려주었다. 첫 번째 기사는 남편의 부정과 친구의 배신에 대해 말할 수 없는 분노를 야기했고, 결국 그녀는 매달 한 번씩 일요일에 가족 묘지를 찾아가던 습관도 버리고 말았다. 그가 관 안에 있기 때문에 자신이 소리치며 내뱉고 싶은 욕을 들을 수 없다는 사실에 그녀는 더욱 화가 났다. 그러니까 그녀는 죽은 사람과 싸운 것이었다. 루크레시아 델 레알에게는 자기 말을 전해 줄 수 있는 사람을 통해 그녀의 침대를 지나간 수많은 사람들 중에 진짜 남자가 적어도 한 명은 있다는 사실을 위안으로 삼고 만족해야 할 것이라고 말했다. 로렌소 다사에 관한 기사에 대해서는, 그 기사가 실린 것과 자기 아버지의 진정한 정체를 뒤늦게 발견한 것 중에서 어느 쪽에 더 충격을 받았는지 알 수가 없었다. 그러나 둘 중의 하나, 아니면 둘 다가 그녀를 완전히 절망의 상태로 몰고 간 것은 틀림없었다. 그녀의 얼굴을 그토록 고상하게 보이게 만들었던 깨끗한 강철색의 머리카락은 누런 옥수수수염처럼 보였고, 암표범처럼 아름답던 눈은 과거의 광채를 회복하지 못했으며, 분노의 불꽃도 되찾지 못하고 있었다. 그녀의 모든 행동에서는 더 이상 살지 않겠다는 결심이 눈에 띄었다. 욕실이나 그 밖의 장소에 틀어박혀 담배를 피우던 습관을 버린 지 이미 오래였지만, 그녀는 처음으로 공개 석상에서 다시 담배를 피우기 시작했다. 처음에는 평소에 즐기던 대로 자기가 손수 만 담배를 피웠고, 나중에는 담배를 말 인내심도 시간도 없었기 때문에 가게에서 구입한 싸구려 담배를 미친 듯이 피워 댔다. 플로렌티노 아리사가 아닌 다른 남자였다면, 다리를 절고 당나귀처럼 가죽이 벗겨져 따끔거리는 등을 가진 노인네와 죽음 이외에는 그 어떤 행복도 간구하지 않는 여자에게 무슨 미래가 기다릴 수 있겠느냐고 마음속으로 물어보았을 것이다. 그러나 그는 그러지 않았다. 그는 재앙의 잿더미 속에서 한 줄기 희망의 빛을 찾아냈다. 왜냐하면 페르미나 다사의 불행은 그녀를 더욱 멋지게 만들었고, 분노는 그녀를 더욱 아름답게 만들었으며, 세상에 대한 원한은 스무 살 때의 망나니 같은 그녀의 성격을 되찾게 해 주었다고 생각했기 때문이다.

그녀는 플로렌티노 아리사에게 감사해야 할 새로운 동기를 가지고 있었다. 그는 파렴치한 그 기사들에 대응하여 《정의》 신문사에 언론은 윤리적 책임이 있으며 타인의 명예를 존중해야 한다는 내용의 점잖은 서신을 보냈던 것이다. 물론 그 신문에는 실리지 않았다. 그러나 그 작자는 그 편지의 사본을 카리브해에서 가장 역사가 깊고 진지하다는 《상업 신문》에 보냈고, 그 신문은 일면에 그 편지를 게재했다. 그 글은 유피테르라는 필명으로 게재되었는데, 글이 너무나 논리 정연하고 예리하며 문장도 아주 세련되어서 그 지방의 가장 유명한 작가들 중 하나가 썼을 것이라는 추측을 자아낼 정도였다. 그것은 큰 바다 한가운데서 외치는 외로운 목소리였지만, 그 소리는 아주 깊고 멀리 울려 퍼졌다. 아무도 이야기해 주지 않았지만 페르미나 다사는 그 글의 주인공이 누구인지 알고 있었다. 왜냐하면 몇몇 생각을 알아보았고, 심지어는 도덕적 성찰에 관한 글에서 글자 그대로 가져온 부분도 있음을 깨달았기 때문이다. 그래서 고독과 심경의 혼란을 겪으면서도 다시 새로워진 애정을 가지고 그를 맞이했다. 바로 그 무렵 아메리카 비쿠냐는 어느 토요일 오후에 창문의 거리의 침실에 혼자 있었다. 그리고 의도한 것이 아니라 순전히 우연으로 열쇠가 채워져 있지 않은 옷장에서 플로렌티노 아리사가 타자기로 자신의 명상을 적어 놓은 사본과 페르미나 다사가 손으로 쓴 편지를 발견하게 되었다.

우르비노 다사 박사는 플로렌티노 아리사의 방문이 다시 시작되어 어머니가 기운을 차리게 되자 몹시 기뻐했다. 그러나 동생 오펠리아는 그렇지 않았다. 그녀는 페르미나 다사가 도덕적으로 최고라는 평가를 받지 못하는 남자와 이상한 우정을 지속하고 있다는 사실을 알자마자 뉴올리언스의 과일 화물선을 타고 그곳으로 돌아왔다. 첫째 주부터 그녀는 플로렌티노 아리사가 아주 친한 척하면서 자신 있게 집 안에 들어서고, 두 사람이 밤늦게까지 애인들처럼 서로 속삭이고 다투면서 시간을 보내는 것을 보자 극도의 경계심을 품게 되었다. 우르비노 다사 박사가 고독한 두 노인의 건강한 애정으로 생각했던 것을 그녀는 비밀스러운 내연 관계라는 부도덕적인 것으로 보았던 것이다. 오펠리아 우르비노는 언제나 그런 식이었다. 그녀는 친할머니인 블랑카 부인과 비슷해서, 마치 그녀의 딸처럼 보일 정도였다. 그녀는 친할머니처럼 고상하고 거만했으며 편견에 사로잡혀 살고 있었다. 그리고 남녀 사이의 순수한 우정이란 다섯 살 때에도 불가능한데 심지어 팔십 대에 그런 관계를 가진다는 것은 있을 수 없는 일이라고 생각하고 있었다. 오빠와 격렬한 말다툼을 벌이다가 그녀는 플로렌티노 아리사가 과부의 침대에서 어머니와 함께 잠을 자기만 하면 완벽하게 자기 어머니를 위안할 수 있을 것이라고 말했다. 우르비노 다사 박사는 그녀와 맞설 용기도 없고, 그녀 앞에서 그런 용기를 내본 적도 없었으나 그의 아내가 끼어들어 사랑이란 나이와 상관없다면서 침착하게 설명했다. 그러자 오펠리아는 이성을 잃어버리고는 소리를 질렀다.

"우리 나이에 사랑이란 우스꽝스러운 것이지만, 그들 나이에 사랑이란 더러운 짓이에요."

그녀는 그런 비이성적인 태도를 취하면서 플로렌티노 아리사를 집에서 쫓아내겠다는 결심을 굽히지 않았고, 그 이야기는 결국 페르미나 다사의 귀에까지 들어가게 되었다. 하녀들이 듣지 못하게 말하고 싶을 때마다 항상 그랬던 것처럼 그녀는 오펠리아를 침실로 불러서 자기에 관해 무슨 비난의 말을 했는지 다시 한번 해 보라고 말했다. 오펠리아는 전혀 태도를 누그러뜨리지 않고 그 말을 반복했다. 변태로 명성이 자자한 플로렌티노 아리사가 수상한 관계를 모색하고 있는데, 그것은 로렌소 다사의 못된 짓이나 후베날 우르비노의 순진한 사랑 모험보다 가문의 명성에 더 큰 해를 끼칠 게 틀림없다고 말했던 것이다. 페르미나 다사는 눈도 깜빡이지 않은 채 아무 말 없이 그 말을 들었다. 그러나 오펠리아가 말을 끝낼 무렵, 그녀는 다른 사람이 되어 있었다. 이미 예전의 그녀로 돌아갔던 것이다. 그녀는 이렇게 말했다.

"내가 유감스럽게 생각하는 것은 오만불손하고 못된 생각을 하는 너를 마구 때려 주고 싶은데, 그럴 기운이 없다는 것이다. 이제 당장 이 집에서 나가거라. 그리고 우리 어머니의 유해를 두고 맹세하는데, 내가 살아 있는 동안에는 절대로 이 집에 발을 들여놓을 수 없을 거다."

그녀를 설득할 수 있는 사람은 아무도 없었다. 그러는 동안 오펠리아는 오빠 집에 머물면서 상류 계급 사람들을 밀사로 동원해 갖은 애원을 다 했다. 그러나 아무 소용도 없었다. 아들도 중재하고 친구들도 개입했지만, 아무도 그녀의 굳은 결심을 깰 수는 없었다. 마침내 그녀는 항상 서민적인 동료애를 유지해 온 며느리에게 한창 시절에 사용했던 화사한 언어로 비밀을 털어놓았다. "한 세기 전에는 우리가 너무 젊다는 이유로 그 불쌍한 남자와 날 괴롭히더니, 이제는 너무 늙었다는 이유로 그러는군." 그러고는 피우던 담배꽁초로 다른 담배에 불을 붙이고는, 마음을 온통 갉아먹고 있던 독을 이렇게 내뱉었다.

"빌어먹을. 모두 지옥이나 가라고 해. 우리 과부들이 좋은 게 있다면, 우리에게 명령할 사람이 아무도 없다는 거야."

그러자 더 이상 할 수 있는 일이 없었다. 마침내 선택의 여지가 없다는 것을 확신하자, 오펠리아는 뉴올리언스로 되돌아갔다. 오펠리아가 어머니에게 유일하게 양보를 받아 낸 것은 그녀와 작별 인사를 하는 것이었다. 수많은 애원 끝에 페르미나 다사는 그 부탁을 받아들였지만 그녀가 집 안에 발을 들여놓는 것은 허락하지 않았다. 그녀는 자기 어머니의 유해를 두고 맹세를 했는데, 그것만이 그 암흑의 시기에 깨끗하게 남아 있는 유일한 것이었기 때문이다.

방문을 시작하던 시기에 플로렌티노 아리사는 자기 선박에 관해 말하면서 페르미나 다사에게 강으로 휴식 여행을 떠나는 것이 어떻겠냐고 정식으로 초대를 했다. 그리고 기차로 하루반 더 여행하면 공화국의 수도까지 갈 수 있다고 말했다. 그 세대 대부분의 카리브해 사람들처럼 그들도 그곳을 지난 세기까지 불렸던 대로 산타페라는 이름으로 부르고 있었다. 그러나 그녀는 남편의 편견을 간직하고 있어서 여자들은 새벽 5시 미사를 빼면 집에서 외출하는 법이 없으며, 아이스크림 가게나 관청 사무실에 들어갈 수도 없고, 장례 행렬로 밤이건 낮이건 거리가 꽉 막히고, 노새에 쇠굽을 박았던 머나먼 시절부터 파리보다도 심하게 잘디잔 이슬비가 내린다는 그 도시를 여행하고 싶어 하지 않았다. 반면에 강으로 여행하는 것에는 몹시 매력을 느꼈다. 그녀는 강변에서 햇볕을 쬐는 악어들을 보고 싶었고, 매너티들이 여자처럼 우는 소리를 들으며 한밤중에 잠에서 깨어나고 싶었다. 하지만 그녀의 나이에, 그것도 과부의 몸으로 혼자 그렇게 힘든 여행을 한다는 것은 현실적으로 불가능하다고 생각했다.

플로렌티노 아리사가 나중에 다시 초청했을 때는 그녀도 남편 없이 계속 살아가야겠다고 결심을 굳힌 터라 좀 더 그럴 듯하게 여겨졌다. 그런데 딸과 싸우고, 자기 아버지에 대한 모욕과 죽은 남편에 대한 복수심과 오랜 세월 동안 가장 친한 친구로 생각했던 루크레시아 델 레알의 위선적인 표리부동에 마음이 몹시 상하자, 그녀는 스스로를 집에 있을 필요가 없는 존재라 느끼고 있었다. 어느 날 오후 전 세계에 널리 퍼진 잎으로 달인 차를 마시면서 정원의 습지를 바라보았다. 그곳은 이제 불행의 나무가 다시는 꽃을 피우지 않을 장소였다. 그녀는 이렇게 말했다.

"이 집에서 떠나고 싶어요. 계속해서 걷고 또 걷고 싶어요. 더 이상 이 집으로 돌아오고 싶지 않아요."

그러자 플로렌티노 아리사가 대답했다.

"그럼 배를 타고 떠나도록 해요."

페르미나 다사는 생각에 잠겨 그를 바라보았다. 그러더니 이렇게 말했다.

"글쎄요, 그럴 수 있겠죠."

그 말을 하기 전에는 한 번도 생각해 본 적 없는 일이었지만, 가능성을 인정한 것만으로도 그렇게 하겠다는 뜻이나 다름없었다. 아들과 며느리는 그 말뜻을 알아듣자 너무나 기뻐했다. 그러자 플로렌티노 아리사는 서둘러 페르미나 다사가 자기의 배에서 특별한 손님 대우를 받게 될 것이며, 그녀의 집과 같은 선실에서 완벽한 서비스를 받을 것이고 선장이 손수 그녀의 안전과 편의를 돌볼 것이라고 약속했다. 그는 그녀가 여행에 열광하도록 항해 지도와 성난 듯이 새빨간 일몰이 그려진 우편엽서, 막달레나강의 원시적 낙원에 관한 시들을 가져왔다. 그 시들은 유명한 여행객들이 쓴 것인 동시에 그 자체로도 뛰어나 그 시인들을 유명하게 만든 작품이기도 했다. 그녀는 기분이 나자 그것들을 흘낏 쳐다보고는 이렇게 말했다.

"어린 아기를 다루듯이 날 꾈 필요는 없어요. 내가 떠나는 것은 그렇게 하겠다고 결정을 했기 때문이지, 경치에 관심이 있어서 그런 것은 아니에요."

아들이 자기 아내가 동행하면 어떻겠냐고 제안하자, 그녀는 단숨에 그의 말을 막아 버리면서 "난 그 누구의 보호를 받지 않아도 될 정도로 철이 든 사람이야."라고 말했다. 그녀는 여행에 필요한 것들을 손수 준비했다. 그녀는 여드레 동안 강을 거슬러 올라가고 닷새 동안 강을 내려오는 여행을 생각하자 엄청난 위안을 느꼈다. 그녀는 정말 필요한 것만 챙겼다. 여섯 벌의 면 드레스, 화장품과 개인 세면도구, 배를 타고 내릴 때 신을 신발 한 켤레, 여행 중에 신을 실내화가 전부였다. 그리고 평생 동안의 꿈밖에 필요한 것은 없었다.

1824년 1월, 하천 항해의 창시자인 요한 버나드 엘버스 제독은 첫 증기선에 깃발을 달고 막달레나 강물을 헤쳐 나갔다. 그 원시적인 40마력짜리 배의 이름은 '충성호'였다. 그로부터 일 세기가 훨씬 지난 어느 7월 7일 저녁 6시에 우르비노 다사 박사와 그의 아내는 페르미나 다사가 배에 타는 모습을 보기 위해 동행했다. 그것은 페르미나 다사를 싣고서 그녀 생애 처음으로 강을 따라 여행하도록 해 줄 배였다. 그 지방 조선소에서 처음으로 건조한 그 배에, 플로렌티노 아리사는 영광스러운 선구자를 기념하는 의미에서 '신(新)충성호'라고 이름 붙였다. 페르미나 다사는 두 사람에게 그토록 의미심장한 이 이름이 플로렌티노 아리사의 고질적인 낭만주의에서 비롯된 또 다른 기발한 착상이 아니라 정말로 역사적인 우연의 일치라는 것을 믿을 수가 없었다.

어쨌거나 '신충성호'는 구식 배든 현대식 배든 다른 하천 선박들과는 달리, 선장실 옆에 넓고 안락한 특별 선실이 있었다. 거기에는 축제 색깔을 띤 대나무 가구로 꾸며진 거실과 중국식으로 완전히 꾸며진 2인 침실, 욕조와 샤워기가 갖춰진 욕실, 양치식물 화분이 걸려 있고 배의 앞면과 양 측면이 훤히 보이는 아주 넓은 전망대 갑판이 있었다. 또한 그 방에는 조용한 냉방 시설이 갖추어져 있어서 외부의 시끄러운 소리도 잘 들리지 않았고 영원히 봄과 같은 기온이 유지되고 있었다. 그 호화 선실은 '대통령 특별실'로 알려져 있었는데, 당시까지 세 명의 공화국 대통령이 그곳에 머무르며 여행을 했기 때문이다. 그 선실은 상업적 목적으로 만들어진 것이 아니라, 고위 인사나 아주 특별한 손님들을 위해 마련해 둔 것이었다. 플로렌티노 아리사는 카리브 하천 회사의 회장으로 임명되자마자 대외적인 이미지를 염두에 두고 그 선실을 만들게 했지만, 마음속으로는 페르미나 다사와 조만간 즐기게 될 신혼여행의 행복한 보금자리가 될 것이라고 확신하고 있었다.

정말로 그날이 되자, 그녀는 대통령 특별실을 차지하고 그 방의 주인이 되었다. 선장은 샴페인과 훈제 연어로 배에서 우르비노 다사 박사와 그의 아내를 기꺼이 맞이했다. 선장의 이름은 디에고 사마리타노였으며, 장화 끝부터 카리브 하천 회사의 금실 휘장이 수놓인 모자에 이르기까지 완벽하게 하얀 제복을 착용하고 있었다. 그는 다른 하천 선박의 선장들과 마찬가지로 케이폭 나무처럼 우람한 체구에 목소리는 단호하고 우렁찼으며, 피렌체의 추기경과 같은 태도를 취하고 있었다.

저녁 7시가 되자 출발을 명하는 첫 신호가 떨어졌다. 그러자 페르미나 다사는 왼쪽 귓속에서 심한 통증과 더불어 소리가 울리는 것을 느꼈다. 전날 밤 그녀는 불길한 징조로 가득한 꿈을 꾸었는데, 그 꿈을 해몽할 엄두도 내지 못했다. 그리고 아침 일찍 당시 '라 망가의 묘지'라고 불리던 인근 신학교의 묘지로 데려가 달라고 했고, 그곳에서 죽은 남편과 화해했다. 남편의 무덤 앞에 서서 혼잣말로 남편이 들어도 마땅한

욕을 마구 내뱉었던 것이다. 그런 다음 남편에게 자세하게 여행 일정을 이야기했고, 나중에 보자면서 작별을 했다. 유럽으로 여행을 떠날 때 그랬던 것처럼 그녀는 지겹고 힘든 작별 행사를 피하기 위해 아무에게도 자기가 여행을 떠난다는 사실을 알리지 않았다. 그토록 수없이 여행을 했지만, 그녀는 마치 이번이 첫 번째 여행인 것처럼 가슴이 두근거렸다. 낮 시간이 지나면서 더욱 가슴이 설레었다. 그러나 일단 배에 오르자, 자신이 버림받은 외롭고 슬픈 처지라고 느껴지면서 혼자 어딘가에 틀어박혀 마구 울고 싶었다.

마지막 뱃고동이 울리자 우르비노 다사 박사와 그의 아내는 호들갑을 떨지 않으면서 페르미나 다사와 작별 인사를 나누었고, 플로렌티노 아리사는 그들이 배에서 내리도록 트랩까지 동행했다. 우르비노 박사는 아내를 따라 트랩에 첫발을 내딛으려고 하는 순간, 플로렌티노 아리사 역시 함께 배를 타고 간다는 사실을 깨달았다. 우르비노 다사 박사는 당황스러운 표정을 감추지 못하고 이렇게 말했다.

"하지만 당신이 동행한다는 이야기는 한 적이 없습니다."

플로렌티노 아리사는 자기 선실의 열쇠를 보여 주었다. 그 의도는 말을 하지 않아도 분명했다. 그것은 그가 일반 갑판에 있는 보통실에 머물 것이라는 의미였다. 그러나 우르비노 다사 박사는 그것이 그가 흉측한 생각을 품은 게 아니라는 증거가 되기에는 불충분하다고 생각했다. 그래서 아내에게 조난자의 눈길을 던지면서 어쩔 줄 모르는 자신이 지탱할 수 있는 무언가를 찾고자 했지만, 단지 차가운 두 눈만을 볼 수 있을 뿐이었다. 그녀는 아주 거친 목소리로 작게 "당신도 그렇게 생각해요?"라고 말했다. 그랬다. 그도 동생 오펠리아처럼 사랑에는 나이가 있으며, 그 시기가 지나면 사랑은 추잡해진다는 생각을 가지고 있었다. 그러나 그는 제때에 마음을 진정시키고는, 감사의 마음보다는 체념한 듯한 표정으로 굳게 악수를 하며 플로렌티노 아리사와 작별을 했다.

플로렌티노 아리사는 선실 난간에서 그들이 배에서 내리는 것을 보았다. 그리고 그가 바라고 기다렸던 대로, 우르비노 다사 박사와 그의 아내는 자동차에 타기 전에 고개를 돌려 그를 바라보았고, 그는 손을 흔들며 작별 인사를 했다. 그러자 두 사람도 똑같이 화답했다. 그는 자동차가 하역장의 먼지 속으로 사라질 때까지 난간에 머물렀다. 그러고는 그의 선실로 가서 선장의 개인 식당에서 갖게 될 승선 후 첫 저녁 식사에 걸맞은 옷으로 갈아입었다.

디에고 사마리타노 선장이 사십 년 동안 강에서 보고 경험한 풍성한 이야기로 흥을 돋운 근사한 저녁이었지만, 페르미나 다사는 재미있는 것처럼 보이기 위해 엄청난 노력을 해야만 했다. 8시에 마지막 뱃고동을 울린 후 모든 방문객들을 하선시키고 트랩을 올렸지만, 배는 선장이 식사를 끝내고 브리지에 올라가 움직일 것을 지시할 때까지 출항하지 않았다. 페르미나 다사와 플로렌티노 아리사는 보통실의 난간에 머무르면서, 도시의 불빛을 보며 그게 무엇인지 확인하려고 시끄럽게 떠드는 승객들 틈에 뒤섞여 있었다. 배는 만을 빠져나가서 어부들의 너울거리는 불빛이 점점이 새겨진 늪지와 눈에 보이지 않는 수로로 들어갔고, 마침내 막달레나강의 자유로운 공기를 들이마시면서 있는 힘을 다해 뱃고동을 울렸다. 그러자 악단이 유행가를 연주하기 시작했고, 승객들은 기쁨을 주체하지 못하고 우르르 몰려가 춤을 추기 시작했다.

페르미나 다사는 선실에 혼자 남아 있고 싶었다. 그녀는 밤새 한마디도 하지 않았고, 플로렌티노 아리사는 그녀가 사색에 잠기도록 놔두었다. 단지 선실 앞에서 그녀와 작별하기 위해 그녀의 명상을 깼을 뿐이었다. 그러나 그녀는 약간 추울 뿐 잠이 오지 않았기에 함께 특별실 전망대에 앉아서 잠시 강을 보자고 제안했다. 플로렌티노 아리사는 특별실 난간으로 두 개의 대나무 소파를 밀어 버리고 나서 불을 껐다. 그러고는 그녀의 어깨 위에 양털 담요를 덮어 주고서 그녀 옆에 앉았다. 그녀는 그가 선물로 가져온 조그만 상자에서 담배를 꺼내 말았다. 놀라울 정도로 능숙한 솜씨였다. 그러고는 아무 말도 하지 않은 채 불붙은 담배를 입에 물고 천천히 피웠다. 그런 다음 계속해서 두 개비를 더 말아 줄담배를 피워 댔다. 플로렌티노 아리사는 홀짝홀짝 커피를 마셨고, 그렇게 커피를 담은 두 개의 보온병을 비워 버렸다.

도시의 광채는 수평선 너머로 이미 사라져 버린 상태였다. 어두운 전망대에서 바라보자, 조용하고 부드러운 강물과 보름달 아래로 비친 강 양쪽의 풀밭이 인광을 내뿜는 평원처럼 보였다. 가끔씩 커다란 아궁이 옆에 있는 초가집들이 보였다. 그 아궁이는 배의 보일러에 땔 땔감을 판다는 사실을 알리는 것이었다. 플로렌티노 아리사는 젊었을 때의 기억을 희미하게 간직하고 있었다. 그런데 눈부신 불빛을 통해 강을 보자 그것이 마치 어제 일인 것처럼 되살아났다. 그는 이렇게 하면 기분이 나아질지 모른다고 생각하고 페르미나 다사에게 몇 개의 이야기를 들려주었다. 그러나 그녀는 다른 세상에 있는 사람처럼 담배만 피우고 있었다. 그러자 플로렌티노 아리사는 자기의 추억 이야기를 멈추고, 그녀가 생각에 잠긴 채 있도록 놔두었다. 그러는 동안 페르미나 다사는 작은 상자에 담긴 담배가 동날 때까지 담배를 말아서 불을 붙였다. 자정이 지나자 음악이 멈추었고, 승객들의 시끄러운 소리는 뿔뿔이 흩어져서 이내 잠에 취한 속삭임으로 바뀌었다. 두 개의 심장만이 어둠에 싸인 전망대에 덩그러니 남아 배의 숨소리에 맞춰 고동치고 있었다.

그렇게 한참이 지나자, 플로렌티노 아리사는 강의 광채를 통해 그녀를 바라보았다. 푸르고 은은한 불빛을 받아 부드러워진 석상의 옆모습처럼 유령 같은 모습이었다. 그러자 그는 그녀가 소리 없이 울고 있다는 사실을 깨달았다. 하지만 그녀를 위로하거나 그녀가 바란 대로 눈물이 마를 때까지 기다리는 대신 그는 두려움에 사로잡혀 이렇게 물었다.

"혼자 있고 싶어요?"

그러자 그녀가 말했다.

"그랬다면 당신보고 들어오라고 하지 않았겠죠."

그러자 그는 어둠 속으로 차가운 손가락을 뻗어 어둠 속에 잠긴 다른 손을 더듬거리며 찾았고, 이내 자기 손을 기다리고 있던 그 손을 발견했다. 두 사람은 바로 그 덧없는 순간에 두 손 모두 서로 닿기 전에 상상했던 그런 손이 아니라, 단지 늙은 뼈를 지닌 손이라는 사실을 깨달을 수 있을 정도로 정신은 멀쩡했다. 하지만 곧 이어 그런 느낌을 받았다. 그녀는 마치 죽은 남편이 살아 있기라도 한 것처럼 현재형으로 그에 관해 이야기했고, 플로렌티노 아리사는 그 순간 그녀가 점잖고 위엄 있게, 그리고 살아야겠다는 억누를 수 없는 욕망을 지니고서 주인이 떠나 버린 사랑을 어떻게 할 것인지 자기 자신에게 질문을 던져야 할 시간이 왔다는 것을 알았다.

페르미나 다사는 그가 잡고 있는 손을 떨쳐 버리지 않기 위해 담배를 껐다. 그녀는 이해하고픈 갈망에 빠져 있었다. 그녀는 자신의 남편보다 더 훌륭한 남편을 생각할 수는 없었지만 그들의 삶을 떠올릴 때면 기쁜 일보다는 다툼이 더 잦았고, 서로 이해하지 못한 일이 너무나 많았으며, 쓸데없는 다툼과 제대로 풀리지 않은 분노로 가득 차 있었다. 그녀는 이내 한숨을 내쉬면서 이렇게 말했다. "그렇게 오랜 세월 동안 그토록 쓸데없이 싸우면서도 어떻게 행복해질 수 있는지 상상이 안 돼요. 제기랄, 그게 정말로 사랑인지 아닌지도 모르면서 말이에요." 그녀가 가슴에 품은 말을 내뱉은 순간, 보름달은 이미 사라지고 없었다. 배는 한발 한발씩 차근차근 내디디면서 조심스럽게 앞으로 나아가고 있었다. 마치 무언가를 노리고 있는 커다란 짐승 같았다. 페르미나 다사는 이제 더 이상 번민하지 않았다.

"이제 가세요." 그녀가 말했다.

플로렌티노 아리사는 그녀의 손을 꼭 잡고서 그녀를 향해 몸을 숙여 뺨에 키스를 하려고 했다. 그러나 그녀는 부드럽고 허스키한 목소리로 그 키스를 거절했다.

"이젠 안 돼요. 노파 냄새가 나거든요."

그녀는 그가 어둠 속에서 나가는 소리를 들었고, 그가 계단을 내려가는 소리를 들었으며, 그가 다음 날까지 그곳에 있지 않고 사라지는 소리를 들었다. 페르미나 다사는 다른 담배에 불을 붙였고, 그 담배를 피우는 동안 후베날 우르비노 박사의 모습을 보았다. 그는 먼지 하나 묻지 않은 리넨 양복을 입고 있었으며, 의사에 걸맞은 엄숙한 모습을 취하고 있었다. 또한 눈부실 정도로 다정했고, 공식적인 사랑의 표시로 과거의 다른 배에서 하얀 모자를 흔들면서 작별의 신호를 보내고 있었다. 그는 언젠가 이렇게 말한 적이 있었다. "우리 남자들은 편견의 가련한 노예야. 반면에 한 여자가 남자와 잠자리를 함께하기로 결심하면, 못 오를 울타리가 없고 아무리 강한 요새도 함락되며, 그 어떤 도덕심도 뿌리부터 무시되기 마련이지. 하느님도 어찌할 도리가 없소." 페르미나 다사는 새벽까지 플로렌티노 아리사를 생각하면서 꼼짝도 하지 않았다. 그러나 이제는 향수의 희미한 불꽃 하나도 일으키지 않는 기억을 되살리면서 복음 공원의 벤치에 외로이 앉아 있던 보초로 그를 생각한 것이 아니라, 현재의 모습 그대로 늙고 절룩거리는 실제의 그를 생각했다. 그러니까 자기가 손만 뻗으면 닿을 수 있는 거리에 항상 있었지만 그 존재를 알아볼 수 없었던 남자로서 생각한 것이다. 배가 숨을 내쉬면서 그날의 새벽 장미들이 밝힐 환한 광채를 향해 그녀를 이끌어 가는 동안, 그녀가 하느님에게 간구한 유일한 것은 플로렌티노 아리사가 다음 날 어디에서 다시 시작해야 하는지 알게 해 달라는 것이었다.

그는 알고 있었다. 전날 밤 페르미나 다사는 실컷 잘 수 있도록 사환에게 잠을 깨우지 말라는 지시를 내렸다. 그녀가 눈을 떴을 때, 침대 옆 테이블에는 아직도 이슬을 머금고 있는 신선한 백장미가 꽂힌 꽃병이 놓여 있었다. 그리고 꽃 사이에는 플로렌티노 아리사가 전날 밤 그녀와 헤어지고 난 다음부터 쓴 상당한 분량의 편지가 있었다. 차분한 어조의 그 편지는 전날 밤부터 그를 사로잡고 있는 기분 상태를 표현하고 있을 뿐 그 이상의 내용은 없었다. 즉 다른 편지들처럼 서정적이었고, 모든 편지들처럼 수사적이었지만 현실에 바탕을 두고 있었다. 페르미나 다사는 심장의 맥박이 빨라지자 약간 당황하여 그 편지를 읽었다. 그 편지는 선장이 브리지에서 배가 어떻게 작동하는지 보여 주고자 기다리고 있으니, 선실을 나설 준비가 되면 사환에게 연락하라는 말로 끝맺고 있었다.

11시가 되자 준비가 끝났다. 회색의 거친 천으로 만든 미망인 드레스를 입은 그녀는 샤워를 마치고 꽃향내 비슷한 비누 냄새를 풍겼으며, 전날 밤의 고통에서 완전히 회복되어 있었다. 그녀는 티 하나 없이 하얀 옷을 입은, 선장의 개인 급사인 사환에게 간단한 아침 식사를 주문했지만, 자기를 찾으러 와도 좋다는 전갈을 전하라는 말은 하지 않았다. 그리고 구름 한 점 없는 하늘을 보자 환한 미소를 지으며 혼자 브리지로 올라왔고, 브리지에서 플로렌티노 아리사가 선장과 대화하고 있는 모습을 보았다. 그런데 그는 다른 사람처럼 보였다. 그것은 그를 다른 눈으로 보게 되었기 때문이기도 하지만 정말로 변했기 때문이기도 했다. 평생 걸치고 다니던 어둡고 음침한 의상 대신에, 그는 아주 편안한 흰 구두와 헐렁한 바지, 그리고 옷깃이 열려 있고 가슴 주머니에 그의 모노그램이 수놓아진 반팔의 니트를 걸치고 있었다. 또한 마찬가지로 하얀색의 스코틀랜드 스타일의 캡을 쓰고 있었으며, 그가 평생 사용했던 근시 안경 위에 검은색의 안경알을 덮고 있었다. 이 모든 것이 처음 사용하는 것이고, 아주 오래 사용한 밤색의 가죽 허리띠를 제외하고는 모두가 이 여행을 위해 구입한 것임이 분명했다. 페르미나 다사는 마치 수프에 빠진 파리처럼 첫눈에 그런 사실을 알아차렸다. 분명히 자기를 위해 그렇게 차려입은 그를 보자, 그녀는 얼굴이 후끈 달아오르며 빨갛게 되는 것을 막을 수가 없었다. 그녀는 몹시 당황한 표정으로 그에게 인사했고, 그는 그런 그녀의 모습을 보자 그녀보다 더욱 어쩔 줄 몰랐다. 두 사람이 연인처럼 행동하고 있다는 생각은 그들을 더욱 당황스럽게 만들었다. 그리고 두 사람이 당황하고 있다는 생각은, 사마리타노 선장이 몸을 떨면서 그들을 측은하게 바라볼 정도로 더욱 그들을 어쩔 줄 모르게 만들었다. 선장은 두 시간 동안 배가 일반적으로 어떻게 움직이고 어떻게 키를 움직여야 하는지를 설명하면서 곤경에 처한 그들을 구해 주었다. 그들은 강둑 없이 메마른 모래톱 사이로 수평선까지 널리 펼쳐져 있는 강을 아주 천천히 항해하고 있었다. 그러나 하구의 탁하고 거친 물살과는 반대로 그곳의 강물은 맑고 느렸다. 또한 무자비하게 내리쬐는 태양 아래서 은빛 광채를 반짝이고 있었다. 페르미나 다사는 모래섬으로 둘러싸인 삼각주라는 인상을 받았다.

선장은 말했다.

"이 강에 남아 있는 몇 개 안 되는 것 중의 하나입니다."

사실 플로렌티노 아리사는 너무나 많이 바뀌어 버린 강을 보고 깜짝 놀랐다. 그리고 다음 날 항해가 더 힘들어지면 더욱 놀랄 것이었다. 그는 세계에서 가장 큰 강 중의 하나인 막달레나강이 단지 기억의 환영에 불과하다는 것을 깨달았다. 그러자 사마리타노 선장은 무분별한 벌목이 오십 년도 채 안 되는 기간에 강을 이 지경으로 만들어 놓았다고 설명했다. 하천 선박의 보일러들이 플로렌티노 아리사가 첫 여행에서 중압감을 느꼈던 거대한 나무들로 가득한 밀림을 삼켜 버렸다는 것이었다. 페르미나 다사는 평생 꿈꿔 왔던 동물들을 볼 수 없게 될 것이었다. 뉴올리언스의 제혁 공장에서 온 가죽 사냥꾼들이 나비들을 잡아먹으려고 강변의 협곡에서 커다란 입을 벌린 채 여러 시간 동안 죽은 체하던 악어들과 시끄럽게 울어 대던 앵무새들을 모두 죽여 버렸기 때문이다. 또한 미친 듯이 소리를 질러 대던 원숭이들도 울창한 숲이 사라지면서 점차 목숨을 잃었으며, 어머니들처럼 커다란 젖으로 자식들에게 젖을 먹이고 강둑에서 외로운 여인의 목소리로 울어 대던 매너티들은 심심풀이로 쏘아 대던 사냥꾼들의 방탄 총알에 멸종하고 말았던 것이다.

사마리타노 선장은 매너티들에게 거의 어머니 같은 애정을 느끼고 있었다. 왜냐하면 매너티들이 금지된 사랑의 길을 선고받은 귀부인들처럼 여겨졌기 때문이다. 그는 동물의 왕국에서 매너티가 유일하게 수컷 없이 암컷들로만 이루어진 동물이라는 전설을 굳게 믿고 있었다. 그리고 그는 법으로 금지되어 있으나 관례화되어 있던, 배 위에서 매너티에게 사격하는 행위에 항상 반대했다. 한번은 신분이 확실한 노스캐롤라이나 출신의 어느 사냥꾼이 그의 명령을 어기고서 스프링필드 총으로 정확히 조준을 하고 사격하여 어느 어미 매너티의 머리를 박살냈다. 그러자 그 매너티의 새끼는 축 늘어진 몸 위에서 슬픔을 참지 못한 채 미친 듯이 큰 소리로 울어 댔다. 선장은 고아가 되어 버린 그 매너티 새끼를 자기가 책임지고 돌보기 위해 배 위로 올라오게 했다. 그러고는 죽은 어머니 매너티의 시체 옆에 있던 황량한 모래톱에 그 사냥꾼을 버려 두고 그곳을 떠났다. 미국 외무성의 항의로 인해 그는 육 개월간 감옥살이를 하고 선장 자격증까지 박탈당할 뻔했다. 감옥에서 나온 뒤로도 그는 그런 경우가 발생하면 언제라도 다시 그렇게 할 생각이었다. 하지만 그것은 이미 역사적인 일화가 되어 있었다. 산 니콜라스 데 라스 바랑카스의 희귀한 동물 공원에서 자라 오랫동안 살았던 그 고아 매너티는 강에서 볼 수 있는 마지막 매너티였던 것이었다.

선장이 말했다.

"이 강둑을 지날 때마다 난 하느님께 그 미국 놈이 다시 내 배에 타게 해 달라고 기도합니다. 다시 그곳에 버리고 가도록 말입니다."

선장에게 전혀 호감을 갖지 않았던 페르미나 다사는 그 다정한 거구의 남자에게 너무나 감동받은 나머지, 그날 아침부터 마음속의 가장 특별한 자리에 그를 올려놓았다. 그것은 잘한 일이었다. 여행은 이제 막 시작되었고, 이제 그녀는 자기가 틀리지 않았다는 것을 깨닫고도 남을 만한 기회를 갖게 될 터였다.

페르미나 다사와 플로렌티노 아리사는 점심시간 때까지 브리지에 머물렀다. 불과 몇 년 전까지만 해도 늘 축제가 벌어지던 곳이었지만, 이제는 황량한 거리만 남은 허물어져 가는 항구가 된 칼라마르 마을을 지나고 얼마 되지 않은 시각이었다. 배에서 바라볼 수 있던 유일한 사람은 손수건을 흔들던 하얀 옷을 입은 여자 한 명뿐이었다. 페르미나 다사는 그녀가 그토록 슬프고 괴로운 표정을 짓고 있는데 왜 배에 태워 주지 않는 것인지 이해할 수가 없었다. 그러나 선장은 그것은 익사한 여인의 유령이며, 배를 다른 쪽 강둑의 위험한 소용돌이 속으로 유인하고자 거짓 신호를 보내는 것이라고 설명해 주었다. 배가 그녀와 아주 가까운 곳으로 지나갔기 때문에 페르미나 다사는 햇볕 아래서 아주 또렷하게 그녀의 모든 것을 볼 수 있었다. 그녀가 존재하지 않는다는 것을 의심하지는 않았지만, 그녀의 얼굴은 어디에선가 본 듯했다.

길고 무더운 날이었다. 점심 식사를 마친 후 페르미나 다사는 절대 피할 수 없는 낮잠을 자기 위해 선실로 돌아왔지만, 귀의 통증 때문에 제대로 잠을 잘 수 없었다. 귀의 통증은 바랑카 비에하에서 몇 레구아 떨어진 곳에서 그 배가 카리브 하천 회사의 또 다른 선박과 지나치면서 필수적인 인사를 교환했을 때 더욱 심해졌다. 플로렌티노 아리사는 선실이 없는 대부분의 승객들이 마치 한밤중처럼 잠을 자고 있던 커다란 휴게실에서 잠시 잠에 들었고, 로살바가 배에서 내리는 것을 보았던 장소와 아주 가까운 곳에서 그녀의 꿈을 꾸었다. 그녀는 지난 세기의 몸폭스 의상을 걸치고 혼자 여행하고 있었다. 그런데 처마에 걸린 버들가지 새장 안에서 낮잠을 자고 있던 것은 아이가 아니라 바로 그녀였다. 참으로 이상하면서도 유쾌한 꿈이었다. 그래서 그는 선장과 두 명의 친한 승객들과 도미노 놀이를 하면서도 오후 내내 그 꿈을 즐겁게 음미했다.

해가 지면 더위가 사라졌고, 배에는 다시 축제 분위기가 시작되었다. 승객들은 동면에서 깨어난 듯이 목욕을 마치고 깨끗한 옷으로 갈아입었다. 그러고는 커다란 휴게실의 버들가지 안락의자에 앉아 저녁을 기다렸다. 저녁 식사는 정각 5시라면서 식당 종업원이 조롱의 박수 속에서 성당지기의 종을 울리면서 갑판 한쪽 끝에서 다른 쪽 끝으로 오가며 알려 주었던 것이다. 저녁을 먹기 시작하면 악단이 판당고[28] 음악을 연주하기 시작했고, 승객들은 한밤중까지 계속 춤을 추었다.

페르미나 다사는 귀가 아파서 저녁을 먹고 싶은 기분이 들지 않았다. 그녀는 벌거벗은 협곡에서 보일러용 땔감을 싣는 장면을 처음으로 목격했다. 그곳에는 수북이 쌓인 통나무와 그 통나무를 관리하는 아주 늙은 노인 외에는 그 무엇도 보이지 않았다. 그리고 그곳에서 한참 떨어진 곳까지 포함해도 그 노인을 빼놓고는 아무도 살고 있지 않은 것 같았다. 페르미나 다사에게는 유럽행 대서양 횡단선에서는 생각도 할 수 없

28) 스페인의 활기 찬 구애 춤으로 민요의 일종이다.

는 지루하고 따분한 정박이었다. 너무나 더웠기 때문에 냉방 시설이 된 관망대 안에서도 더위가 느껴졌다. 그러나 배가 다시 출항하자 밀림 한가운데의 냄새를 머금은 향긋하고 시원한 바람이 불어왔다. 시티오 누에보 마을에는 단 한 채의 집에 있는 단 하나의 창문에서 새어 나오는 단 하나의 불빛만이 있었고, 항구 사무실에서는 배에 탈 승객이나 배에 실을 짐이 있다는 아무런 신호도 없었다. 그래서 배는 뱃고동을 울리며 인사도 하지 않은 채 그냥 그곳을 지나쳤다.

페르미나 다사는 오후 내내 플로렌티노 아리사가 어떤 방법으로 선실을 두드리지도 않고 자기를 만나려고 할 것인지 마음속으로 묻고 있었다. 밤 8시경이 되자 그녀는 그와 함께 있고 싶은 갈망을 더 이상 참을 수가 없었다. 그래서 우연을 가장하여 그를 만날 수 있다는 희망을 가지고 복도로 나갔다. 그리 오래 찾아다닐 필요는 없었다. 플로렌티노 아리사가 아무 말 없이 슬픈 표정으로 복도의 벤치에 앉아 있었기 때문이다. 그 모습은 마치 복음 공원에 앉아 있던 옛날 모습과 같았다. 그는 두 시간도 넘게 어떻게 해야 그녀를 만날 수 있을지 고민하고 있었다. 두 사람은 뜻밖이라는 제스처를 취했지만, 둘 다 그게 거짓임을 알고 있었다. 두 사람은 젊은이들로 가득한 1등실 갑판을 함께 걸어 다녔다. 대부분은 시끄럽게 떠드는 학생들로, 그들은 방학의 마지막 축제를 열심히 즐기는 데 전념하고 있었다. 라운지에서 플로렌티노 아리사와 페르미나 다사는 학생들처럼 바에 앉아서 청량음료를 마셨다. 그런데 그때 페르미나 다사는 무서운 상황을 떠올리면서 말했다. "너무 끔찍해요!" 플로렌티노 아리사는 무슨 생각을 하고 있기에 그런 충격을 받았느냐고 물었다. 그러자 그녀가 말했다.

"불쌍한 노인네들이요. 배에서 노에 맞아 죽은 노인네들 말이에요."

두 사람은 어두운 전망대에서 조용하게 오랫동안 대화를 나눈 후 음악이 끝나자 잠자리에 들러 갔다. 달은 보이지 않았고, 하늘은 구름으로 뒤덮여 있었다. 수평선에는 천둥을 동반하지 않은 마른번개가 쳐서 그들을 잠시 환하게 비추어 주곤 했다. 플로렌티노 아리사는 페르미나 다사를 위해 담배를 말았지만, 그녀는 네 개비 이상은 피우지 않았다. 귀의 통증은 잠시 가라앉았다가 그 배가 다른 배와 만나거나 잠에 든 마을을 지나면서 뱃고동을 울릴 때나, 강의 수심을 재기 위해 천천히 항해할 때면 다시 심해졌고, 그래서 몹시 괴로워하고 있었다. 그는 시 축제나 기구 여행, 그리고 서커스 자전거 타기에서 항상 그녀를 얼마나 갈망하며 지켜보았는지 말해 주었다. 그리고 그녀를 보러 일 년 내내 그런 축제가 열리길 얼마나 원했는지도 들려주었다. 그러자 그녀 역시 그를 종종 보았지만, 자기를 보기 위해 왔으리라고는 상상도 하지 못했다고 내답했다. 그러나 일 년 전에 그의 편지를 읽고서 그가 시 축제에 참가했더라면 틀림없이 1등상을 탔을 텐데 어째서 경쟁하지 않았는지 생각했다는 것도 덧붙였다. 플로렌티노 아리사는 거짓말을 했다. 단지 그녀만을 위해 글을 썼고, 그녀만을 위해 시를 썼으며, 자기만이 그 시들을 읽었다고 말한 것이다. 그러자 그녀는 어둠 속에서 그의 손을 찾았다. 전날 밤 그녀가 그의 손을 기다렸던 것처럼 그녀를 위해 기다리고 있는 그 손을 찾는 대신, 덥석 그의 손을 잡았다. 플로렌티노는 심장이 얼어붙는 것 같았다. 그는 이렇게 말했다.

"여자들은 참으로 이상해요."

그녀는 젊은 비둘기처럼 알 수 없는 웃음을 터뜨리고는, 다시 배를 탔던 한 쌍의 노인을 생각했다. 이제 그 생각은 그녀의 마음속에 새겨져 있었고, 그 이미지는 영원히 그녀를 뒤쫓을 것이 분명했다. 그러나 그날 밤 그녀는 그것을 참을 수 있었다. 왜냐하면 평생에 몇 번 느껴 보지 못한 편안하고 차분한 느낌을 받았기 때문이다. 그러니까 모든 죄악으로부터 깨끗해진 느낌이었다. 그녀의 손안에서 식은땀을 흘리고 있는 그의 손을 잡고서, 아무 말 없이 새벽녘까지 남아 있고 싶었다. 그러나 그녀는 귀의 통증을 견딜 수가 없었다. 그래서 음악이 그치고 커다란 휴게실에 해먹을 거는 일반 승객들의 소란이 잦아들자, 그녀는 귀의 통증이 그와 함께 있고 싶다는 욕망보다 더 강하다는 것을 깨달았다. 그녀는 그렇게 말하면 그가 자기의 고통을 덜어 줄 수 있을 것임을 알았지만, 그를 걱정시키지 않기 위해 그렇게 하지 않았다. 그러자 마치 평생을 그와 함께 산 것처럼 그를 알고 있다는 느낌이 들면서, 만일 배를 되돌려 출발했던 곳으로 되돌아가는 것이 그녀의 통증을 덜어 줄 수 있다면, 그는 그렇게 하고도 남을 사람이라고 생각했다.

플로렌티노 아리사는 그날 밤 그렇게 일이 진행되리라는 것을 미리 예견하고 그곳에서 물러갔다. 선실 문 앞에서 그가 작별의 키스를 하려고 하자, 그녀는 왼쪽 빰을 갖다 댔다. 그가 거친 숨을 몰아쉬며 고집을 부리자, 그녀가 학생이었을 때는 전혀 내색도 하지 않았던 교태를 부리며 다른 쪽 빰을 내밀었다. 그러자 그는 다시 고집을 부렸고, 그제야 그녀는 자신의 입술로 그를 받아들였다. 결혼 첫날밤 이후로 잊어버렸던 어설픈 미소를 지으며 그녀는 깊이 떨려 오는 몸을 억누르면서 그의 입술을 받아들였다. 그러고는 이렇게 말했다.

"하느님 맙소사! 난 왜 배만 타면 이러는지 모르겠어요!"

플로렌티노 아리사는 몸을 떨었다. 그녀가 말했던 대로 나이를 먹은 그녀에게서는 시큼한 냄새가 풍겼다. 그러나 잠에 든 해먹의 미로 사이로 길을 헤치면서 자기의 선실로 돌아가는 동안, 그는 네 살 더 먹은 자기도 똑같은 냄새를 풍겼을 것이고, 그녀 역시 동일한 감정을 느꼈으리라 생각하면서 위안을 삼았다. 그것은 그가 아주 오래된 애인들에게서 맡은 적이 있고, 그녀들도 그에게서 맡았던 인간의 발효 냄새였다. 아무것도 감추지 않던 나사렛의 과부는 "이제 우리는 닭장 냄새가 나는군요."라고 노골적으로 말했다. 두 사람은 내 냄새가 당신의 냄새라는 생각으로 서로를 참아 냈다. 반면에 기저귀 냄새로 그의 모성 본능을 일깨우던 아메리카 비쿠냐에게는 수없이 조심을 했지만, 그녀가 자기의 냄새, 그러니까 추잡한 늙은이의 냄새를 참지 못할 수도 있다는 생각에 불안했던 적이 많았다. 하지만 이 모든 것은 이제 과거의 일이었다. 중요한 것은 에스콜라스티카 고모가 전신 사무실의 카운터에 기도서를 놓고 갔던 그날 오후 이래, 플로렌티노 아리사가 그날 밤처럼 행복감에 도취된 적은 없었다는 것이다. 그 행복감이 너무나 강렬해서 그는 두렵기까지 했다.

그가 막 잠들려고 할 무렵인 새벽 5시경, 배의 사무장이 그를 깨웠다. 배는 삼브라노 항구에 있었다. 사무장은 그에게 급한 전보를 한 통 건네주었다. 그 전보는 카시아니가 전날 보낸 것으로, 그녀의 모든 두려움과 공포는 "아메리카 비쿠냐가 알 수 없는 이유로 어제 죽었음."이라는 한 줄 속에 삽입되어 있었다. 아침 11시에 그는 전신 기사로 일하던 시절 이후 한 번도 다루어 보지 않은 통신 기계를 직접 작동하여 레오나 카시아니와 전신을 통해 자세한 내막을 알게 되었다. 기말 시험에서 낙제하자 극도의 절망감에 빠진 아메리카 비쿠냐는 학교 양호실에서 훔친 아편 팅크 한 병을 마신 것이었다. 플로렌티노 아리사는 영혼 저 깊은 곳에서 그것이 완전한 이야기가 아니라는 것을 잘 알고 있었다. 그러나 아메리카 비쿠냐는 그녀의 결정이 누구의 잘못 때문인지 밝히는 그 어떤 글도 남겨 놓지 않았다. 레오나 카시아니에게서 소식을 들은 그녀의 가족은 그 순간 푸에르토 파드레에서 오는 중이었고, 장례식은 그날 오후 5시로 예정되어 있었다. 플로렌티노 아리사는 안도의 한숨을 내쉬었다. 그가 계속해서 살아 나갈 수 있는 유일한 방법은 그 기억에서 고통을 받지 않는 것이었다. 옛 상처가 아무런 예고도 이유도 없이 순간적으로 심하게 아파 오는 것처럼, 그는 여생을 사는 동안 가끔씩 그 기억이 되살아나는 것을 느끼게 될 테지만, 그 순간만은 자기의 기억에서 그 사건을 지워 버렸다.

무덥고 끝없이 지루한 나날들이 계속되었다. 강물은 탁해졌고, 강폭은 갈수록 좁아졌다. 플로렌티노 아리사가 첫 여행에서 놀란 눈으로 바라보았던 거대한 나무들이 빼곡한 울창한 숲은 온데간데없었고, 하천 선박들의 보일러가 밀림을 모두 삼켜 버리고 남은 찌꺼기들과 새카맣게 불타 버린 평원, 그리고 하느님에게서 버림받은 마을의 잔해만이 남아 있었다. 그 마을들의 거리는 가장 가뭄이 심한 시기인데도 물에 잠겨 있었다. 모래톱에서 살고 있던 매너티들의 세이렌 요정 같은 노랫소리 때문이 아니라, 바다를 향해 둥둥 떠가는 시체들의 역겨운 악취 때문에 밤에는 잠을 이룰 수 없었다. 이미 전쟁은 끝났고 전염병도 돌지 않았지만, 퉁퉁 부은 시체들이 계속해서 떠다니고 있었던 것이다. 선장은 딱 한 번 엄숙한 표정을 지으면서 말했다. "우리는 승객들에게 이 시체들이 우연히 물에 빠져 죽은 것이라고 말하라는 명령을 받았습니다." 예전에 대낮의 더위를 더욱 고조시키던 앵무새들의 아우성과 원숭이들의 호들갑스러운 소리는 어디론가 사라져 버리고, 뜨거운 대지 위에는 광활한 침묵만이 흐르고 있었다.

땔감을 구할 곳도 거의 없는 데다 그런 장소마저 너무 드문드문 떨어져 있었기 때문에, 여행 나흘째 되던 날 '신충성호'의 연료는 바닥이 나고 말았다. 배는 거의 일주일 동안 꼼짝도 할 수 없었다. 그러는 동안 승무원들은 뿔뿔이 흩어져 있는 마지막 나무들을 찾아 잿더미가 되어 버린 늪지로 들어갔다. 그곳에는 아무도 없었다. 나무꾼들은 땅 주인들의 잔혹한 행위와 눈에 보이지 않는 콜레라, 그리고 여러 정부가 주의를 흩뜨리려고 마구 법령을 제정하면서 숨기려 애를 쓰던 잠복된 전쟁의 위험을 피해 계곡을 버리고 떠났던 것이다. 그사이 무료한 승객들은 수영 대회를 벌이기도 하고, 사냥 탐험대를 조직해서 살아 있는 이구아나를 잡아 머리에서 꼬리까지 자른 다음 투명하고 하얀 알들을 꺼낸 뒤에 노끈으로 다시 꿰매고는 줄줄이 실에 매어 배의 갑판에서 건조시켰다. 인근 마을에 살던 가난한 창녀들은 탐험대의 흔적을 뒤쫓아 와서 강둑에 임시로 야전 텐트를 쳤다. 그런 다음 술과 악대를 데려와 오도 가도 못하는 배 앞에서 술잔치를 벌였다.

카리브 하천 회사의 회장이 되기 오래전부터 플로렌티노 아리사는 강의 상태에 대해 경적을 울리는 보고서를 받고 있었지만, 읽은 적은 거의 없었다. 그는 "걱정 마십시오. 땔감이 떨어지면 곧 기름으로 움직이는 배가 나올 겁니다."라는 말로 회사 조합원들을 안심시켰다. 그는 페르미나 다사에 대한 열정 때문에 마음이 콩밭에 가 있던 관계로 한 번도 그 문제를 심각하게 생각해 보지 않았다. 그런데 그 진실을 깨닫게 되었을 때는, 그곳에 새로운 강을 가져오는 것 이외에는 달리 할 수 있는 방법이 없었다. 강물이 가장 적당한 때에도 밤에는 잠을 자기 위해 닻을 내려야만 했고, 그러면 살아 있다는 단순한 사실조차 참을 수가 없었다. 대부분의 승객들, 특히 유럽인들은 악취 풍기는 선실을 버리고는 끝없이 흘러내리는 땀을 닦았던 그 수건으로 피를 빨아 먹는 온갖 해충들을 쫓아 버리면서 갑판을 서성거리며 밤을 지새웠고, 퉁퉁 부풀어 오른 물린 자국을 보여 주며 기진맥진한 채 새날을 맞이하곤 했다. 19

세기 초의 어느 영국 여행가는 오십 일까지도 걸릴 수 있는 통나무배와 노새 여행을 언급하면서 이렇게 썼다. "이것은 인간이 할 수 있는 가장 비참하고 불편한 순례 중의 하나다." 이 말은 증기선 항해가 시작된 후 지난 팔십 년간은 더 이상 진실일 수 없었으나 악어들이 마지막 나비를 잡아먹고, 어머니와 같은 매너티들이 죽고, 앵무새와 원숭이와 마을들을 비롯한 모든 것이 사라지자 다시 영원한 진실이 되었다.

선장은 웃으면서 말했다.

"전혀 문제될 것이 없습니다. 몇 년만 지나면 말라 버린 강바닥으로 초호화 자동차를 타고 지날 수 있을 테니까요."

첫 사흘 동안 페르미나 다사와 플로렌티노 아리사는 특별실 관망대 갑판에서 은은한 봄기운의 보호를 받았지만, 땔감을 아껴서 쓰기로 하자 냉방 장치에 문제가 생기기 시작하면서 대통령 특별실은 이내 증기탕이 되고 말았다. 그녀는 열린 창문으로 들어오는 강바람 덕택에 무사히 밤을 지내면서 수건으로 모기들을 쫓아 버리곤 했다. 옴짝달싹 못 하는 배에서는 살충제도 아무런 소용이 없었기 때문이다. 그녀의 귀의 통증은 참을 수 없을 지경에 이르렀지만, 어느 날 아침잠에서 깨어나사 마치 죽은 매미처럼 갑자기 씻은 듯이 사라졌다. 그녀는 밤이 되어서야 비로소 왼쪽 귀의 청력을 잃었다는 사실을 깨닫게 되었다. 플로렌티노 아리사가 왼쪽에서 말했는데, 그의 말을 듣기 위해 고개를 돌려야만 했던 것이다. 하지만 그녀는 이를 나이 먹은 사람들이 겪어야 하는 고칠 수 없는 수많은 결함 중 하나일 것이라고 체념하고는 아무에게도 그 사실을 말하지 않았다.

어쨌거나 배가 지연된 것은 하느님이 두 사람에게 내려 준 은총이었다. 플로렌티노 아리사는 언젠가 "재앙 속에서 사랑은 더욱 위대해지고 고귀해진다."라는 말을 읽은 적이 있었다. 대통령 특별실의 습기는 그들을 아무것도 묻지 않고 보다 쉽게 사랑을 할 수 있는 비현실적인 혼수상태로 빠뜨렸다. 두 사람은 난간의 안락의자에 앉아 손을 잡은 채 상상할 수 없는 시간을 보냈으며, 천천히 키스를 나누었고, 불안과 초조의 함정에 빠지지 않은 채 황홀한 애무를 즐겼다. 혼수상태가 사흘째 되던 날 밤, 페르미나 다사는 사촌 언니 일데브란다의 일당들과 몰래 숨어서 마셨으며, 나중에는, 그러니까 결혼을 하고 아이를 가진 후에는 문을 걸어 잠그고 친구들과 잠시 빌려 온 세계에서 마셨던 아니스 술병을 들고 그를 기다렸다. 너무 맑은 정신으로 자기의 운명을 생각하지 않으려면 약간 술에 취할 필요가 있었지만, 플로렌티노 아리사는 그것이 마지막 단계에서 자기에게 용기를 주기 위한 것이라고 생각했다. 그런 환상에 힘을 얻은 그는 용기를 내서 손가락으로 그녀의 시든 목과 금속 코르셋으로 무장한 가슴, 형편없이 되어 버린 엉덩이, 늙은 혈관의 허벅지를 탐험했다. 그녀는 눈을 감은 채 담배를 피우고 가끔씩 술을 홀짝홀짝 마시면서 즐거운 표정으로 그의 손길을 받아들였지만, 몸을 떨지는 않았다. 마침내 그의 애무가 부드럽게 배를 향할 무렵, 그녀의 가슴에는 이미 충분한 양의 아니스 술이 들어가 있었다. 그녀가 말했다.

"우리가 그것을 할 거라면 하지요. 하지만 어른답게 하도록 해요."

그녀는 그를 침실로 데려간 다음 조신한 척하지 않으면서 환한 불빛 아래서 옷을 벗기 시작했다. 플로렌티노 아리사는 자제력을 되찾으려고 노력하면서 다시 한번 자기가 죽인 호랑이 가죽을 어찌해야 할지 모른 채 침대에 드러누워 있었다. 그녀는 "날 보지 말아요."라고 말했다. 그는 천장에서 눈을 떼지 않은 채 왜 그러느냐고 물었고, 그녀는 대답했다.

"당신이 좋아하지 않을 것 같아서 그래요."

그러자 그는 그녀를 바라보았다. 그리고 예전에 상상했던 것처럼 허리까지 벗은 그녀를 보았다. 그녀의 어깨는 주름져 있었고, 가슴은 축 늘어졌으며, 갈비뼈는 마치 개구리처럼 창백하고 차가운 살가죽으로 뒤덮여 있었다. 그녀는 방금 벗은 블라우스로 가슴을 가리고서 불을 껐다. 그러자 그는 침대에서 일어나 어둠 속에서 옷을 벗기 시작했고, 자기가 벗은 옷가지를 하나씩 그녀를 향해 던졌다. 그러면 그녀는 배꼽을 잡고 웃으면서 그 옷들을 다시 그에게 던졌다.

두 사람은 오랫동안 침대에 드러누워 있었다. 그는 취기가 사라질수록 점점 더 어찌할 바를 몰랐고, 그녀는 거의 의욕을 상실한 사람처럼 편안한 모습이었지만, 아니스 술을 과음할 때면 언제나 그랬듯이 실없이 웃지 않게 해 달라고 하느님에게 기도하고 있었다. 플로렌티노 아리사와 페르미나 다사는 대화를 하며 시간을 보냈다. 그들 자신과, 너무나 다른 서로의 삶에 관해 말했다. 또한 이제 죽음을 기다릴 시간밖에 남아 있지 않다고 생각할 시간에, 멈추어 버린 배의 선실에서 벌거벗고 있는 상상할 수 없는 우연에 관해서도 말했다. 그녀는 심지어 일이 일어나기도 전에 모두 알려지는 도시에서 그에게 여자가 있다는, 심지어는 단 한 명의 여자라도 있다는 말을 들은 적이 없었다. 그래서 지나가는 말로 그 이야기를 꺼내자 그는 조금도 떨리지 않는 목소리로 즉시 대답했다.

"당신을 위해 동정을 지켜 왔던 것이오."

그 말이 틀림없는 사실이었더라도 그녀는 그 말을 믿지 않았을 것이다. 왜냐하면 그가 보낸 사랑의 편지의 문장들 속에는 실제 의미보다는 오히려 찬란한 말의 힘이 더 빛을 발하고 있었기 때문이다. 하지만 그렇게 말한 그의 용기가 마음에 들었다. 한편 플로렌티노 아리사는 절대로 물어보지 못했을 질문을 이내 자신에게 던져 보았다. 그것은 결혼 생활 이외에 그녀가 어떤 숨겨진 삶을 살았을까 하는 것이었다. 그러나 그녀가 어떤 말을 했더라도 그는 놀라지 않았을 것이었다. 비밀스러운 모험을 하는 데 있어서는 여자도 남자와 똑같다는 사실을 알고 있었기 때문이다. 즉 남자와 똑같이 전략을 짜고, 남자와 똑같이 갑작스러운 영감을 받으며, 남자와 똑같이 아무런 고민이나 번뇌 없이 부정을 저지르곤 했던 것이다. 하지만 그런 질문을 던지지 않은 것은 잘한 일이었다. 언젠가 그녀와 교회와의 관계가 이미 상당히 손상되었을 무렵, 갑자기 고해 신부는 그녀에게 남편 외 다른 남자와 부정을 저지른 적이 없냐고 물었다. 그러자 그녀는 아무런 대답도 하지 않고 고해도 마치지 않은 상태에서 작별 인사도 하지 않고 자리에서 일어나 버렸다. 그리고 그 뒤로는 그 고해 신부뿐만 아니라 다른 신부에게도 다시는 고해 성사를 보지 않았다. 플로렌티노 아리사의 신중한 태도는 뜻하지 않은 보상을 받게 되었다. 어둠 속에서 그녀가 손을 내밀고는 그의 배와 옆구리와 거의 털이 없는 사타구니를 애무했던 것이다. 그녀는 "아기 피부 같아요."라고 말했다. 그런 다음 마지막 단계로 나아갔다. 그의 음경이 없는 곳에서 그것을 찾더니, 아무런 환상도 갖지 않고 다시 그것을 찾았다. 그러고는 마침내 아무런 무장도 하지 않은 그것을 발견했다. 그러자 그가 말했다.

"죽었소."

이런 일이 가끔 일어났기에 그는 이 귀신과 같은 존재와 함께 사는 법을 배웠다. 매번 처음인 양 다시 배워야만 했던 것이다. 그는 그녀의 손을 잡고서 가슴 위에 올려놓았다. 페르미나 다사는 살갗을 통해 그의 늙은 심장이 젊은이처럼 힘차고 빠르게 불규칙적으로 지칠 줄 모르고 뛰고 있다는 것을 알았다. 그는 "이런 경우에 지나친 사랑은 사랑이 없는 것만큼이나 나빠요."라고 말했다. 그러나 그렇게 말하는 그의 목소리에는 확신감이 결여되어 있었다. 그는 창피하고 자신에게 화가 나서 자기의 실패를 그녀의 탓으로 돌릴 이유를 애타고 찾고 있었던 것이다. 그녀는 그것을 알고 잔인한 짓을 하면서 즐거워하는 사랑스러운 암고양이처럼, 아무런 힘도 없는 육체를 비아냥거리는 애무로 자극하기 시작했다. 결국 그는 더 이상 수난을 견디지 못하고 자기 선실로 돌아가 버렸다. 그녀는 새벽까지 그를 생각했고, 마침내 그를 사랑한다는 확신을 가지게 되었다. 그리고 아니스 술에서 천천히 깨어나면서, 자신의 그런 태도가 마음에 들지 않아 그가 다시는 선실로 오지 않으면 어떻게 하나 하는 두려움에 휩싸였다.

그러나 그날 아침 11시라는 무례한 시간에 그는 싱싱하고 새로워진 모습으로 되돌아왔다. 그는 그녀 앞에서 과시를 하듯이 옷을 벗었다. 어둠 속에서 상상했던 것처럼 그녀는 환한 햇빛 아래서 그를 보며 즐거워했다. 그 늙지 않는 남자는 펼쳐진 우산처럼 팽팽하고 윤기 흐르는 까무잡잡한 피부를 지니고 있었고, 겨드랑이와 사타구니에만 드문드문 하늘거리는 털이 났을 뿐, 다른 곳에는 털이 하나도 없었다. 그의 물건은 우뚝 서 있었다. 그녀는 그가 우연히 그의 무기를 보여 준 것이 아니라, 마치 승전 트로피처럼 과시하면서 스스로 용기를 북돋기 위해 그런 것임을 알았다. 그는 그녀가 새벽의 산들바람이 불기 시작했을 때 입었던 잠옷을 벗을 틈도 주지 않고 신참내기처럼 서둘렀고, 그녀는 그런 그가 불쌍해서 몸을 떨었다. 그러나 그의 태도에 마음이 흔들린 것은 아니었다. 그런 경우에 사랑과 동정을 구별하기란 쉬운 일이 아니었기 때문이다. 하지만 사랑이 끝나자, 그녀는 허전함을 느꼈다.

그것은 이십 년 만에 처음으로 한 사랑이었다. 그토록 오랜 공백기를 보낸 후 자신의 나이 때에는 어떤 느낌을 갖게 될지 궁금증을 억누르지 못해서 사랑을 한 것이었다. 그러나 그는 그녀의 몸도 그를 원하고 있는지 알 시간을 주지 않았다. 그것은 조급하고 슬픈 사랑이었다. 그녀는 '이제 우리는 완전히 끝났어.'라고 생각했다. 그러나 그런 생각은 틀린 것이었다. 두 사람 다 실망했지만, 그리고 그는 자기의 어리석음을 후회하고 그녀는 아니스 술 때문에 미친 짓을 했다는 양심의 가책을 받았지만, 그들은 그날 이후 한순간도 헤어지지 않았다. 그의 배에서 누군가 남몰래 어떤 미스터리를 간직하려 한다 할지라도 그것을 본능적으로 알아차리는 사마리타노 선장은 매일 아침 그들에게 하얀 장미를 보냈고, 두 사람이 젊었을 때 유행했던 왈츠 세레나데를 틀어 주었으며, 두 사람의 기운을 북돋는 재료를 넣어 음식을 만들어 주는 장난을 치기도 했다. 한참 뒤에 그들이 찾지도 않았는데 갑작스레 영감이 찾아올 때까지 그들은 다시 사랑을 하려고 시도하지 않았다. 두 사람은 함께 있으면서 느끼는 행복으로 충분했던 것이다.

열하루간의 여행 끝에 선장은 종착지인 라 도라다 항구에 점심을 먹은 후에 도착할 것이라는 소식을 쪽지를 보내 알려 주었다. 그러지 않았더라면 아마도 두 사람은 선실에서 나오겠다는 생각도 하지 않았을 것이다. 페르미나 다사와 플로렌티노 아리사는 선실에서 창백한 햇살을 받아 빛나는 집들이 줄지어 있는 곳을 바라보고 그 이름이 일리가 있다고 생각했다.[29] 그러나 보일러처럼 푹푹 찌는 더위가 느껴지고 거리의 역청이 끓어오르는 것을 보자 그리 적당하지 않은 이름이라고 생각을 바꾸게 되었다. 또한 배는 라 도라다 마을이 아닌 반대편 강둑에 정박했다. 그곳은 산타페 철도의 종착역이 있는 곳이었다.

승객들이 배에서 내리자마자 두 사람은 자신들의 보금자리

---

29) '라 도라다'는 황금빛의 집이란 뜻이다.

를 떠났다. 페르미나 다사는 텅 빈 커다란 휴게실에서 아무런 죄의식도 없이 좋은 공기를 들이마셨고, 두 사람은 뱃전에 서서 장난감처럼 보이는 객차에서 자기 짐을 확인하느라 소란을 떨고 있는 사람들을 바라보았다. 그들은 유럽에서 온 사람들 같았다. 특히 북유럽풍의 외투를 입고 지난 세기의 모자를 쓰고 있는 여자들은 먼지가 일고 푹푹 찌는 더위도 아랑곳하지 않는 것 같았다. 몇몇 여자들은 더위로 인해 시들어 가고 있는 아름다운 감자 꽃으로 자기 머리를 치장하고 있었다. 그들은 꿈같은 초원 지방을 지나 기차로 꼬박 하루 만에 안데스 산지의 고원 지대에서 이곳으로 방금 도착했기 때문에, 카리브해로 가기 위해 옷을 갈아입을 시간도 없었던 것이다.

북적거리는 시장 한가운데서 슬픔에 잠긴 아주 늙은 노인이 거지들이나 입을 외투의 호주머니에서 병아리들을 꺼내고 있었다. 그는 자기보다 훨씬 크고 뚱뚱한 사람의 옷이었을 다해진 외투를 걸친 채 군중 사이를 헤치고 갑자기 모습을 드러냈다. 그는 모자를 벗고서, 누군가가 동전을 던져 줄지도 모른다는 생각에 부둣가에 모자를 거꾸로 세워 놓았다. 그런 다음 어리고 창백한 병아리들을 주머니에서 한 움큼씩 꺼내기 시작했는데, 마치 그의 손가락이 닿으면 병아리들이 한없이 늘어나는 것처럼 보였다. 순식간에 부둣가는 무심코 그것들을 짓밟고 지나가는 여행객들 사이로 사방에서 삐악거리면서 한시도 가만히 있지 못하는 병아리들로 뒤덮인 것 같았다. 페르미나 다사만이 그 광경을 보고 있었다. 그래서 그녀는 그 멋진 광경이 자기를 환영하기 위해 행해진 것이라는 생각에 매료

되었고, 돌아가는 배를 탈 승객들이 어느 순간에 배에 오르기 시작했는지도 눈치채지 못하고 있었다. 승객들이 배에 오르자 축제는 끝나고 말았다. 배에 도착한 사람들 중에서 그녀는 낯익은 수많은 얼굴을 여럿 볼 수 있었다. 그중에는 얼마 전 남편의 장례식에서 함께 있었던 여자들도 있었다. 그러자 그녀는 다시 급히 선실로 몸을 피했다. 플로렌티노 아리사는 수심에 잠긴 그녀를 보았다. 페르미나 다사는 남편이 죽은 지 얼마 되지도 않았는데 유람 여행을 즐기는 자기 모습을 다른 사람들에게 보이느니 차라리 죽고 싶어 했다. 그녀가 절망하는 모습에 충격을 받은 플로렌티노 아리사는 선실이라는 감옥 이외에 그녀를 보호할 수 있는 방법을 생각해 보겠다고 약속했다.

두 사람이 선장의 개인 식당에서 저녁을 먹고 있을 때, 갑자기 그에게 해결책이 떠올랐다. 선장은 오래전부터 플로렌티노 아리사와 상의하고 싶었던 문제 때문에 안절부절못하고 있었지만, 그는 항상 "그런 문제는 레오나 카시아니가 나보다 훨씬 잘 해결할 것이오."라고 대답하면서 피하곤 했다. 그러나 이번에는 선장의 말에 귀를 기울였다. 선장이 하고 싶었던 말은 짐의 경우는 올라오는 길에 가득 싣고 왔다가 내려갈 때는 텅 비어 가기 일쑤지만, 승객의 경우에는 정반대의 현상이 일어난다는 것이었다. 그러면서 "화물은 승객보다 더 비싼 요금을 받고 식사를 제공할 필요도 없지요."라고 말했다. 페르미나 다사는 차별 요금을 설정할 필요성에 관한 두 남자의 말도 안 되는 토론이 지겨워 억지로 식사를 하고 있었다. 그러나 플로렌티노 아리사는 그 토론을 끝까지 밀어붙였고, 그제야 비로소 페르미나 다사를 구원할 해결의 실마리가 될 수 있다고 생각한 질문을 하나 던졌다.

"이건 가정이지만 말입니다, 짐이나 승객도 없이, 그리고 그 어떤 항구도 들리지 않고 아무것도 싣지 않은 채 직통으로 여행하는 것이 가능한가요?"

선장은 그건 가정으로만 가능하다고 말했다. 플로렌티노 아리사가 그 누구보다도 잘 알고 있듯이, 카리브 하천 회사는 영업상의 의무를 수행해야만 했다. 즉 화물이나 승객, 우편물을 비롯한 그 외의 수많은 것들을 수송해야만 했으며, 그 대부분은 어길 수 없는 계약 조건이었던 것이다. 그 모든 의무를 무시할 수 있는 유일한 경우는 콜레라 환자가 배에 타고 있을 때였다. 그러면 배는 격리되었음을 선포한 다음, 노란 깃발을 게양하고 응급 상태로 항해할 수 있었다. 사마리타노 선장은 강에서 콜레라 환자가 많이 발생해서 그렇게 한 적이 여러 번 있었다. 그러나 보건 당국은 의사들에게 일반 이질로 죽었다는 증명서에 서명을 하도록 강요했다. 게다가 강의 역사를 살펴보면 세금을 피하고 원하지 않는 승객을 태우지 않기 위해, 그리고 검색을 받아서는 안 될 때 그 검색을 피하기 위해 노란 깃발을 게양한 적이 수없이 많았다. 플로렌티노 아리사는 식탁 아래로 페르미나 다사의 손을 찾으면서 이렇게 말했다.

"좋소. 그렇게 합시다."

선장은 깜짝 놀랐지만, 늙은 여우와 같은 본능으로 즉시 그의 의도를 분명하게 파악할 수 있었다. 선장이 말했다.

"저는 이 배를 지휘하지만, 우리를 지휘하는 사람은 당신입니다. 그러니 진심으로 말씀하시는 거라면, 서면으로 지시를 내려 주십시오. 그럼 우리는 당장 출발하겠습니다."

말할 필요도 없이 진심이었기에, 플로렌티노 아리사는 즉시 지시 서류에 서명했다. 어쨌거나 보건 당국이 기쁨에 넘치는 통계를 제시했지만, 콜레라의 시대가 끝나지 않았다는 것은 삼척동자도 아는 사실이었다. 배에 관해서는 전혀 문제될 것이 없었다. 이미 실었던 얼마 안 되는 짐은 다른 배로 옮기고, 승객들에게는 기관 고장으로 승선할 수 없다고 말하고는 그날 새벽 다른 회사의 배를 타고 가도록 조치했다. 이 같은 일이 비도덕적이고 심지어는 경멸할 만한 이유로 수없이 행해져 왔는데, 사랑 때문에 하는 것이 불법이 될 이유는 없다고 플로렌티노 아리사는 생각했다. 선장은 그에게 단 한 가지만 부탁했다. 그것은 푸에르토 나레 항에 들러 자기와 함께 여행할 사람을 태우도록 해 달라는 것이었다. 선장 역시 숨겨 놓은 사랑이 있었던 것이다.

그렇게 '신충성호'는 다음 날 새벽에 짐과 승객을 하나도 싣지 않은 채 큰 돛대에 콜레라 환자가 있다는 뜻의 노란 깃발을 게양하고 출항했다. 해가 질 무렵 푸에르토 나레항에서 선장보다 키가 더 크고 건장하며 보기 드물게 아름다운 여자 한 명을 태웠다. 턱수염만 있다면 서커스단에서 계약하자고 달려들 것 같았다. 그녀의 이름은 세나이다 네베스였지만, 선장은 그녀를 '나의 야성녀'라고 불렀다. 그녀는 선장의 오랜 여자 친구로, 선장은 이 항구에서 태웠다가 다른 항구에 그녀를 내려 주곤 했었다. 그녀는 기쁨을 감추지 못하며 배에 올랐다. 그

슬픈 죽음의 장소에서 엔비가도로 가는 열차가 옛날의 노새 대열처럼 힘들게 기어오르는 모습을 보자, 플로렌티노 아리사는 로살바에 대한 향수를 되살렸다. 그런데 그때 여행 내내 몇 번 멈추었다가 계속 이어질 상상할 수 없이 엄청난 소나기가 쏟아졌다. 그러나 아무도 개의치 않았다. 강 위에서의 축제였지만, 배는 비를 가릴 지붕이 있었기 때문이다. 그날 밤 홍겨운 축제에 개인적으로 기여하기 위해, 페르미나 다사는 선원들의 환호성을 받으며 주방으로 내려가서 모든 사람이 먹을 수 있도록 급히 생각해 낸 음식을 만들었다. 플로렌티노 아리사는 그 음식에 '사랑의 가지 요리'라고 이름 붙였다.

낮 시간 동안 두 사람은 카드놀이를 하고, 배가 터지도록 먹은 뒤 늘어질 정도로 깊은 낮잠을 잤다. 그리고 해가 지기 시작하자마자 악단이 연주를 시작하게 했으며, 더 이상 먹고 마실 수 없을 때까지 연어와 아니스 술을 실컷 먹고 마셨다. 여행 속도는 빨랐다. 짐이 없어 가벼운 데다가 돌아오는 동안 내내 그랬듯이 그 주에 비가 내린 탓에 상류에서 급히 흘러내린 물로 물길이 더욱 좋아졌기 때문이다. 몇몇 마을에서는 콜레라를 쫓기 위해 대포를 쏘아 댔고, 그들은 슬픈 뱃고동 소리로 감사를 표했다. 가는 도중에 만난 배들은 어느 회사의 배들이건 조의를 표한다는 신호를 보내 주었다. 메르세데스가 태어났던 마강게 마을에서는 나머지 여행에 쓸 땔감을 실었다.

멀쩡한 귀에서 뱃고동 소리를 느끼기 시작하자 페르미나 다사는 소스라치게 놀랐다. 그러나 이틀째 아니스를 마시자 양쪽 귀로 그 소리를 더 잘 들을 수 있었다. 그리고 장미가 전보다 더 향기로워졌으며, 새벽이 될 무렵 새들은 전보다 더 노래를 잘 부른다는 사실을 깨달았다. 또한 그녀를 잠에서 깨우기 위해 하느님께서 매너티를 만드셨으며, 타말라메케의 강둑에 그것을 놓으셨다는 것도 알게 되었다. 선장은 매너티의 소리를 듣고는 항로를 바꾸었다. 그러자 두 사람은 마침내 커다란 엄마 매너티가 새끼를 품에 안고 젖을 먹이는 장면을 볼 수 있었다. 플로렌티노뿐만 아니라 페르미나도 어떻게 두 사람이 그토록 서로 잘 통하게 되었는지 알 수가 없었다. 그녀는 그가 관장제 넣는 것을 도와주었고, 잠자는 동안 그가 컵에 놓아둔 의치를 닦아 주기 위해 그보다 먼저 잠자리에서 일어났다. 또한 늘 어디다 두었는지 잊어버리는 안경 문제를 해결했다. 그의 안경을 쓰고 글을 읽거나 해진 것을 수선할 수 있었기 때문이다. 어느 날 아침잠에서 깨어났을 때, 그가 어둠 속에서 셔츠 단추를 달고 있는 모습을 보았다. 그러자 그녀는 그가 두 아내가 필요하다는 상투적인 말을 내뱉기 전에 급히 단추를 달아 주었다. 반면에 그녀가 그를 필요로 한 것은 어깨 통증을 없애기 위해 부항을 뜰 때뿐이었다.

한편 플로렌티노 아리사는 악단의 바이올린으로 옛 향수를 되살리기 시작했다. 반나절이 시나자 그는 그녀에게 왈츠 「왕관을 쓴 여신」을 연주해 줄 수 있었다. 그는 사람들이 말릴 때까지 그 곡을 여러 시간 연주했다. 어느 날 밤 평생 처음으로 페르미나 다사는 분노가 아닌 슬픔 때문에 눈물로 목이 메어 불현듯 잠에서 깨어났다. 배에 타고 있다가 뱃사공에게 맞아 죽은 노인 부부에 대한 기억이 떠올랐던 것이다. 반면에 끝없이 내리는 비는 그녀의 감정을 동요시키지 않았다. 그녀는 너무 늦게서야 파리는 자기가 느꼈던 것처럼 우울하지 않으며, 산타페의 거리에도 장례 행렬이 즐비하지 않을지 모른다고 생각했다. 그러자 플로렌티노 아리사와 미래에 다른 여행을 떠나는 꿈이 수평선에 모습을 드러냈다. 그것은 짐도 없고 아무런 사회적 약속도 없는 미친 여행, 즉 사랑의 여행이었다.

도착 전날에 그들은 종이 화관을 쓰고 색등을 켠 채 커다란 파티를 벌였다. 해가 질 무렵이 되자 날씨가 갰다. 선장과 세나이다는 꼭 껴안고서 당시 사람들의 심금을 울리기 시작하던 볼레로 곡에 맞추어 춤을 추었다. 플로렌티노 아리사는 그들만이 알고 있는 왈츠를 추자고 용기를 내어 제안했지만 그녀는 거절했다. 그러나 밤새 그녀는 고갯짓과 구두 굽으로 박자를 맞추었으며, 어느 순간 선장이 볼레로가 울려 퍼지는 어둠 속에서 그의 사랑스러운 야성녀와 하나로 합쳐질 때는 자기도 모르게 앉아서 몸을 흔들었다. 그녀는 아니스 술을 너무 많이 마신 까닭에 부축을 받으며 계단을 올라가야만 했다. 또한 갑자기 눈물을 흘리고 깔깔대며 웃으면서 모든 사람을 긴장하게 만들기도 했다. 하지만 향내 나는 평온한 선실에서 그런 감정을 억제할 수 있게 되자, 두 사람은 경험 많은 노인들처럼 조용하고 건전한 사랑을 나누었다. 그것은 그 미친 여행의 가장 멋진 추억으로 그녀의 기억에 영원히 남게 될 사랑이었다. 선장과 세나이다가 생각했던 것과는 반대로, 두 사람은 이미 얼마 안 된 애인처럼 느끼지 않았고, 때늦은 연인으로도 느끼지 않았다. 두 사람은 마치 부부 생활의 지난한 고통의 언덕을 뛰어넘은 듯했고, 더 이상 머뭇거림 없이 직접 사랑의 심장부로 들어간 것 같았다. 열정의 함정과 환상의 잔인한 조롱, 그리고 환멸의 신기루를 극복하고, 인생을 달관한 것 같은 늙은 부부처럼 조용히 시간을 보냈던 것이다. 사랑은 시간과 장소를 막론하고 사랑이지만, 죽음이 가까워 올수록 그 사랑의 농도는 진해진다는 것을 충분히 깨달을 수 있을 정도로 함께 충분한 시간을 보냈기 때문이다.

두 사람은 6시에 잠에서 깨어났다. 그녀는 아니스 술 냄새로 머리가 아팠고, 후베날 우르비노 박사가 사다리에서 미끄러졌을 때보다 더 뚱뚱하고 젊은 모습으로 돌아와 대문 앞에서 그녀를 기다리며 흔들의자에 앉아 있는 듯한 인상을 받은 탓에 가슴이 철렁 내려앉았다. 그러나 그것이 아니스 술을 마셔서가 아니라 곧 도착한다는 사실 때문임을 알 정도로 머리는 충분히 맑았다. 그녀는 말했다.

"그건 죽은 것과 마찬가지예요."

플로렌티노 아리사는 깜짝 놀랐다. 돌아오는 여행을 시작했을 때부터 자기를 한시도 가만 놔두지 않았던 생각을 그녀가 읽었기 때문이다. 그나 그녀도 선실 이외의 다른 집에서 살고, 배와는 다른 곳에서 먹으며 다른 삶을 산다는 것은 상상할 수 없었다. 그것은 그들에게 영원히 낯설 것이었기 때문이다. 사실 그것은 죽은 것과 마찬가지였다. 더 이상 잠을 잘 수 없었던 그는 목 뒤로 손깍지를 끼고 침대에 그대로 누워 있었다. 그런데 어느 순간 아메리카 비쿠냐에 대한 번민이 급습했고, 그는 그 통증으로 몸을 비틀었다. 더 이상 진실을 외면할 수 없었다. 그는 욕실에 틀어박혀 천천히, 마지막 눈물이 나올 때까지 실컷 울었다. 그때서야 그는 자기가 그녀를 얼마나 사랑했는지 스스로에게 고백할 용기를 갖게 되었다.

배에서 내리기 위해 두 사람이 이미 옷을 입은 채 선실을 나섰을 때, 배는 좁은 운하와 옛날 스페인 사람들의 수로였던 늪지를 이미 지나고 있었고, 배에서 나온 쓰레기들과 만의 죽은 기름 덩어리로 가득한 저수지를 향해하고 있었다. 부왕들이 살던 도시의 황금빛 지붕 위로 화사한 목요일의 해가 떠오르고 있었다. 그러나 페르미나 다사는 영광스러운 도시의 악취와 이구아나들 때문에 엉망이 되어 버린 거만한 성벽을 참고 견딜 수가 없었다. 그것은 바로 혐오스러운 현실의 삶이었다. 그나 그녀도 말은 하지 않았지만 그토록 쉽게 무릎을 꿇을 수 있다고는 생각지 않았다.

선장은 평소의 말끔한 모습과는 달리 엉망이 된 상태로 식당에 있었다. 수염도 깎지 않았고, 잠을 못 자서 눈은 시뻘겋게 충혈되어 있었으며, 옷은 전날 밤처럼 땀에 축축이 젖어 있었고, 아니스 술의 숙취로 인해 말도 제대로 못 했다. 세나이다는 잠을 자고 있었다. 그들은 아무 말도 없이 아침 식사를 시작했다. 그런데 그때 항구 방역을 담당하는 보건성 소속의 모터보트가 다가와 배를 멈추라고 지시했다.

브리지에 서서 선장은 무장 순찰대의 질문에 큰 소리로 대답했다. 그들은 어떤 종류의 전염병 환자가 배에 타고 있으며, 승객은 몇 명에 환자는 몇 명인지, 새로 전염될 가능성은 얼마나 있는지를 알고 싶어 했다. 선장은 승객은 모두 세 사람이며, 모두가 콜레라에 걸렸지만 엄격하게 격리 수용되어 있다고 대답했다. 라 도라다에서 승선할 예정이었던 승객들과 스물일곱 명의 승무원은 그들과 어떤 접촉도 하지 않았다고 말했다. 그러나 순찰대장은 그 대답에 만족하지 않고, 선박 격리에 필요한 절차를 준비하는 동안 만에서 나가 오후 2시까지 라스 메르세데스 늪지에서 기다릴 것을 지시했다. 선장은 마부처럼 웃기는 소리 하고 있다고 투덜대면서, 항해사에게 둥글게 한 바퀴 돌아서 늪지로 돌아갈 것을 손짓으로 지시했다.

페르미나 다사와 플로렌티노 아리사는 식탁에서 선장과 순찰대장의 대화를 모두 들었지만, 선장은 별로 개의치 않는 듯했다. 그는 아무 말 없이 먹었지만, 하천선 선장들의 전설적인 명성을 유지시켜 주는 예의 규범을 무시하는 태도에서 몹시 기분이 상했다는 것을 분명하게 엿볼 수 있었다. 그는 칼끝으로 계란 프라이 네 개를 이리저리 자르더니, 튀긴 바나나와 함께 한꺼번에 입 안에 집어넣고는 질겅질겅 씹어 먹으면서 야만적인 즐거움을 만끽했다. 학교 걸상에 앉아 기말 고사 성적 발표를 기다리듯이, 페르미나 다사와 플로렌티노 아리사는 아무 말 하지 않고 그를 바라보고만 있었다. 보건성 순찰대와 선장이 대화를 하는 동안 두 사람은 아무 말도 주고받지 않았고, 그들의 삶이 어떻게 될지 아무런 생각도 하지 못했지만, 선장이 자기들을 생각하고 있다는 것을 알고 있었다. 이마의 힘줄이 불끈불끈 솟아나는 모습에서 눈치챌 수 있었던 것이다.

선장이 계란 프라이와 튀긴 바나나, 카페오레 한 사발을 모두 먹어 치우는 동안, 배는 보일러를 끈 채 만에서 나갔다. 붉은 꽃과 하트 모양의 커다란 잎을 가진 강변의 연꽃인 타루야가 넓게 펼쳐진 수로를 따라 나아가서 다시 늪지로 돌아갔던 것이다. 강물은 불법 낚시꾼들이 폭발시킨 다이너마이트로 목숨을 잃고 배를 드러낸 채 둥둥 떠다니는 물고기 떼로 무지갯빛이었으며, 땅과 강의 새들은 금속성의 날카로운 소리를 지르면서 물고기들 위로 빙빙 날아다니고 있었다. 카리브해의 바람은 새들의 요란한 지저귐과 함께 식당 창문으로 들어왔고, 페르미나 다사는 자기 핏속에서 자유 의지의 맥박이 마구 고동치는 것을 느꼈다. 오른쪽으로는 막달레나강의 본류에 위치한, 진흙투성이의 보잘것없는 강어귀가 세상의 저편을 향해 뻗어 있었다.

접시에 더 이상 먹을 음식이 남아 있지 않자, 선장은 식탁보 한쪽 끝으로 입술을 닦고는 뻔뻔스러운 상소리를 섞은 말투로 하천 선장들은 고상한 말투를 즐긴다는 명성을 단숨에 죽여 버렸다. 그는 그들이나 그 누구를 향해 말한 것이 아니라, 자기의 분노를 삭이기 위해서 말을 한 것이었다. 도저히 들어줄 수 없는 천박한 말을 줄줄이 내뱉은 다음, 그는 콜레라 깃발 때문에 자기가 곤경에 처했고 거기에서 빠져나올 수 있는 방법을 찾지 못하고 있다고 말을 맺었다.

플로렌티노 아리사는 눈도 한 번 깜박이지 않고 그의 말을 들었다. 그러고서 창문으로 방위반의 사분원을 둘러싸고 있는 동그란 원과 맑은 수평선, 구름 한 점 없는 12월의 하늘, 그리고 영원히 항해할 수 있을 것 같은 강물을 바라보고는 이렇게 말했다.

"계속 갑시다. 계속해서 앞으로 갑시다. 다시 라 도라다까지 갑시다."

페르미나 다사는 몸을 떨었다. 왜냐하면 성령의 은총으로 충만한 옛날 목소리를 알아차렸기 때문이다. 그녀는 선장을 바라보았다. 그는 바로 그들의 운명이었다. 하지만 선장은 그녀를 쳐다보지 않았다. 플로렌티노 아리사의 엄청난 영감의 힘에 지각을 잃고 어리둥절해졌던 것이다.

선장이 물었다.

"진심으로 하시는 말씀입니까?"

그러자 플로렌티노 아리사가 대답했다.

"태어난 이래, 나는 진심으로 하지 않은 말이 단 한마디도 없소."

선장은 페르미나 다사를 쳐다보았고, 그녀의 속눈썹에서 겨울의 서리가 처음으로 반짝이는 것을 보았다. 그런 다음 플로렌티노 아리사와 그의 꺾을 수 없는 힘, 그리고 용감무쌍한 사랑을 보면서 한계가 없는 것은 죽음이 아니라 삶일지도 모른다는 때늦은 의구심에 압도되었다.

선장이 다시 물었다.

"언제까지 이 빌어먹을 왕복 여행을 계속할 수 있다고 믿으십니까?"

플로렌티노 아리사에게는 53년 7개월 11일의 낮과 밤 동안 준비해 온 대답이 있었다. 그는 말했다.

"우리 목숨이 다할 때까지."

작품 해설

『콜레라 시대의 사랑』을 읽는 세 가지 키워드: 사랑과 노화, 그리고 기만

1. 『콜레라 시대의 사랑』과 네 편의 영화

가브리엘 가르시아 마르케스가 1982년 노벨 문학상을 받은 후 처음으로 출판한 소설 『콜레라 시대의 사랑』(1985)의 번역을 끝내고, 옮긴이의 머리에 가장 먼저 떠오른 것은 이 작품과 직간접적으로 관련이 있는 네 편의 영화이다. 그 영화들은 바로 피터 첼섬의 「세렌디피티」(2001), 박진표의 「죽어도 좋아」(2002), 토마스 구티에레스 알레아의 「공원에서 온 편지」(1988)와 루이 게라의 「비둘기를 키우는 아름다운 여인의 우화」(1988)다.

「세렌디피티」에서 조나단은 첫눈에 사랑에 빠진 여인 사라에게 다음에 만날 수 있도록 전화번호를 교환하자고 제안하지만, 평소 운명적인 사랑을 바랐던 사라는 운명에 미래를 맡기자고 말한다. 운명을 믿는 사라와 인연의 끈을 놓지 않으려는 조나단은 결국 여자가 제안한 방식대로 운명의 짝인지 시험하기로 하고 헤어진다. 그리고 서로의 연락처를 적은 『콜레라 시대의 사랑』의 영역 초판본과 5달러짜리 지폐는 각각 헌책방과 사람들의 손을 떠돌아다닌다. 사랑은 운명이고, 그것은 세월의 흐름도 이겨 낼 수 있다는 이 영화의 낭만적인 생각은 바로 가브리엘 가르시아 마르케스의 『콜레라 시대의 사랑』과 크게 다르지 않다. 한편 「죽어도 좋아」는 노인들의 사랑에도 젊은이들의 설렘과 열정과 사랑이 존재하며, 성이라는 것이 한 개인의 욕망이 아닌 사회의 잣대로 규정되는 우리 사회의 도덕적 가치에 도전한다. 이것은 젊었을 때 이루지 못한 사랑을 칠십 대에 이루면서, 노인들의 사랑을 추잡한 것으로 여기는 사회적 금기에 도전하는 플로렌티노 아리사와 페르미나 다사의 삶과 몹시 유사하다.

위의 두 영화와는 달리, 토마스 구티에레스 알레아와 루이 게라의 작품은 우리나라 독자들로서는 쉽게 접하기가 어렵다. 이 영화들은 '어려운 사랑들'이라는 주제로 가르시아 마르케스의 작품에 바탕을 두고 총 여섯 편으로 제작된 시리즈의 일부다. 라틴 아메리카 신영화의 대표자인 두 감독은 가르시아 마르케스가 이사장을 맡고 있는 '라틴 아메리카 신영화재단(FNCL)'의 후원 아래 이 작품들을 제작한다. 이 작품들은 플로렌티노 아리사와 페르미나 다사의 사랑처럼 '어려운 사랑'이 무엇인지를 잘 보여 준다.

루이 게라의 「비둘기를 키우는 아름다운 여인의 우화」는 『콜레라 시대의 사랑』의 4장 후반부에 등장하는 올림피아 술레타와 플로렌티노 아리사와의 사랑을 하나의 독립된 이야기로 각색한 것이다. 이 영화는 1892년 브라질의 해안 도시 파라티를 배경으로 전개된다. 양조 회사의 사장인 오레스테스는 어머니에게서 운명의 여인과 관련된 꿈 이야기를 들은 바로 다음 날 우연히 해변에서 흰옷을 입은 혼혈 여인 풀비아를 보고 마차에 태워 준다. 하얀 비둘기를 기르는 유부녀인 풀비아는 오레스테스에게 비둘기를 선물로 주고, 이후 두 사람은 그 비둘기를 통해 연애편지를 주고받다가 결국 사랑을 나누게 된다. 그러나 오레스테스가 빨간 페인트로 풀비아의 몸에 '너는 나의 것'이라고 쓰고, 풀비아는 그것을 깜빡 잊은 채 남편 앞에서 옷을 벗는다. 그러자 그 글씨를 본 그녀의 남편은 변명의 기회소차 주지 않고 그녀를 칼로 찔러 죽여 버린다.

토마스 구티에레스 알레아의 「공원에서 온 편지」는 『콜레라 시대의 사랑』의 4장 초반부에서 몇 줄로 설명된 사건을 다루고 있다. 소설 속에서 플로렌티노 아리사는 페르미나 다사를 생각하면서 한 쌍의 연인이 주고받은 편지를 모두 대필해 준다. 서로의 편지에 감동한 당사자들은 결혼을 하고 나중에 그들의 편지를 플로렌티노가 대필해 준 것을 알고 그를 찾아와 감사를 전한다. 그러나 영화는 1913년 쿠바의 마탄사스를 배경으로 삼고 있다. 청년 후안은 부유한 집안의 처녀 마리아를 사랑하게 되자, 편지 대필을 부업으로 삼고 있는 중년 시인 페드로에게 연애편지 대필을 부탁한다. 마리아는 아름다운 글귀에 매료되지만 거기에 걸맞은 답장을 쓸 자신이 없어서 페드로에게 답장을 부탁한다. 이렇게 페드로는 자신이 쓴 편지에 답장을 하면서 두 사람의 연애 감정을 부추긴다. 그런데 어느 순간부터 그는 죽은 아내를 닮은 마리아를 사랑하게 된다. 마리아에 대한 애타는 마음을 후안의 이름으로 편지에 담아 보내던 페드로는 후안이 아바나에 가 있는 동안 후안의 이름으로 거짓 편지를 마리아에게 보낸다. 그러나 후안이 조종사가 되어 돌아오자, 모든 걸 고백하는 편지를 남긴 채 먼 곳으로 떠나려고 한다. 그러나 그 순간 마리아는 진심이 담겨 있던 사랑의 편지를 쓴 사람이 후안이 아니라 페드로라는 사실을 깨닫고, 둘은 극적으로 맺어지게 된다.

2. 『콜레라 시대의 사랑』은 어떻게 이해되고 있는가

『콜레라 시대의 사랑』은 1985년 출판되자마자 전 세계 문학 비평가들의 관심을 불러일으켰다. 1988년에 영어로 번역되면서 미국에서 '이 달의 책'으로 선정되었으며, 《뉴욕 타임스》의 베스트셀러 목록에 여러 주 동안 올랐다. 한편 이 작품으로 가르시아 마르케스는 1988년 《로스앤젤레스 타임스》 도서상 소설 부문에서 수상했다.

많은 비평가들은 이 소설이 다루는 사랑에 주목하면서 이에 대한 다양한 해석을 내놓았다. 컬럼비아 대학교 교수이자 라틴 아메리카 문학의 대표 학자인 진 프랑코(Jean Franco)는 《네이션》지의 글을 통해 이 소설은 "과거에 관한 기록일 뿐만 아니라, 19세기의 진보가 남긴 폐허 속에서 아직도 살아남은 시대착오적인 삶의 모습에 관한 것이다. 이런 점에서 이 작품은 수많은 라틴 아메리카 현대 소설이 지닌 '세기말'적 분위기를 공유한다."라고 지적한다. 한편 스티븐 민타(Stephen Minta)는 《타임스 리터러리 서플리먼트》에서 페르미나 다사와 플로렌티노 아리사의 사랑에 관해 말하면서 "맹세와 충성이라는 미덕이 우스꽝스럽게 여겨지는 지금의 상황에서 그에 관해 서술하는 작품"이라고 평한다.

몇몇 비평가들은 가르시아 마르케스가 그린 낭만적 사랑이 설득력이 없다고 주장하기도 한다. 앤젤라 카터(Angela Carter)는 《워싱턴 포스트 북 월드》에서 이 소설은 "욕망과 도덕성을 다루기보다는 리비도와 자기기만을 다루는 것처럼 보인다."라고 비판한다. 그리고 마이클 우드(Michael Wood)는 《뉴욕 북 리뷰》에서 "이 책에서 사랑은 병이다. 그런 점에서 낭만적 소설이다. 하지만 그 병은 우리 자신 너머의 운명이 아니라, 자기기만과 고집의 병이다."라고 평하면서 "이 소설은 가르시아 마르케스의 다른 작품들처럼 운명을 탐구하지만, 이런 운명은 우리가 만들어 내거나 두려워하거나, 아니면 그것을 위해 살거나 죽어야 하는 운명이다."라고 지적한다.

하지만 이 작품에 서술된 감정이 과도하다고 비판하는 글과 상반되는 평도 많다. 스티븐 민타는 "이 소설의 승리는 그동안 숨겨져 있던 대중적이며 상투적이고 감상적인 힘을 드러내는 것"이라고 주장한다. 작가인 토머스 핀천(Thomas Pyncheon)은 "『콜레라 시대의 사랑』은 다른 소설에서 우리가 알게 된 가르시아 마르케스의 목소리를 성숙시키고 발전시켰다."라고 지적하면서 "내가 읽은 것 중에서 이 책의 마지막 장처럼 놀라운 것은 없다."라고 찬사를 금치 못한다. 그러면서 이 작품을 "우리의 마음을 애끓게 만드는 훌륭한 소설"이라고 부른다. 폴 베일리(Paul Bailey)는 《리스너》에서 이 소설을 두고 "내가 보기에 가르시아 마르케스가 쓴 가장 야심 차며 가장 신중한 소설"이라고 말한다. 한편 모나 심슨(Mona Simpson)은 《런던 북 리뷰》의 글에서 "마술이란 단어의 의미에 새로운 깊은 맛을 보여 준" 작품이라고 극찬하면서, "이 작품은 남녀가 만나지만 여자가 등을 돌리는 따위의 값싼 작품이 아니다. 가르시아 마르케스는 공동체의 목소리를 굳건히 유지하고 있다. 즉 여기서 개인적인 행복은 절대적인 행복이라고 여겨지지 않는다."라고 해석한다.

초기의 이런 비평들 이후에 쓰여진 비평들은 일반적으로 이 작품의 뛰어남을 이구동성으로 칭찬한다. 벨비야다(Bell-Villada)는 『가르시아 마르케스: 인간과 작품』에서 "『콜레라 시대의 사랑』이 가르시아 마르케스의 가장 재미있는 작품일 뿐만 아니라 가장 자유로운 작품이라는 사실은 아마도 전혀 역설이 아닐 것"이라고 말하면서, 그것은 이 책을 읽은 후에 깊고도 지속적인 만족감이 야기되며, 이 작가가 유행시킨 그 어떤 것보다 아름답고 예술적이기 때문이라고 지적한다. 마이클 벨(Michael Bell)은 그의 책 『가르시아 마르케스: 고독과 협동』에서 "수준 높은 모더니즘적 세련미를 유지하면서도 진정으로 대중적이며 감동적인 로맨스를 쓰는 불가능한 작업을 꾀했다는 점에서 가장 인상적인" 작품이라고 평한다.

3. 사회적 상황: 식민 시대에서 근대 사회로의 전환기

콜롬비아 해안 지방의 마을을 공간적 배경으로 삼고 있는 『콜레라 시대의 사랑』은 식민 시대에서 현대로의 전환기에 해당하는 19세기 말부터 1930년대까지를 다루고 있다. 소설 속에 표현된 사회적 구조는 크게 두 계층으로 나뉜다. 그것은 바로 '사교 클럽'(상류층)과 '상업 클럽'(중류층)이다. 세 주요 인물 또한 각각 그들의 배경을 구체적으로 보여준다. 우르비노 박사는 옛 식민지 시대의 엘리트 출신이며, 페르미나는 새로운 공화국에서 높은 위치를 추구하는 자본주의자 혈통을 대표한다. 그리고 플로렌티노는 사생아이지만 근대적이며 평판 좋은 선박 회사와 연결되어 있다. 플로렌티노와 페르미나, 그리고 후베날의 배경을 설명하기 위해 소설은 육십 년 전의 과거로 돌아간다. 그러면서 그 시기의 공동체적 삶을 형성하는 주요 사회적 발전을 기록하고, 콜롬비아가 독립한 1819년 이후의 정치사를 개관한다. 또한 스페인 식민지 통치의 시기를 포함하는 보다 먼 과거도 언급한다.

그래서 이 소설은 식민 시대뿐만 아니라 근대 사회의 입구에 있던 시절의 역사, 정치, 계급과 문화를 그대로 보여 주는 동시에 상징적으로 드러내기도 한다. 역사적 관점에서 보다 상세하게 보자면, 이 작품은 16세기 중반의 스페인 식민지 통치 시절을 지역 상인 계급이 최고의 번영을 누렸던 시기로 간주한다. 하지만 보다 넓게 본다면 당시는 노예 제도가 존재했고 종교 재판소가 권력을 남용하던 시기였다. 스페인 식민 통치의 유산인 위험한 열린 하수구는 400년 동안 역사의 주변부에 위치해 온 이 도시의 식민 역사를 상징한다. 이런 무력증은 식민 후의 시기에도 계속되는데, 이것은 후베날 우르비노 가족의 경험을 통해서 볼 수 있다. "스페인의 지배로부터 해방되고 노예 제도가 폐지되자, 후베날 우르비노 박사가 태어나고 자란 도시의 영광스러운 몰락은 가속화되었다. 과거의 훌륭한 가문들은 폐허가 되어 버린 그들의 궁궐 안에서 아무 말 없이 침몰해 갔다……." 가르시아 마르케스는 과거에 영향력을 지녔고, 나중에는 속물근성과 급진적 편견, 그리고 정치적 타락의 인위적 질서 속에서 도피처를 찾았던 한 가족의 역사를 통해 이를 극적으로 보여 준다.

4. 디오니소스의 찬양:
낭만적 러브 스토리와 가부장제의 해체

『콜레라 시대의 사랑』은 열세 살의 페르미나 다사와 열일곱 살의 플로렌티노 아리사가 시작한 사랑의 역사를 소설화시키면서 리얼리즘 소설의 기법을 패러디한다. 이 소설은 우르비노 박사와 페르미나 다사의 부르주아적 결혼 생활을 묘사하고, 플로렌티노 아리사가 사랑하는 여자를 손에 넣기 위해 기다림의 세월을 고통스럽게 감내하는 모습을 그리고 있다.

소설이 시작하면서 제레미아 드 생타무르와 관계가 있는 여자가 등장한다. 그녀는 그가 자살하던 날까지 함께 있었던 무명의 흑인 여자이다. 그녀가 흑인이라는 것과 이름을 소유하지 않는다는 사실은 이미 그녀가 사회의 주변부에 있음을 의미한다. 그리고 그녀의 행위는 유대-기독교의 전통의 산물인 여성 종속을 잘 보여 준다. 그것은 자기 동료의 죽음 후에 그녀가 "행복하게 지냈던 이 빈민들의 죽음의 함정에서 아무런 불평도 하지 않고 평생을 살아가리라."고 말하는 대목에서 잘 드러난다. 이 가련한 흑인 여자는 고통 속에서 기쁨을 만들고 성적인 쾌락을 포기하면서 평화를 찾는다. 그녀의 사랑은 생타무르와 결혼하지 않았다는 이유로 '비밀스러운 사랑'으로 치부되지만, 그의 다리가 불구였던 탓에 이들은 성관계를 맺지 않는다. 겸손하고 무지하며 수동적이고 성에 무관심하면서도 행복한 여자, 이런 흑인 여자를 통해 이 작품은 유대-기독교의 이상을 표현한다. 이렇게 생타무르와 흑인여자의 관계를 묘사한 후, 이 소설에 가장 중요한 역할을 맡을 여자가 등장한다. 그녀가 바로 페르미나 다사이다.

페르미나 다사는 "사랑 없는 결혼"의 산물이다. 이렇게 말하면서 가르시아 마르케스는 생물학적이 아닌 사회적 제도로서의 결혼을 비판한다. 플로렌티노 아리사는 낭만주의를 패러디한다. 즉 첫눈에 페르미나 다사를 사랑하게 되고, 평생 그녀를 사랑하겠다는 편지를 쓴다. 이 소설은 두 사람을 처녀이자 동정남으로 묘사하면서, 그는 "사랑 때문이 아니라면 동정을 버리지 않겠다고 굳게 마음먹었다."라고 덧붙인다. 이렇게 『콜레라 시대의 사랑』의 중심 주제인 사랑의 탐구는 동정을 수호하겠다고 밝히면서 성에 관심을 보이지 않는 어조로 시작한다.

두 사람은 동정을 지킨다. 그러나 플로렌티노 아리사의 결정은 자발적인 것이다. 그가 동정이 아니더라도 사회는 그를 탓하지 않을 것이기 때문이다. 반면에 페르미나 다사의 경우는 유대-기독교 철학을 공유하는 수녀들의 교육의 결과이다.

특히 페르미나 다사의 사랑과 성은 남편 후베날 우르비노와 영원한 연인 플로렌티노 아리사와의 관계를 통해 규정된다. 낭만적 사랑은 인위적 고안품으로 설명되는 반면, 성적인 사랑의 필요성은 인생의 필요성으로 탐구된다. 우르비노에게 불쾌감을 느끼긴 하지만, 페르미나 다사는 열여덟 살 처녀로서 성적인 꿈을 꾸기 시작하고, 성적인 환상을 갖게 된다. 그리고 담배를 피우면서 자위를 하기로 마음먹는다. 이 장면들은 그런 것들을 자연적이고 긍정적으로 평가하려는 화자에 의해 은유적 언어로 자세히 묘사되어 나타난다. 그러나 사춘기 때의 성적 모험은 페르미나에게 양심의 가책을 느끼게 하고, 가톨릭 교회의 본능 억압에서 비롯되는 죄의식은 "결혼한 후에야 비로소 떨쳐 버릴 수" 있게 된다. 이렇듯 이 작품은 우선 페르미나 다사의 리비도를 억압하는 사회적 체제를 비판한다. 그녀의 결혼은 이런 리비도의 성적인 필요성에 의한 것이지, 사랑 때문이 아니었다는 것이다.

실제로 이 부부의 결혼은 전통적이고 부르주아적이며 사랑이 없는 것으로 묘사되어 있다. 화자는 후베날에 관해 이렇게 말한다.

> 그는 자신이 그녀를 사랑하고 있지 않다는 것을 알고 있었

다. 그는 거만하고 진지하며 강인한 그녀의 성격이 좋았기 때문에 결혼한 것이었다. 또한 약간의 허영심 때문이기도 했다. 그러나 그녀가 처음으로 그에게 키스하는 동안, 그는 멋진 사랑을 만들어 내는 데 그 어떤 장애도 없을 것임을 확신하고 있었다.

성생활의 한계에 관한 철학적 근심은 이 작품에서 끊이지 않고 계속된다. 그래서 사회적 제도로서의 결혼은 수차에 걸쳐 논쟁의 대상이 되고 비판을 받는다. 화자는 이런 생각을 작중 인물들을 통해 전달한다. 가령 페르미나 다사와 후베날 우르비노는 욕실에 비누가 없다는 사소한 일 때문에 권태와 결혼의 위기를 맞는다. 그리고 후베날 우르비노 박사의 말에서 우리는 사회적 제도로서의 결혼의 폐해를 엿볼 수 있다.

그는 아내와의 문제가 집안의 질식할 듯한 기류에 원인이 있다는 것을 인정하지 않고, 단지 그것을 결혼 생활 자체의 속성으로만 이해했다. 한마디로 말하자면, 하느님의 무한한 은총에 의해서만 결혼 생활이 존재할 수 있다는 황당한 생각을 했던 것이다.

페르미나 다사는 유명한 의사의 아내로서 라틴 아메리카 상류층 여인의 특권을 누리면서 대부분의 인생을 살지만, 결혼 초에는 희생자 역할이나 행복한 여주인의 역할도 획득하지 못한다. 단지 그녀의 피곤한 상황과 일상 생활, 시간이 흐름에 따라 성생활에 무관심해지는 모습만이 보여질 뿐이다. 그래서 그녀는 이렇게 말한다. "공적인 생활의 과제는 두려움을 지배하는 법을 배우는 것이고, 부부 생활의 과제는 지겨움을 극복하는 법을 배우는 것이다." 시간이 흐르면서 그녀는 자기가 왜 짜증을 내는지 깨닫게 된다.

> 그녀는 항상 남편이 빌려준 인생을 살고 있다고 느꼈다. 그는 자신만을 위해 건설한 거대한 행복의 제국을 다스리는 절대 군주였던 것이었다. 그가 이 세상 그 누구보다, 그리고 그 무엇보다 그녀를 사랑하고 있다는 것은 잘 알고 있었다. 그러나 그것은 오로지 자기를 위한 것이었으니, 그녀는 남편의 신성한 하녀에 불과했다.

이 소설은 행복한 부르주아 여인을 묘사하는 대신 그 자체를 문제시하고 있다. 여기서 페르미나 다사는 가정 생활이 지적 주변성을 띠고 있음을 의식할 뿐 아니라, 남편의 부정에 관해서도 생각한다. 페르미나 다사는 우르비노의 부정을 그의 옷 냄새로 알아낸다. 그리고 페르미나에게 거절당한 플로렌티노가 성 관계를 맺는 동안, 『콜레라 시대의 사랑』은 성 경험을 소설의 중심으로 부상시키면서 결혼 생활을 지탱하던 철학을 논란의 대상으로 삼는다. 이렇듯 가르시아 마르케스는 육체의 본능을 자유롭게 해야 한다는 디오니소스적 원칙을 찬양한다. 그리고 육체적 본능이 얼마나 억압당하고 있는지를 보여주기 위해 라틴 아메리카를 지배하고 있는 종교적 가치와 문화적 가치를 비교한다. 그러나 사회적 인습을 벗어나지 못하는 페르미나 다사는 남편이 죽을 때까지 결혼 생활을 유지하기로 한다. 부부 관계에서 사랑보다도 안정이 중요하다고 인식한 것이다.

한편 플로렌티노 아리사는 성스러울 정도로, 아니 병적일 정도로 페르미나 다사를 사랑한다. 그녀를 사랑하기 위해 지칠 줄 모르고 기다리는 동안, 플로렌티노 아리사는 남성이라는 조건을 이용하여 억압된 에로티즘을 폭발시키고, 일련의 여인들과 비밀스러운 성 관계를 유지한다. 페르미나가 안정을 유지하면서 결혼 서약을 굳게 지키는 동안, 플로렌티노는 사랑의 대용품을 찾고, 온갖 곳에서 성을 발견한다. 그는 페르미나 다사에게 버림받은 충격으로 막달레나강을 여행한다. 그리고 바로 그 배에서 동정을 잃은 후, 플로렌티노는 여러 과부들을 위안하는 데 전념한다. 가령 나사렛의 과부와 플로렌티노 아리사는 에로티즘과 사랑과 행복을 발견하면서 다시 인간의 디오니소스적인 측면을 긍정적으로 바라보고 삶의 활력을 되찾게 된다. 그래서 플로렌티노 아리사는 "평생 기르게 될 수염, 그러니까 밀랍을 발라 끝을 뾰족하게 세운 콧수염을 기르기 시작했다. 그렇게 그의 외모는 바뀌었고, 페르미나 다사에 대한 사랑을 다른 것으로 대체해야 한다는 생각은 그를 생각지도 못한 길로" 빠져들게 한다.

이와 마찬가지로 나사렛의 과부는 상중에 굳게 지켜왔던 욕망을 채운 그날 밤 상복을 벗어버리고, 그녀의 몸을 원하는 사람에게는 모두 나누어 준다. 그 과부는 플로렌티노에게 "당신을 사랑해요. 당신은 나를 창녀로 만들어 주었거든요."라고 말한다. 이 말에서 볼 수 있듯이, 첫 관계 이후 두 사람의 성관계는 기쁨으로 가득하고, 그녀는 자기의 몸에 대한 자치성(자신을 '창녀'로 지칭한 것은 자기의 몸에 대한 자유를 획득하면서 내지른 쾌락의 비명이라고 할 수 있다.)을 획득한다.

마찬가지로 이 과부와 플로렌티노의 관계가 진전됨에 따라, 화자는 다시 생물학적이 아닌 사회적 제도로서의 결혼을 비판하고, 남성과 여성이 성에 대해 어떻게 다르게 생각하는지를 독자들에게 전달한다. 화자는 성의 불멸성을 강조하고, 성적 금기를 탈신비화시키며, 성의 인류학적 관점에서 성이란 성인들이 즐겨야 할 필요성이 있다고 제시하면서 성적 쾌락을 찬양한다. 이런 생각은 성 억압에 바탕을 둔 유대-기독교의 관점과 반대되는 것이다. 플로렌티나 아리사는 성을 찬양한다는 의견을 피력하고, 이것은 전통적 결혼의 정조 관념에서 나사렛의 과부를 해방시킨다.

> 사실 타고난 순결함이나 과부의 금욕보다 그것이 더 해로웠다. 그는 침대에서 행해지는 그 어떤 행동이라도 사랑을 영원하게 만드는 데 일조한다면 전혀 비도덕적인 것이 아니라고 가르쳤다. 그 이후부터 그녀의 삶의 이유가 된 것도 가르쳤다. 인간은 모두 몇 번 섹스할 것인지 미리 정해진 횟수를 가지고 이 세상에 태어나는데, 자의건 타의건 혹은 자기 때문이건 타인 때문이건 그 횟수를 다 쓰지 않는 사람은 영원히 기회를 상실하게 된다고 그녀를 설득했던 것이다.

가르시아 마르케스는 이 작품에서 자본주의적이고 유대-기독교적인 사랑을 해체시키면서 문제화한다. 그래서 플로렌티노 아리사와 페르미나 다사의 세월과 나이를 초월한 낭만적 사랑이 아니라 에로티즘이 작품의 중심 담론으로 부상한다. 가르시아 마르케스는 이런 에로티즘을 통해 여성들에게 자신의 젠더를 깨닫고, 스스로 성을 발견하도록 부추긴다. 그러면서 여성들에게 억압의 사회적 고리를 끊고 인생 속에서 쾌락의 광채를 유지하면서 보다 자유롭게 살 것을 설득한다.

5. 또 다른 시각의 『콜레라 시대의 사랑』: 죽음, 늙음, 기만에 관해

『콜레라 시대의 사랑』을 사랑이 세월의 흐름과 죽음의 공포를 이겨 내고 인내와 헌신적인 애정이 행복한 결말로 보상받는다는 감상적이고 낭만적인 이야기로 읽는 것은 매력적이다. 그러나 앞에서 살펴보았듯이, 이런 매력은 플로렌티노 아리사와 페르미나 다사의 뒤늦은 결합이 개인적이고 사회적인 편견에 대한 승리를 보여 준다는 것을 독자에게 믿게 만드는 가르시아 마르케스의 미혹적인 소설 기법에서 비롯된다. 하지만 이런 멜로 드라마적인 이야기의 표면 아래에는 라틴 아메리카 사회에 관한 강한 비판과 풍자가 숨어 있다. 그리고 이런 비판적 요소와 풍자적 요소는 이 소설을 한층 더 매력적으로 만들어 주지만, 동시에 낭만주의와 감상주의적 관점에서 이 작품을 바라보는 것이 얼마나 위험한지를 보여 주고 있다. 또한 제목이 보여 주는 사랑과 늙음과 질병이라는 주제와 더불어, 이 작품은 자살이나 노화 공포증, 부정, 근대화, 사회적 및 환경적 책임과 같은 문제들도 탐구한다.

가르시아 마르케스의 작품에 관한 비평 분석은 흔히 마술적 사실주의를 포함한다. 『콜레라 시대의 사랑』 역시 몇몇 마술적 사실주의의 요소를 포함하고 있긴 하지만 『백년의 고독』에 비해 두드러지지는 않는다. 그 결과 흔히 이 작품은 마술적 사실주의의 차원에서는 잘 다루어지지 않는다. 대신 대부분의 비평가들은 이 소설이 감상 문학적 요소를 사회적 사실주의와 혼합하고 있다는 점에 동의한다. 가령 클로데트 켐퍼(Claudette Kemper)의 논의는 19세기 말과 20세기 초를 배경으로 삼고 있는 이 소설이 21세기에 들어가려는 문명화된 사회에 대한 풍자를 겨냥하고 있다고 주장한다. 또 다른 비평가인 로빈 피디안(Robin Fiddian)은 이 소설을 라틴 아메리카의 미래를 위협하는 도덕적 이데올로기적 근시안에 관한 반성으로 읽기도 한다.

사회적 변화의 필요성은 이 소설의 시작 부분에서 암시되어 있다. 제레미아 드 생타무르의 자살은 늙어 가는 것에 대한 두려움에 기인한다. 그래서 그 자살은 어렵고 골치 아픈 문제를 암시한다. 즉 노년은 인생의 활기차고 생산적인 시기가 될 수 없는 것일까? 제레미아 드 생타무르는 분명히 그렇게 생각하지 않았고, 그래서 몇 년 전부터 예순 살이 되면 세상을 떠나겠다고 계획했다. 그리고 이 소설을 통해 노년에 대한 생타무르의 두려움은 그 사회의 많은 사람들이 공유하고 있는 생각임을 알 수 있다.

가령 페르미나 다사의 딸인 오펠리아는 나이 많은 자기 어머니가 다른 남자와 만난다는 것을 알자 심한 충격을 받으면서, "우리 나이에 사랑이란 우스꽝스런 것이지만, 그들 나이에 사랑이란 더러운 짓이에요."라고 소리친다. 페르미나의 아들인 우르비노 다사 박사는 처음에 플로렌티노 아리사가 홀몸이 된 자기 어머니의 훌륭한 동반자가 되어 삶의 활력을 되찾아 주자, "두 사람의 행복을 위해서뿐만 아니라 모든 사람이 편안하도록" 계속 방문해 줄 것을 요청한다. 그러나 플로렌티노와 함께 점심을 먹으면서, 우르비노 다사 박사는 노년에 대한 진정한 감정을 드러낸다. 그는 거추장스러운 늙은이들만 없다면 세상이 더욱 빠르게 발전될 수 있을 것이라고 생각하면서, "지상군들처럼 인류는 가장 느린 속도로 앞을 향해 나아가고 있습니다."라고 말한다. 그도 동생 오펠리아처럼 사랑에는 나이가 있으며, 그 나이가 지나면 사랑은 추잡해진다는 생각을 가지고 있었던 것이다.

늙음에 관한 이런 사회적 태도는 아마도 소설의 첫 장에서 우르비노 다사 박사가 지기 아버지의 시체가 빠르게 썩어 가고 있다고 생각하고는 관 뚜껑을 덮으라고 했을 때, 어느 얼빠진 목소리가 "그 나이에는 살아 있더라도 이미 몸의 절반은 썩어 있는 거야."라고 말하는 대목에서 잘 요약되어 있다. 소설의 마지막 부분에서 이루어지는 플로렌티노와 페르미나의 결합은 이런 사회적 편견과 부당한 관습을 극복하는 것이며, 늙어도 활력 있고 자극적인 삶을 살아갈 수 있다는 것을 보여 준다. 그러나 이런 현상은 현실의 변화를 동반하지 않는다. 플로렌티노와 페르미나는 "사랑은 시간과 장소를 막론하고 사랑이지만, 죽음이 가까워올수록 그 사랑의 농도는 진해진다는 것"을 깨닫지만, 그들이 여행의 끝에 집으로 돌아가는 것을 거부하는 행위는 결국 사회적 기대에 굴복한다는 것을 보여주기 때문이다.

이런 불완전한 마무리는 페르미나와 플로렌티노의 개인적 행복과 그들을 에워싼 세계를 강조하는 독서가 과연 그들의 진정한 사랑을 표현하고 있는지 의문시하게 만들면서, 독자에게 이 작품 전체를 다시 한번 돌아보게 만든다. 즉 처음에 사랑에 관한 순진한 이야기인 것처럼 보이던 것이 그렇지 않을 수도 있다는 것이다. 키스 부커는 이 소설이 지니고 있는 '기만'을 경고한다. 그리고 사실 『콜레라 시대의 사랑』의 초반부에 나타난 사건들은 겉모습은 속임수에 불과하다는 것을 보여 준다. 가령, 생타무르의 죽음 뒤에 비로소 우르비노 박사는 자기가 생각했듯이 그 친구가 '과거가 없는' 사람이 아니라, 인육을 먹은 후 카옌에서 도망친 사람임을 알게 된다. 그리고 시안화 금의 떠도는 향내는 항상 우르비노 박사에게 짝사랑의 운명을 떠올리게 만들지만, 생타무르의 자살은 사랑이 아니라 노화 공포증 때문이었다. 그의 죽음에 관해 말하면서, 우르비노 박사는 그가 숨겨 놓은 사랑 때문에 화가 난 것이 아니라 오랫동안 자기를 속여 왔다는 사실에 화가 난 것임을 밝힌다. 심지어 우둔하고 갑자기 발작을 일으키고 시도 때도 없이 얼굴을 붉혀서 정신력을 의심받는 우르비노 다사 박사는 실제로는 좋은 사람이다. 이런 것은 겉모습과 현실은 혼동될 수 있다는 것을 단적으로 보여 준다.

이와 비슷하게 플로렌티노 아리사가 페르미나 다사를 만났을 때 느낀 매력은 실제로 드러난 모습이 아니었으며, 따라서 낭만적 사랑의 예가 될 수 없다. 그는 페르미나의 진정한 미덕과 감정 때문에 사랑에 빠진 것이 아니라, 그가 "검증할 수 없는 미덕과 상상의 감정을 그녀에게 부여"하면서 만들어 낸 이미지 혹은 환영에 미혹된 것이다. 다시 말하자면, 그는 자신이 이상화한 이미지에 빠진 것이다. 이것이 페르미나를 지켜보면서 반세기를 보내게 만들었던 비현실적 생각이다. 부커가 지적하듯이 그런 비현실적인 환상은 이 소설의 마지막에 플로렌티노와 페르미나 다사가 배를 타고서 여행을 하도록 운명짓게 만든다. 플로렌티노 아리사는 강의 상태에 관한 경고성의 보고서를 받았지만, 그에 대해 거의 생각해 보지 않았다. 그 결과 노란 깃발을 달고 영원히 배를 타고 있으려는 그의 계획은 불가능한 것이 되고 만다. 배의 연료로 사용될 수 있는 나무가 거의 남아 있지 않았기 때문이다. 플로렌티노가 환경 참화의 현실을 생각하지 않으려 했던 행동은 결국 막달레나강과 그의 행복을 파괴한다.

비평가들은 이 소설의 제목에 나오는 '콜레라 시대'에 관해 여러 가지로 해석했다. 많은 사람들은 콜레라의 시기와 낭만적 사랑의 시기를 동일하게 보고, 이 텍스트에서 사랑은 병이라고 설명한다. 아마도 이 제목은 클로데트 켐퍼가 설명하듯이 "병에 걸린 사회와 사회적 책임감"에 대한 메타포라고 생각된다. 그리고 플로렌티노 아리사와 우르비노 박사는 사회를 안중에 두지 않고 무시해 버리는 죄를 짓는다. 우르비노 박사는 최근의 유럽 사상을 모두 알고 있는, 세련되고 근대화된 사람이다. 그러나 그는 자신을 둘러싼 현실에 눈이 멀어 있다. 그에게 현실이란 그저 한 장소에만 존재한다. 가령 유럽에서 돌아온 후 그는 유럽, 특히 파리라는 세계 현실과의 끈을 놓치지 않기 위해 《르 피가로》지를 정기 구독한다. 플로렌티노의 사회적 태만은 부분적으로 감상적인 연애시에 대한 감정으로 설명될 수 있다. 그가 페르미나에게 보낸 편지들은 "그가 마음으로 외운 책에서 영감 받은 것"으로, 그가 과거의 가치에 매장된 사람임을 보여 준다. 그러나 플로렌티노는 이런 단순한 태만 이상의 죄를 짓는다. 그의 이기심은 바로 다른 사람들의 고통과 죽음의 직접적인 원인이 되기 때문이다.

화자는 622번의 사랑에 관해 많은 부분을 할애하지 않는다. 그러나 그가 서술한 몇 개의 에피소드는 그가 페르미나, 아니 그 어떤 여자도 사랑할 자격이 없는 사람임을 보여 주기에 충분하다. 물론 플로렌티노 아리사가 맺은 수많은 관계가 자유연애의 긍정적 모델을 제시해 준다고 말할 수도 있지만, 그는 하룻밤의 욕망만을 채우는 것이 아니다. 플로렌티노의 연인 중 하나인 올림피아 술레타는 남편에 의해 무자비하게 살해된다. 바로 플로렌티노가 그녀의 배에 그린 소유적 기호를 남편이 보았기 때문이다. 또한 나중에 플로렌티노는 자기 집에서 일하던 하녀를 강제로 임신시킨 후, 그녀를 매수하여 아무 죄 없는 그녀의 연인에게 비난의 화살을 돌리게 하기도 한다. 그리고 아마도 가장 비난받을 일은 열네 살에 불과한 아메리카 비쿠냐를 유혹한 일일 것이다. 그녀가 학교를 마칠 동안 보호자로 위임받은 그가 그만 그녀를 차지해 버린 것이다. 그러나 그 관계에서 가장 불온한 행위는 그녀가 어쩔 수 없이 동의하게끔 조종한 것이다. 플로렌티노가 그녀를 만났을 때, 그녀는 초등학생처럼 무릎에 긁힌 상처가 있는 어린 여자아이였다. 그러나 플로렌티노는 아이스크림을 사 주고 그녀와 함께 놀아 주면서 일 년 동안 정성을 들여 마침내 그녀의 마음과 사랑을 얻는 데 성공한다. 아메리카 비쿠냐는 플로렌티노가 페르미나 다사와 배를 타고 여행을 하던 중에 자살을 하고 만다.

욕설로 가득한 페르미나의 편지를 받은 이후, 플로렌티노는 새로운 전략, 즉 새로운 유혹법을 고안한다. 그는 최후의 전쟁을 치르듯이 철두철미하게 모든 것을 계획한다. 그리고 평상시의 모방 문체를 버리고 늙은이의 회상이 담긴 문체로 위장하면서 삶에 대한 기나긴 명상을 쓴다. 이 편지는 페르미나에게 다시 살아갈 수 있는 이유를 발견하게 해 주지만, 플로렌티노의 교활한 계획은 그녀가 진정 어린 감정으로 해석하는 것과는 다르다. 그는 또한 그녀에게 개인적으로도 솔직하지 못하다. 그녀가 왜 시 축제에 한번도 참여하지 않았느냐고 묻자, 그는 단지 그녀를 위해서만 글을 썼다고 거짓말한다. 사실 그의 의도는 페르미나에게 지각없는 환상을 심어 주어서 계급적 편견을 쓰레기통에 던져 버릴 수 있는 용기를 주고, 사랑이란 그 무엇을 위한 방법도 아니고 은총의 상태처럼 그 자체가 시작이고 끝이라고 생각하도록 만드는 것이었다. 이렇듯 그는 비열하다. 그래서 그의 동기가 아무리 선하더라도, 그것이 이기적이고 파괴적인 것은 아닐까 하는 의심을 갖게 한다.

플로렌티노의 교묘한 속임수에도 불구하고, 페르미나는 플로렌티노와의 관계가 아주 올바른 것은 아니라는 것을 인정한다. 그녀는 모든 사람이 사랑을 하기에는 너무나 늙었다고 생각하던 나이에 낭만적인 관계를 맺음으로써 사회적 관습에 도전하지만, 배를 타고 가다 노에 맞아 죽은 노인들에 대해 자주 생각하면서 자신들과 비교해 본다. 죽은 노인 커플은 각자 행복한 결혼 생활을 했지만 사십 년 동안이나 내연 관계를 유지하던 연인이었다. 페르미나가 오십 년이나 지난 환영이라고 말하던 사랑인 플로렌티노와 페르미나의 사랑과는 매우 다르다. 또한 오래 지속된 다른 커플의 관계는 제레미아 드 생타무르의 연인이 설명했던 불법적인 사랑을 떠올리게 만든다. 즉 "한 번도 완전히 그녀의 것인 적이 없었던 남자와 비밀스러운 삶을 함께 나누면서 종종 갑작스러운 행복의 폭발을 경험"하는 사랑 말이다. 게다가 그들의 이야기는 집으로 돌아가겠다는 생각을 거부하면서 현실을 외면하려는 플로렌티노의 계획이 실행 가능한 해결책이 아님을 보여 준다. 다른 노인 커플이 배에서 살해되었다는 사실은 나머지 사회 구성원의 생각과 관습을 극복하지 않은 채 영원히 배를 타고 다니겠다는 것을 의미한다. 하지만 그것은 사회의 편견에서 페르미나와 플로렌티노를 보호할 수 없을 것이다.

6. 단순하면서도 복잡한 소설의 묘미

가브리엘 가르시아 마르케스 작품의 묘미는 잘 읽히고 재미있으면서도 많은 의미를 담고 있다는 것이다. 『콜레라 시대의 사랑』 역시 단순한 러브 스토리처럼 보이지만, 이상적이고 낭만적인 러브 스토리는 이내 에로티즘으로 변하면서 이 소설의 중심 주제가 된다. 이 소설은 역사적으로나 문화적으로 다양한 관점을 제시하지만, 그중에서도 특히 몇 가지가 눈에 띈다. 첫째는 폭력의 문제이다. 여기에서 콜레라는 내전이라는 폭력과 뒤섞이고, 이로 인해 폭력과 콜레라의 문제는 더욱 가시화된다. 둘째는 유대-기독교적 전통을 의문시하고, 상이한 인종들을 문화적으로 재평가한다. 특히 카리브해 사람들이 우르비노가 대표하는 유럽 문화에 물들지 않았으며 보다 활력적이라는 것을 보여 준다. 그리고 후베날 우르비노와 페르미나 다사의 결혼 생활은 사회적 제도로서의 결혼의 문제를 자세하게 보여 주는 데 성공하고 있다. 그러면서 동시에 이 소설은 기운을 북돋는 에로티즘에 바탕을 두고 만들어진 자유로운 남녀 관계를 보다 긍정적으로 바라보고 있다는 느낌을 준다.

이처럼 무겁다고 할 수 있을 정도로 많은 의미를 담고 있으면서도, 이 작품은 독자를 지겹게 하지 않는다. 그것이 바로 가브리엘 가르시아 마르케스의 작품이 지니고 있는 가장 큰 매력이다. 그러나 이런 작품을 번역하기란 쉽지 않다. 그것은 그의 문체가 물 흘러가듯이 유려하지만, 한국어와 스페인어 구문의 차이로 그런 리듬을 유지하면서 원문을 우리말로 옮기기란 거의 불가능하기 때문이다. 혹자는 환원주의에 사로잡힌 나머지 글자 그대로, 심지어는 구두점까지 그대로 원문을 따르는 축자 번역이 번역의 꽃이라고 말한다. 하지만 그것이 작가의 심리나 작품의 이미지 형성 과정조차 엿보지 못하게 할 경우 무슨 의미가 있을까?

『콜레라 시대의 사랑』을 번역하는 데 옮긴이는 이미지의 흐름을 우선시했다. 그래서 원문에는 한 문장으로 되어 있는 것이 여기에서는 몇 문장으로 된 경우도 있고, 그 반대인 경우도 종종 있다. 다시 말하자면, 옮긴이와 작품과의 대화를 바탕으로 이루어진 번역이다. 이것은 옮긴이가 글쓴이의 마음속으로 들어가는 행위이며, 동시에 그 마음을 내 것으로 취하는 행동이기도 하다. 이제 남은 숙제는 독자와 옮긴이와의 대화다. 독자가 옮긴이의 마음속으로 들어오고, 동시에 그 마음을 독자의 것으로 취하는 적극적인 독서 방법이 이루어질 때, 아마도 가르시아 마르케스는 우리의 마음속으로 들어오지 않을까 생각해 본다.

2004년 늦겨울

송병선

작가 연보

1927년 3월 6일 콜롬비아의 아라카타카에서 태어났다.
부모님과 함께 외할아버지 댁에서 어린 시절을 보냈다.

1936년 수도 보고타 근교에 있는 시파키라의 국립 중등학교에서 장학생으로 공부했다.

1947년 콜롬비아 국립대학교에서 법학을 공부했다.
단편 소설 「세 번째 체념」이 유명 일간지 《엘 에스펙타도르(El Espectador)》에 실렸다. 이후 1952년까지 이 신문에 11편의 단편 소설을 발표했다.

1948년 정치 폭력 사태인 '보고타소(Bogotazo)'를 겪은 후 법학 공부를 중단하고 카르타헤나 대학교로 옮겼다.
카르타헤나의 일간지 《엘 우니베르살(El Universal)》에 '셉티무스(Septimus)'라는 필명으로 글을 쓰기 시작했다.

1950년 대학 공부를 중단하고 바랑키야로 이사한 후, 바랑키야의 일간지 《엘 에랄도(El Heraldo)》의 칼럼에 글을 쓰기 시작했다.

『낙엽(La hojarasca)』의 초고인 「집」 집필을 시작했다.

이때 지금의 부인인 메르세데스 바르차를 만났다.

1954년 《엘 에스펙타도르》의 기자로 활동하기 시작했다.

1955년 단편 소설 「토요일 다음 날」로 문학상을 수상했다.

첫 번째 장편 소설 『낙엽』을 출간했다.

파리에서 특파원 생활을 하면서 엄청난 분량의 미국 문학을 읽는 한편 프랑스어 번역 등을 시작했다.

1956년 중편 「아무도 대령에게 편지하지 않다(El coronel no tiene quien le escribe)」를 탈고했다.

1957년 베네수엘라의 카라카스에서 발행되는 잡지 《엘리테(Elite)》와 보고타의 잡지 《크로모스(Cromos)》에 사회주의 국가에 관한 글 열 편을 발표했다.

1958년 카라카스에서 베네수엘라의 독재자 마르코스 페레스 히메네스(Marcos Pérez Jiménez)의 몰락을 지켜봤다.

메르세데스 바르차와 결혼했다.

나중에 출간될 『마마 그란데의 장례식(Los funerales de Mamá Grande)』에 수록되는 대부분의 단편 소설들을 썼다.

보고타의 잡지 《미토(Mito)》에 「아무도 대령에게 편지하지 않다」를 발표했다.

1959년 카스트로 정권에서 설립한 통신사 프렌사 라티나

(Prensa Latina)에서 일하기 위해 보고타로 돌아갔다.

첫째 아들 로드리고가 태어났다.

단편 소설 「마마 그란데의 장례식」을 집필했다.

1960년 쿠바의 아바나에서 프렌사 라티나의 기자로 일했다.

1961년 프렌사 라티나의 뉴욕 주재 부지국장이 되지만 곧 사표를 내고 멕시코로 건너갔다.

1962년 둘째 아들 곤살로가 태어났다.

광고 회사에서 일하면서 영화 시나리오를 쓰기 시작했다.

두 번째 소설 『불행한 시간(La mala hora)』과 일곱 편의 단편 소설이 수록된 『마마 그란데의 장례식』을 출간했다.

1965년 『백년의 고독(Cien años de soledad)』 집필을 시작했다.

1967년 아르헨티나의 부에노스아이레스에 위치한 출판사 수다메리카나(Sudamericana)에서 『백년의 고독』을 출간했다.

단편 소설집 『이사벨은 마콘도에 비가 내리는 것을 보고 있다(Isabel viendo llover en Macondo)』를 출간했다.

스페인으로 건너가 1975년까지 머물렀다.

1970년 루이스 알레한드로 벨라스코의 표류에 관한 『표류자 이야기(Relato de un naúfrago)』를 출간했다.

1971년 미국 컬럼비아 대학교에서 명예 박사 학위를 받았다.

1972년 단편 소설집 『순박한 에렌디라와 포악한 할머니의 믿을 수 없이 슬픈 이야기(La increíble y triste historia de la cándida Eréndira y de su abuela desalmada)』를 출간했다.

세계적으로 권위를 인정받는 베네수엘라의 로물로 가예고스상을 수상했다.

1947년부터 1955년 사이에 쓴 열한 편의 단편 소설을 모은 『파란 개의 눈(Ojos de perro azul)』을 출간했다.

1973년 열두 편의 기사가 실린 『행복한 무명 시절(Cuando era feliz e indocumentado)』을 출간했다.

1974년 『칠레, 쿠데타와 미국 놈들(Chile, el golpe y los gringos)』을 출간했다.

1975년 『족장의 가을(El otoño del patriarca)』을 출간했다.

1976년 『연대기와 리포트(Crónicas y reportajes)』를 출간했다.

1977년 신문 기사 성격의 글 세 편이 실린 『카를로타 작전(Operación Carlota)』을 출간했다.

1978년 『사회주의 국가 기행문(De viaje por los paises socialistas)』을 출간했다.

1981년 『예고된 죽음의 연대기(Crónica de una muerte anunciada)』를 출간했다.

신문 기자로 활동할 당시의 글을 수록한 『기사 모음집(Obra periodística)』(1981~1984)을 출간했다.

1982년 노벨 문학상을 수상했다. '라틴 아메리카의 고독'이라는 제목으로 수상 연설을 발표했다.

1983년 시나리오 『유괴(El secuestro)』를 출간했다.

1985년 『콜레라 시대의 사랑(El amor en los tiempos del cólera)』을 출간했다.

1986년 『칠레에 비밀리에 잠입한 미겔 리틴의 모험(La aventura de Miguel Littín clandestino en Chile)』을 출간했다.

1989년 『미로 속의 장군(El general en su laberinto)』을 출간했다.

1992년 『이방의 순례자들(Doce cuentos peregrinos)』을 출간했다.

1994년 『사랑과 다른 악마들(Del amor y otros demonios)』, 희곡 『앉아 있는 사람에 대항한 사랑의 논박(Diatriba de amor contra un hombre sentado)』을 출간했다.

1996년 보고 기사 형식을 빌린 장편 소설 『납치 일기(Noticia de un secucstro)』를 출간했다.

1999년 단편 소설 「8월에 만나요」를 발표했다.
멕시코에서 거주하다가 콜롬비아로 돌아와 유력 주간지 《엘 캄비오(El Cambio)》를 인수해 활동했다.

2002년 자서전 『인생을 이야기하기 위해 살다(Vivir para contr-arla)』를 출간했다.

2004년 마지막 소설 『내 슬픈 창녀들의 추억(Memoria de mis putas tristes)』을 출간했다.

2007년 스페인 왕립 언어 학술원과 아카데미 연합이 『백년의 고독』 기념판을 제작하여 배포했다.

2010년 마르케스가 태어난 아라카타카 외조부모의 집이 박물관으로 개관했다.

2014년 여든일곱 살 생일을 지내고 며칠 후 멕시코시티에서 타계했다.

세계문학전집 98

콜레라 시대의 사랑 2

1판 1쇄 펴냄 2004년 2월 5일
1판 49쇄 펴냄 2023년 12월 21일

지은이 가브리엘 가르시아 마르케스
옮긴이 송병선
발행인 박근섭, 박상준
펴낸곳 (주)민음사

출판등록 1966. 5. 19. (제 16-490호)
서울특별시 강남구 도산대로1길 62(신사동) 강남출판문화센터 5층 (우편번호 06027)
대표전화 02-515-2000 팩시밀리 02-515-2007
www.minumsa.com

ISBN 978-89-374-6098-2 04800
ISBN 978-89-374-6000-5 (세트)

* 잘못 만들어진 책은 구입처에서 교환해 드립니다.

민음사 세계문학전집

세계문학전집 목록

1·2 **변신 이야기** 오비디우스 · 이윤기 옮김 서울대 권장도서 100선
3 **햄릿** 셰익스피어 · 최종철 옮김 서울대 권장도서 100선 | 미국대학위원회 선정 SAT 추천도서
4 **변신 · 시골의사** 카프카 · 전영애 옮김 서울대 권장도서 100선
5 **동물농장** 오웰 · 도정일 옮김 미국대학위원회 선정 SAT 추천도서 | 《타임》 선정 현대 100대 영문소설
6 **허클베리 핀의 모험** 트웨인 · 김욱동 옮김 《뉴스위크》 선정 100대 명저
7 **암흑의 핵심** 콘래드 · 이상옥 옮김 미국대학위원회 선정 SAT 추천도서 | 《뉴스위크》 선정 10대 명저
8 **토니오 크뢰거 · 트리스탄 · 베네치아에서의 죽음** 토마스 만 · 안삼환 외 옮김 노벨 문학상 수상 작가
9 **문학이란 무엇인가** 사르트르 · 정명환 옮김
10 **한국단편문학선 1** 김동인 외 · 이남호 엮음 국립중앙도서관 선정 청소년 권장도서
11·12 **인간의 굴레에서** 서머싯 몸 · 송무 옮김
13 **이반 데니소비치, 수용소의 하루** 솔제니친 · 이영의 옮김 노벨 문학상 수상 작가
14 **너새니얼 호손 단편선** 호손 · 천승걸 옮김
15 **나의 미카엘** 오즈 · 최창모 옮김
16·17 **중국신화전설** 위앤커 · 전인초, 김선자 옮김
18 **고리오 영감** 발자크 · 박영근 옮김
19 **파리대왕** 골딩 · 유종호 옮김 노벨 문학상 수상 작가 | 《타임》 선정 현대 100대 영문소설
20 **한국단편문학선 2** 김동리 외 · 이남호 엮음
21·22 **파우스트** 괴테 · 정서웅 옮김 서울대 권장도서 100선 | 미국대학위원회 선정 SAT 추천도서
23·24 **빌헬름 마이스터의 수업시대** 괴테 · 안삼환 옮김
25 **젊은 베르테르의 슬픔** 괴테 · 박찬기 옮김 논술 및 수능에 출제된 책(1998~2005)
26 **이피게니에 · 스텔라** 괴테 · 박찬기 외 옮김
27 **다섯째 아이** 레싱 · 정덕애 옮김 노벨 문학상 수상 작가
28 **삶의 한가운데** 린저 · 박찬일 옮김
29 **농담** 쿤데라 · 방미경 옮김
30 **야성의 부름** 런던 · 권택영 옮김
31 **아메리칸** 제임스 · 최경도 옮김
32·33 **양철북** 그라스 · 장희창 옮김 노벨 문학상 수상 작가 | 서울대 권장도서 100선
34·35 **백년의 고독** 마르케스 · 조구호 옮김 노벨 문학상 수상 작가 | 서울대 권장도서 100선
36 **마담 보바리** 플로베르 · 김화영 옮김 서울대 권장도서 100선
37 **거미여인의 키스** 푸익 · 송병선 옮김
38 **달과 6펜스** 서머싯 몸 · 송무 옮김
39 **폴란드의 풍차** 지오노 · 박인철 옮김
40·41 **독일어 시간** 렌츠 · 정서웅 옮김
42 **말테의 수기** 릴케 · 문현미 옮김
43 **고도를 기다리며** 베케트 · 오증자 옮김 노벨 문학상 수상 작가 | 서울대 권장도서 100선
44 **데미안** 헤세 · 전영애 옮김 노벨 문학상 수상 작가
45 **젊은 예술가의 초상** 조이스 · 이상옥 옮김 서울대 권장도서 100선
46 **카탈로니아 찬가** 오웰 · 정영목 옮김
47 **호밀밭의 파수꾼** 샐린저 · 정영목 옮김 《타임》 선정 현대 100대 영문소설 | 미국대학위원회 선정 SAT 추천도서 | 《뉴스위크》 선정 100대 명저 | BBC 선정 꼭 읽어야 할 책
48·49 **파르마의 수도원** 스탕달 · 원윤수, 임미경 옮김
50 **수레바퀴 아래서** 헤세 · 김이섭 옮김 노벨 문학상 수상 작가 | 국립중앙도서관 선정 청소년 권장도서

51·52 **내 이름은 빨강** 파묵·이난아 옮김 노벨 문학상 수상 작가
53 **오셀로** 셰익스피어·최종철 옮김 서울대 권장도서 100선
54 **조서** 르 클레지오·김윤진 옮김 노벨 문학상 수상 작가
55 **모래의 여자** 아베 코보·김난주 옮김
56·57 **부덴브로크 가의 사람들** 토마스 만·홍성광 옮김 노벨 문학상 수상 작가
58 **싯다르타** 헤세·박병덕 옮김 노벨 문학상 수상 작가
59·60 **아들과 연인** 로렌스·정상준 옮김 《뉴스위크》 선정 100대 명저
61 **설국** 가와바타 야스나리·유숙자 옮김 노벨 문학상 수상 작가 | 서울대 권장도서 100선
62 **벨킨 이야기·스페이드 여왕** 푸슈킨·최선 옮김
63·64 **넙치** 그라스·김재혁 옮김 노벨 문학상 수상 작가
65 **소망 없는 불행** 한트케·윤용호 옮김 노벨 문학상 수상 작가
66 **나르치스와 골드문트** 헤세·임홍배 옮김 노벨 문학상 수상 작가
67 **황야의 이리** 헤세·김누리 옮김 노벨 문학상 수상 작가
68 **페테르부르크 이야기** 고골·조주관 옮김
69 **밤으로의 긴 여로** 오닐·민승남 옮김 노벨 문학상 수상 작가 | 미국대학위원회 선정 SAT 추천도서
70 **체호프 단편선** 체호프·박현섭 옮김
71 **버스 정류장** 가오싱젠·오수경 옮김 노벨 문학상 수상 작가
72 **구운몽** 김만중·송성욱 옮김 서울대 권장도서 100선 | 국립중앙도서관 선정 청소년 권장도서
73 **대머리 여가수** 이오네스코·오세곤 옮김
74 **이솝 우화집** 이솝·유종호 옮김 논술 및 수능에 출제된 책(1998~2005)
75 **위대한 개츠비** 피츠제럴드·김욱동 옮김 《타임》 선정 현대 100대 영문소설
76 **푸른 꽃** 노발리스·김재혁 옮김
77 **1984** 오웰·정회성 옮김 《타임》 선정 현대 100대 영문소설 | 《뉴스위크》 선정 100대 명저
78·79 **영혼의 집** 아옌데·권미선 옮김
80 **첫사랑** 투르게네프·이항재 옮김
81 **내가 죽어 누워 있을 때** 포크너·김명주 옮김 노벨 문학상 수상 작가
82 **런던 스케치** 레싱·서숙 옮김 노벨 문학상 수상 작가
83 **팡세** 파스칼·이환 옮김
84 **질투** 로브그리예·박이문, 박희원 옮김
85·86 **채털리 부인의 연인** 로렌스·이인규 옮김
87 **그 후** 나쓰메 소세키·윤상인 옮김
88 **오만과 편견** 오스틴·윤지관, 전승희 옮김 미국대학위원회 선정 SAT 추천도서
89·90 **부활** 톨스토이·연진희 옮김 논술 및 수능에 출제된 책(1998~2005)
91 **방드르디, 태평양의 끝** 투르니에·김화영 옮김
92 **미겔 스트리트** 나이폴·이상옥 옮김 노벨 문학상 수상 작가
93 **페드로 파라모** 룰포·정창 옮김
94 **차라투스트라는 이렇게 말했다** 니체·장희창 옮김 국립중앙도서관 선정 청소년 권장도서
95·96 **적과 흑** 스탕달·이동렬 옮김 국립중앙도서관 선정 청소년 권장도서
97·98 **콜레라 시대의 사랑** 마르케스·송병선 옮김 노벨 문학상 수상 작가 | BBC 선정 꼭 읽어야 할 책
99 **맥베스** 셰익스피어·최종철 옮김 서울대 권장도서 100선 | 미국대학위원회 선정 SAT 추천도서
100 **춘향전** 작자 미상·송성욱 풀어 옮김 서울대 권장도서 100선
101 **페르디두르케** 곰브로비치·윤진 옮김
102 **포르노그라피아** 곰브로비치·임미경 옮김
103 **인간 실격** 다자이 오사무·김춘미 옮김
104 **네루다의 우편배달부** 스카르메타·우석균 옮김

105·106 **이탈리아 기행** 괴테 · 박찬기 외 옮김

107 **나무 위의 남작** 칼비노 · 이현경 옮김

108 **달콤 쌉싸름한 초콜릿** 에스키벨 · 권미선 옮김

109·110 **제인 에어** C. 브론테 · 유종호 옮김 BBC 선정 꼭 읽어야 할 책

111 **크눌프** 헤세 · 이노은 옮김 노벨 문학상 수상 작가

112 **시계태엽 오렌지** 버지스 · 박시영 옮김 《타임》 선정 현대 100대 영문소설 | 《뉴스위크》 선정 100대 명저

113·114 **파리의 노트르담** 위고 · 정기수 옮김 미국대학위원회 선정 SAT 추천도서

115 **새로운 인생** 단테 · 박우수 옮김

116·117 **로드 짐** 콘래드 · 이상옥 옮김 《뉴스위크》 선정 100대 명저

118 **폭풍의 언덕** E. 브론테 · 김종길 옮김 미국대학위원회 선정 SAT 추천도서

119 **텔크테에서의 만남** 그라스 · 안삼환 옮김 노벨 문학상 수상 작가

120 **검찰관** 고골 · 조주관 옮김

121 **안개** 우나무노 · 조민현 옮김

122 **나사의 회전** 제임스 · 최경도 옮김 미국대학위원회 선정 SAT 추천도서

123 **피츠제럴드 단편선 1** 피츠제럴드 · 김욱동 옮김

124 **목화밭의 고독 속에서** 콜테스 · 임수현 옮김

125 **돼지꿈** 황석영

126 **라셀라스** 존슨 · 이인규 옮김

127 **리어 왕** 셰익스피어 · 최종철 옮김 서울대 권장도서 100선 | 《뉴스위크》 선정 100대 명저

128·129 **쿠오 바디스** 시엔키에비츠 · 최성은 옮김 노벨 문학상 수상 작가

130 **자기만의 방 · 3기니** 울프 · 이미애 옮김

131 **시르트의 바닷가** 그라크 · 송진석 옮김

132 **이성과 감성** 오스틴 · 윤지관 옮김

133 **바덴바덴에서의 여름** 치프킨 · 이장욱 옮김

134 **새로운 인생** 파묵 · 이난아 옮김 노벨 문학상 수상 작가

135·136 **무지개** 로렌스 · 김정매 옮김

137 **인생의 베일** 서머싯 몸 · 황소연 옮김

138 **보이지 않는 도시들** 칼비노 · 이현경 옮김

139·140·141 **연초 도매상** 바스 · 이운경 옮김 《타임》 선정 현대 100대 영문소설

142·143 **플로스 강의 물방앗간** 엘리엇 · 한애경, 이봉지 옮김 미국대학위원회 선정 SAT 추천도서

144 **연인** 뒤라스 · 김인환 옮김

145·146 **이름 없는 주드** 하디 · 정종화 옮김

147 **제49호 품목의 경매** 핀천 · 김성곤 옮김 《타임》 선정 현대 100대 영문소설

148 **성역** 포크너 · 이진준 옮김 노벨 문학상 수상 작가 | 퓰리처상 수상 작가

149 **무진기행** 김승옥

150·151·152 **신곡(지옥편 · 연옥편 · 천국편)** 단테 · 박상진 옮김 《뉴스위크》 선정 100대 명저

153 **구덩이** 플라토노프 · 정보라 옮김

154·155·156 **카라마조프가의 형제들** 도스토옙스키 · 김연경 옮김

157 **지상의 양식** 지드 · 김화영 옮김 노벨 문학상 수상 작가

158 **밤의 군대들** 메일러 · 권택영 옮김 퓰리처상 수상 작가

159 **주홍 글자** 호손 · 김욱동 옮김 서울대 권장도서 100선 | 미국대학위원회 선정 SAT 추천도서

160 **깊은 강** 엔도 슈사쿠 · 유숙자 옮김

161 **욕망이라는 이름의 전차** 윌리엄스 · 김소임 옮김

162 **마사 퀘스트** 레싱 · 나영균 옮김 노벨 문학상 수상 작가

163·164 **운명의 딸** 아옌데 · 권미선 옮김

165 **모렐의 발명** 비오이 카사레스 · 송병선 옮김
166 **삼국유사** 일연 · 김원중 옮김 서울대 권장도서 100선
167 **풀잎은 노래한다** 레싱 · 이태동 옮김 노벨 문학상 수상 작가
168 **파리의 우울** 보들레르 · 윤영애 옮김
169 **포스트맨은 벨을 두 번 울린다** 케인 · 이만식 옮김
170 **썩은 잎** 마르케스 · 송병선 옮김 노벨 문학상 수상 작가
171 **모든 것이 산산이 부서지다** 아체베 · 조규형 옮김 《타임》 선정 현대 100대 영문소설
172 **한여름 밤의 꿈** 셰익스피어 · 최종철 옮김 미국대학위원회 선정 SAT 추천도서
173 **로미오와 줄리엣** 셰익스피어 · 최종철 옮김 미국대학위원회 선정 SAT 추천도서
174·175 **분노의 포도** 스타인벡 · 김승욱 옮김 노벨 문학상 수상 작가 | 《타임》 선정 현대 100대 영문소설
176·177 **괴테와의 대화** 에커만 · 장희창 옮김
178 **그물을 헤치고** 머독 · 유종호 옮김 《타임》 선정 현대 100대 영문소설
179 **브람스를 좋아하세요...** 사강 · 김남주 옮김
180 **카타리나 블룸의 잃어버린 명예** 하인리히 뵐 · 김연수 옮김 노벨 문학상 수상 작가
181·182 **에덴의 동쪽** 스타인벡 · 정회성 옮김 노벨 문학상 수상 작가
183 **순수의 시대** 워튼 · 송은주 옮김 《뉴스위크》 선정 100대 명저 | 퓰리처상 수상작
184 **도둑 일기** 주네 · 박형섭 옮김
185 **나자** 브르통 · 오생근 옮김
186·187 **캐치-22** 헬러 · 안정효 옮김 《타임》 선정 현대 100대 영문소설
188 **숄로호프 단편선** 숄로호프 · 이항재 옮김 노벨 문학상 수상 작가
189 **말** 사르트르 · 정명환 옮김
190·191 **보이지 않는 인간** 엘리슨 · 조영환 옮김 《타임》 선정 현대 100대 영문소설
192 **왑샷 가문 연대기** 치버 · 김승욱 옮김 퓰리처상 수상 작가
193 **왑샷 가문 몰락기** 치버 · 김승욱 옮김 퓰리처상 수상 작가
194 **필립과 다른 사람들** 노터봄 · 지명숙 옮김
195·196 **하드리아누스 황제의 회상록** 유르스나르 · 곽광수 옮김
197·198 **소피의 선택** 스타이런 · 한정아 옮김 퓰리처상 수상 작가
199 **피츠제럴드 단편선 2** 피츠제럴드 · 한은경 옮김
200 **홍길동전** 허균 · 김탁환 옮김
201 **요술 부지깽이** 쿠버 · 양윤희 옮김
202 **북호텔** 다비 · 원윤수 옮김
203 **톰 소여의 모험** 트웨인 · 김욱동 옮김
204 **금오신화** 김시습 · 이지하 옮김
205·206 **테스** 하디 · 정종화 옮김 미국대학위원회 선정 SAT 추천도서 | BBC 선정 꼭 읽어야 할 책
207 **브루스터플레이스의 여자들** 네일러 · 이소영 옮김
208 **더 이상 평안은 없다** 아체베 · 이소영 옮김
209 **그레인지 코플랜드의 세 번째 인생** 워커 · 김시현 옮김 퓰리처상 수상 작가
210 **어느 시골 신부의 일기** 베르나노스 · 정영란 옮김
211 **타라스 불바** 고골 · 조주관 옮김
212·213 **위대한 유산** 디킨스 · 이인규 옮김 서울대 권장도서 100선 | BBC 선정 꼭 읽어야 할 책
214 **면도날** 서머싯 몸 · 안진환 옮김
215·216 **성채** 크로닌 · 이은정 옮김
217 **오이디푸스 왕** 소포클레스 · 강대진 옮김 서울대 권장도서 100선
218 **세일즈맨의 죽음** 밀러 · 강유나 옮김
219·220·221 **안나 카레니나** 톨스토이 · 연진희 옮김 서울대 권장도서 100선

222 **오스카 와일드 작품선** 와일드·정영목 옮김

223 **벨아미** 모파상·송덕호 옮김

224 **파스쿠알 두아르테 가족** 호세 셀라·정동섭 옮김 노벨 문학상 수상 작가

225 **시칠리아에서의 대화** 비토리니·김운찬 옮김

226·227 **길 위에서** 케루악·이만식 옮김 《타임》 선정 현대 100대 영문소설 | 《뉴스위크》 선정 100대 명저

228 **우리 시대의 영웅** 레르몬토프·오정미 옮김

229 **아우라** 푸엔테스·송상기 옮김

230 **클링조어의 마지막 여름** 헤세·황승환 옮김 노벨 문학상 수상 작가

231 **리스본의 겨울** 무뇨스 몰리나·나송주 옮김

232 **뻐꾸기 둥지 위로 날아간 새** 키지·정회성 옮김 《타임》 선정 현대 100대 영문소설

233 **페널티킥 앞에 선 골키퍼의 불안** 한트케·윤용호 옮김 노벨 문학상 수상 작가

234 **참을 수 없는 존재의 가벼움** 쿤데라·이재룡 옮김

235·236 **바다여, 바다여** 머독·최옥영 옮김

237 **한 줌의 먼지** 에벌린 워·안진환 옮김 《타임》 선정 현대 100대 영문소설

238 **뜨거운 양철 지붕 위의 고양이·유리 동물원** 윌리엄스·김소임 옮김 퓰리처상 수상작

239 **지하로부터의 수기** 도스토옙스키·김연경 옮김

240 **키메라** 바스·이운경 옮김

241 **반쪼가리 자작** 칼비노·이현경 옮김

242 **벌집** 호세 셀라·남진희 옮김 노벨 문학상 수상 작가

243 **불멸** 쿤데라·김병욱 옮김

244·245 **파우스트 박사** 토마스 만·임홍배, 박병덕 옮김 노벨 문학상 수상 작가

246 **사랑할 때와 죽을 때** 레마르크·장희창 옮김

247 **누가 버지니아 울프를 두려워하랴?** 올비·강유나 옮김

248 **인형의 집** 입센·안미란 옮김

249 **위폐범들** 지드·원윤수 옮김 노벨 문학상 수상 작가

250 **무정** 이광수·정영훈 책임 편집 서울대 권장도서 100선

251·252 **의지와 운명** 푸엔테스·김현철 옮김

253 **폭력적인 삶** 파솔리니·이승수 옮김

254 **거장과 마르가리타** 불가코프·정보라 옮김

255·256 **경이로운 도시** 멘도사·김현철 옮김

257 **야콥을 둘러싼 추측들** 욘존·손대영 옮김

258 **왕자와 거지** 트웨인·김욱동 옮김

259 **존재하지 않는 기사** 칼비노·이현경 옮김

260·261 **눈먼 암살자** 애트우드·차은정 옮김 《타임》 선정 현대 100대 영문소설

262 **베니스의 상인** 셰익스피어·최종철 옮김

263 **말리나** 바흐만·남정애 옮김

264 **사볼타 사건의 진실** 멘도사·권미선 옮김

265 **뒤렌마트 희곡선** 뒤렌마트·김혜숙 옮김

266 **이방인** 카뮈·김화영 옮김 노벨 문학상 수상 작가 | 미국대학위원회 선정 SAT 추천도서

267 **페스트** 카뮈·김화영 옮김 노벨 문학상 수상 작가 | 국립중앙도서관 선정 청소년 권장도서

268 **검은 튤립** 뒤마·송진석 옮김

269·270 **베를린 알렉산더 광장** 되블린·김재혁 옮김

271 **하얀 성** 파묵·이난아 옮김 노벨 문학상 수상 작가

272 **푸슈킨 선집** 푸슈킨·최선 옮김

273·274 **유리알 유희** 헤세·이영임 옮김 노벨 문학상 수상 작가

275 **픽션들** 보르헤스 · 송병선 옮김 서울대 권장도서 100선
276 **신의 화살** 아체베 · 이소영 옮김
277 **빌헬름 텔 · 간계와 사랑** 실러 · 홍성광 옮김
278 **노인과 바다** 헤밍웨이 · 김욱동 옮김 노벨 문학상 수상 작가 | 퓰리처상 수상작
279 **무기여 잘 있어라** 헤밍웨이 · 김욱동 옮김 미국대학위원회 선정 SAT 추천도서
280 **태양은 다시 떠오른다** 헤밍웨이 · 김욱동 옮김 《타임》 선정 현대 100대 영문 소설
281 **알레프** 보르헤스 · 송병선 옮김
282 **일곱 박공의 집** 호손 · 정소영 옮김
283 **에마** 오스틴 · 윤지관, 김영희 옮김
284·285 **죄와 벌** 도스토옙스키 · 김연경 옮김 미국대학위원회 선정 SAT 추천도서
286 **시련** 밀러 · 최영 옮김
287 **모두가 나의 아들** 밀러 · 최영 옮김
288·289 **누구를 위하여 종은 울리나** 헤밍웨이 · 김욱동 옮김 노벨 문학상 수상 작가
290 **구르브 연락 없다** 멘도사 · 정창 옮김
291·292·293 **데카메론** 보카치오 · 박상진 옮김
294 **나누어진 하늘** 볼프 · 전영애 옮김
295·296 **제브데트 씨와 아들들** 파묵 · 이난아 옮김 노벨 문학상 수상 작가
297·298 **여인의 초상** 제임스 · 최경도 옮김 미국대학위원회 선정 SAT 추천도서
299 **압살롬, 압살롬!** 포크너 · 이태동 옮김 노벨 문학상 수상 작가
300 **이상 소설 전집** 이상 · 권영민 책임 편집
301·302·303·304·305 **레 미제라블** 위고 · 정기수 옮김
306 **관객모독** 한트케 · 윤용호 옮김 노벨 문학상 수상 작가
307 **더블린 사람들** 조이스 · 이종일 옮김
308 **에드거 앨런 포 단편선** 앨런 포 · 전승희 옮김 미국대학위원회 선정 SAT 추천도서
309 **보이체크 · 당통의 죽음** 뷔히너 · 홍성광 옮김
310 **노르웨이의 숲** 무라카미 하루키 · 양억관 옮김
311 **운명론자 자크와 그의 주인** 디드로 · 김희영 옮김
312·313 **헤밍웨이 단편선** 헤밍웨이 · 김욱동 옮김 노벨 문학상 수상 작가
314 **피라미드** 골딩 · 안지현 옮김 노벨 문학상 수상 작가
315 **닫힌 방 · 악마와 선한 신** 사르트르 · 지영래 옮김
316 **등대로** 울프 · 이미애 옮김 《타임》 선정 현대 100대 영문소설 | 《뉴스위크》 선정 100대 명저
317·318 **한국 희곡선** 송영 외 · 양승국 엮음
319 **여자의 일생** 모파상 · 이동렬 옮김
320 **의식** 노터봄 · 김영중 옮김
321 **육체의 악마** 라디게 · 원윤수 옮김
322·323 **감정 교육** 플로베르 · 지영화 옮김
324 **불타는 평원** 룰포 · 정창 옮김
325 **위대한 몬느** 알랭푸르니에 · 박영근 옮김
326 **라쇼몬** 아쿠타가와 류노스케 · 서은혜 옮김
327 **반바지 당나귀** 보스코 · 정영란 옮김
328 **정복자들** 말로 · 최윤주 옮김
329·330 **우리 동네 아이들** 마흐푸즈 · 배혜경 옮김 노벨 문학상 수상 작가
331·332 **개선문** 레마르크 · 장희창 옮김
333 **사바나의 개미 언덕** 아체베 · 이소영 옮김
334 **게걸음으로** 그라스 · 장희창 옮김 노벨 문학상 수상 작가

335 **코스모스** 곰브로비치 · 최성은 옮김
336 **좁은 문 · 전원교향곡 · 배덕자** 지드 · 동성식 옮김 노벨 문학상 수상 작가
337·338 **암 병동** 솔제니친 · 이영의 옮김 노벨 문학상 수상 작가
339 **피의 꽃잎들** 응구기 와 시옹오 · 왕은철 옮김
340 **운명** 케르테스 · 유진일 옮김 노벨 문학상 수상 작가
341·342 **벌거벗은 자와 죽은 자** 메일러 · 이운경 옮김 퓰리처상 수상 작가
343 **시지프 신화** 카뮈 · 김화영 옮김 노벨 문학상 수상 작가
344 **뇌우** 차오위 · 오수경 옮김
345 **모옌 중단편선** 모옌 · 심규호, 유소영 옮김 노벨 문학상 수상 작가
346 **일야서** 한사오궁 · 심규호, 유소영 옮김
347 **상속자들** 골딩 · 안지현 옮김 노벨 문학상 수상 작가
348 **설득** 오스틴 · 전승희 옮김
349 **히로시마 내 사랑** 뒤라스 · 방미경 옮김
350 **오 헨리 단편선** 오 헨리 · 김희용 옮김
351·352 **올리버 트위스트** 디킨스 · 이인규 옮김
353·354·355·356 **전쟁과 평화** 톨스토이 · 연진희 옮김
357 **다시 찾은 브라이즈헤드** 에벌린 워 · 백지민 옮김
358 **아무도 대령에게 편지하지 않다** 마르케스 · 송병선 옮김
359 **사양** 다자이 오사무 · 유숙자 옮김
360 **좌절** 케르테스 · 한경민 옮김 노벨 문학상 수상 작가
361·362 **닥터 지바고** 파스테르나크 · 김연경 옮김 노벨 문학상 수상 작가
363 **노생거 사원** 오스틴 · 윤지관 옮김
364 **개구리** 모옌 · 심규호, 유소영 옮김 노벨 문학상 수상 작가
365 **마왕** 투르니에 · 이원복 옮김 공쿠르상 수상 작가
366 **맨스필드 파크** 오스틴 · 김영희 옮김
367 **이선 프롬** 이디스 워튼 · 김욱동 옮김 퓰리처상 수상 작가
368 **여름** 이디스 워튼 · 김욱동 옮김 퓰리처상 수상 작가
369·370·371 **나는 고백한다** 자우메 카브레 · 권가람 옮김
372·373·374 **태엽 감는 새 연대기** 무라카미 하루키 · 김난주 옮김
375·376 **대사들** 제임스 · 정소영 옮김
377 **족장의 가을** 마르케스 · 송병선 옮김 노벨 문학상 수상 작가
378 **핏빛 자오선** 매카시 · 김시현 옮김
379 **모두 다 예쁜 말들** 매카시 · 김시현 옮김
380 **국경을 넘어** 매카시 · 김시현 옮김
381 **평원의 도시들** 매카시 · 김시현 옮김
382 **만년** 다자이 오사무 · 유숙자 옮김
383 **반항하는 인간** 카뮈 · 김화영 옮김 노벨 문학상 수상 작가
384·385·386 **악령** 도스토옙스키 · 김연경 옮김
387 **태평양을 막는 제방** 뒤라스 · 윤진 옮김
388 **남아 있는 나날** 가즈오 이시구로 · 송은경 옮김
389 **앙리 브륄라르의 생애** 스탕달 · 원윤수 옮김
390 **찻집** 라오서 · 오수경 옮김
391 **태어나지 않은 아이를 위한 기도** 케르테스 · 이상동 옮김 노벨 문학상 수상 작가
392·393 **서머싯 몸 단편선** 서머싯 몸 · 황소연 옮김
394 **케이크와 맥주** 서머싯 몸 · 황소연 옮김

395 **월든** 소로 · 정회성 옮김
396 **모래 사나이** E. T. A. 호프만 · 신동화 옮김
397·398 **검은 책** 오르한 파묵 · 이난아 옮김 노벨 문학상 수상 작가
399 **방랑자들** 올가 토카르추크 · 최성은 옮김 노벨 문학상 수상 작가
400 **시여, 침을 뱉어라** 김수영 · 이영준 엮음
401·402 **환락의 집** 이디스 워튼 · 전승희 옮김
403 **달려라 메로스** 다자이 오사무 · 유숙자 옮김
404 **아버지와 자식** 투르게네프 · 연진희 옮김
405 **청부 살인자의 성모** 바예호 · 송병선 옮김
406 **세피아빛 초상** 아옌데 · 조영실 옮김
407·408·409·410 **사기 열전** 사마천 · 김원중 옮김 서울대 권장도서 100선
411 **이상 시 전집** 이상 · 권영민 책임 편집
412 **어둠 속의 사건** 발자크 · 이동렬 옮김
413 **태평천하** 채만식 · 권영민 책임 편집
414·415 **노스트로모** 콘래드 · 이미애 옮김
416·417 **제르미날** 졸라 · 강충권 옮김
418 **명인** 가와바타 야스나리 · 유숙자 옮김 노벨 문학상 수상 작가
419 **핀처 마틴** 골딩 · 백지민 옮김 노벨 문학상 수상 작가
420 **사라진 · 샤베르 대령** 발자크 · 선영아 옮김
421 **빅 서** 케루악 · 김재성 옮김
422 **코뿔소** 이오네스코 · 박형섭 옮김
423 **블랙박스** 오즈 · 윤성덕, 김영화 옮김
424·425 **고양이 눈** 애트우드 · 차은정 옮김
426·427 **도둑 신부** 애트우드 · 이은선 옮김
428 **슈니츨러 작품선** 슈니츨러 · 신동화 옮김
429·430 **세계의 끝과 하드보일드 원더랜드** 무라카미 하루키 · 김난주 옮김
431 **멜랑콜리아 I-II** 욘 포세 · 손화수 옮김 노벨 문학상 수상 작가
432 **도적들** 실러 · 홍성광 옮김
433 **예브게니 오네긴 · 대위의 딸** 푸시킨 · 최선 옮김
434·435 **초대받은 여자** 보부아르 · 강초롱 옮김
436·437 **미들마치** 엘리엇 · 이미애 옮김
438 **이반 일리치의 죽음** 톨스토이 · 김연경 옮김
439·440 **캔터베리 이야기** 제프리 초서 · 이동일, 이동춘 옮김

세계문학전집은 계속 간행됩니다.